你是我的遥遥归期

川澜 著

APTIME
时代出版

时代出版传媒股份有限公司
安徽文艺出版社

图书在版编目（CIP）数据

你是我的遥遥归期. 1 / 川澜著. —— 合肥：安徽文
艺出版社，2022.5

ISBN 978−7−5396−7423−0

Ⅰ.①你… Ⅱ.①川… Ⅲ.①长篇小说−中国−当代

Ⅳ.①I247.5

中国版本图书馆CIP数据核字(2022)第006531号

NI SHI WO DE YAOYAO GUIQI 1

你是我的遥遥归期 1

川澜 著

出 版 人：姚 巍
责任编辑：王婧婧 胡 莉
装帧设计：佘彦潼
···
出版发行：安徽文艺出版社 www.awpub.com
地 址：合肥市翡翠路1118号 邮政编码：230071
营 销 部：(0551)63533889
印 制：湖南天闻新华印务有限公司 (0731)88387856
···
开本：150 mm×210 mm 1/32 印张：9 字数：280千字
版次：2022年5月第1版
印次：2022年5月第1次印刷
定价：42.00元
···

CONTENTS 目

录

第一章
捡到了

深秋傍晚，暗红色的天际浓云堆叠，沉闷的雷声夹在风声里，催落半空堆积的水汽。

罗德艺术馆门外的露天广场上，粉丝支持的立牌被大雨淋得一片狼藉，馆内则丝毫不受天气影响，灯火通明，电影节的颁奖仪式如期举行。

颁奖礼现场，喻瑶提着裙子迈上台阶，朝嘉宾席末尾一排最不起眼的角落走去，那个座位上贴着她的名字，别人都是红底镶金边的手写姓名牌，唯独她的只是在纸上随便印上两个黑色宋体字，敷衍得明明白白。

喻瑶经过前面，有不少目光在扫视她，气氛微妙地凝固住，随即响起私语声。

在座的老戏骨和流量明星们自然不会轻易议论，但各家媒体的人和场内工作人员就不那么顾忌了。

"喻瑶，她怎么来了？"

"整年连个作品都没有，一身黑料，唯一剩下的代言上个月还被换掉了，就这还好意思出现？颁奖礼跟她有什么关系。"

"怎么没有，"另一人小声笑，"《自白书》这次入围了四个奖，喻瑶可是电影的原女主演，能甘心吗？听说她的经纪人下了血本才买到今晚这个位置，她明显是厚着脸皮蹭热度来了。"

"说起来喻瑶也是不识时务，得罪谁不好，非要惹容家那位，栽这么狠，现在才放低姿态装乖巧，太晚了吧——"

喻瑶全当没听见，走到自己的位置坐下。跟她位置紧邻的座位上也有名牌，名牌的主人是个不温不火的四五线小生，这会儿像躲病毒似的离她老远，宁愿站在过道上，也不想挨着她坐。

偌大一个纷华靡丽的名利场，她所在的这个连光线都照不到的一角，成了众矢之的。

喻瑶刚垂下眼帘，耳边就传来一道压低的男声，语气极度紧张："喻瑶，你给我稳住了，不许受影响，我好不容易才求来今天这个机会！"

她侧头看了一眼，戴眼镜的年轻男人正蹲在她座椅后面，半只丹凤眼从椅背间的夹缝里露出来，凶狠地瞪着她。

别人家的经纪人个个衣冠楚楚，她家这位像个螃蟹。

喻瑶说："我尽力。"

两人音量再低也有人听到，都在暗笑喻瑶可怜。早知道这种结果，何必过来自取其辱，接下来若《自白书》真拿了奖，她只会比现在更难堪。

十分钟后，颁奖礼开始，喻瑶平静地望着热闹的台上，最佳影片、最佳导演、最佳编剧等重量级的奖项都跟《自白书》无缘，最佳男主角也花落别家，只有最后一个揭晓的奖项——最佳女主角，是《自白书》的女主角姜媛。

喻瑶轻呼了一口气，后面一直蹲着的经纪人白晓立即神经紧绷，他重申："不许冲动，千万给我稳住！"

姜媛坐在嘉宾席第一排，抹着泪上台领奖。她站在追光中，颤抖又熟练地念着获奖词，目光却时不时瞥向喻瑶。

白晓脑内的警报几级连跳，急忙透过椅背缝隙捅喻瑶的手臂："冷静，别理她，别吭声，咱今天就只是来露个脸的！"

周围的人也在明里暗里打量喻瑶，想看她会不会受不了刺激当场哭出来。喻瑶依旧没有反应，她坐在整个嘉宾席最昏暗的角落，表情都被阴影吞没。

姜媛在台上得意地握紧话筒，喻瑶既然有胆子主动来撞枪口，那就不能怪她不客气了。

她有意沉默了几秒，等吸引够了目光，才哽咽道："其实我能拿到这么大的奖，除了要感谢主创方和粉丝们，还多亏了当初喻瑶姐对我的谦让。"

现场顿时一静，白晓僵在原地，连导播也暗想这新晋女主角有点不厚道。

外界或许不清楚，但今天在场的人都知道，喻瑶是拍摄到尾声，被《自白书》剧组强行换掉的。

喻瑶的起点几乎是圈内天花板，以第一名的成绩进入中戏，又以第一名的成绩毕业，在校期间参演首部电影就拿到了最佳女配角奖，隔年直接斩获最佳女主角奖，是国内影史上年纪最小的"最佳女主角"得主。

但自从得罪容野，丢了《自白书》的女主演，她如同被整个电影圈屏蔽了，接不到戏，很少有机会露面，黑料层出不穷，曾经被盛赞的演技也接连受到质疑，人气一路惨跌，几乎要"查无此人"了。

她今天出现，本来被嘲一嘲也就过去了，但姜媛这么大张旗鼓地点了她的名字，等于是把她公开处刑。

导播心里吐槽，手上也没闲着，迅速抓住爆点，把镜头切向嘉宾席的近景，来回找了两圈才定格到角落里的喻瑶。

追光紧跟着打过来，先是映亮一截藕白手腕，继而推近到樱桃红的裙子，浓郁的艳色妥帖包裹着纤细脖颈，勾勒出秀致小巧的下巴。

亮度一寸寸向上扩张，漫过她脸侧垂落的黑发和饱满的红唇，落进一双半垂的清冷眼瞳里，划出两抹冰凉弧光。

视觉冲击力十足的画面不仅在网络平台直播，还同步投放到了舞台两侧巨大的高清屏幕上，之前没人仔细看喻瑶的样子，此刻镜头对着她五官拍，一切细节都被放大，比巅峰时期更惹眼的一张脸让现场不由得微微骚动。

姜媛神色有些变了，后悔说了那句话，想要抢回关注，已经来不及了。主持人唯恐天下不乱，问道："作为《自白书》的前女主角，喻瑶有什么想对姜媛说吗？"

喻瑶面前的镜头上连着话筒，随时准备收音。白晓蹲在椅子后面绝望地抱住脑袋，其他人则等着看戏。

这种侮辱性极强的场面，换哪个小年轻都会撑不住而失态，直播平台被弹幕飞速"屠屏"："赶紧卖惨哭一哭，说不定还能骗点同情。"

短暂的寂静之后，喻瑶在暴风中心慢慢抬起眼，从容地翘了翘嘴角，公众喜闻乐见的窘迫、慌张、示弱，在她脸上并不存在。

她略微倾身，紧盯着镜头，不疾不徐反问："让我说什么？说姜小姐的演技拖累了整个剧组，所以才只拿到一个奖吗？"

晚上九点，暴雨如注，罗德艺术馆出口外停着一辆老款大众，夹在一群上百万的保姆车里格格不入。

白晓一手举着大黑伞，一手用围巾护住喻瑶的头，把她推到后排，自己飞快挤进驾驶座。

"要是不捂住你的脸，我怕咱俩都不能活着出来！"

喻瑶那一句话引爆了颁奖礼，后来怎么结束的，白晓根本记不清了，只知道兵荒马乱，他好不容易才突出重围，临走前还瞧见姜媛在后台哭着摔东西。

白晓不敢多停留，换挡冲进雨里，喘着气喊："我早就应该猜到，你怎么可能稳得住！这下本性暴露了！喻瑶，你怼这么狠，是不是真不想混了！"

"嗯，不混了，"喻瑶靠着车窗，语气毫无波澜，"你这么大反应干什么，我本来就在谷底，还能比现在的状况更差？"

白晓一愣，抿了抿嘴。

喻瑶看着玻璃上流淌的雨水，冷静地说："我的处境已经这样了，有什么可怕的，她当众踩我，我当然要回敬。不过是说了句实话而已，哪有问题？再说……"她的声音很淡，"你好不容易弄来的露脸机会，我这么做才能得到最大回报，你明天可以放心去公司交差了，工作保得住。"

白晓听完，心里更不是滋味。

在他看来，喻瑶就是为演戏而生的，不说在年轻一代的演员里出挑，就算是跟老戏骨们比也不差，谁能想到天降横祸，年前喻瑶家里出了意外，让她事业中断，还没等恢复元气，又被容家那位给盯上了。

因为她拒绝了容二少的一次私人饭局，就遭到资本和导演们联合封杀，营销号各种脏水泼上来，恨不得把她从这圈子里除名。

公司的做派是随风倒，干脆把喻瑶雪藏了，他这个当经纪人的不愿意放弃，自然也被连坐。

白晓能看得出来，喻瑶已经对这圈子失望透顶，很可能灰心了打算转行，但他不服气，于是拼命争取来这次颁奖礼的出席名额，他就不信了，哪怕不演戏，光凭喻瑶这张脸，怎么可能没热度？

公司跟他事先说得很清楚，这是最后一次机会，如果喻瑶还是翻不出水花，他这个死心眼的经纪人也得立马收拾东西滚蛋。他本打算让喻瑶刷刷存在感，凭美貌赢得一阵热搜话题，真没预料到她能玩这么大。但喻瑶今晚的高调，也是为了他的前程。

前面堵车，白晓拧着眉停车，趁机刷了下微博。不出所料，喻瑶果然霸屏了，首页全是痛骂喻瑶心疼姜媛的，热搜词条连上了好几个，水花还真的翻出来了。

白晓抓紧打了几个电话，靠仅有的一点人脉把话题保持住，又不禁鼻酸。

喻瑶要专业有专业，要颜值有颜值，居然只能上黑热搜，还面临退圈改行的局面，凭什么？这事说到底，还不是怪那个随便把人当成玩物、圈里人平常连个真名都不敢提的混世魔头。

白晓劝她："得罪容野的事已经过去一阵了，你先别想什么退圈，现在既然有了热度，没准儿能有好剧本找你，媒体那边我先应付着。你要是心情实在不好，就谈个男朋友什么的，你看今天现场的那些男艺人一个比一个水嫩。"

喻瑶闭眼："我对嫩的没兴趣。"

白晓"啧"了声："脸蛋儿好啊，不说别的，光一双眼睛就特漂亮。"

"不喜欢漂亮的。"

白晓强调："性格也可爱，嘴甜，还萌。"

喻瑶不给情面地冷笑："我最烦可爱的，幼稚。"

白晓被她堵得上火，猛踩油门，车轮在路面上激起水浪，风驰电掣地赶到城郊一片灯火暗淡的居民区外，骤然停下。

大门口唯一的一条车道严重积水，没办法通行，喻瑶直接推门下车："你掉头吧，我自己进去。"

雨夜，旧小区，喻瑶裹着一件黑色长大衣，脸藏在伞下，除了一双纤细莹白的小腿过分扎眼，没人看得出这是个挂满黑词条的女明星。

撵走白晓后，她转身踩上积水里临时搭起来的石砖，朝自己租的九号楼走。

九号楼租金便宜，是最里面的一栋。她要走的路不算短，四周异常安静，只有雨水砸着伞面的噼啪声。

喻瑶拢着衣襟，不自觉加快脚步，眼看单元门就在十几米外，她左前方那片灰幽幽的阴影里却陡然响起一道呼吸声，轻微、颤抖，夹杂着一点无助的低喘，很快就淹没在滂沱大雨里。

喻瑶停了几秒钟没动，捏着伞柄的手指微微发白，目不转睛地看向声音传出的方向，微弱光线下，那里影影绰绰立着一个高大的方形轮廓，应该是存放衣物的爱心捐助柜。

她等了等，并没有什么异样发生，就连刚才的呼吸声也消失了，像是她幻听而已。

现在地面上都是快没过脚腕的雨水，她只有这一条路可走，想回家就必须过去。

喻瑶稳住心跳，拨出了白晓的电话以防万一，然后重新迈开腿。

她把伞压低，挡住可能存在危险的那一侧，打算快速通过，然而正要走出捐助柜的范围时，那道呼吸声再次响起来。

近在咫尺的距离，令喻瑶听得非常清楚，那声音仿佛是一只无家可归的受伤幼兽，瑟缩在雨中发出的求救呻吟。

喻瑶怔住，就在她停顿的片刻，阴影中有什么颤动了一下。

一只冷白的手从脏污里露出来，湿漉漉的，用尽力气向前够着，触摸到了她的衣摆。

不是小动物……

喻瑶神经绷直，紧抿着唇，死死握住伞，蓦地向上抬起，乌沉的夜空骤然间豁亮，一道闪电巨响着劈下，震亮了单元门外的声控灯，照亮这团灰影。

是个人！

伞沿下的那一方视野里，喻瑶恰好对上他的眼睛，一对被清水洗涤过无数次的琥珀色琉璃般的眼睛，掩映在湿润的深黑长睫毛下，被光晃过，流动起透明的纯净波纹，像泪水一样。

喻瑶的血液几乎凝固。

少年奄奄一息，蜷缩在捐助柜旁边，抱着膝盖发抖，他身上的衣服破了几处，肩膀和小腿的白皙皮肤裸露出来，上面遍布伤痕，像只濒死的流浪小狗。

而这个少年此刻正吃力地仰起脑袋，用那双琉璃似的眼瞳直勾勾望着她，唇形格外漂亮，微张着，发出破碎的小小呜咽声。

声控灯很快熄灭，黑暗重新包裹上来。喻瑶僵在原地，足有一两分钟没敢动。

那只手水淋淋的，固执地扯着她的衣角，在黑色羊毛衫上留下一片濡湿，寒气直往她骨子里沁。

喻瑶反射性地往后退，没想到那手还是不松开，被她一带，他整个人摇晃着摔进雨里，无措地呛咳了两声。

喻瑶怀疑自己是走夜路撞了鬼。

到这时候她才想起去看手机，白晓没接电话，已经自动挂断了。她迅速拉下手机通知栏，打开手电筒，白亮的光线照过去，总算是把"鬼"的全貌看了个七八成。

他看起来介于少年和青年之间，这种姿势判断不出他具体有多高，但他身材修长柔韧，破损的衬衫湿透了贴在身上，勾勒出清瘦的脊背和腰线，隐约透着里面的冷调白；黑发略有些长，贴着雪白的脸颊，只有狭长眼尾和嘴角颜色艳丽，红得像是被胡乱揉过。

到底是人是鬼……

要说是人，长相未免好看得不真实；要说是鬼，又没什么攻击性，半夜缩在这儿，就为了吓人吗？

喻瑶挣了一下，依然抽不出衣角。

他看上去连坐起来都困难，瘦白的手指倒是锲而不舍，紧紧地抓着她的衣角。

喻瑶定了定神，觉得有点不对劲，试探着碰了一下少年的额头，额头很是滚烫，她又抬起他的下巴简单试试鼻息，更热。

好了，至少确定是个活的，而且……

嫩，脸稍微一掐就要出水似的，长相漂亮得离奇。他乖乖地任她检查的样子，也有一种难以言说的可爱。

喻瑶回忆起白晓刚才跟她说的话，关键词完美对应，被她一个一个嫌弃地否决，现在她冒出来这些带着欣赏意味的诡异念头，无异于亲手打自己的脸。

她冷静地后退半步，伞面却往前挪了不少，把这狼狈的少年也遮在下面。

喻瑶冷冷问："还清醒吗？你叫什么？病了还是受伤了？有没有家里人电话？"

少年不回答，挣扎着掀开眼帘，双瞳犹如脆弱的薄玻璃，干净剔透，蒙着一层水雾，仿佛眨眨就会碎掉。

喻瑶一时间呼吸有点不畅，等扛过了这一阵颜值暴击之后才继续说话，语调压得平而凉："没力气说？那把手机给我，我给你联系。"

少年还是不动，迷茫地跟她对视着，甚至本能地往她身边又蹭了两下，湿乎乎的脑袋轻轻贴到她腿上。

喻瑶本来回暖的身体又一次僵住。

她不喜欢被人亲近，尤其是这种过度的肢体接触，何况对象还是个凭空出现的可疑分子，但少年可怜的求助模样实在无害，她自我斗争了一会儿，到底没有踹他。

她也意识到了，他不太正常。

他身上没有酒气，绝对不是喝醉，身上的伤口有新有旧，不像是突发意外变成这样的。两人见面到现在一个字都没说过，对她的问题做不出任何正确回应，她猜他不是普通的伤病，有可能聋哑，或者心智有问题。

这也解释了他为什么长得这么好看还流落外面。

喻瑶皱起眉，下意识地帮他抹了抹额头上的雨水，下一秒就反应过来自己这种行为过于反常了。

一面抗拒他的亲近，一面又自发地去碰他，未免双标得过分。

她马上抽回手，跟他拉开距离，找到小区保安室的电话拨过去，想叫人过来帮忙，好歹把他弄到个干净地方看看伤势再说，但打了几遍都是无人接听，小区保安多半是去处理小区的积水了，一时半会儿回不来。

喻瑶试着拖动了一下，少年看着瘦，还挺重。她自己搞不定，最后还是决定先报警，等警察来了再商量怎么送医。

雨势逐渐减小，层叠的浓云间漏出一抹月色。

派出所离得近，警车几分钟就鸣着笛到了小区外。两个民警见到这种情况，蹲下来先检查少年的随身物品。

喻瑶没想到，之前还拽着她不放的少年竟然极其抗拒别人碰触，拼命往后躲，嗓子里挤压出战栗的喘息，泪眼蒙眬地看着她。

喻瑶捏捏眉心："算了，我试试吧。"

她走近，俯身在少年身上找了一遍，摇摇头。证件、手机、钱、钥匙，一个普通人应该带在身上的东西，他一样也没有。

一个民警奇怪地在两人之间扫视一圈。他刚才搜身时，明明看到这人有一瞬间眼神冷厉凶恶，让他起了一身鸡皮疙瘩，结果换喻瑶过来，潜在危险分子就成了布娃娃，小面团儿似的任由喻瑶随便摆弄。

应该是他看错了。

民警清清嗓子："派出所旁边就是社区医院，先带过去看看，你最好跟着走一趟，帮他做个登记，看他这样……估计没家人。"

喻瑶没有立刻跟着走，迟疑了一下，那双一直凝望着她的眼睛就悄悄红了。她头疼地按住太阳穴，行吧，她是被迫的，就只送这一程。

喻瑶把口罩往上拉严实，墨镜挡住妆容精致的眼睛，一起上了警车。

天很晚了，社区医院只有值班门诊医生，做不了什么精细检查，何况派出所也没这个义务和经费。

处理外伤的时候，少年很虚弱，反抗得却厉害，喻瑶一靠近他，他又温顺下来，湿答答的黑发滴着水，垂下头小声咳嗽，像拉扯着肺部，听起来就疼。

医生啧啧感慨："这是受了多少伤啊，像从车祸现场跑出来的。"

他们将近午夜时才从医院转到派出所，少年已经快睁不开眼了，还努力站着，迷迷糊糊追在喻瑶后面。

喻瑶发现少年站直了比她想象的更高。她一米六八，仰头才能看到他的眼睫，那他少说也有一米八五了。

民警查了系统内部近期的失踪档案，照片里没有他，搜索资料库，不存在跟他相关的案底；喻瑶住的小区比较老，监控常年坏着，也查不出来他到底什么时候去捐助柜那儿窝着的。

以伤势看，他至少在外头流浪三五天了，到现在都没人来报案，基本可以确定是无家可归者。

"他这种情况挺麻烦的，不说话，没记忆，神志也不清醒，"民警站在大厅里叹气，"今天先让他在这儿过一夜，明早我们就把他送到专门的救助站去。"

喻瑶缓缓"嗯"了声。大厅冷调的灯光打在她身上，显出清冷的美，即使将脸藏起来，气质却无法隐藏。

民警越发觉得她像哪个女明星。

"另外还想麻烦你件事，"民警迟疑道，"我看他挺信任你的，你能不能把他哄睡了再走，不然他要是闹起来，我们就只能采取非常手段了。"

喻瑶顺着民警的示意看过去，果然撞上少年可怜巴巴的目光，他身上披了件最大号的警服，一个人坐在长椅的一侧，像朵潮湿的小蘑菇。

喻瑶知道，这条椅子就是他今晚的床了。

其实她不用管，他闹不闹，睡不睡，明天去哪儿，都和她没有关系，她早就不是过去那个善良过度的人，自己活得尚且焦头烂额，不需要对陌生人的事有多余的情绪波动。

今天送少年到这里，对她来说已经"超额"了。

也就是因为他长得好看，她才多瞧了几眼，凭什么大半夜的还要哄他睡觉？她累死了，只想赶紧回家，一点时间都不值得为他浪费。

喻瑶满脑子都是这些理性的念头，却迈开腿，中了蛊似的径直朝长椅走过去。

等到了少年跟前，她才烦闷地闭了下眼睛。这怎么跟想好的不一样，嘴上喊着不要，身体却很诚实？

两个民警在一边盯着，喻瑶只好拍拍少年肩膀，指了指椅子另一端摆好的枕头："躺下。"

他反应有些慢，不太能理解喻瑶的意思，她直接上手把他放倒。

他听话，丝毫没有反抗，任由她摆弄。他冰凉的指尖在她的袖口上刮过，蜷缩着想钩住，但转瞬就被躲开。

喻瑶把手覆盖在他眼睛上，淡漠地说："睡觉。"

他睫毛长而密，湿润柔软，颤抖着在她手心里来回蹭。或许是被她的体温慢慢包围，他很快挨着她昏睡过去。

喻瑶直起身，手攥了一下，皮肤上还泛着他的潮气。

她快步走出派出所大厅，想了想，还是跟照看他的那位民警要了手机号码，她说的是"以后遇到什么突发事件方便联系"，但心里隐约知道不是那么回事。

离开之前，喻瑶下意识扭头，又看了一眼。

少年不安地蜷着身体，在墙上投出一片灰扑扑的影子，他大概以为她还在旁边，连睡梦里的呼吸也小心翼翼。

喻瑶凌晨一点到家，拧钥匙的时候就听到里面热切的脚步声，刚一开门，一道白花花的影子立刻扑上来，嗷呜叫着抱住她的腿。

她捏捏小萨摩耶毛茸茸的耳朵："抱歉芒果，我回来晚了。"

芒果委屈地绕着她跑，试图钻到她怀里。喻瑶揉了揉它的头，安抚着它，这时手机接连振动几下，她瘫进沙发里拿出来看。

微信往下滚了四五屏都还是未读的新消息，基本都是圈里人和朋友发来关心颁奖礼风波的。喻瑶又划回到最上面，只见白晓一分钟前发的微信："睡了没？我刚忙完，死里逃生。"

喻瑶登上自己的微博小号，大略看了看事态发展，接着给白晓回过去："顶得住吗？不行就还是我出面。"

姜媛正当红，这事儿肯定不会轻易过去，无论是姜媛的团队、粉丝，还是媒体营销号，都得把她"五马分尸"才算完。

最讽刺的是，喻瑶说的那句是实打实的真话。

姜媛不是科班出身，也没把表演当回事，不学不练，就擅长瞪眼噘嘴，但流量至上的时代，姜媛靠背后的资本推着，这几年抢了不少热门戏的女主资源，电视剧拍多了觉得档次不够，就想拍电影刷刷格调，当时一眼就盯上了《自白书》。

趁着喻瑶出事，姜媛带资进组，威胁加打压，硬把喻瑶换掉，害得整部电影质量狂打折，所以才花真金白银买了一个二流电影节的所谓"最佳女主角"，想立个演技派的人设。

喻瑶知道，姜媛团队的各种闭眼吹通稿早就准备好了，就等着拿了奖大炒一下，结果被她一句话腰斩，此仇算得上不共戴天。

白晓嗤笑："用不着，你歇着就得了，若应付不了那帮人，算我这些年白混了。"他又问，"对了，你那会儿给我打电话了是吧，我正忙着没法接，啥事？"

雨还在绵绵下着，喻瑶望着窗外模糊的夜色，想起那双眼睛，水光潋滟的，纯净得看不出一丝杂质。

要是个孩子也就算了，偏偏身高腿长，还有张那么活色生香的脸，他脑子还不清楚，才见她第一面就傻兮兮跟着，以后难保不会受骗、被欺负，要是让什么不法场所给逮去，怎么办？

芒果的两只小爪子搭在喻瑶膝盖上撒娇。她转回头，抬了抬它的下巴，低声跟白晓说："没事，回家的路上遇到了……'流浪小狗'，挺乖的。"

白晓难得有点爱心："这种天气那小狗还在外头流浪？你怎么没直接把它领回家养着，正好跟芒果做个伴。"

喻瑶睫毛抖了一下。领回家？开什么玩笑。

少年如果真是小狗，那她或许……

喻瑶及时打消这种荒唐的念头，目光却不受控制地在自己家里扫了一遍。几十平米的房子，普通的两室一厅，一间是卧室，放张床就快满了，一间是衣帽间加练功房，芒果的窝都只能摆在客厅，哪有空余地方再装别的。

白晓不明所以："想什么呢不说话？你是不是失眠，要不我再给你介绍几个优质搭档？"

喻瑶直接挂了电话。等她洗完澡出来，看到白晓发来一堆精修图，清一色当红的小偶像们，个个美貌。

她翻了几张，心里莫名烦躁，给白晓回："差远了。"

白晓震惊："差？您这是拿他们跟谁比？"

喻瑶手一顿，把手机扔开，拆掉头上包好的毛巾，带着水汽的长发垂下来。她不管头发没干，直接躺下，扯被子蒙住脸，强行入睡。

人各有命，流浪少年什么的，只是萍水相逢，忘掉就好。

凌晨五点的派出所，民警陈路趴在值班桌子上昏昏欲睡，被突如其来的异响惊醒。他抬起头，刚好看见长椅上缩成一团的那个身影摔下来，重重撞到瓷砖地上，白皙的额角当时就磕红了一片。

糟糕，他醒了。

陈路不知所以，如临大敌，赶忙站起来。

摔伤的人好像根本不知道疼，惊惶地环视着周围，大厅里只亮了一盏应急灯，空旷昏暗。

起初他还很乖，一声不吭地挪到椅子边，抱住双腿，努力把自己蜷缩起来，老实地等待什么人来认领他，过了十几秒，他才慢半拍地意识到，没有其他人了，除了警察，这里只剩下他一个。

气氛莫名变得压抑，陈路那种头皮发麻的感觉又来了，他明明亲眼见过这个少年一晚上有多么乖顺懂懂，这股危机感到底哪儿来的？

"哎，你——"陈路伸手要去拉他，没想到扑了个空。

少年虽然在医院输了葡萄糖，但对虚弱的身体来说杯水车薪。他艰难地撑起身来，跟跟跄跄往大门外冲，裤管上的破口比之前更大了，膝盖往外渗着血。

陈路一把抓住他的手臂，想拦下来，无意间对上他的眼神，心里猛一震。

这绝对不是喻瑶面前那任人摆布的少年，反而有种从骨子深处透出来的、发自本能的冷酷凶狠，就因为被阻止，或者说因为被碰了，他一眼看过来，能让人冷汗直流。

如果说他是有意识的，那陈路也许见怪不怪，问题就出在他不是装傻，他的确对自己完全没有认知，这种可怕不是他刻意表现的，竟然是源于他根深蒂固刻在血液里的东西。

他很危险！

"他要跑，快点过来帮我！"陈路顾不上想太多，大声喊同事。

少年发着抖，眼睛里泛出潮湿的猩红。他嗓子很哑，一个字也说不清楚，裂着小口子的唇间溢出断断续续的哽咽声。

要……要找她。

少年疯起来，陈路和同事两个人都控制不住，担心场面失控会出大事，同事不得已拎来警棍，就要照着他的腿挥过去。

这一棍子打过去，少年搞不好会受伤。陈路还是不忍心，突然灵光一现，对少年吼道："喻瑶，那个喻瑶……说天亮就来看你！你知道喻瑶吗？就是昨晚送你过来的漂亮姑娘！"

"喻瑶"这个名字像道咒语，顿时让少年愣住了。

同事的警棍没来得及收住，还是打到了他。

按理说，是个人都会疼得叫出来，他却只是惨白着脸，乖乖地站着，用力朝陈路点头，眼眶里渐渐有了水雾。

陈路这下是真惊呆了。他该不会认识喻瑶吧？！

这种程度的情感不像是一天两天的。

但陈路回想昨天的全过程，喻瑶确实不知道他是谁。陈路试着说："你别乱动，我就让你见喻瑶，行吗？"

陈路边说边比画动作，让少年理解。少年当即低下脑袋，凌乱的头发把眼睛盖住，蜷起身体，一动不动地听话等着。

刚才还凶暴到能拆家的危险分子，现在只剩灰突突的一小团。

八点一到，救助站那边开始工作。陈路第一时间联系好，接着哄骗他说："走吧，我带你去找喻瑶。"

救助站离得远，半个多小时的车程。陈路把少年领进去，悄悄嘱咐负责人："他比较特殊，找人看着，他要是闹得厉害，你就提喻瑶，实在摁不住，再把他关起来。"

负责人见过的精神病人多了，没当回事，草草点头，随口告诉少年："喻瑶忙，现在没空管你，你等着吧。"

救助站环境简单，少年哪儿也没去，就蹲坐在门口的墙角里，眼巴巴看着外面。他很饿，刚才分到了一份牛奶和小香肠，但不舍得吃，本能地想藏起来送给她。

他长得太好看，吸引了进进出出所有人的视线。有几个拉帮结伙的流浪汉互相示意一下，趁着管事的不在，上去踢了踢他，伸手就抢那盒牛奶。

少年不给，拉扯间，他身上松垮的衬衫被拽开了领口，一条细链子露出来。

一个流浪汉眼睛一眯："哟，值钱的啊。"说着，他直接上手攥住，仔细一看，链子是沉甸甸的，不过底下挂着个吊坠，居然是个塑料的"小狗"头，还褪了色，像小女孩发卡上粘的那种。

流浪汉更确信这是个傻子，肆无忌惮地往下扯，嘴上不干不净。

"你是不是痴呆，还等人来接？到这地方的都是没人要的！"

"我听说你在等喻瑶，喻瑶不是一个女明星的名儿吗？你不会要说你认识人家大明星吧！"

话音还没落下，少年一手死死地握紧自己的吊坠，一手砸到他的嘴上，通红的眼底涌着疯狂之色。

在远处工作人员的呼喝声里，少年打伤围堵他的流浪汉，拖着伤痕累累的身体，冲出救助站，孤零零地混进满街的车流中。

喻瑶起床后没闲着，先上微博小号怼了一圈营销号，又给自己列上一堆学习课程。

下午，芒果呜呜叫了半天，她才想起家里囤的狗粮没了，晚上芒果铁定要挨饿。

她打电话问了自己常去的宠物店，得知今天有全年最大促销，芒果爱吃的那个牌子的狗粮买二送一，到晚上就截止，有这好事，她不可能放过，当即全副武装好就拎包出门了。

网约车提前到了，喻瑶加快脚步朝小区大门走，没注意到花坛边有个镜头悄悄伸出来，把她和单元门号一起拍了进去。

喻瑶走远后，拍照的人放下相机，把照片发出去，附带一句话："喻瑶就住这个单元，她刚出门了，我只负责确定她家位置，后面不管出什么事都和我无关。"

深秋天短，喻瑶提着三大包狗粮从宠物店出来时天已经黑透，一路上灯火流转，她的手指始终停在狗粮外包装印的小狗身上，有些失神。

出租车经过家附近的派出所时，她的唇动了一下，差点张口让司机停车，转念想起陈路说过，今早就要把少年送去救助站，少年现在肯定不在这儿了，以后也不会再见了。

喻瑶自嘲地笑了一下，她怕是精神失常了。

小区的积水已经处理干净，喻瑶让司机直接把车开到单元楼门口。司机临走前咕哝了一句："这栋楼的灯坏了？怎么这么黑？"

喻瑶在手机上点出陈路的手机号，没太听清楚司机的话，下车后她才注意到，单元门外的声控灯没亮，周边照明也不够好，黑蒙蒙的。

她本想在外面打个电话，简单问一句关于少年的后续，但不知道附近哪家门店在搞活动，忽然腾空燃起烟花，响声震耳欲聋，也掩住了捐助柜那里传来的细微动静。

喻瑶嫌吵，加快脚步走到门廊下，摸黑拉开单元门，紧接着"砰"的一声响，门在她背后自动关闭。

她往前走了几步，渐渐发现不对，外面这么大的声音，一二层楼道的灯依然是黑的，只有三楼往下透了一点微弱的光亮，隐约照出楼梯拐角处站着的几个高壮人影，都戴着帽子、口罩，眼神不善。

喻瑶愣了一瞬，模糊意识到要发生什么，心脏轰然狂跳。她立即回身推开门，有只手却从黑暗里伸出来，狠狠扣住她的肩膀。

"跑什么，这不是你家吗？"粗哑的男声带着浓重酒气，在她耳边呵呵笑道，"长着一副不正经的样，还装什么纯情！住几楼？快点领我们上去，敢说一句废话，我就让你死在这儿！"

喻瑶半张脸被粗糙的手捂住，她拼命把装狗粮的袋子往后砸。对方吃痛，更用力地去扯她的头发，要把她硬拖进去。

一刹那，濒死的绝望把喻瑶淹没，她脑中灵光一闪，顿时明白过来。

姜媛……是姜媛，她开罪了姜媛，对方就用这种最恶心下作的方式报复她！一天内确定她的住处，弄坏了楼道里的灯，专等她回来！

行为下作到可笑，手段让人不齿，只要被他们得手，不光伤她的身，还能有凭有据扭曲事实，反过来污蔑她私生活醒龊，让她永远说不清楚，万劫不复！

喻瑶抵不过对方的力气，眼睁睁看着门就要在她面前关上了。在夜空中烟花的映照下，她竟宛若产生幻觉，看到一道跑都跑不稳的身影不顾一切扑上来，不要命地撞向楼道里的几个男人。

在力量冲击下，喻瑶被推出门外。她怔怔站住，难以置信地看过去，那个清瘦的人很高，她要仰起头才能看见他的脸。

他比昨天又添了新伤，明明应该卧床休息，却义无反顾地冲到一群人里，用身体给她做了保护的屏障。

他怎么会出现在这里？！

喻瑶手腕颤着，用最快速度解锁手机，屏幕还停留在民警陈路的联系人页面上。她立即打过去，沙哑吼道："我是喻瑶！我在——"

陈路飞快打断她的话："我正愁找不到你！我跟你说，昨晚那个人有暴力倾向！他今早在派出所闹腾了一通，我们把他送去救助站，他又打了好几个人逃掉了！在我们抓到他之前，你千万注意安全！"

喻瑶脑中嗡鸣着，厉声抢过话头："先别说了！我报警！"

烟花在头顶一朵朵不停绽开，轰响声中，少年像个没有痛觉的小机器人，死死拦住那些人不放。不远处的甬道上，接到喻瑶求救电话的小区保安举着手电筒疾奔过来。

小区外警笛声由远及近，喻瑶知道陈路他们也快要到了，但陈路不仅会逮捕这些流氓，还会抓走少年……

喻瑶下意识冲向少年，在保安赶到的一刻，急忙把他推进楼道，让他藏到楼梯后面一个隐蔽的小空洞里。

"别动！"

他大口喘着气，脸上一片惨白。就在刚刚，他又新添了伤，琉璃色瞳仁里溢满水痕，荡漾着她的影子。

喻瑶起身就要出去，他慌张地牵住她的衣角，手指不停地发抖。

她挣开，低声说："不许出声。"

陈路带人把几个流氓全数带走，喻瑶跟着去做了笔录。陈路体谅她受到了惊吓，没花多少时间就送她回家休息。

分别前，陈路再次提醒她："那个流浪的人很危险，他失踪的位置离这里较远，这两天应该不会在附近出现，但是如果以后他骚扰你，你一定要通知我们。"

第二章
喜当"妈"

晚上十点。

喻瑶站在自家单元楼门前，灯已经全部修好了，门口还紧急新增了一个摄像头，以及夜班巡逻的保安。

她走的速度很慢，一晚上混乱的情绪在不断翻涌。让她最想不通的是少年连自己是谁都不知道，怎么能从三四公里外的救助站，带着一身伤，摇摇晃晃地、一步一步走回到她家的单元楼门外。

也许在出事前，他还羸弱地蜷缩在那个捐助柜旁边，乖乖等着能被她看到。

喻瑶缓缓走进单元楼，隔着一段距离，看向那个楼梯后的空间。

一个多小时过去了，他应该已经走了吧？

一个大活人，不可能呆呆守在那里。她只是随便一说，潜意识里不想让他被陈路抓走而已，他应该不会傻得一直等吧。

喻瑶皱着眉，靠近那扇破旧的小门，轻轻拉开。

楼道里新换的灯很亮，照着少年凌乱的头发和一双清澈剔透的眼睛，他脸上擦破皮了，嘴角有一点干了的血迹；因为空间太小，他只能紧紧蜷缩着身体，膝盖上还顶着一个大包，包里是她扔下的三袋狗粮，被他当成宝贝似的捡了回来。

他没有力气了，乖顺地抬头望着她，苍白颊边慢慢涌起一抹羞赧的绯红色。他怯怯地从兜里掏了掏，用受伤的双手捧给她两样礼物——揉皱的、脏了的、却被他十分珍惜的一根小香肠和一盒被体温焐热的牛奶。

牛奶的纸盒包装有三个边都凹进去了，要么是少年从救助站来找她的路上摔了跤，要么就是打架的时候撞到了。

少年显然也刚发现他送的东西被弄坏了，眼瞳里不禁聚集了一点焦急的水汽，脸颊比刚才更红。他难过地垂下头，把手往回缩。

喻瑶的动作比脑子还快，一把按住他的手腕，接过他的礼物。

陈路严肃的话又在她的耳边响起："你别被他的外表骗了，我怀疑他根本是个天生的犯罪分子，人都傻了攻击性还这么强，为了一盒牛奶就暴力袭击别人，应该抓回来管制。"

然而那盒牛奶被少年期盼又羞涩地捧起，现在属于她了。

喻瑶手指紧了紧，或许陈路说的是对的，但她自己有眼睛有心，不会只凭别人的结论来判断一个人，至少她认识的少年，纯净温顺，对她全身心信赖，而且不惜豁出命救了她。如果不是他出现，她很可能逃不过今天这一劫。

她无法再把他当成一个无关紧要的陌生人。

喻瑶看了眼时间，从通讯录里找出中心医院神经科主任的号码。电话响了三声后接通："瑶瑶，怎么这么晚给我打电话，是不是身体不舒服？"

"徐姨，我这边有个很急的病人。"喻瑶扫视着少年浑身上下的伤，最后目光定格在他的脸上。

他明明已经不舒服到呼吸困难的程度了，却因为她的亲近，黯淡的眸子里一荡一荡的，似要流出光来。

她果断地说："他身上的外伤很多，心智不太健全，我想马上带他过去请您看看。"

徐主任爽快答应："我刚好在医院加班，你们过来吧。"

喻瑶挂完电话，斟酌着伸出手，点了点少年的额头，尽量减少接触面积，免得给他建立起更多不必要的依赖："出来。"

他言听计从，循着她指尖的那一丝温暖，从小空间里爬出来，吃力地贴墙站好。

喻瑶把他拉到台阶上坐下，弯腰交代："我先去楼上喂狗，等车到了就下来，带你去医院。"

她来回说了三遍，觉得他应该理解了，于是起身往上面走，走了两步听到身后响起脚步声，回头一看，只见少年满眼慌乱，鼻尖也是红的，做错事了似的，亦步亦趋地跟着她，唯恐被丢下。

喻瑶不得已只好带上他。到了三楼家门口，他似乎知道自己不被欢迎，不敢上前了，老老实实地抱膝坐在走廊墙边，歪头看着她。

好可爱——

喻瑶心直跳，索性没关门，一进去就看到芒果飞扑上来，向她撒娇。她抱住它轻声哄了两句，把狗粮倒进食盆里喂它吃。

少年窝在一片昏暗里，直勾勾地望着门内的情景，睫毛颤了颤，干涩的唇抿紧，很小声地吞咽了一下。

喻瑶打开衣柜找出一件超大尺寸的大衣，顺手抓了一沓湿巾，恰好白晓的车到了楼下，她把大衣裹到少年身上："走吧，去看医生。"

白晓对天发誓，在今晚之前，他的嘴从来就没张这么大过。

"这家伙是谁？！你火烧眉毛似的大半夜找我开车接你去医院，手里咋还牵了一个？"

喻瑶抽空瞥了白晓一眼，暂时没提到今晚的意外，淡淡地说道："之前跟你说过的'流浪小狗'啊，不是你建议我捡回家的吗？"

白晓闻言，心率直奔二百八。开车往中心医院狂奔的路上，他竖起耳朵听着后排的动静，每一分钟都觉得自己脑子要坏掉了。

喻瑶："湿巾给你，自己擦擦脸，嘴角都破了。"

白晓倒抽口气，控制不住地疯狂脑补：嘴怎么会破？咬、咬的？

喻瑶又道："不懂，还是力气用完了？"

白晓瞪大眼睛：力气都用完了？大晚上的还能是因为啥力气用完了？！

片刻后，喻瑶轻"啧"了一下，无奈地道："好了，我给你擦吧，不过我没轻重，你疼了的话别哭。衬衫解开点，脖子那儿还有血……"

白晓鼻腔发热，俊脸通红，震撼到怀疑人生。他跟喻瑶共事也好几年了，刚知道她还有这样的一面！

后座上，喻瑶开了灯，抽出消毒湿巾给少年一点点擦拭嘴角，顺着揉到他眉眼脸颊，碰上伤口时他疼得厉害，咬牙忍着，把自己凑得更近点，用擦干净的额角偷偷蹭了她一下。

白晓从后视镜刚巧看见，内心大惊。

美少年被如此对待了还讨好喻瑶，实在太惨了，他都要同情地哭出来了。

中心医院的夜班门诊彻夜亮灯，神经科徐主任坐在办公室里，尽力压下惊讶，面色如常地对待着明显病情严重的年轻男人。

喻瑶是她好友唯一的女儿，自从她好友年前跟爱人相继过世后，喻瑶失去双亲，性子就越来越冷，能让喻瑶深夜带来的人必定关系特殊，只不过……

徐主任先打预防针："你要有个心理准备，他的外伤是小，智力是大问题。"

因为喻瑶就在身边站着，少年的情绪一直很稳定，懵懂地听着徐主任的话，隐约感觉到自己是个很讨人厌的麻烦。他的肩膀绷起来，手指抓着椅子边，抬头惶恐地看向喻瑶，害怕她转身就走。

喻瑶被这种眼神搅得心神不宁，干脆抬手把他双眼一盖："别看我。"

白晓恰巧交费回来，见到这场面鼻子一酸，喻瑶都吃干抹净了还对人家这么凶，渣透了！

接下来是联合几个医生的全面系统检查，少年要被带走，他不安地挣扎抵抗，但喻瑶在场，他凶狠不起来，只是呛咳着凝视她，眼泪欲滴。

喻瑶没办法，头疼地跟上去。倒不是她想放任不管，主要是因为少年做检查得脱衣服，医生们束手无策，再搞下去他又会受伤，谁都不能上手，喻瑶只能自己来。

在一群人的围观下，喻瑶冷着脸给他解开上衣扣子，灯光一照，他皮肤白得似冰，在光线下显出微微透明的质感，大小伤痕刻在舒展的肌肤上面，尤为触目惊心。

少年终于乖了，低下脑袋贴着喻瑶，有点赧然，耳朵在悄悄变红。

喻瑶的目光被他颈间的项链吸引，她看得出链子价值不菲，吊坠却是很廉价的塑料小玩意儿。她没来由地有种熟悉感，忍不住上手碰了一下，仔细想想，她小时候好像很流行这种样式的发夹，买过很多个，早不知道丢哪儿去了。

一个成年男人怎么会戴这样的东西？

喻瑶打住猜想，深吸一口气，把手慢慢往下滑，放到他的长裤边缘，不禁牙关发痒。她一字一顿说："裤子你自己脱，行吧？"

少年眼神纯洁无邪，不肯动。

喻瑶加重语气："再说一遍，自己脱！"

被她吼了，少年眼睛飞快染红，潮湿明澈。

喻瑶看得神经一跳，不由自主降低了音量，拿出哄芒果的口吻："乖，听话，自己脱裤子。"

少年这才配合，垂眸发现喻瑶的手还在自己裤腰上放着，他小心翼翼地覆盖上去，一起往下一拉。

哗，裤子掉了。

喻瑶面无表情，一如往常地高冷漠然，镇定地转过身说："好了，你们检查吧。"

然后她往前走了两步，默默扶着墙，捂住突然充血发热的脸。

近两个小时后，报告单全数出来，堆叠在徐主任的办公桌上。除了外伤、血液、五脏器官，各种判断心智的测试也都查了一遍。

徐主任叹息："都是皮外伤，大部分在别处处理过了，没什么事，脏器也没问题，不聋不哑，应该能正常说话，至于他一直不说话的原因……"她的神色有些悲悯，"是他目前不会说。"

喻瑶蹙眉。

"我们不知道他身上发生了什么事，目前来看应该不是天生的，很大概率是后天被药物等原因影响，以致他现在的心智只有幼龄儿童的程度，除了本能，几乎没有其他的行为能力。

"如果没人教他说话写字，那么他对这个世界的认知就会是一片空白，比起真正的儿童，他肯定还要更艰难，就算是以后有人照看他，耐心把这些东西都教给他，他也基本不可能变回一个正常人。

"他是病人，几乎无法治愈的那种病，你懂吗？"徐主任担忧地注视喻瑶，语重心长地问，"瑶瑶，你不会……是打算管他吧？"

少年就在一边，他听不懂太复杂的话，可他会看表情，会听语气，他明白什么是嫌弃，什么是冷。

心中隐藏的所有惊恐都在这一刻席卷上来，把他拆得七零八落。

寂静片刻之后，喻瑶终于出声，郑重地说："我保证我以前跟他素不相识，所以我还有一件事不明白，他已经失智成这样了，连自己也不记得，怎么会那么死心眼儿，从见面开始就傻乎乎地跟着我，换谁都不行？"

徐主任的表情有那么一点微妙："你听过印随行为吗？"

喻瑶微怔，随即睁大眼。

印随行为，那不是小时候故事书里讲的，刚出生的小鸭子在破壳之后，不管第一眼看见个什么东西，都会无条件追在屁股后面吗？

空气诡异地凝固住，少年一脸无措。

喻瑶跟他对视半响，觉得匪夷所思，而后才缓缓开口。

"所以——我这是无痛当'妈'了，对吗，宝贝？"

徐主任原本心情沉重，听喻瑶这么一说倒失笑了，她摇头："说当妈就夸张了，不至于。况且我们不排除其他的可能性，印随行为只是当下最合理的一个解释。"

她的视线落在少年紧绷的身体上，心里的担忧越来越重。

从医这么多年，她见过的成年失智患者不计其数，哪个不是因为家庭的沉重负担或者经济和情感上的双重折磨造成的？她虽然同情这种遭遇，但不代表能接受喻瑶去亲近这样一个人。

偏偏这个患者对喻瑶百依百顺，信任依赖到了完全排他的地步，外表又过分惹眼，太容易让异性心软同情了。她很怕喻瑶一时冲动，要接管这个烫手山芋。

徐主任想劝劝喻瑶，喻瑶却先一步问："如果真是印随行为，短时间之内，他是不是肯定接受不了其他人？"

少年抵抗别人那么激烈，继续在外面流浪的话，恐怕每天都凶多吉少，送派出所和救助站就更不用说了，会分分钟被当成危险人物关起来。

"可以这么说。"

喻瑶又问："那等过一两个月，他状态稳定下来以后，应该能慢慢好转吧？"

"按理说能，"徐主任回答，"随着患者对社会生活一步步熟悉，雏鸟情结淡化，就能接受除你之外的人了。"

喻瑶点了下头，迎上少年一眨不眨的眼睛。

她见过很多次了，湿润的、明澈的，但没有哪次和现在一样，充满恐惧、哀求，又无助地忍耐着，唯恐自己做错任何一点事而遭到她的嫌恶。

他动都不敢动一下，像个全身布满裂纹的小石雕。她只要轻轻往外一推，他就会在她脚下安静地碎成粉末。

"瑶瑶，你到底怎么打算的？"徐主任忍不住追问。

喻瑶站起来，平静地说："徐姨，我知道您担心什么，但如果不是他，我今晚不知道会出多大的事，至少在他能接受别人之前，我得管着他。"

徐主任欲言又止，犯愁地长叹。

如果单单是失智还好，她就怕这位患者还有更离奇的附加症状没有表现出来……

但以喻瑶的性格，认定什么事谁也改变不了。她不如等这患者症状真的暴露出来，再让喻瑶自己决定。

白晓蹲在医院走廊里，满脑袋问号，一开始他是不理解为啥看这种敏感私密的问题要做全身检查，后来隐隐觉得不对，去偷听的时候就彻底迷惑了。

等喻瑶拽着美少年出来，他才一跃而起："到底啥情况？"他指着少年，脱口而出，"你让人家失智变傻了？"

喻瑶懒得否认，冷冷"呵"了声："可不是，所以我得对他负责任。"

真可以，一会儿是喜当"妈"和好大儿，一会儿又是春心荡漾的女明星和被她疯狂压榨的病弱美少年。

喻瑶抬了抬下巴："你家里有没有新衣服？现在太晚我来不及买了。"

白晓受惊太大，脑子已经停机，机械地说："有。"

"行，回去收拾几件给我，从里到外都要，"她牵着少年往外走，"他没穿的。"

白晓这才意识到重点，急忙拽住喻瑶："你来真的？要把他养在家？你自己前路都不明朗，经济条件也不好，房子就那么点大，怎么养？要是实在应急，你先把他放我家住两天？"

喻瑶站住，忽然松开手，把少年往白晓面前推了一下："你可以试试，看能不能把他领走。"

她本以为少年会马上拒绝，回到她身边，但没想到他的反应竟然是僵住，脸上刚泛起的一丝血色顷刻褪掉，呆呆地望着她，一行泪无声无息地从眼眶里滚落出来。

仿佛是一根拉扯到极致的弦，好不容易撑过去，却因为最后的一句玩笑话被扯断。

喻瑶心口堵得疼了一下，她忙把少年拉回来，抹掉他脸上的泪痕，低声安慰："不是真的送你走，我既然答应了管你，就不会出尔反尔。"

白晓对这种走向难以接受："喻瑶，我让你捡真小狗，不是捡这种身高腿长占地方的假小狗；让你谈恋爱，更不是和这种要靠你养着的小白脸谈。你清醒点，我——"

喻瑶打断他的话："反对之前，你应该先听听今天晚上到底出了什么事。"

半小时后，白晓以经纪人的身份给民警陈路打完第三通电话，气得一脚踹到车轮胎上，破口大骂了三分钟，全程脏话没有重样的。

喻瑶熟练地捂住少年的耳朵："别污染儿童，骂完赶紧说正事。"

白晓脸涨得通红："你猜得一点没错！你下午出门的时候，对方确定了你家的位置，紧接着就安排小区外头那个超市做抢购活动，挨家挨户敲门，让你楼里的老头老太太们去排队，等看见你回小区，马上让超市放烟花盖住动静，你在楼道里就算喊破了嗓子都没人听得见！"

要不是喻瑶及时被救下……

白晓的额头一阵一阵地冒冷汗。

行凶的人虽然落网，但是消息早就递出去了，姜媛及时从中抽身，警方的追踪卡在某一层就无法推进下去，不可能凭着这些线索查到姜媛身上，即使心知肚明，知道她就是始作俑者，他们现在也毫无办法。

白晓咬牙切齿地说："喻瑶，你那么有天分，明明就应该站在金字塔顶，现在被一个靠资本的垃圾欺负到了家门口，命都差点没了！你还要就这么灰头土脸地退圈吗？"

喻瑶没说话，忽然感觉两只手的手心有点痒。

她回过神，想起双手还捂着少年的耳朵。他好像忘记了刚才差点被抛弃，正乖乖地待在她双手之间，很小心地转动自己的身体，用凉凉的耳尖去磨她手心的皮肤。

被她发现了……

少年紧张地抿着唇，却一下没忍住，打了个很小的哈欠，睫毛濡湿。

喻瑶不自觉笑了下，在他头上蜻蜓点水地揉了一把，平心静气说："白晓，你为我做的已经够多了，好不容易靠颁奖礼的事稳住你的工作，我不希望你继续因为我被公司刁难。后面的路我自有打算，你别操心了，先把我们送回去。"

她挑眉看向少年："我家这位困了。"

白晓一肚子的话哽在喉咙里，明白现在说什么都是多余的。

这位貌美的失智患者对喻瑶有救命之恩，他也没法再拦着不让她养。

白晓先到自己住处整理出一堆新衣服塞给喻瑶，再把两人送到家，确保他们安全了才走。

少年怀里抱着巨大的一个包，第二次站在喻瑶家门前，脚趾藏在脏兮兮的鞋子里，局促地微微蜷缩着。

喻瑶推开门，声音清冷："不管你能不能听懂，我都得说，我家里不大，环境也不怎么好，给你提供不了多优质的生活，你可想清楚了。"她回头，勾了勾唇，"确定要住进来吗？"

门的缝隙越来越大，温暖的气息扑面而来。那是一个家，有她的家，他不用再去躲屋檐，下雨时找一个栖身的破旧瓦片。

他嗓子里溢出沙哑的音节，迫切地挤进去，结果被毛茸茸的身影横空拦住。

芒果背上的毛都乍了起来，对着他大叫，要把他驱赶出去。少年受了太多伤，又连着几天没怎么吃东西，太虚弱，险些被它撞倒。

喻瑶关上门，严肃呵斥："芒果，安静点，不许叫了！"

芒果委屈死了，嗷呜嗷呜个不停。喻瑶蹲下身把它抱住，来回撸它的毛，语气放柔："听话，从今天开始，他也是这个家里的人，他的心理年龄比你还小，你别凶他。"

说完，她低下头，在芒果头上亲了亲。

芒果顺从地闭嘴，白色眼睫毛掀起来，防备又挑衅地瞪着入侵者。

少年往后退了一下，后背贴在门板上，愣愣地看着喻瑶亲吻它的样子。他没有得到过，无法想象被双臂拥抱、被嘴唇碰触是什么样的感受，他用尽力气羡慕，最后只剩下一个小小的念头。

如果他也像它一样讨她喜欢，是不是就可以不被赶走？

喻瑶哄好芒果，进卧室找出一套多余的被子、枕头放在客厅沙发上。

"太晚了，如果再给你仔细清洗、上药什么的估计要闹到天亮了，你还是先睡吧，有什么事都等明天再说。"

她简单嘱咐完，确定少年懂了她的意思，精疲力尽地回房间，她能支撑到现在真的已经是奇迹了。

客厅留了一盏昏黄的壁灯，少年站在沙发边上，和蹲坐在客厅中央的芒果对视。芒果凶巴巴地瞪他，而后冷漠地走到墙边的狗窝里趴下。

他低头看看自己，身上的衣服都是破的，很脏，他用最干净的那个指尖摸了摸喻瑶给他的被褥，又暖又软。

他收回手，指节捏紧，想把汲取的一点温暖留住，然后去墙边选了最不碍事的一个角落，很安静地躺在冰凉的地上，把自己蜷成一小团。

昏暗里，少年对着窗外乌漆漆的天色，睫毛颤动，很不熟练地弯起嘴角，露出一个羞涩的笑。

他不是没人要了。

笑容凝在他苍白俊秀的脸上，很快在寂静的黑暗中转为痛苦，他越缩越紧，手狠狠压着腹部，额上沁出了汗，弄湿了头发。胃里空荡荡的，他今天一整天都没吃东西。

他太饿了。

少年略显涣散的目光不经意落到门口的柜子上，那上面摆着他从楼道捡回来的大袋子，是喻瑶买的狗粮，她当着他的面喂完芒果之后着急出门，忘记封口了。

他的每个关节都在痛，小木偶一样费力地坐起来，眼巴巴盯着那里，他知道那是可以吃的东西……

他就只吃一小口，偷偷的。

少年挪动着身体靠过去，把手小心翼翼地伸进袋子，非常难为情地抓了一把——多、多了！

他喉咙动了动，抵不住对食物的渴望，把狗粮放到嘴边，想倒一点点进去，剩下的再还回袋子里。

然而，他的手才刚刚贴到唇上，喻瑶紧闭的房门骤然打开。

响声突如其来，少年慌张地转过身，手一抖，哗啦一下把狗粮都放进了嘴里。

喻瑶震惊地看着他。

少年的脸颊塞得鼓鼓的，眼眶发红，偷吃东西要被赶出家门的惊惧快要了他的命。

吐出来！吃了就没有家了！

然后他咕噜一声，一不小心咽得干干净净。

喻瑶之前匆匆回了卧室，除了确实疲惫之外，还因为她一时不知道该怎么跟少年在同一个私密空间里相处。

父母过世后，她不可控制地越来越冷淡独立，拒绝热闹，抵触群体，连笑或是哭这样人人都擅长的情绪和表情，对她来说也日渐生疏。

除了芒果以及工作时必须接触的白晓，她给人的感觉几乎是"生人勿近"，更不用说跟某个人建立朝夕相处的亲密关系。何况少年再懵懂，毕竟是个跟她年龄相仿的成年异性。

一米八五不是闹着玩儿的，他高高瘦瘦的，站在那里，就算顶着一张纯真小天使的面孔，存在感也极其强烈。喻瑶承认，她想逃避一个晚上缓一缓，调整好心态再面对他。

但她躺在床上辗转反侧睡不着，她闭上眼睛，晚上命悬一线的那个关头就在脑海中反复闪现，被捂住嘴、拉扯头发的窒息感重新变得清晰，还有最绝望的关头，少年无所畏惧地冲向她的画面。

她又翻身坐起来。

不能这样，他是个有血有肉的活人，现在孤立无援，全世界只有她可以信任，她把人带回来了，怎么能只顾自己的心情，把他草率地扔在那里，好歹要去确定一下他睡着没有。

喻瑶下床，放轻脚步，打开房门，无论如何也没想到会撞见他在吃芒果的狗粮，只见他手忙脚乱地把一大把狗粮吞下去，噎得脸色通红。

明明应该难受到呼吸吃力了，他第一反应居然不是求生，反而脸上写满了羞愧难过？！

喻瑶心脏快要跳到喉咙口，火速跑去厨房倒了一杯温水塞到他手里，语气不由自主地严厉："喝水顺下去！别急，慢慢咽！你吃狗粮干什么？"

少年就着温水艰难地往下吞着，眼前一片花白，颤巍巍的心坠到悬崖底摔成碎块，身上的体温也在飞速下降。他冰凉的手情急之下伸过去，央求地握住她的指尖。

她在生气，他再也不偷吃了，能不能别撵他走？

喻瑶这时候反应过来，狗粮并不好闻，正常情况下怎么可能会有人想去吃它，她问少年的问题真是可笑，他还能因为什么，还不是因为饿了。

是她太敷衍了，根本没仔细想过他的处境，他在外面流浪，哪有正经东西可以吃，也许牛奶和小香肠是他几天来唯一得到的干净食物，他还巴巴儿地跑来送给她，自己不舍得碰一下。

喻瑶胸腔里涌上陌生的酸涩，连着心也在轻微震动，她余光瞥到沙发，给他准备好的床上用品都没动过，倒是墙边的一个小角落里有一点灰尘的痕迹。

少年也注意到了，红通通的眼睛忽然瞪大。

他等不及顺过气，就东倒西歪地朝那儿飞奔过去，用衣袖把弄脏的印子都抹掉，喉咙里轻轻发着气音，用双手比画出很可怜的一小块地盘，扭过头不安地望着喻瑶。

他狭长的眼尾低垂着，见她不答应，就不断地把那块地盘缩小，再缩小，最后只剩下一块仅仅可以蹲着的面积。

不用他说出来，喻瑶完全懂了他的意思。

"我只要这么大的一个角落就够了，不占地方。

"我保证不再偷吃东西。

"让我留下来好不好？

"求求你。"

喻瑶想，白晓说的其实挺对的，从某种意义上来讲，她还真是渣透了，怎么能让少年过得这么差？

她指着他，点了点头："你给我等着。"

喻瑶不擅长做饭，家里没什么食材，速食品倒是储备了不少。少年饿久了，胃很脆弱，不适合吃太饱腹的食物，于是她拆了两盒紫米粥，放在锅里加热。

香味刚一飘出来，她就看见他偷偷从门边探进脑袋，羡慕地望了望芒果，小声地吞咽着。

他以为是给芒果吃的。

喻瑶关火，把粥搅到不那么烫，端出来给他。她瞧了眼他手上新新旧旧的伤口，低声说："张嘴。"

少年茫然听话，紧接着一勺香糯的粥就喂进了他的口。那双黯淡的眼睛里犹如被投入璀璨星火，一瞬把他整个人点亮，装满她的倒影。

他含着粥舍不得咽，又怕吃慢了被她不喜欢，欢喜地把碗捧起来，小口小口地喝着，吞一下，就要仰起脸，朝喻瑶露出毫不设防的笑容。

喻瑶再次受到美貌暴击，捂了捂心口——这是什么高强度的精神挑战！

芒果早就醒了，蹲在旁边，虎视眈眈地怒视入侵者。他护食地抱着粥，慢吞吞侧过身，留给芒果一个颇为恃宠生骄的背影。

喻瑶扫视了少年一遍，他身上的衣服确实太破太脏了，难怪他不敢睡沙发。她去白晓拿来的包里找出一套新的，忽然怔住。

吃饭睡觉好说，可洗澡怎么办啊？

喻瑶僵硬地张口："那个……你会自己洗澡吗？"

少年轮廓精致的唇边还沾着粥，一脸无辜，转而紧张地绷直了肩膀，好像他不会这个技能，就要被凶、被骂、被逐出家门。

喻瑶扶着额头叹气，决然走进浴室，往浴缸里哗哗放水，扔进一个颜色最深的泡澡球，直到水完全不透明。

她把少年拎进去，板着脸，剥掉他的外衣长裤，在伤口上贴好防水创可贴，或是包上保鲜膜，边动作示意，边冷冷指挥："自己把剩下的脱光，进浴缸里，只能把胸口以上露出来。没我的允许，你就不准动，听到没？"

喻瑶在门外等了十分钟才敲门进去，即便对里头的画面有了心理准备，气血依然腾腾上涌。

水很热，浴室里有薄薄的雾气，泡澡球化开后，水是浓郁的深蓝。那道身影坐在浴缸里，冷白色的皮肤被映成冷玉，偏又被烫得微微发红，苍白的嘴唇也蒸出了血色，再往上是高挺的鼻梁，潮湿明澈的双眼，墨黑睫毛往下滴着水珠。

喻瑶穿过雾气，走到浴缸旁边。

这还真是活色生香的场景，偏偏那人的眼神纯净。

喻瑶吸了口气，想喊他一声，她才发现，他应该有个正经的名字了。

喻瑶蹲下来，用毛巾撩了点水帮他洗头发。他很快满头湿漉漉的，也不敢甩，任她折腾。

"不知道你的姓，就暂时取个顺口的小名吧，"她花两三秒随便想了一个，"……诺诺，行吗？"

她充满风情的眉眼也染上水汽，嗓音下意识柔了几度，静静地说："这个字挺适合你，你要给我承诺，在一起生活的期间，不许乱跑，不许惹是生非，不许乱动家里的东西，不许擅自进我房间，不许给我惹麻烦……"

总之，这也不许，那也不许。

喻瑶说完觉得自己有点强势了，顿了顿又补充："不过，如果你有任何需要，可以跟我沟通。先尽快学会表达吧，你看连芒果饿了都知道挠挠门，叫唤两声。"

他扒着浴缸边，郑重点头，水珠溅出来，沾到喻瑶脸上，她竟不觉得讨厌，翘翘嘴角，试探着轻声叫他："诺诺。"

诺诺用湿漉漉的头拱她一下，一双桃花眼如明月般弯起。

等把诺诺彻底收拾整洁，已经凌晨三点。喻瑶躺下就睡过去了，诺诺跟芒果蹲在客厅里大眼瞪小眼。

诺诺双手抱着膝盖，还在怀疑自己在做梦，手指在身上到处戳着，戳到伤口疼得狠了，他才幸福得脸色发红，诚惶诚恐地把自己裹得更紧一点。

是、是真的。

芒果拿屁股对着他，不满地哼哼唧唧。诺诺努力张开口，尝试像它那样发出一点声音，然而出来的音节生硬，他有点自卑地垂下头。她说要学会表达，表达就是说话的意思，可他好像失去了那个能力。

诺诺黯然坐在地上，手指失落地戳着茶几，意外拽到了芒果的尾巴。芒果疼得一跃而起，"嗷呜"了一声。

嗷……嗷呜？

诺诺惊愕，他见到过芒果每次这么叫着扑过去缠着喻瑶，她都很喜欢，会对芒果摸头亲吻，而且芒果还比他会挠门。诺诺学着试了一下，薄薄的眼皮也红起来，不好意思地把头埋在膝盖上，期盼地抿了抿嘴。

喻瑶睡得并不踏实，天一亮就睁开眼，解锁手机。

两天过去，颁奖礼的风波还没结束，相关词条仍然在热搜上挂着，舆论风向当然一边倒，网友们疯狂地骂她，但也有那么一部分人跳出来讽刺姜媛本来就是个演技差的废物，喻瑶就算名声再差，赢姜媛也是不费吹灰之力。

喻瑶知道，这种言论一出，姜媛那边必定受不了，还会继续把火往她身上引，非把她彻底烧成灰不可。

但姜媛能利用的，无非就是那场失败的袭击。

白晓的电话不出意外地打过来，惊怒道："喻瑶你听好了，我这边刚私下得到消息，姜媛的团队今天可能会拿那件事做文章！虽然没成功，但是他们备好了一堆软文，准备装作爆料，拿伪造的录音污蔑你私生活糜烂！你这一年风评太差了，就算不是真的，很多人也会相信。"

"哪怕过后我们能澄清，但能起多少作用？"他愤恨地大骂，"造谣一张嘴，辟谣跑断腿，到时候真相就没人肯听了！"

喻瑶镇定地"嗯"了一声："我正想跟你说，从现在开始，我的事你别再插手，我会告诉公司，以我的情况，往后不需要经纪人了。"

她果断挂了电话，先打给公司里的直属负责人，接着登录自己的微博大号，把昨晚的经历详细地用文字描述了一遍，并且在最后公开艾特姜媛本人，直截了当发问："怎么，姜小姐被我一句话戳中痛处，就想拿这么不入流的方式报复我吗？"

检查一遍没错字，喻瑶纤细的指尖一点，成功发布微博。

穿鞋的才怕，光脚的怕什么呢？她要什么没什么了，也就等于无所畏惧。圈里人个个小心谨慎，说一句话都要想三天，宁愿吃亏也要粉饰太平，怕没了路，怕丢资源。

而她偏不受这个罪了。

既然有人想造谣，那最好的办法，当然是比那人更快、更直白地说出事实真相。

喻瑶心里头腥风血雨刮得正激烈，突然听见一丝微弱的挠门声，她怔了一下，外面安静几秒之后，又是同样的一声。

跟芒果那种暴力挠门的声音完全不同，这个声音是矜持的、乖巧的、如履薄冰的，还掺杂着某种强烈的期盼。

喻瑶隐隐有个猜测，心不由自主提上来，她快步走到门口，调整好呼吸，猛然拉开，一道穿着海蓝色睡衣的修长身影站在她的门外。

诺诺的黑发有点长了，被他别到耳后，显得格外温顺。他脊背挺得笔直，精致的脸颊上浮出可疑的浅红色，见到喻瑶的那一刻，他眸中迸出光彩，紧张地指了指自己的唇。

"饿了？"

诺诺忙摇头。

喻瑶明知不可能，还是随口问了句："总不能是会说话了？"

哪想到诺诺马上激动地点头。

喻瑶不相信，刚想说什么，诺诺突然垂下眼，长睫投出两片清浅的小影子，惹人心软。他鼓起勇气往前迈了一步，出其不意地飞扑上去，生疏地、小心翼翼地把她一把抱住。

所有声音在这一刻静止，他身上还有昨夜沐浴球的冷香，铺天盖地把她笼罩。

喻瑶全身凝固，血液在短暂的冰冻之后呼啸着涌向四肢百骸，她耳中嗡嗡乱响，感觉到他柔软的发梢撩蹭着她，刺激着相接触的每根神经。

然而两秒之后，诺诺附在她耳边，献宝一样，羞怯又骄傲地说了一句话："嗷——嗷呜！"

当天上午，喻瑶深受刺激，连帽子都忘了戴，火速出门，直奔距离最近的新华书店，手抖着拎了个大筐，不停往里面塞书。

《幼儿早教大合集》《教会你的宝宝开口说话》《拼音启蒙大全》，最后看到一本《教你说人话》，喻瑶也把它扫进筐里。

不远处有人认出她，偷着拍照，喻瑶根本就没空搭理，爱咋咋地。

于是中午时候，一条新的热搜强势出现，迅速攀升，甚至压过了喻瑶对姜媛掷地有声的指控，内容是——"昔日知名女演员疑未婚生子，独自现身书店，心酸购买育儿书"。

第三章
我的主人

诺诺失魂落魄地坐在门口，清瘦的脊背抵着墙，他手里抓着一条沙发上的细绒毯子，动作缓慢地盖到头上。

毯子太短，他太高，像是钻进沙堆里的小鸵鸟，把脑袋藏好了，身体还露在外面。

毯子底下，诺诺脸憋得通红，微弱地"噢呜"了一声又一声，拼命想知道自己的声音有多难听，为什么得不到她的拥抱和亲吻，连摸头也没有，反而让她那么讨厌。

那时候……她用力把他推开，严厉地说了一句"以后不许随便碰我"就干脆地出门了，把他关在门板后面，到现在也没有回来。

诺诺揉了揉酸胀的眼眶，扯着毯子边往下拽了拽，想把自己藏得更严实一点。

喻瑶提着一大袋子育儿书打开家门，毫无准备地见到这么一个轻轻发着抖的"巨型恐龙蛋"，吓了一跳，她上前一步把毯子扯下来。诺诺一头柔软的黑发被彻底弄乱，他没反应过来发生了什么，睁圆的眼睛里满是空洞和沮丧。

等看清喻瑶站在自己面前，他还来不及开心，就意识到自己的样子吓到她了。

于是他更悲伤了，头顶宛若聚了一片电闪雷鸣的小乌云。

喻瑶一时有点啼笑皆非，朝诺诺勾了勾手指："起来，地上凉。"

她拿出买的幼儿启蒙版拼音表，找了一块空白的墙贴好，又把厚厚一摞书按由浅入深顺序排列，放到诺诺怀里，接着找出平光镜戴上，并拿着一把尺子作为教鞭，挥了挥，试验力度。

她今天必须做个严师，诺诺这好好的一个大活人，"狗言狗语"的算怎么回事。

诺诺以为自己要挨打了，很想"嗷呜"一下回应喻瑶，让她明白，就算是打他也没关系的，只要别抛弃他，但很快想到喻瑶不喜欢听自己叫，又尽力忍住不吭声，乖乖地换到她腿边坐下，等着疼痛降临。

喻瑶见到他这副任人宰割的小模样，心口不由得酸软，双手蠢蠢欲动，恨不得去揉一揉他的头。她别开目光，清清嗓子："今天开始，你给我好好学说话，过来跟我念第一个音节，啊——"

诺诺如临大敌。

学……学说话！如果学得好，她也许就不会讨厌他了。

诺诺飞快挺直后背，张口，奋力振动声带，刚把"啊"的音发出来，不知怎么鼻子一酸，后面又带出来一个颤巍巍的变调尾音："——啾。"

"啊啾。"一个因为发音非常不标准而略带奶气的喷嚏。

诺诺惊悚地抬头，紧张地望着喻瑶，怕她会生气，那模样完全是一只漂泊无依的可怜流浪狗，弄出一丝丝动静都担心遭到嫌恶。

喻瑶不禁检讨自己是不是太凶了，她走过去拾起毯子围到诺诺身上，犹犹豫豫地给他比了个拇指，言不由衷地夸奖："挺好听的，继续努力。"

诺诺眼里的波光这才闪耀起来，鼻尖上沁出一层薄汗。他用半个小时背熟了基本的声母韵母，已经能说出几个简单的字和词了，这种进度超出喻瑶的意料。

他很聪明，并且他仍有本能。

喻瑶觉得可以进入重头戏了，她把芒果叫过来，对诺诺科普："这是狗。"

诺诺乖巧地连连点头，用变调的发音生涩地说："狗……狗勾（狗）。"

他吐字艰难，两个相同的字连续读出来，前一个字的音调还算准确，后一个字的音调就不自觉地往上飘，并不笨拙，反而显得伶俐可爱。

喻瑶已经非常满意了，她指着自己继续说："我是它的主人，负责养它照顾它，但你不一样，你是个人，我们的关系——"

没等她说完，诺诺迫切地身体前倾，用手撑着地，他抬起头来看向她："主人！"

喻瑶一怔，诺诺等不及地往前蹭了蹭，手握住她的裙角，双眼弯起，睫毛间溢出细碎的星光，焦急地说："你是……主人。"

第一个完整的句子，第一次清晰的发音。

喻瑶终于听出，他的嗓音质感极好，干净清冷，像是大雪后白皑皑的松林，那种风过林梢的低响，糅杂着跟他外表极具反差的凉薄和疏离，从耳畔刮过，直抵神经。

有着这样一副嗓子的他，单纯地叫着她"主人"。

他人在阳光里，全身宛如镀着金边，虔诚而专注地凝视她，眼里的琉璃色不知道什么时候转深，某一刻竟似要将喻瑶溺在其中。

喻瑶不能相信，她也算见过风浪的，竟为了诺诺一句天真的话而走了神。她条件反射般地伸出手，捂住他的嘴。

"不准叫了！"她的呼吸略微加快，"跟我学，叫我名字。"

诺诺却怎么也发不出"喻"的音，急得眼尾都泛了潮气。

喻瑶不得已放弃："那就叫瑶瑶。"

很快喻瑶就意识到，这是她做的最错误的一个决定。

那终于会往外蹦短语的少年完全不知道安静是个什么东西，已然沉迷学习不能自拔，跟在她后面，磕磕绊绊地练习发音，就没停过，每句都要带她的名字。

"瑶瑶，养狗狗！"

"瑶瑶，我会——缩（说）好多——字！"

"瑶瑶，嗷呜——"这是他明显开心过头了。

喻瑶蓦地转身，凶巴巴地在他的手臂上一拍，力气不小："说人话！"

诺诺眨眨眼，温顺地低下脑袋，不敢碰她的手，轻扯着她的衣袖，小声说："瑶瑶，疼。"

喻瑶头要昏了。

下午四点过后，天色逐渐暗淡下来。

喻瑶翻了翻通话列表，不到十个小时的时间里，她挂了上百通电话，除了最开始接了白晓的，告诉他什么都不要管不要干涉外，其余一概无视。

早上发了微博后，她就联系民警陈路，请官方发布了真实的警情通报，把她遭遇的事实公布，这样一来，"凭空捏造""子虚乌有"等罪名就落不到她身上。

事实确凿发生，那么在如此巧合的时间段里，姜媛团队自然有最大嫌疑。谁都明白这个道理，就算她拿不出更多证据，但姜媛这个"疑似下黑手报复同行"的罪名都立在那儿了，总有人会去怀疑，哪怕就一个人，她都赚了。

谁让她身在谷底，退无可退？如果没人招惹她，她也想平静退圈，但既然欺负到她头上了，她如今拖家带口的还得活下去，就算不为自己，也得为着诺诺和芒果再搏一把。

电话再次响起来，喻瑶本来不想搭理，余光扫过手机屏幕显示的来电人，手不禁停住。她拧着眉等了半晌，直到对方锲而不舍地打了第三遍，她才不得不接："外公……"

电话里的男声严肃洪亮："司机在你那个破房子楼下，五点之前回家来！"

外公说完就挂了，根本没给她反对的机会。

喻瑶揉着额角，抑制不住地烦躁。

妈妈在过世前反复叮嘱，让她尽量包容外公的脾气，少顶撞他一些，她一直都在尽力照做。即便明白见面没有好事，但为了避免麻烦，她不会明着反抗，反正最多两周一次，装乖搪塞，总能应付过去。

她教诺诺说话的那些温柔情绪消失殆尽，耐着性子化了个甜美无害的妆，准备出门。

诺诺正趴在茶几上握着笔，辛辛苦苦描画什么，见到喻瑶过来，他难为情地把纸往怀里藏。喻瑶偏要欺负他，抢过来看。

纸上的线条极其简单，勉强算是幅画，一个长发女孩、一只小狗，亲密地在一个房子里。

喻瑶以为他画的是芒果和她，正想给点鼓励，却听到诺诺轻声地说："瑶瑶，我。"

说完后，他的脸悄悄红了。

什么意思？这小狗是他？！

喻瑶急着走，也没空纠正，给他热了点晚饭，粗略嘱咐几句就准备下楼。

临走前她多少有些不放心，找出一个备用手机，打开某直播软件，开了一对一的专属私密模式，然后把手机立在电视柜上，跟诺诺说："这个能让我看到你，你不用管，我只是为了以防万一。"

黑色保时捷停在楼下略显扎眼，喻瑶快速上车，完全不知道楼上有个身影，在面积不大的家里跑了三五个来回，腿上撞出一大片瘀青，只为了找到一个能看见她的窗口。

车上，司机恭敬地叫了声"小小姐"，喻瑶应了声，随后闭上眼假寐。

近一个小时后，车才开进家里的大门，顺着落了层银杏叶的小路直奔中式前厅，经过停车坪的时候，喻瑶目光扫过一辆熟悉的跑车，就知道她那位金娇玉贵的相亲对象也在里面。

果然，她刚一出现，外公就用拐杖重重地杵了杵地，虎着脸道："彦时中午就过来陪我下棋了，你看看你，如果我不打电话，你是不是就不知道回来了！"

喻瑶看向另一边的单人沙发，上面坐着个英俊男人，穿一身蓝黑色的手工西装，衬衫领口解开两枚扣子，眼尾略略上挑，妥妥的斯文败类。

"你瞪彦时干什么？"老爷子气不打一处来，"你这两天闹出了多少事，还不能消停吗？到处得罪人，我看遭了报复也是活该，让你长长记性！"

他怒道："而且彦时对你够宽容了，你惹出什么未婚生子的丑闻，人家都没说你一句不好！你难道就不顾及他的脸面？我看就着这次风波，你直接退出娱乐圈吧，有时间多跟彦时出去逛逛街、旅旅行，做点正经女孩子该做的事，尽早把婚事定下来！"

喻瑶默默地听着，喉咙动了几下，尽量把火气往下压。和外公争吵得不偿失，她讨厌麻烦，能撑就先撑下去，否则妈妈又要给她托梦了。

不就是演戏嘛，有什么难的。

喻瑶理了理耳边的长发，一抬眸，露出一个根本不属于她的乖巧甜笑，说："外公，八字都还没一撇呢。再说了，陆总太忙，哪有空？"

说着她转过目光，含羞看向陆彦时。

陆彦时慵懒挑眉，淡淡地笑："再忙也应该挪出时间陪我未来的太太。"

这话老爷子听着舒心，终于稍稍露出满意的神色，不忘敲打喻瑶："你在娱乐圈搞出那么多破事，也就彦时脾气好，不跟你计较，你别不珍惜。"

猜到了喻瑶要争辩，他干脆拒听，下了命令："餐厅订好位了，你跟彦时两个人去吃晚餐吧，就不用陪我这个老头子了。"

陆彦时闻言站起来，盯着喻瑶，伸出手："走，坐我的车。"

他的身影挡住了老爷子的视线，喻瑶神色一瞬变得冰冷，警告地冷视着他的爪子，百般嫌弃地挽上他的胳膊。

两周一次的糟心活动又要开始了。

餐厅是会员制的，私密性极强，但有老爷子的眼线在，她为了耳根清净，不得不经常来这里演戏。

陆彦时慢条斯理地坐到喻瑶旁边："你说你何必呢，放着好好的日子不过，为了演个戏，非要脱离家里，结果混得这么惨，随便开个网页都是你的黑料，再看看你现在住的那破房子，下雨天不漏水吗？"

喻瑶冷冷勾唇："陆彦时，你把自己当什么人了？我跟你不过是互相利用，你只是我应付家里的工具而已，少说废话。"

陆彦时"呵"了声，眼神却上下打量，暗暗观察她有没有因为袭击事件受伤："咱们毕竟是青梅竹马，我是为你好，你可想清楚了，名声搞那么差，以后谁敢娶你。"

"陆总既然这么关注我的事业和名声，当初我被容野封杀的时候，怎么没见你出面？"

陆彦时表情凝固了几秒："原来你也知道你被容野封杀了。得罪他，你以为你继续混下去还能有什么好下场？"

"容野那个人，年纪不大，就是让人浑身发冷，"他长眸眯了下，"谁对他不是心惊胆战，生怕触了这阎罗王的逆鳞，你倒好，竟敢招惹他。"

陆彦时从头到脚扫视着喻瑶，似是想扳回一局，讥嘲道："也是怪了，容野怎么会对你有兴趣。"

喻瑶对他彻底失去耐心，半句话都不想多说。

她没兴趣再吃饭，动了动手指，点开手机上的直播软件，意外看到画面里一片漆黑，她才后知后觉地想起忘了教诺诺开灯，心里不禁有些急躁。

但没过两秒，她就听到隐约传来踢踢踏踏的脚步声，接着"啪"一下，灯霍然亮了，同时响起的还有诺诺惊喜的一声"呀"。

喻瑶没发觉自己嘴角向上弯，看得目不转睛。

诺诺跑到手机前面，抱着膝蹲下来，举起拼音本，很乖地念叨："瑶瑶，我会，念句子了。"

他离得很近，白皙的额头快抵到手机屏幕上了，羽翼似的睫毛轻轻扇动。

喻瑶心里隐隐地似被捏了一下，她随口说了一句"能看到"，他就蹲在手机前守着，如果不是去开灯，他是不是连动都不会动一下？

"看什么呢？给我也看看。"

陆彦时探过身，伸手去拿她的手机。

喻瑶本能地收回来："陆彦时，你别越界。"

她一分钟也不想再待下去，看了看自己面前根本没怎么动筷子的两道菜，叫服务生："打包。"

虽然对她来说这菜难以下咽，但毕竟有肉，万一芒果喜欢呢？

喻瑶没让陆彦时送她到楼下，隔着一段距离她就下了车，疾步往回走，不知不觉竟然有些归心似箭。

她在路上再次打开直播，却发现镜头前没人了。

喻瑶不禁加快速度，到楼下时不经意一抬头，愣在原地。三楼某个窗口亮着暖黄色的光晕，有个极漂亮的脑袋正在那里想往外探，两缕头发还倔强地翘起来，小禾苗一样，乖乖地竖在他的头顶上。

那个身影很敏感，也第一时间看到她了。他揉了一下眼睛，仿佛不敢相信期盼的人就在那里，僵了一下才呼啦站起来，热切地想要打开窗。

但窗子是推拉式的，且年久失修，很不灵活，他一时没找到关窍，头上的两缕头发急得摇晃起来。

喻瑶看得有些想笑，心像被泡进某种陌生的温暖溶液里。

失去父母后，她也没了家，早就习惯每晚房子里黑漆漆的，已经很久……很久没有人在深夜等待她回来，给她亮一盏灯。

意外，但不排斥，还隐隐有种新奇和模糊的愉悦。

喻瑶提了提手上拎着的剩菜，莫名觉得缺点什么，似乎出门回来，她应该给诺诺带两样小礼物，零食、画本、杯子、碗碟，或者随便一点小玩意儿，他可能都会很高兴，好哄得很。

但今天来不及了，等下次吧，她要是再不上去，诺诺那小脑袋怕是快要把玻璃窗给撞碎了。

喻瑶想朝诺诺招手示意一下，手刚刚抬起，她猝然捕捉到一丝异样，自己家和隔壁楼昏暗的夹道里明显有杂乱的脚步声响起，有人骂骂咧咧地在议论。

"确定是住这儿？就这破地方？"

"错不了！我花大价钱找人买的消息，她都掉到十八线了，以前根本没人拍她！就是她最近疯狗一样死咬着我们媛媛不放才有了热度！"

"买她住址的人，估计都是想收拾她的！"

喻瑶手指紧了紧，立即明白这些多半是姜媛的人，可能还带来了不止一家狗仔队，为今天的事专门来的。她现在身边没人，一旦被拦住很难脱困，类似的亏她怎么也不可能吃两次。

她拉好口罩，当作什么都没发生，继续朝单元楼走去。那群人里最前面的女生先发现了她，女生先是呆愣了一秒，第一反应是好美，随后才悚然反应过来，这不是什么路人，根本就是喻瑶！

女生呼喊着往前跑，喻瑶早有准备，在知道瞒不过的那一刻，她迅速赶到单元楼门前用指纹解锁，利落地迈进去，回身把门重重一推，"哐"的一声，单元楼门关得严丝合缝。

还真是感谢白晓，自那晚出事后，他跟物业联系并自掏腰包，把这个门的锁换成了时髦的指纹款，外面的人即便累死也撞不开。

一堆人拥到门外大呼小叫，那个女生面目凶悍，从玻璃窗外瞪着她。

喻瑶歪了下头，姿态从容，朝她们随手比了个慵懒的敬礼手势，而后转身上楼，全程汗都没流一滴。

等转过楼梯拐角，她清冷的眼中结起冰层，立刻给陈路打电话："陈警官，不好意思我又要报警了。"

三次报警，够了，她这辈子不想再有下一次。

喻瑶走到二楼还能听见外面的噪音，等她迈上三楼，噪音就被闷闷的撞门声取代，她起初以为是楼下传来的，很快意识到不对，那是被她反锁的家门被撞的声音！

她几步赶到家门外，拧开门，里面那个高瘦的人影拖鞋都掉了一只，光着脚就径直往外冲。喻瑶甚至都没来得及反应，他已经跑到楼梯口，头上的两撮头发带起风，被吹得直劈叉。

"诺诺，回来！"

诺诺犹豫着站住脚步，伤口未愈的手用力握着楼梯栏杆，淡青色的筋络隆起。

喻瑶厉声道："我的话你也不听？"

诺诺的侧影颤了一下，缓缓回过头，他跟几分钟前脑袋贴在窗子上的小可爱判若两人，唇紧抿着，下颌绷得棱角分明。他很不流畅地开口，嗓音沙哑："瑶瑶，被，欺负。"

喻瑶呆住，喉咙滚动着，眼窝热了一下。

他看见了。

芒果这时候也不甘示弱地冲出来，嗷呜嗷呜要跟着往楼下跑，才跑到诺诺附近，就被他抬起赤裸白净的脚一挡。芒果不得不紧急刹车，下巴"砰"地磕在地上。

诺诺低下头，浓墨晕染似的长睫微颤："回家。"

芒果貌似满心震惊：不是你带我冲的吗？转头你就学乖了？！

喻瑶把一人一狗火速拎回家，关门后先找出根自拍杆伸到窗边，朝下面的盛况连拍几张照，挑出最完整的一张直接发微博，抢占先机——

"家门口深夜被堵了，姜小姐自己不想出面，就雇人来替你宣泄？还是打算让那件没成功的事重演一遍？"

姜媛暗中安排人带着狗仔队来讨伐她，趁乱逼她说些错话好发散，再搞乱场面，给她来个破坏社会治安的罪名，把她带上警车。

等最后被质疑的时候，姜媛只要把责任往别人身上一推，发个"抱歉占用了公共资源，以后会正确引导身边人"的声明，就算是完美胜利了。

圈里这些害人的套路，她看个开头就知道结尾。

她想安静退圈，却被人三番五次地挑战底线。

她真怕吗？她只是烦。

既然都在骂她，指责、质疑她，伤害、侮辱她，身边的人也冷嘲热讽，把演戏当成她的罪名，她穷得连养活诺诺都吃力，还需要他拼命来保护自己，那她还退什么圈，不如回到影视圈去做个大反派好了。

如果容野再出现，像上次一样高高在上，派个人命令她去陪那些大佬吃饭，她就亲口问问容二少，他到底凭什么。

这次闹事的人数多，性质恶劣，陈路带了不少人过来，三辆警车在浓夜中闪烁鸣笛。

喻瑶这才有时间回过身，一眼就对上了诺诺毫无血色的脸。

他光着脚，一眼不眨地看着她，外面灯光晃过，他眼底似是有泪。

警笛每响一声，他就添一层绝望。

喻瑶恍然意识到，警笛留给他的阴影太大了。他被人从她手中带走，被她丢在派出所，被送去救助站，被骂被抓，每次都响起这个声音，他大概以为自己刚才做错了事，她想把他送走了。

沉默间，外面已然有动静传来，陈路在敲门："喻小姐，我是陈路，你不用怕，我们需要你开门配合做笔录。"

喻瑶回应："稍等。"

这个欺骗过诺诺的声音让他原本浅红湿润的唇一片惨白。

喻瑶走过去攥住诺诺的手腕。他贪恋跟她的亲密接触，不愿意挣开，只是战栗地轻声唤她："瑶瑶，瑶瑶。"

喻瑶环视一圈，只有她的卧室离得最近，她来不及多说，直接把诺诺推进去，门一带，独自去应对陈路。

陈路也很头疼，这种涉及公众人物的案件他太少遇到了，喻瑶对他讲完情况，轻声说："你放心，这是最后一次。"

陈路不禁又打量她片刻。

眼前的女孩子不过二十出头，乌发红唇，双眼里波光盈盈，举手投足间都透着难以亲近的疏离，合该是花钱去电影院才能看到的人，难怪那个流浪的小伙子缠上了她就想赖着。

想起那个人，陈路连忙问喻瑶："对了，那人没再出现骚扰你吧？"

他的视线掠过喻瑶家中的拼音表和育儿书籍，有些疑惑。

喻瑶四平八稳地说："没有，他再也没来过，应该已经走远了。"

"想来也是，"陈路点头，"我这边尽量帮他找到家人吧，免得他危害社会，如果哪天找到他了我会通知你一声，到时候你就能彻底安心了。"

等窗外的警笛声和嘈杂声都远到听不清楚，喻瑶才从"找到家人"这四个字里回过神，之前她在楼下仰起头见到诺诺时就在暗暗涌动着的情绪，这一刻卷起一个难以言明的波澜。

她疯了吗？如果诺诺真有家，被带走不是很好？

怎么才收留他一天，她对他就从迫不得已变成某种奇怪的私有感了？

喻瑶捏捏眉心，警告自己，她跟诺诺的这段关系是临时的、短暂的、蜻蜓点水般有限度的，不该倾注情感。

任何意义上的情感都不应该有。

喻瑶压了压胸口，走过去推开卧室门，里面没开灯。诺诺坐在地上，眼角湿漉漉的，朝她笑着。

他的眼非常美，目光锐利又充满风情，衬上纯净清透的瞳仁，随便一个目光都自带杀伤力。

没有被她扔给陈路带走，他开心得不知所措，嘴唇已经被自己咬红了，他鼻音很重，手指揪着喻瑶的棉拖鞋说："瑶瑶，不丢，我。"

喻瑶头又开始疼。

他轻声央求："不，气。"

喻瑶尽力保持高冷，平稳地"嗯"了声，为了防止自己继续被他牵动，干脆出去看芒果。

芒果下巴磕伤了，委屈地呜呜叫。喻瑶给它抹了点药，搂着亲了几下，才记起带回来的两份菜，她拿过来打开盒盖，打算递给芒果。

芒果受伤了食欲不振，离老远闻了一下，蔫蔫地别开脑袋。

喻瑶无奈，虽然食材是好的、价格是贵的，但再放一夜就没法吃了，浪费也是没办法，只能丢掉。

她起身准备把饭盒扔去厨房的垃圾桶，偶然一抬眸，看到诺诺孤孤单单地靠在她卧室门边，失落地望着刚才被她亲吻、拥抱、安抚过的芒果，目光又一寸寸地追到她手中的饭盒上。

他走过来，在通往垃圾桶的路上很乖地挡住她，小心翼翼地问："我……可以，吗？"

喻瑶一时没懂："你什么？"

诺诺渴望地看着饭盒，用指尖点了一下，不好意思地说："可以，让我，吃，吗？"

喻瑶拧眉强调："不好吃，而且是我吃剩的。"

诺诺隐约听懂了这不是严词拒绝的意思，连忙双手一起举起来，爱惜地把饭盒接过。

他不太会用筷子，拿了把大号汤勺，如同得到珍宝似的吃了起来。

他吃饭很安静，姿态意外地优雅，狼吞虎咽都没有声音，等注意到喻瑶在看他，他才羞赧地把头埋了埋。

喻瑶难受地想去把饭盒抢下来，伸出手又停住，别过头合上眼。

诺诺哪里需要她特意买什么礼物，连一点她不爱吃的东西他也这样珍惜，一个人懂事地蜷在茶几边，掉了片小菜叶还要捡起来吃掉。

他吃几口还会偷偷看她一眼，确定她在，他就安心了，欢喜地朝她身边挪近，又唯恐她躲开。

他怎么能这么容易满足，让她难以压制内心那种古怪又热切的冲动，想赚钱花在他身上，给他吃真正好吃的食物，换适合他的衣服，而不是穿着白晓的衣服敷衍度日。

喻瑶撑着额角，觉得这样发展下去不行。

她干脆立个一百天不被诺诺打动的挑战目标，一百天后，他差不多也该适应正常人的生活，等时间到了，她就把他送走。

喻瑶做了决定，掩饰好情绪，给他倒了杯热水后，语气平淡地交代："你吃完就早点休息，我先去睡了。"

她一眼也没多看他，无欲无求地进卧室，正想关门，芒果扭着胖乎乎的小身子挤过来，泪眼汪汪地求摸摸。

喻瑶柔声问："伤还疼？"

芒果呜呜几声，抬着脑袋等她爱抚。

喻瑶坐在床尾，俯身摸摸它的下巴，揉两下就弄了一手的毛，她摇头："不能摸了，芒果你掉毛，最多同意你今晚在我这儿睡。"

她话音刚落，客厅里一阵扑通乱响，紧接着虚掩的房门就被从外面推开了一条小缝。

诺诺穿着睡衣，怀里抱着好大一团被子，手里还提着芒果的狗窝，头顶的"小禾苗"被他压下去了，挂着一串水珠。他似乎刚把自己快速清洗过，带着一身清新湿润的草木气。

"你——"喻瑶本能地要让他出去。

他眼睛睁大，鼻尖一酸，先把狗窝摆好，然后马上找准一个墙角，认认真真把自己的被子铺到地板上，折成一个够他蜷缩的小窝。

喻瑶惊呆，敢情之前把他关进来那一会儿的功夫，他连自己睡的地方都踩好点了？！

诺诺给自己做好了窝，就顺从地往喻瑶面前一蹲，不知不觉把惊呆的芒果挤开了一点。

喻瑶坐在床上，他不敢靠得太近，瑶瑶凶过他，让他以后都不准碰她。

诺诺手指修长，骨节匀称，即便上面布满伤痕，也只是平添了极美事物被损坏的凄艳感。这只手牵起了喻瑶的衣袖，隔着一层布料，把她的手掌抬高，翻过来。

下一秒，他鼓起勇气，把自己微凉的下巴垫在她手心里，依恋地、轻缓地摩挲，这样是不是就不算他碰瑶瑶，算瑶瑶碰他了？

不生气，不凶他好不好？

诺诺保持着这样的姿势，仰起脸，眼睛里那层剔透的琉璃好似有了裂纹，每一块碎片上都是她的影子。

他嗓音天生冷淡而疏离，这样诱人的声线，对她说的却是："瑶瑶，你摸我，我乖，不掉毛。"

喻瑶以前碰他都浮皮潦草，这是第一次真正意义上的触摸。

诺诺摩挲她两下就上了瘾，对这种皮肤相贴的触感着迷。

他那双内勾外翘的眼忍不住眯起来，享受地歪过头，把脸颊放在她的手上，很小心地挨着。

她的掌心很软，本来是冰凉的，在他脸颊的紧贴下迅速发热。

热度刺激着喻瑶，她的眼睫动了动，呼吸明显失去平稳，她现在整个手臂、肩膀都像被诺诺这颗突然降落的小炸弹轰得没了知觉，如果一直麻着倒也还好，她还能控制自己。

偏偏他的脸一蹭，她的所有感官就跟着全面复苏。他下颌的弧线、手感，以及无意识呼出来的温热气息，都像有了生命般到处招惹。

喻瑶木雕一样坐着，一时有点恍惚，不知道自己到底耗了多少定力才坚持住，没把他直接逮过来乱揉一通。

进来之前她还信誓旦旦想什么一百天不被他动摇，这可好，一天都不用，分分钟就破功。

诺诺确实太乖了，她承认自己有点顶不住。

喻瑶想趁着自己理智尚存，赶紧跟诺诺拉开距离。

可她才流露出躲开的意思，诺诺就慌张地往前够了够，抓住她的手腕，更努力地跟她贴着，舍不得松开，嗓子里含混地咕哝"瑶瑶"。

喻瑶宣布耐心告罄，可爱明明就是无敌的。

她咬咬牙，火速把手伸向诺诺的脑袋，尽情揉弄他略长的黑发，心头火总算发泄出来一些，但纤细雪白的手穿梭在他的乌黑发间，又有种异样的反差刺激，让她神经微跳。

够了，停下。

喻瑶让自己冷静，狠狠心把手收回来，戳着诺诺的肩膀把他推远。

诺诺还沉浸在刚才的亲密里，眼里雾蒙蒙的，嘴唇都比平常红了三分，他也知道自己要赖了，望着她说："瑶瑶，不气。"

他坐在地上，头发被她揉得翘起来。他指指自己的被窝："我睡，那儿，跟瑶瑶，一起。"

芒果围观全程，已经看呆，彻底没脾气了，它见争宠的时刻已到，忙叼过自己的窝，"嗷呜"示意喻瑶，它才是先来的。

"我没生气，"喻瑶哭笑不得，稍稍俯下身体跟诺诺对视，郑重科普，"芒果是一只狗，它可以留在我这里，但你是个人，你不能，你必须自己出去睡觉。"

"还有，"她耐心告诉他，"以后不管什么时候，没经过允许，不能随便进女孩子的房间，记住没有？"

她还想重申"不能身体接触"来着，但想到刚刚自己主动碰了他，怪理亏的，只能选择闭嘴。

诺诺眼里的光逐渐熄灭，低下头，露出白生生的脖颈。

喻瑶多少能理解他，他心智不足，内心还是个小朋友，非常没有安全感，尤其是在黑暗笼罩的夜里可能会害怕，他想跟她住也算正常。

但无论如何，他有一副成年的身体，是个货真价实的男人，她给他树立性别意识并没有错，他再可怜，她也不能心软。

喻瑶起身捡起他铺好的被子，把有模有样的小窝弄散了，大步往客厅走。诺诺在后面磕磕绊绊地跟着，非常微弱地呜咽了一声。

客厅地方虽然不大，但喻瑶卧室的这面墙边是空着的。

她卷起衣袖，朝恍若被全世界遗弃的诺诺招了招手："过来帮我，把沙发推到墙边，这样你跟我就只隔着一道墙了，会不会好点？"

诺诺忙不迭地跑过去，不用喻瑶动手，一个人搞定了。

他把沙发紧紧地挨着她门口摆着，再往前多一寸都会打不开门，实在不能更近了。他长而密的眼睫才垂下去，声音很小："瑶瑶，我也是，狗狗。"

为什么别的"狗狗"可以，我不行？

喻瑶没听清，单纯以为他在求情，上前帮他换了床干净的被子重新铺好，跟他说："家里很安全，你不用怕，我们共同生活期间，我会尽量照顾你，你放心。"

怕自己待久了又会被诺诺蛊惑，答应他什么天真的要求，喻瑶没多留，关了客厅的吊灯就回自己卧室了。

临进门前她没忍住多看了一眼，只见诺诺抱着被子，靠墙坐在一片阴影里，睡衣下的身体清瘦得让人心酸。

喻瑶犹豫了片刻，最后怕他伤心，还是没锁门，她仰躺在床上用手盖住眼睛，手心里隐隐还有诺诺的温度。

她胡乱地想，就算这段关系再脆弱，两三个月甚至更短就会停止，但她只要还养着诺诺，就不能亏待他。

她不可以总让诺诺睡沙发，要尽快买一张舒服的单人床。他还急需补充营养，老是吃速食怎么行，更不能总吃剩菜外卖。

她如今也是个正经"养崽"的人了，得把厨艺练起来，好歹把他喂饱、让他长一点肉，另外再教他学说话，学各种生活技能……

想到让他学习，喻瑶莫名怔了一下，忽然睁开眼，眉心渐渐紧蹙，视线落到已经睡着的芒果身上。

等等……

是巧合吗？为什么诺诺开口说话，在墙边垒起小窝睡觉，用下巴和脸颊蹭她的手心……这些都像是在复刻芒果的行为？

喻瑶的心微微下沉，有种难以成形的念头卡在胸口。

她坐直身体，借着稀薄的灯光，看到卧室门和地板的窄窄缝隙里慢吞吞地伸进来一张纸，像是唯恐打扰她，悄无声息的。

她轻手蹑脚过去拾起来。

纸上是诺诺的简笔画，右上角是弯弯的月亮，画面中间是熟悉的长发女孩，闭着眼，身边又是一只小狗，温顺眷恋地蜷缩着。

　　喻瑶心里那种摸不清的感觉倏然成形，脸色也跟着变了。

　　她马上拿过手机，看时间太晚了不方便打电话，只能心急火燎地发短信。

Chapter 4

第四章
认知障碍

短信发送半分钟后，对方直接拨过来。

喻瑶立刻摁成静音，躲进枕头底下接听："徐姨，你看到信息了，他究竟怎么回事？是我想太多了吗？"

那头的徐主任连着叹了几口气，她说过吧，这患者的离奇症状果然来了。

"我就猜到还会有后续，没想到这么快……我上次说过，患者失智可能还会引发其他的缺陷，比如说，某方面的认知障碍。"

"认知……障碍？"

"从你跟我描述的这些情况看，他对自己的属性并没有一个明确的概念，"徐主任含蓄地解释，"简单来说，他对世界的了解一片空白，对人或者动物没有那么强的区分意识，他心里盼望自己是什么，现在就把自己当作了什么。"

喻瑶隔了许久才干涩地问："所以他……盼望自己是只小狗？！"

"瑶瑶，你还没明白？因为你对家里的小狗好，跟它亲近，和它笑，他都亲眼见到了，他也想被你那么对待。"

喻瑶紧抿着唇，回想种种情景，心里突然有股难言的涩意。

徐主任虽然不赞成她接管这个大麻烦，但想透前因后果以后，还是感慨道："一般来讲，人是有认知本能的，天生知道自己高于其他生物，他之所以会变成这样……"

她顿了顿，继续道："是因为对他而言，只要在你身边被你善待，即便是做宠物，做一只小狗，他也觉得是最好的事情。"

喻瑶撑起的身体逐渐放软，躺在床上，心头不断涌上酸楚，她哑声问："还好我发现得及时，应该来得及扭转情况吧？我想让他好好做个正常人。"

徐主任说："希望还是很大的，我先给你选两部科普片子，你明天给他播一下，试试效果。"

喻瑶接收完片源，简单看了看，是非常基础的物种科普片，很适合教学。

她一晚上失眠，好不容易熬到天亮，精神抖擞起床，把睡得迷迷糊糊的诺诺拎起来，丢到电视前面。

"过来，跟我上早课。"

诺诺睁圆"狗狗眼"，憧憬地盯着喻瑶。

喻瑶越看他越心疼："诺诺，你知不知道自己是什么？"

诺诺忙不迭地点头，清晨的声音有丝撩人耳膜的沙哑："狗——狗。"

他的发音仍然不准确，第二个"狗"字的音总是往上飘，尤其可爱。

喻瑶头都要炸了，她深深吸气，尽可能让自己保持平常心，严肃地说："你看你长这么高，和芒果完全不同，你跟我，跟外面所有同类一样，都是人，如果还不懂，那就看片子。"

喻瑶把手机连接电视，先播放第一部。这是以一家的家庭人员为基础进行讲解的，家里也有只萨摩耶。

她正庆幸这片子不错，很贴合现实，更容易让诺诺理解，万万没料到，电视里的人居然一摆手，朝萨摩耶大叫了一声："诺诺！"

喻瑶一愣，她取的名字有那么像狗名吗？！

诺诺一脸"果然如此"，指着自己鼻尖，一本正经地道："是狗狗。"

喻瑶赶紧关了，换了下一个片子，她严阵以待看了十分钟，确定这次总算是正常了，很通俗易懂的教育片，诺诺扭曲的认知一定能被扭转过来。

她略放下心，留诺诺自己看电视，她去厨房准备早饭。抽油烟机嗡嗡响着，她听不太真切客厅里的声音，但目光时不时关注着，看到诺诺一直老老实实地坐在原位。

不过他怎么眼睛越睁越大？懵懂困惑之后那种恍然大悟又是什么进展？

喻瑶关了火，满心希望地出来验收成果，但刚一踏出厨房，她就有种即将脱轨的诡异预感，片子已经播完了，却没有停下，而是自动跳转到了……

《西游记》？！

喻瑶屏息，凝视着诺诺，观察他的反应，尽量放平语气问："诺诺，现在知道自己是什么了吗？"

诺诺唇角抿着，极其认真地点头。

"说给我听。"

诺诺在浅金色的晨光里，睫毛上泛着细腻的光点，无比乖巧地说："我是，一只……"

喻瑶惊觉这量词不对，要阻止他说下去却已经太迟了。

诺诺弯起眼睛，笑得格外甜，红着耳朵对她宣布："一只——成了精的狗狗。"

喻瑶一直以为她的表达能力还算及格，直到这一刻才欲哭无泪地发现，她被这种神奇的现状弄得血压上升，根本组织不出说服诺诺的语言了。

太聪明太爱学了也不好，这才短短一会儿，诺诺就把《西游记》里动物成精的片段理解得叫一个透彻，比对纪录片的印象深刻得多，而且完美解释了所有他身上跟小狗这个物种不符合的特征。

喻瑶想的那些外形、声音、语言等差别都不再成立，诺诺轻飘飘的一句"成了精"，她想反驳也找不出够硬的理由。

深奥的学术问题她倒是能解释，问题在于，诺诺刚会说话，听得懂吗？

如果强硬地逼他转换思维，他会受伤害吧。

喻瑶话到了嘴边却说不出口，她最后一次尝试："诺诺……现在这个年代不能成精，你还是努力做个人吧。"

诺诺原本的小骄傲顷刻消失，眼里流淌的光消失，流露出黯然和自卑。他慢慢垂下脑袋，头顶翘翘的几撮小禾苗也蔫了下去，轻声问："瑶瑶，不喜欢，是吗？"

说完，他沮丧地挪过来，坐在她的脚边，扯住她家居服的裤腿摇了摇。

喻瑶再次受到精神暴击。

"不是，没有不喜欢，"她唇舌比脑子更快，不由自主地放软语气安慰他，"其实也……挺好的。"

她怀疑自己是中了什么绝世毒蛊，快没救了，以前那种冷淡和心硬哪儿去了，她现在像个不讲道理只想哄崽的妈妈。

喻瑶恨自己一时嘴快，想严肃一下把他奇怪的思想拉回来，但诺诺并没有给她机会。他惊喜地抬起头，白到微微透明的脸颊有了血色，挨在她膝盖边蹭了蹭，开心地说："成精，不让别人，知道，瑶瑶，笑笑。"

再铁石心肠，碰上这种美貌撒娇怪，也不得不软下来。

喻瑶胸中那股苦涩又在上涌，诺诺为了继续在她身边做狗狗，到底是有多执着。

她也蹲下来，直视诺诺的眼睛，对他露出一个笑："算了，就算成精了也没关系，我会管你的，但是你必须好好学，学着做一个正常、健全的人。"

这件事归根结底是她的责任，她没有照顾到诺诺的心理，让他在世界观形成的最重要阶段，把芒果当成了榜样。

她得对他这种病负责。

吃过早饭后，喻瑶火速列了个需要购买的物品清单，床和床品，衣服、鞋子、帽子、内衣是必需品，其他需要的零碎东西更不计其数，她不方便去外面采购，所以选择了淘宝发货地最近的商家。

诺诺凑在她身边看得聚精会神，他身上的味道清爽干净，犹如乍暖还寒天里悄悄融化的雪水。喻瑶被严重干扰，有点失神，直接把手机拿给他看："来，你的床单，自己选一个图案。"

他一秒钟都没用，非常干脆地把指尖点在其中一个有着小狗爪印的图案选项上。

毫无悬念好吗！

喻瑶无力地捂住头，诺诺一双眼璀璨明亮，他乖巧地对她说："狗狗用，合适。"

买，买买买！"狗狗精"天下第一，他说要哪个，她就给选哪个。

喻瑶哗哗下单，花钱如流水，还想去给他买零食的时候，系统提示网银余额不足，她立马把手机扣下，绝不让自己这种糟心时刻暴露在"狗狗精"面前。

算起来，从带他进医院检查开始，到今天给他批量采购用品，花费已经不是小数目了，而这只是开始，她要继续养着诺诺，就必须尽快去赚钱。

喻瑶倒是不慌，算算时间，她计划内的进展马上就要来了。

当天中午，姜媛的粉丝到喻瑶楼下聚众闹事的事件不断升级，闹得全网轰动，上升到了社会新闻层面。

喻瑶仍然关闭一切通信工具，不多说，留给网友尽情发散，就是她最好的猛药。无论闹多大，喻瑶在其中都是受害人，任凭营销号铺天盖地地骂她，她也无所畏惧。很快姜媛团队承受不了舆论，害怕会引火烧身无法收拾，只好让姜媛上线，公开就整件事表态。

为她粉丝的行为道歉，为她演技不够好道歉，并对喻瑶道歉。

喻瑶窝在沙发上，挑着眉梢，静静看姜媛的视频，捏紧的手机却忽然一松。诺诺弯着膝盖跪坐在她面前，把她的手机拿下来，两只手端得稳稳当当，热情地举给她看："瑶瑶累，狗狗拿。"

喻瑶往靠背上一倒，他怎么可以这么乖，她要心动了。

屏幕上的姜媛梨花带雨，低姿态地说着致歉辞，虽然她不可能承认是自己策划了上次对喻瑶暴力猥亵的事件，但她低头了，喻瑶就等于小小地赢了这一局。

姜媛道歉后的半个小时，喻瑶意料中接到了公司电话。这几天来腥风血雨，公司却像不知道一样，没为她说过一句话。现在她占上风，公司就立马跳出来了。

"接你的车快到了，赶紧下来！别以为白晓什么都能替你挡过去，"电话那边的人是公司的艺人统筹，地位比白晓高两级，向来眼高于顶，"你惹出这么多的事，公司也跟着受了不少牵连！"

喻瑶慢条斯理地抿好大红色的唇膏，直截了当回敬她："怎么，吃够了热度，今天想起来敲打我了？以前我不想给白晓惹麻烦，尽可能忍着你们，现在可不必了。"

她把诺诺留在家，利落下楼，一路上没给那统筹一个正眼。

喻瑶到公司受了一众异样的注目礼，她早习惯了，见怪不怪，直接走进副总办公室，等着她的除了劈头盖脸的一通指责，还有几份匆忙准备出来的合同。

都是哗众取宠的恶俗综艺，热度不高，以调侃嘉宾为卖点，让她借着现在的话题抓紧去上，做个被一群人吐槽和取乐的"过期女演员"。

副总姓陈，斜眼睨着喻瑶："公司现在还能给你资源，你该感恩了吧？你不会以为你还能接到什么好本子吧？喻瑶，识时务一点，如果当初没得罪容家那位，你不至于沦落到今天这地步，同样的，我劝你别得罪公司。"

喻瑶翻了翻合同，在陈副总脸上露出轻蔑的那刻，她手一扬，把手里的几沓纸丢回陈副总桌上。

"看来签约这么久，公司还是不太了解我，"喻瑶红唇上挑，"我既然连得罪容野都不在乎，还会受你们摆布？"

陈副总闻言，面目狰狞。

喻瑶抬眸看着她："想红的人才会怕，但是想演戏的人，唯一怕的东西早就被毁掉了。"

门外渐渐嘈杂起来，喻瑶听见白晓的声音混在里面，他气急败坏地要进来帮忙。

喻瑶挺直脊背，表现出转身要走的样子。陈副总怎么可能甘心，在她身后站起来，声音尖厉："喻瑶，当初签约的时候你确实有本钱，咱们的合同宽松，也明文写了我不能强迫你上综艺，不过你可别忘了，公司对你还保留一部片子的权利！"

合同里的确写了，在必要情况下，公司可以要求喻瑶拍一部指定的电影，无论电影的题材、品质如何，喻瑶都不能拒绝，否则就要赔偿巨额违约金。

但同时，喻瑶只要按规定拍完，就能对公司提出无条件解约。

这是双方以防关系破裂定下的约定。

见喻瑶停住没动，陈副总以为戳到了她的软肋，冷笑道："你对我们已经没有价值了，我就让你去试试拍圈里最烂的戏，看看到底是什么体验。"

喻瑶此行的最终目的达到了，她终于放松地舒了口气，关上门前，她还不忘歪了一下头提醒陈副总："记得啊，把剧本早点送到我家里。"

门外，白晓急切地问："陈副总说你什么了？她是不是逼你拍烂片？"

喻瑶没否认。

白晓火冒三丈："就算死也不能答应！你过去拍的影片质量极好，是一步一步扎实走过来的，一旦息影一年后复出就拍个大烂片，你知不知道业内会怎么看你？"

他越说越气："到时你再也不可能接到及格线上的本子，事业会彻底凉透，比被封杀更无望。公司打的就是这个主意，你怎么可能不明白？喻瑶你别急，我去求人，给你弄个比较……"

"我当然明白，"喻瑶将散落的长发别到耳后，语气平和，"但只要我去演，不管拍这个片子的班底有多烂，它都注定会改变命运。"

白晓一愣，有几分钟说不出话。

他太久没在喻瑶身上见到这种笃定的锋芒，就如同过去数不清的那些时刻，她站在片场，在聚光灯下，在规格最高的颁奖台上。

白晓眼眶一热，别扭地问："你怎么回事，突然变得热血了？"

喻瑶戴上墨镜，诚恳地纠正他的话："不是热血，是被生活所迫，我已经没钱养崽了。"

事实就是这么无奈。

三天内，喻瑶的快递先后送到，崭新的单人床代替了沙发，摆在紧贴着她卧室门的位置，上面铺了印满小狗爪印图案的床单、棉被。

诺诺不知所措地站在旁边，一下也不舍得碰，他看一眼喻瑶，再看一眼小床，手指用力攥着，赧然又紧张地想要确认，这么好的东西，是不是真的属于他了。

喻瑶不知哪儿来的恶趣味，特别喜欢欺负他，当即冷着脸说："不要啊？那搬走了。"

诺诺喉咙里挤出小小的"呜呜"声，急得扑到上面抱住床头，裹着被子滚成一团，再探出脑袋的时候，头发凌乱，眼睫染着一层雾。

"瑶瑶，给我，"那双琉璃眼虔诚地凝望她，"我想要。"

喻瑶本是想开玩笑逗他，但听完他带着颤音的这么几个词，不知怎么心口一跳，漫开无法言喻的酥麻。

第四天，公司派人把剧本和合同一起扔到了喻瑶面前。这是一部低成本烂制作的恐怖片，连在院线上映都不配，只是网络大电影，导演、编剧、演员没有一个叫得出名字的，经费少得可怜，场地简陋，要啥没啥。

最糟的是，这还是根据某部非常经典的小说改编的，原著书粉已经气疯，正在拉开大型骂战。

如果难度满级是五颗星，那这片子，难度少说也有六颗星。

陈副总在电话里笑盈盈地说："喻瑶，你受惯了优待，这次去尝尝底层的滋味儿，拍了它，你的档次就永远定在这儿，有生之年别想再上大银幕。"

喻瑶跟她说一个字都嫌浪费时间，一周后就要进组了，她还有太多事要做，家里的一只狗和一只成了精的狗狗，她都要安顿好。

喻瑶的生活节奏骤然加快，一时没有注意到诺诺的变化，直到进组的前一天，她联系好了相熟的宠物寄养站，准备把芒果送过去的时候，她才发现诺诺在发抖。

她朝他看过去，不由得怔住。

诺诺脊背贴在门上，用自己的身体挡住唯一的出口，脸色苍白，睫毛投下的阴影灰暗浓重，脸颊竟瘦了一小圈，更显得下巴尖到可怜。

他看到喻瑶蹙眉，咬得充血的唇终于松开，声音哑得过分："瑶瑶，别送我走，我……我跟别的狗狗，不一样，我有用处。"

喻瑶迎着他濡湿的眼睛。

他语不成句，似乎恨不得把心捧出来掰碎给她："我什么……都会做，听话，不吵，跟着你。"

喻瑶忍过那一阵心疼，缓缓问："谁说要送你走了？"

她站起身，朝他勾了下手："我这次没经纪人没助理，就自己一个，准备带某个成了精、神通广大的'小狗狗'一起去。不过事先说好，到了那边环境很艰苦，你真愿意？"

诺诺呆住，僵硬的腿关节艰难地动起来，一刻等不及地扑向她。

喻瑶想起诺诺来家里很多天了，还没有正经出去放风过，一直闷在这小房子里，宠物寄养站又离得不远，她干脆带着诺诺一起出门。

芒果跟了喻瑶好几年，心理素质堪称强大，以前喻瑶只要进组就得把它到处寄养。它早习惯了四海为家的生活，这次到了新环境还没有十分钟，就已经跟某只十分漂亮的小母狗滚成一团。

工作人员笑着把它们分开，顺手递来几样赠品，都是宠物用具。

见喻瑶忙着跟芒果道别，他就把小袋子交给了诺诺。

诺诺戴着大口罩，只有一双波光荡漾的眼睛露在外面，他盯着袋里最上面的一条红色牵引绳，手指忍不住屈了屈，期待地望向喻瑶。

喻瑶正俯身揉弄芒果的头，芒果亲昵地舔了舔她的手背。

灯光照在诺诺的眉眼上，照亮他瞳中乍然荡开的涟漪。

芒果在亲她。

走出宠物店，夜风温柔，路上行人拥挤，但喻瑶全副武装，不可能被认出，她回眸，透过镜片看着诺诺："难得出来，走路回去好不好？"

诺诺低下头，把牵引绳的袋子拆开，系狗的那一端被他牢牢缠在自己手腕上，另一端，他走上前，郑重其事交到喻瑶手中。

他的黑发被风吹乱，有好闻的草木味散开。他嗓音低低地央求道："瑶瑶，你牵我，别把我弄丢。"

喻瑶不禁失笑，戳了下他的脸颊："狗狗还怕走丢？"

他温顺地攥着她的袖口："我胆子小，害怕找不到瑶瑶。"

路灯暖黄的光连成一排，从街头延伸到家门口。喻瑶穿着平底鞋，站在诺诺身边只到他的下颌，她低头见到的是一条宠物红绳绑住彼此，抬起头，就见他的眼瞳比月光还亮。

这个在喧闹街边一站鹤立鸡群，吸足了目光的人，居然是她养在家里，私人独有的嘤嘤怪、撒娇精，真是好不真实。

等进了家门，没有芒果跑跳着迎接，狗窝里也空荡荡的，喻瑶才不可抑制地生出不舍。

最难熬的这一年，都是芒果陪她过来的。

她摘掉身上的武装，站在玄关灯下，闭眼，揉了揉眉心，想把这一点点脆弱的情绪压下去，至少不能崩人设地掉眼泪……

　　然而身处黑暗中，其他感官就变得尤为清晰，有一道温暖的身影在向她靠近。这人放轻呼吸，心跳声轰然作响，令人无法忽略。

　　喻瑶倏然睁开眼。

　　月光照入窗口，诺诺的手指已经伸到了她的眼尾，小心翼翼抹过她震颤的长睫。

　　他很近，近到清冷又温暖的气息笼罩她的脸颊。

　　而后，喻瑶愣了片刻，猛地攥紧双手。

　　"瑶瑶不哭……"诺诺舌尖带着一点湿润的甜香，在她的嘴角极轻、极眷恋地舔了一下，浓稠夜色里，他跟她近在咫尺，他沙哑地说，"亲亲，我也会的。"

　　喻瑶被舔过的那一小块皮肤火烧火燎，无数微小的电流往血肉深处钻。诺诺的呼吸就在她耳畔，每一下起伏都急促灼热，他重复唤着她的名字，甚至连他自己也有些迷蒙，尾音不自觉拖长，低低地叫她"瑶瑶"。

　　喻瑶指甲抠着手心，用疼痛抵消陌生的战栗感。

　　诺诺见她不动，以为得到了许可，下意识地贴得更紧。灯还没有开，客厅里很黑，他看不清楚她是否真的哭了，于是遵从本能，用舌尖去碰她的眼睫。

　　想亲掉眼泪，想哄她笑，想芒果不在家了，她能不能只关注他，只抚摸他。

　　他的体温再一次要把她吞没。喻瑶僵硬地抬起手臂，摸索着"啪"一声按动开关，屋顶的光线顿时倾泻下来。

　　喻瑶避开诺诺的靠近，她心里太明白了，诺诺口中的"亲亲"跟吻没什么关系，只是今晚跟芒果临时学会的技能，他固执地认为自己是狗狗，对她再亲密的舔弄，都不存在任何别样的心思。

　　长着最迷惑人的外表，做着最暧昧出格的事，结果心思比谁都单纯，完全是白纸一张，她就算想生气都找不到出口。

　　喻瑶的心情没法形容，也顾不上态度好不好，她往后退开两步，瞪着诺诺干净纯情的眼睛，严厉地说："我可以接受你把自己当狗狗，但不代表你能随便对我做这种动作。"

她不想吓到他，极力放缓语气，按照他理解的方式来："你既然成精了，生活在我身边，就必须一切按照人的规则来，以后不管亲还是舔，都严格禁止，听到了吗？"

诺诺的脸颊和脖颈上还飘着浅红色，他呆住，隔了一会儿说："芒果，可以——"

"对，芒果可以，"喻瑶直视他，"你不可以。"

她抬手蹭了下湿润的嘴角，没多看他，转身就去浴室洗澡。

今后芒果也得管住了，不能经常跟她亲昵，否则诺诺什么都要学。

喻瑶锁上门，手撑在洗手台上长出口气，脸颊的热度这才轰地漫上来。

她进中戏上学、入行拍戏的这几年，跟对手戏演员之间最大的尺度也只是拥抱，从来没亲过。

外界把她的黑料传得神乎其神，实际上她长这么大也没谈过什么正经恋爱，更别提跟人亲密的经验了。

喻瑶想着，去放水的手不经意一顿，其实也不是……

细究起来，她隐约有过一次被人亲脸的经历，但直到现在回想，也不能确定到底是幻觉还是现实。

算起来有很多年了，从高中开始，或者更早，她总会在某些时刻捕捉到一个陌生人的痕迹。这人从来没有在她面前真正出现过，然而很多次她专心背书、上课，或者在外面不小心睡着，以及拍戏的时候……这个人就会无声无息来到她身边。

她曾经想把这人当场逮住，但从来没成功过，他似乎对她的小习惯、小细节了如指掌，所有她故意设下的圈套他都不会上钩，只有她确实无意识的时候他才肯靠近。

他会摸她的头，坐在她旁边，给她带牛奶。最过分的一次，他好像趁她睡着亲了她的脸颊，但等她惊醒的那刻，他已经消失了，只剩下一点难以触摸的余温。

奇怪的是她居然不怕。

喻瑶把长发高高扎起来，看着镜中的自己，眼里有一抹失神，这么一回想，他有快一年没出现了……

她抿抿唇，把这莫名的念头抛开。那人不出现才好，最好永远都别出现。

半个多小时后，喻瑶头上包着毛巾从浴室出来。诺诺竟然还一动不动，沮丧不安地站在那儿，听到声音，他像生满锈的小机器人一样晃了一下，很安静地没有出声。

喻瑶的心口似被无形的手掐住。

想到他外表这么高大，极具压迫感，此时却像是一只瑟瑟发抖的小狗，因为舔了主人被凶，愣愣地站着不知道该怎么办，仿佛家里没了他的容身之地，只能无措地蜷在角落。

喻瑶纠结得头快裂开，这种事不是能纵容的，她心疼又有什么办法。

"别站着了，快去洗脸睡觉，明天去片场要早起，"她忍着不哄他，还故意吓他，"如果早上你状态不好，我就不能带你去了。"

第二天天刚亮，喻瑶就起床整理箱子，她带了一大一小两个箱子，大号是她的，小号有小狗图案的是诺诺的，给他装好了换洗衣服和几本儿童读物。

电影的主取景地离得并不远，片场就在城郊，不需要坐飞机或者高铁，开车两个小时就到了，否则她还真的没法带上诺诺，一个没有正规身份凭证的可疑人士，坐不了公共交通工具。

早晨是白晓强烈要求开车来接她的，他不能跟组，也得把喻瑶送去才安心。

白晓靠在门边，忧虑的目光在喻瑶和诺诺中间转了几个来回，到底还是憋住了没吭声，只是跟喻瑶说："我托人打听过了，容家那位小祖宗最近都没露面，不知是出国了还是生病了，反正目前容家的事都是他哥哥在打理。"

"你暂时不用担心，"他安慰，"他应该不会给你找麻烦。"

等到了车里准备出发，喻瑶临时想起有东西忘了带，她推门下车，诺诺要寸步不离地跟着她一起去。

白晓喊住他："哎，那个……诺诺是吧？你别去了，我正好有几句话想跟你说。"

白晓以为诺诺性格乖顺没脾气，应该会听他的话，然而诺诺丝毫没有停顿，完全把他忽略掉。他忙补充："怎么回事？我说了别走，有跟喻瑶相关的事嘱咐你！"

"喻瑶"两个字像是一道挣不断的绳索，把诺诺捆住，钉在原位上。

车门关了，狭小的车厢内只剩下两个人。

白晓回头看了看诺诺，他的伤好了，比初见时更夺目，但白晓的脊背莫名蹿上一股直抵骨髓的冰冷寒意。

他漠然、凶戾，骨子里透出的攻击性，几乎要凝成割裂白晓皮肉的刀。

白晓摇了摇头，觉得自己多半是没睡好，一个失智的小可怜而已，自己未免脑补太多了。

他略过那些不适，凝重地说："我不知道你能听懂多少，但有些话我必须得说。喻瑶现在的处境很难，这次去拍戏肯定也会遇上各种问题，她身边只带你一个，我不指望你能给她分忧，但至少不能再让她照顾你了。"

"而且比起这些，更重要的是……"白晓犹豫了一下，还是直白地说，"你别嫌我说话难听啊，你应该清楚自己脑子有问题吧？"

诺诺半垂着眼帘，手在衣袖里缓缓握住。

看他这样子像是不懂，白晓干脆更直接："通俗地说，你就是个傻子。我真的对你没恶意，也不是故意这么说你的，是怕你去片场面对那么多人，大家都会发现你的异常，他们可能会叫你傻子。"

诺诺手指越屈越紧，骨节苍白到泛青，他不是……傻子。

白晓叹口气，语重心长地道："不管你怎么看待自己，你确实跟别人不一样，这是事实。我想说的其实也简单，你在外面多注意点，别给喻瑶丢人。"

车门外，喻瑶的脚步声靠近，她本想坐在副驾驶位，但余光瞄到后排的诺诺，他不知怎么把外套的大帽子戴了起来，半张脸都藏在阴影里，露出来的唇裂了两道小口，往外渗着薄薄血迹。

她不由自主坐到他旁边，想掀开帽子看看。

诺诺却扯住她的衣袖，紧紧攥着，指尖不经意碰到她，凉得像冰。

瑶瑶也觉得他是傻子吗？因为他傻，所以才不能像芒果一样亲她，没有资格被她抱，被她摸头？

碍于白晓在车里喋喋不休，喻瑶也不方便问诺诺什么，想来想去，只当他是出门不习惯，或是因为昨晚的事还没缓过来，她把手臂给他抓着，始终没有收回。

拍摄地在城郊的一个小镇，比不上城区繁华，但也算设施齐全。

喻瑶先到剧组统一安排的酒店办理入住，她提前报备了要带一个异性的助理来，所以没办法跟诺诺在一间套房同住，只能选两个紧邻的单人间。准备工作打点好后，白晓先一步离开，临走前还不忘把公司骂得狗血淋头。

不为别的，就因为这座危楼一样破烂的酒店，不愧是用来拍鬼片的。

喻瑶倒无所谓，她伸手去拉行李，扑了空，低头一看，两个箱子都在诺诺手里。他声音哑得不正常："瑶瑶，带着我。"

喻瑶硬是夺过一个箱子，拉住他的手腕上四楼，先打开自己那间房，想问问诺诺到底怎么了。

她关上门正打算说话，外面就有人走近，嘭嘭敲门："喻瑶老师是住这间吗？我是咱们这部电影的副导演，想找您沟通开机的细节。"

喻瑶无奈，只好回身先去应对。

诺诺在她房里也没关系，她不怕谁看到。

但喻瑶刚开门的那个瞬间，她身后意外地传来慌乱的响动，墙边简陋的衣柜被人快速拉开，紧接着轻轻合上，几秒钟过去，房间内已毫无声息，仔细听才能辨认出微微的呼吸声，唯恐被人发现。

门已经不可能再合上了，毕竟副导演笑着站在外面。喻瑶压抑着情绪，脸色如常地跟他交流，说过几句话之后，她心里有些焦躁，草草结束谈话。

等副导演走后，喻瑶立刻转过身，盯着那个又薄又窄的衣柜，深吸两口气，走过去一把拽开衣柜门。

诺诺抱着膝盖躲在里面，他慢慢抬起头，帽子滑落下去，露出霜雪似的皮肤，唇上的血渍因为咬过而扩得更大，晃眼间一片猩红，浓密睫毛底下，茶色的瞳仁蒙着一层黯淡尘埃。

喻瑶俯下身注视他："为什么要躲起来？"

诺诺没有回答。

感觉到喻瑶的逼近，他控制不住自己，抬起手臂，抱住她纤秀的脖颈。他把脸贴在她的肩窝上，嘴唇不敢碰，只能拿额角小心地去磨蹭她。

衣柜昏暗的空间里，诺诺轻声开口，乖得让人心酸："因为……我傻，我不能给瑶瑶丢人。"

诺诺拥抱的动作太亲密了，喻瑶下意识想挣脱，但听他说完这两句话，她的手臂不由得停住，绷了片刻，到底还是放弃挣扎，顺势揽过他的背。

得到她的善待，诺诺发僵的身体迅速软化下来，像漂泊的浮草被最心爱的手接住。他终于有了堡垒，找到能宣泄的口子，本能地搂紧她，死死抓着她腰侧的衣服。

喻瑶暂时顾不上别扭，满心都是怒火。

"谁告诉你这些的？"她冷冷问，"你没机会接触别人，是白晓，对不对？"

喻瑶稍微一想就能还原那个画面，更气不打一处来："你等着，我现在找他，让他给你道歉。"

她亲手养的崽，自己怎么凶、怎么教导都行，用不着其他人背着她指手画脚。

为了不让诺诺受伤害，她连"狗狗成精"这种啼笑皆非的事都全盘接受了，从没跟他提过一点和"傻""脑子有毛病"相关的字眼儿，结果趁她不在的那几分钟，白晓倒替她说了。

喻瑶起身要去找手机，诺诺不放，额头压在她肩上："我不是，告状。"

他明白，背地里告状会讨人嫌。

"我以前不知道，是因为我傻……"他低声喃喃，"瑶瑶才，讨厌我，不让我靠近。"

喻瑶呼吸一窒。

所以他纠结地想了一路，得到的结论是——不让抱，不让舔，不让同屋睡觉等，一切跟芒果的差别待遇，都是因为他傻，她嫌弃他？

诺诺脸色煞白，回想刚才紧急的关头，他如果没能及时躲起来，被人发现的话，瑶瑶肯定会更厌恶他。

他喘得有些急促，睫毛透过她薄薄的衣料刺到她皮肤上，一阵麻痒。

喻瑶忍无可忍地把他拉起来，手指捏住他脸颊两侧，左右晃了晃，态度并不温柔："我如果讨厌你，干吗要花心思养你？直接把你赶出去不好吗？"

诺诺如雪水做的，被她一凶，快融化在她手上。

喻瑶捏他脸颊的力道更大，盯着他眼睛说："你是我养的，不用听别人的话，我承认你是'狗狗精'，你就是，我说你不傻，你就不傻。"

"还有，我这次带你过来，不是打算让你在衣柜里藏几个月的，"她字字清楚，"你能帮我做很多事，能去外面见任何人，你是我的助理，光明正大的，要随时跟着我，懂吗？"

诺诺琉璃似的眼睛中亮起火光。

喻瑶哽住了。

又是这样，她说几句简单常规的话，给他一点点正常人该有的肯定，他就会露出那种得到了全世界的表情。

被一个人当作全部，很可怕也很容易让人沉迷。

喻瑶这个时候不想再对他吝惜夸奖，稍稍加重语气："最后一件事，以后不管是谁，再敢说你傻你就当面骂回去，你这么可爱，不许受别人欺负。"

诺诺迫不及待地点头，嗓子里闷着声音，不让自己噢呜出来，撞过去抱她。

喻瑶知道他开心了，唇角不禁上扬，顺便阻止他下一步的出格动作。

以前她对可爱嗤之以鼻，换来的结果就是如今要养着世上第一可爱萌宝，哄他笑，为他动气，把他当自家人一样护到身后，谁说他半句都要发火。

Chapter 5

第五章

独占欲

当天下午是整个剧组的第一次集体碰头，地点就在酒店二楼简陋的会议厅。喻瑶带着诺诺同去，刚一踏进门，里面的嘈杂声就如同被按了结束键，陡然死寂。

喻瑶穿着拖鞋、长裙，身上随便裹了一条大披肩，长发散下来，微卷着垂在胸口，衬得一张巴掌脸浓艳又清冷。

她身后的年轻男人高出她近一个头，肩线宽而利落，窄腰下一双腿笔直，脸上戴了口罩，上方一双眼清得像水，目光始终追随着喻瑶。

满屋从导演到演员都是标准的十八线，默契地咽了咽口水。

别管喻瑶是不是过气且黑料缠身，他们这群人都没亲眼见过实力派女演员真人，原来当实力派还能坐拥这么帅的保镖助理？！

喻瑶客气地打了声招呼，诺诺上前一步要给她拉开椅子，会议桌的最末端却猛然蹿出一个高挑身影，直接朝喻瑶扑过来。

诺诺极度敏感，反应激烈地去挡。喻瑶一眼看清了对方的脸，伸手拦下他："没事，我学弟，乔冉。"

说话的时候，乔冉已经到了跟前，亲密地一把钩住喻瑶手臂："瑶瑶姐，看见我惊喜吧。"

喻瑶问："你怎么在这里？"

乔冉是她在中戏低一级的学弟，成绩好，外形佳，英气开朗，从前在校的时候总跑前跑后追着她，关系非常亲近。这一年她出事才有意减少跟他的联系，但也知道他发展得不错，不至于来拍这样的片子。

何况演员名单上本来也没他的名字。

乔冉有点不好意思，笑着说："这电影本来确实没我，但是听说你拍，我就跟公司哭天抢地，好歹争取了一个角色。"

会议厅里更静。

他们这片一看就是骗钱的烂片啊，不到万不得已，谁乐意拍，还争取？他和喻瑶的感情是有多深啊？

乔冉动作自然地拉着喻瑶，想照顾她坐下，他的手才碰到她，从刚才开始就没有消散过的某种沉重冷意，再一次锥到他神经上。

他反射性地抬头，手指紧了紧，凑近了问喻瑶："瑶瑶姐，他是谁？你身边新来的？"

喻瑶唇一弯，不着痕迹避开他的碰触："嗯，我带的人。"

乔冉又看了看诺诺，不知怎么有些不敢直视他的眼睛。

他敏感地察觉到两个人之间的气氛不寻常，绝对不是什么普通的演员和助理的关系，尤其是那人落在喻瑶身上的目光，紧得恨不得把她缠住，可能因为他挨着她坐了，那人居然还有些委屈难过？

这就过分了吧。

瑶瑶姐在他的心里早已出挑了，是以后要问鼎各种大奖的紫微星，她身边的人不说安分守己，也不能这么逾越，况且那人外形也太惹眼招风了，早晚是个祸害，对喻瑶的事业只有坏处。

讨论剧本的间隙，乔冉贴向喻瑶，皱眉说："我看他不合适，姐，我再找个可靠的人跟着你吧。"

诺诺从始至终站在喻瑶身后，瑶瑶跟他说过，人多的场合不能乱说话乱动，要乖。

但他的视线凝在喻瑶手上，看到乔冉离得太近了，偶尔就会碰到她，一下、两下，她没有骂乔冉，没有像推他那样狠狠推开乔冉。

诺诺不想看了，眼睛却控制不住，他的眼角有些发红，垂下眸，胸腔里有什么地方在被抓挠啃噬，比芒果给他带来的孤独感更可怕。

瑶瑶为什么不回答，她是同意吗？

他知道他还有很多事不会做，换一个人待在瑶瑶身边，是不是比他更好……

喻瑶专心致志地标着台词，根本就没听见乔冉说什么。

碰头会一个小时后散场，她已经把剧本画得面目全非。

就这构思，这框架，别说忠实原著的书粉要疯，她这个近期才看过三遍原著的都要炸了。

今晚第一场夜戏就要开拍，喻瑶没多少时间，她马上就要去找导演、编剧私聊。诺诺一言不发地紧跟着她，到了小会客厅门外，他不能继续跟着了。

喻瑶仰脸看他，见他面部紧绷，于是夸奖："今天表现不错！"

她以为他紧张了，耐心地故意逗他："你回房间去等吧，长这么好看，别让人拐了。"

说完她推门进去，诺诺依旧站在走廊里，直勾勾盯着门板，一秒一秒数着等她出来。

乔冉就在不远处，正在和人通话，电话那头的白晓百忙之中说："你也进组了？那正好，有空多照顾你瑶瑶姐，她身边就一个智力不太健全的，我实在不放心，有你在就好多了。"

乔冉是想探诺诺的底细，没想到白晓会这么说，一时有点蒙，忙问："智力不太健全，什么意思？"

喻瑶以前跟乔冉关系很好，乔冉也拿喻瑶当偶像来仰望。白晓知道他不会伤害喻瑶，向来不怎么避他，于是大致把诺诺的事讲了。

乔冉瞠目结舌，简直难以接受，当即问道："傻子？捡来的？就让这种人单独跟着我瑶瑶姐来拍戏？！"

白晓无奈叹气，来不及解释更多。乔冉热血上头，激动道："连我都不能时时跟着她，怕对她影响不好，这傻子凭什么啊！故意赖上她不放了是吧？"

白晓忙道："也不是赖，他挺可怜，而且救了——"

"他就凭这个缠着我姐的吧？行，姐肯定是不好意思撵他，那我替她去办！"

乔冉深觉喻瑶被亵渎了，作为喻瑶的一个忠粉，他的维护心高涨，再也听不进白晓说别的，他挂断了电话抬头一看，见诺诺还在那儿一动不动守着。他咬了咬牙，大步上前，一把拽住诺诺往旁边没人经过的转角扯。

"你干什么？监视她啊？"乔冉逼视着诺诺，压低声音愤愤道，"傻子就在医院好好治疗行吗？你缠着喻瑶算怎么回事？"

诺诺被突如其来的力道扯动，身体摇晃着靠在墙上，瑶瑶亲手给他系好的衣领松掉了。

衣服坏了，是瑶瑶给他买的。

乔冉见他不出声，更变本加厉："喻瑶是个受关注的女明星，我让你别死皮赖脸缠着她，不过分吧！你要是不会走，那我教你怎么滚！你也不想想，像你这种人凭什么……"

他以为他占足了上风，在这个僻静的转角处，他能替喻瑶轻易处理掉一个累赘的傻子。

乔冉正要硬扯着诺诺往楼下走，然而转瞬之间他整个身体就突然失去控制，重重撞到尖锐的墙角上，脑子里一片嗡鸣。

有一只形状优美的手扣住他的肩头，毫无感情地往下压，压到他生理性眼泪"哗"地淌出来。

那个他口口声声叫骂的傻子，正居高临下站在他面前，牢牢地扣住他。

乔冉浑身冒着冷汗，想叫，但一丝声音也发不出。

"凭什么？"诺诺望着他，一双琉璃眼里平静无波，很认真地告诉他，"凭我乖。"

乔冉被吓到了，拼命挣扎，他感觉诺诺的手快要把他的肩膀压断了。

诺诺的脸上竟然还是天真无害的神情，纤长睫毛轻颤着，郑重地说："凭她夸我可爱。"

乔冉哭得涕泪横流，手指把墙面挠出一道道凹痕。

诺诺淡淡盯着他，想起什么，仿佛笑了，他伸手摘掉口罩，露出完整的一张脸，这脸在半明半暗的走廊里尤为俊俏。他手里掌控着一个人，眸子却纯情地弯起，有一点羞赧。

"瑶瑶还说了，我好看，她很喜欢。"

乔冉肺里快要汲取不到空气了，头涨得快要炸开，他瞪着眼前的人，惊恐达到从未有过的顶峰。

诺诺确实在笑着，唇边弧度小小的，像是不敢声张自己从喻瑶那里得到的甜，害怕被什么路过的人听到。

他眉眼俊秀，衬上这样的情绪，越发显得温柔乖顺，甚至叫人心疼。

但也是他，在同一时刻，瘦白手指如同钢铸一般，随意扣住一个人的肩膀，任凭对方怎么挣扎，他都不为所动，脸上连一丝波动也找不到。

乔冉毛骨悚然，意志力彻底被他毁掉。乔冉天生性子冲动易怒，但从来没受过苦，现在不管体力还是心理都崩溃了。

"别……我错了……"乔冉服软，极力张开嘴说话，"我不……不带……你走了……"

诺诺歪了歪头，他比乔冉高，眸光俯视下来，有种高居上位睥睨天下的气势。

乔冉的腿软成棉花，他说的什么鬼话，他哪还有本事带人家走？人家倒是要把他带走了！他后悔了，不应该轻视一个傻子！

姐，求你救命，你领来的这到底是什么毁天灭地的人间大杀器！

乔冉想到喻瑶，终于有了希望，他抓住诺诺的手腕，一字一字往外挤："喻……瑶，很，很近，她出来，如果发现……你这样……她也，怕你……"

空气忽然凝住。

诺诺怔怔低下头，目光落在自己手上，瑶瑶……会怕他。

不足十米的小会客厅里，喻瑶正坐在单人小沙发上，把根本瞧不出本来面目的剧本竖起来，单手捏着展示给对面的人看，平静问道："我只是想请问一下，你们真觉得这个故事的逻辑通顺？"

她脸上没什么表情，但总导演和编剧都很清楚，这位绝对不是个好相与的。

两个人对视了一眼，导演清清嗓子解释："喻老师，你可能对我们这种片子不太了解，网络大电影嘛，又不是上院线的，故事框架是其次，主要得感情线狗血，台词刺激，让人不敢看的那种镜头多点，就及格了。"

喻瑶点点头："所以比起原著，你们加了两个新女配，好好的男女主角双向爱恋变成复杂的四角恋，该有的剧情高潮和恐怖点都砍掉了，换成西式血腥和香艳戏，结尾男女主重逢，男主心里还在怀念另外两个得不到的女人？"

这些内容，在她之前拿到的初始剧本里根本没体现。

编剧表情尴尬，他本来没觉得剧本有啥不好的，现在被喻瑶拎出来说，莫名有点心虚，语气也生硬起来："喻瑶，我们叫你喻老师是客气，你别管得太宽了，真要有本事，还会来拍这片子啊？你如今虎落平阳也是没办法，既然到了我们剧组，就少做指手画脚的事吧。"

编剧心里也知道喻瑶说的其实没错。

他们这片子的原著当年很火，是恐怖惊悚类小说里的经典，但再经典，也架不住购买版权的公司不靠谱，时间长不开拍，原著的热度早就过去了，虽然"原著粉"很多，可也翻不起什么浪。

公司效益不好，没那个资金和人力拍大片了，就想尽快弄个低成本的网络电影出来，赚一点是一点，压根儿没考虑过尊重作品这码事，也没对他们剧组抱任何期待。

喻瑶看着编剧的脸色，能猜到他在想什么。

这部电影名字叫《阴婚》，原著是传统民俗气息非常浓的纯中式恐怖小说，氛围营造一绝，唢呐一吹、纸钱一扬，棺椁配着绣球花，刺眼的大红色跟黑白对撞，喜庆礼堂里空无一人，只有一堆笑嘻嘻的纸扎脑袋和淌着血的鸡。

这么一部片子想拍好，并不是非要多少钱来堆，要的是情感深刻，环境布置够味，导演运镜过关，演员有掌控角色的能力。

她已经来了，是《阴婚》的主演，这是板上钉钉的事，那她就不能输，更不想埋没这个故事。

更何况，她为了好好养崽，还得多赚钱。

只是以团队目前的状态，她想凭几句话改变是不可能的，要动摇人的观念，一是实打实的利益，二是用事实说话。

喻瑶笑了一下，聊家常似的问："不知道等电影按照原计划拍完，你们两位能分到多少钱？"

她长得美，冷淡的时候距离感强，但笑开之后就亲切感十足。导演不禁说了个大概的数字，编剧没吭声，他拿的那份更低。

喻瑶果断地说："那这样，我也不多浪费剧组的时间，就拿今天晚上第一场夜戏试试，我按你们的设定拍一版，再按我自己的想法另外拍一版。"

她嘴角的笑收起："到时候看效果，如果你们的好，我绝对不再提意见；如果我的好，咱们就加班改剧本，推翻重来。多的我不敢保证，至少——"

导演和编剧满嘴要反驳的话，都被喻瑶下一句给噎了回去。

"至少能让你们的分账翻十倍。"

喻瑶该说的话说完了，心里惦念着诺诺，点头留了一句"待会儿片场见"，就站起身离开小会客厅。

走廊里没人。

喻瑶一时间说不上什么心情，有点欣慰诺诺很乖，真的回房间去等她了，可细究起来，又隐约有一抹说不清楚的失落感——习惯了"狗狗"黏黏糊糊地到处跟着，等他真的听话消失，她倒不适应了。

房间在楼上，喻瑶顺手带上门，刚要往楼梯的方向走，她身后相距不远的某个拐角处，猝然传来像是重物从楼梯上滚落的闷响声，紧接着就是年轻男生颤抖的哀叫。

诺诺？！

喻瑶心口抽紧，一秒都没多考虑，立刻转身跑过去。

等手扶上墙面，即将看到里面情景的一刻，她才反应过来那根本不是诺诺的声音，倒像是……

乔冉跌跌撞撞滚了七八级台阶，窝在地上捂着脖子，他想放声哭喊出来，结果嗓子哑透了。

刚才他说出喻瑶想要自救，诺诺果然失神，但没有完全放开他，等小会客厅的门一响，诺诺才本能地抽回手，他一个没站住就摔惨了。

乔冉抬头看见喻瑶过来，顾不上丢脸，赶紧坐起来嘶声说："瑶瑶姐，你知不知道他是什么人！他差点把我肩膀压断！"

喻瑶愣住，乔冉狼狈不堪地控诉着诺诺的暴行，诺诺则站在最高一级台阶上，手攥得很紧，骨节泛出惨白。他缓缓转过头看喻瑶，长睫在轻微发抖，目光黏着她，双眼潮湿，懵然站着。

他想牵住喻瑶披肩的一角，手伸出来一点又缩回，鼻尖有些红。

乔冉被这大杀器和小可爱的反差给整傻了，忙坐直，指着诺诺道："姐我没骗你！就因为我随便说了他两句，他上来就对我动手！他不光脑子有病，还暴力！你绝对不能留他！"

为了证明，乔冉把衣领往下扒，可惜肩膀上没留下多少伤痕。他急得不行，朝诺诺低喊："装什么装！你——"

"说够了吗？"

乔冉吃惊地看向打断他的喻瑶。

喻瑶慢慢上前一步，把诺诺的手拽过来，将披肩塞给他，让他握着。

他如同找到了不敢回的小巢穴，手战栗了一下，随即紧紧抓住，人也往喻瑶身边走近，稍低着头，一双无措的琉璃眼盯着她。

喻瑶皱眉："两个人之间的事，也该让诺诺说句话。"

她侧头望向诺诺的脸："到底发生什么了？"

诺诺声音沙哑，如实回道："我在门外等瑶瑶，他来打我，说我是傻子，让我，滚。"

乔冉脸色大变，不得不承认这些确实是事实，忍不住插嘴道："然后呢，你接着说然后啊！"

诺诺眨了眨眼，目光纯净无邪："我疼，所以碰他了。"他扯扯喻瑶的披肩，鼻音低柔，"不重，就很轻的，一下。"

说"一下"的时候，他的"狗狗眼"睁大，格外圆，尾音轻轻的，直往喻瑶心口里戳。

乔冉惊呆，他讲不讲道理！还带这样的？或者说……

乔冉想到更惊悚的可能性，他难道是真心觉得，他那样力度的动作只不过是很轻的一下而已？

喻瑶看了乔冉两眼，眸光沉了沉，把诺诺往身后挡："乔冉，你要是受伤了就尽快找助理送你去医院，或者觉得这个剧组没意思，现在走不迟，这部电影本身对你助益也不大；如果还是要留下来，那你记着，正式跟诺诺道个歉。"

说完，喻瑶拉着诺诺回楼上，一路上她没再开口。

民警陈路三番五次说的话在不停回响，"他很危险""他就是天生的犯罪人格""他在外面容易危害社会，必须抓回来管制"……

乔冉满脸泪痕的诉说她听清了，乔冉肩头的红痕其实她也看到了一部分。

把诺诺送回房间后，喻瑶没继续往里走，站在门口说："我晚上有很重要的戏，不能休息了，现在就要去片场拿戏服。"

看到诺诺眼里明显的不安，她声音轻些："你才第一天出来，还不适应人多的场合，先睡一觉，我自己去就好了，等明天你再跟着我。"

喻瑶转身想走，诺诺指尖钩住她的袖口，在这一瞬无比渴望她的亲近。他知道什么都不被允许，只是磕磕绊绊说："瑶瑶，摸摸……摸摸头。"

就摸摸头好不好？

他甚至弯下腰，把额角贴向她颈边，想要她碰他。

他身上干净的草木气钻入喻瑶鼻腔，她的手不自觉地抬起来，即将摸到他后脑，不知怎么又忍住，慢慢收了回去。她按着他的肩膀，费了不少力气才推开："别闹，我没时间了。"

她的呼吸节奏有些被打乱了，这次没再多留，联系了剧组的服装师，确定位置就直接赶过去。

片场离酒店很近，是小镇里一栋年久失修的老宅子，剧组租来暂用，对方还专门提醒要注意设施老化带来的安全问题，就可想而知有多旧了。

老宅三层楼高，带院子，面积不小，阴气森森的，氛围倒是很适合。

喻瑶原本还算平稳的心在看到戏服的时候直坠谷底。她一般不挑贵贱，但很在乎卫生，结果戏服一套比一套恶心，尤其是明天早上要穿的那套，内里脏到不忍直视，就算今天半夜收工她不睡觉洗衣服，第二天也肯定干不了。

喻瑶拎起来看了看就放到一边，烦得头疼，没注意到有个身影追着她过来，一个人安安静静站在院门边的阴影里。

乔冉也在片场，洗过脸了，还心有余悸，他凑到喻瑶身边，哑声叫："瑶瑶姐……"

喻瑶抬眼看他："乔冉，诺诺是我心甘情愿带来的，他也不是你口中的傻子，你要是还想说这些，趁早打住吧。"

乔冉憋了半天，最后酸气冲天地低头说："姐，这事是我不对，可我不明白，你到底把他当什么啊？难道就一直养下去？就算这个我管不了，但是在片场他能帮你做的实在太少了，还是让他走吧。你要是不放心，我替他联系一个福利机构，再去给你找个能干的助理——"

诺诺是追着喻瑶来的，看到乔冉又出现了，他控制不了自己，想去瑶瑶的身边，然而提心吊胆地刚刚靠近，就听到了乔冉的话。

第二次了，他让瑶瑶换一个人。

瑶瑶为什么还是不拒绝？她是不是也觉得，他没那么好……

诺诺四肢似被无形的冰层凝住，动不了，就那么待在没人发现的阴影里，定定地望着她的背影。

导演大声招呼在场的演员，喻瑶不得不过去，迈开脚步前，她声音很低，似是自言自语地回答："能把他当什么……当个小孩子，用不了多久就要送走的。"

近一个小时后，导演确定好晚上的安排。喻瑶不得不回身去取戏服，再恶心她也得试试，但等走回放衣服的桌子边，却发现桌子上面已经空了。

没有了？

喻瑶忙去找服装师问，服装师笑眯眯地说："你们刚去开会的时候你助理就抱走了呀，就是超帅的那个小哥哥，不过看起来他好像状态不大好，眼睛特别红，别是病了。"

诺诺来了？！

喻瑶飞速回想当时的情况，耳中嗡鸣了一下，他听到什么了是不是？他抱走戏服又是要干什么？

离开拍还有段时间，喻瑶马上往酒店赶，剧组的人基本都出去了，走廊里格外静。临近诺诺的房间时，门虚掩着，里面透出的水声一下下捏紧喻瑶的神经。

诺诺在浴室里，一双手被冷水浸得通红，指尖被戏服上的金属扣刮到，破了几块，透着鲜艳的血色。

这些衣服脏了，瑶瑶不能穿，那只要他都洗干净，他就不是没有用处的累赘了。

他说话还是很不流畅，找酒店的洗衣阿姨问了很久，才明白每一件都应该怎么洗，借了很多盆回来，一点一点用手揉干净。

洗好了，瑶瑶就不会不要他了。

浴室空间很窄，大大小小的盆摆得到处都是，有一个盆实在没地方放，被诺诺举高了放在浴巾架上。他的一双手刺疼，去取那个盆时，边缘太滑了，没拿稳，盆突然倒下来，凉水泼到他身上。

镜子里的人湿透了。

诺诺蹭掉眼睫上滚落的水珠，爱惜地脱掉自己的上衣，他关上的门却猛然被人从外拉开。

喻瑶毫无准备，心跳几乎停滞，浴室的顶灯不算亮，昏黄地照着她眼前的人。

空气是冷的，四周被寒气填满，他高大清瘦，占满她的视野。

水珠从他鼻尖滴落，掉至平直的锁骨，流向遍布着浅浅伤痕的腰腹，从流畅紧实的肌理上一节节缓慢磨蹭，直到深色裤边，布料被润湿出大片的水痕。

他双眼纯得让人心痒，凝视着她，渐渐蒙了一层雾气。

喻瑶血液直往头顶上冲。

诺诺踩着满地的水，一步一步走向她。

瑶瑶，我会洗衣服了，还能学做很多事。你看看我，夸夸我，我不是个一无是处的傻子。

诺诺越接近，双眸越是濡湿，气息却正好相反，越加放肆无度地侵袭着她。

喻瑶喉咙轻轻动着，她真的搞不懂，为什么他能又乖又可怜，还又纯洁又诱人得要死，她抵不住这种刺激，下意识往后退。

诺诺以为她要走了，急得一把拉过她。她双手一时失去控制，直直按到了他光裸的肩膀上，他的皮肤滚烫灼人。

亲密无间的一刻，喻瑶心率飙升。

诺诺低下头，跟她的呼吸缠在一起，他声音哑着，在她耳边的低语让人心碎："瑶瑶……你要我，别要其他人。"

喻瑶两只手往下贴在诺诺紧绷的腰上，稍微一动，那种让人头皮微麻的美好触感就成倍上涨。在医院检查的时候，虽然诺诺也脱了衣服，但她管住自己没瞎看，第一次帮他洗澡他也很乖，始终藏在水里，只露了胸口以上。

这下可好，光的、湿的，她不仅看得彻彻底底，还摸了个实打实。

一个小时前她才说什么把他当成小孩子，说得简单，但现在看到这副健壮的身体，她感受到了纯属于成年人的压迫感以及极其愉快的感官体验。

他平常看着那么清瘦，可怜巴巴的，衣服底下却是这种身材。

喻瑶闭上眼睛缓着情绪，尽可能让自己别太失态，满脑子不断提醒自己要清醒，随之，她意识到更多问题。

诺诺在用冷水给她洗衣服，戏服都那么脏那么厚重，他连吃饭说话都刚学会没多久，一个人躲起来做这么吃力的事？

喻瑶清醒了不少，迅速往后仰了一点，手也跟着抬起来，跟他肌肤分开的瞬间，她不想承认自己有些恋恋不舍。

她在浴室里环视一圈，诺诺的心思，做了什么，她都懂了，再联想到那句"瑶瑶你要我"，她心底止不住酸楚。

诺诺果然是听见乔冉跟她说的那些话了，但到此刻她还是没理清自己真正的心思。

她当然是喜欢诺诺的，不愿掺杂任何暧昧，只是纯粹的爱护，想照顾他，希望他能做个正常人。她为他提供一个简单的避风港，让他吃饱穿暖，就当是她无聊生命里的一段插曲，也给她多一点鲜活的颜色。

然而，她跟诺诺终究不可能长久维系这样的关系。短暂的东西，越是温暖美好就越让她害怕。她本能地想心如止水，只提供物质生活，不敢投入过多的情感，唯恐某一天会牵绊太深，她割舍不下。

可诺诺渴望的显然不是那些，他像只终于有了家的小流浪狗一样，要跟主人亲密，想拥有主人的爱，而他又是个完全不自知的"天然撩"，她就算再有定力也三番五次在他的亲昵里脱离轨道。

她努力保持着距离，不敢离他太近，尤其今天看到乔冉的状况，她也不得不正视当初陈路的警告。

诺诺并不稳定，他有攻击性，虽然她没亲眼所见，但以乔冉的惨状她也能想象出几分，她无法否认，自己多多少少还是有些担心和害怕的。

诺诺心跳很急，胸腔在喻瑶眼前震动，她知道，他还在等她一句答复。

喻瑶垂眸，把他从浴室里拽出来，踮着脚给他擦擦头发和上身，找出干净衣服帮他披好，才简略说了一句："我没说要送你走，也不打算找别人，乱想什么。"

诺诺抿了抿唇角，失落地低垂脑袋，略长的头发扫过眼睛，盖住里面的灰暗。

"对不起……"他小声喃喃。

对不起，他变坏了，很贪心，竟然想要瑶瑶哄，想听她说更肯定的话。

喻瑶注意到他手上新弄出来的那些伤口，不禁叹气，回隔壁自己房间去取药，等她回来的时候，诺诺已经抱着一大堆洗好的戏服送去酒店烘干房了。他的头发也干了不少，又不听话地翘起来，这次变成三撮软乎乎的小禾苗，在他的头顶随风飘荡，勾得人想摸。

他做好了一件事，眼睛总算亮了一点，献宝似的跟她说："瑶瑶，很快就好，干净了，你可以穿。"

喻瑶本打算给他抹了药就回片场，看他这样，怎么也狠不下心再把他一个人留下来，于是问："晚上想去看我拍戏吗？"

诺诺怔了一下，慌忙点头，怕喻瑶反悔，他又点得更用力了。

喻瑶拉他坐下，边给他消毒涂药边打预防针："你可想好啊，恐怖片，很可怕的，到时候我会扮女鬼，你吓哭了只能自己回来，我顾不上你。"

诺诺不太理解，脸上露出迷茫之色："恐怖……片。"

喻瑶看时间还够，决定干脆给他来场"实战演习"，免得到时候出乱子。

别看酒店破，电视倒是有投屏功能，喻瑶在手机上点开一部经典鬼片，快进到比较吓人的部分，投放到电视上给诺诺看。

窗帘拉着，外面太阳西沉，光源只有电视屏幕，气氛足够到位。

喻瑶在床尾正襟危坐，诺诺坐在地上靠着她的腿。

她其实胆子也没那么大，有点不敢直视，被音效弄得一惊一乍的，干脆低头去看诺诺。那双"狗狗眼"一开始还是正常规格，几分钟之后逐渐睁大，茶色瞳仁里倒影出各种鬼影。

"啊……"诺诺吸了口气，因为有点用力，尾音飘了，"啊啊啊——"

喻瑶也跟着他紧张，被吓到了这是？

她瞄了一眼电视，正好是女鬼露出阴森诡异的脸，冲击力指数十颗星。

诺诺身体僵硬，脑袋一歪，一把抱住喻瑶的腿，把脸埋在她膝盖上，而后抬头望着她，雾蒙蒙的眼里都是哀求。

"瑶瑶……不看。"

喻瑶赶忙关了："恐怖吧。"

诺诺摇头，赖在她腿边依恋地拱了拱，脸颊边有一丝浅红："太丑了。"

诺诺还挺挑，对个女鬼要求什么长相！这要是丑，那晚上她也好不到哪儿去。

行吧，要是诺诺到时候也觉得她丑，没准儿是件好事，以后应该就不会这么黏她了。

恐怖片的开机仪式是七点半开始，之后就将拉开第一场戏的拍摄。

第一场戏是喻瑶的独幕，没有对手演员，全程她一个人完成，但仪式结束后，剧组全体人员都聚集在片场，没一个想走的，都要看看喻瑶的演技到底有多好。

《阴婚》剧组里都是些没话语权的"小虾米"，这场戏是定生死的，一旦喻瑶的想法成真了，很多演员的人设和戏份必然都会跟着发生天翻地覆的变化。

演女三号的赵斯琪就是这次剧本里新加的人物，四角恋中的"一角"。她签了个小经纪公司，熬几年才拿到这个角色，本来沾沾自喜地觉得自己戏份挺多的，还跟男主角有情感纠葛，如今情况突变，她心都沉到谷底了，开机仪式的时候就心不在焉，小声骂着脏话，暗地里瞪了喻瑶好几次。

"她不是都被封杀了吗，怎么就不能安分守己点？"赵斯琪板着脸，低声跟身旁演"炮灰"的女演员说，"也不看看网上都怎么骂她的，还好意思到这儿指手画脚，真会装。"

女"炮灰"扯了扯她："别说了，让人听见不好。"

"听见就听见呗，"赵斯琪冷笑，"她应该早习惯挨骂了。"

女"炮灰"犹豫着说："其实我觉得也没坏处，让她试试呗，万一真能把电影拍好，咱们不是获益更多吗？而且我听她说了，新加的人物不会删掉，只会改得更出彩，不吃亏的。"

赵斯琪心理更不平衡，话更难听了："你一个演炮灰的你当然无所谓，我能一样吗？我可是女三，喻瑶就是想突出自己，把女演员都弄走她就开心了！替我们改好？鬼才信。她真够下作的，难怪风评这么差。"

女"炮灰"不敢吭声了。前方片场的场景已经搭好，在调试灯光，演员和工作人员围了一堆，都在注视喻瑶。

赵斯琪烦闷地拧眉，恨恨地用鞋尖踢着地面："我就不信了，她演技能有多好，还不都是靠通稿吹的，不可能让这么多人都服气。"

她抱着手臂挤上前，从缝隙里厌恶地打量了一眼喻瑶，随即看到离拍摄中心最近的一道身影，定住，脸下意识红了红。

年轻男人戴着黑色口罩，更衬得肤色极白，他简简单单地站在那儿，即便在一众演员里也夺目到让人无法忽视，然而他的目光始终黏在喻瑶身上。

赵斯琪又愤愤地暗骂了一声，等以后她获得"最佳女主角"，也找个这么帅的助理放身边宠着。

导演宣布正式开机，第一场戏是原著里的一段经典描写：昏暗老宅的厅堂里挂满红绸，只亮着一盏绿幽幽的烛光，当中放着一口破旧棺材，棺盖被推开了一条缝隙，隐约能看见身穿大红嫁衣的女尸躺在里面。镜头这时候要环绕房间，接着猛然闪回，缝隙里出现一只四周腐烂、全是眼白的眼睛。

也就是女主角，结成阴婚的死者的一方。

就这一幕，编剧觉得实现不了，虽然镜头短，但对演员的演技要求过高，他干脆改成西式丧尸，让喻瑶断手断脚地爬出来比较简单，再洒点血浆就更刺激了。

喻瑶则坚持按原著拍，她穿好嫁衣，上完了妆，准备躺进棺材里，但很奇怪的，明明隔着盖头，身边那么多人围观，她也清晰感觉到了一道视线，热烈却也紧张。

诺诺怕了？

喻瑶化好妆的恐怖鬼手不由得伸出去，朝诺诺的方向抚摸了一下，做出状似摸头的动作。

这一幕其实挺惊悚的，诺诺却脚下一动，差点忍不住朝她扑过去。

那个漆黑的大箱子不是好东西，他刚才听人说了，那叫棺材，躺进去就代表死，死，就会永远分开。

诺诺口罩下的唇咬紧，用了全力压住冲动，他听瑶瑶的话，不能捣乱，不能搞破坏。

喻瑶先拍的是编剧版：现场寂静，大片灯光熄灭，只剩烛火闪烁，一大圈围观的人像不请自来的鬼魂。喻瑶躺在棺材里，听到导演喊了一声"咔"，然后她按照剧本，用扭曲的身体姿态推开棺盖。

即便是她并不认同的版本，她也绝对不会敷衍了事，镜头前的任何一刻，她都会全力以赴。

导演盯着监视器，其他人则直视现场，面对着丧尸一样的女鬼，齐齐露出惊慌。

太逼真了，逼真到不像是表演。

镜头不算长，喻瑶先后拍了三遍，导演实在无可挑剔，不得不往下推进，纠结道："喻瑶，你那个版本就只能拍一次啊，效果不行马上停。"

喻瑶迈出棺材，飘到导演身边，微微一笑："那我得先教你怎么运镜。"

她一靠近，围观的人哗啦散开，都自动离她老远，导演也脸色煞白，别开头不敢细看她。

喻瑶不禁摸摸脸，有这么恐怖吗？她难以抑制满心的冲动，想着等会儿拍完去吓唬诺诺，看诺诺会不会跳起来。

喻瑶指导了这位瑟瑟发抖的小导演后，重新躺进棺材，现场重归死寂，比刚才更阴森诡异的气氛笼罩下来，伴随着棺盖咯吱咯吱的异响。

导演照着喻瑶教的去做，最后将镜头推回到棺材的那条缝隙里，他没太当回事，但下一秒，他猛地向后仰，"嘭"一声重重靠到椅背，心脏似要爆炸。

周围所有盯着监视器的人都倒吸一口凉气，呼啦退开。

不是片场，不是拍戏，看过去的那一瞬间，就是身临其境的恐怖现场，每个人都是当事人。

剧组里也有原著书粉，吓哭后忍不住激动地抹泪，这个画面的还原度和惊悚程度极高，就是作者看了也会拍桌子叫绝。

赵斯琪在角落里，脸白得像纸，心里一片绝望，完了，喻瑶要成了。一旦全剧组对喻瑶的戏没异议，决定改剧本改人物，那她好不容易等到的机会就彻底被毁掉了，喻瑶那么反感新增人物，一定会想方设法把她的戏全删光。

如果导演反对就好了……但在这一版的冲击下，之前的丧尸戏立刻变得索然无味，而诡异的中式恐怖，真遇到了能呈现它的演员，出神作不是不可能的。

导演不禁站起来，带头给喻瑶鼓了掌。他虽然是个没本事的小角色，但言出必行，心底也被喻瑶点燃了渺茫的希望。

试一试，说不定真会有不一样的未来。

导演的行为等于认可了喻瑶，可能会决定连夜推翻原剧本，重新梳理情节人物。

赵斯琪咬着牙，来不及了……今晚要是不想办法阻止，一旦剧本开始改动，就更不可能拉得回来。

喻瑶重拍了两遍，导演的小心脏突突直跳，效果完全满意，挥手让喻瑶先休息。

片场顿时一乱，喻瑶迈出棺材，特意把大红盖头蒙好，飘然走到诺诺跟前，准备出其不意露出脸来吓吓他，他如果不喜欢，也许对她的情感就会淡化了。

她透过盖头下沿，看到诺诺手里握着水杯，手指极用力，皮肤颜色都有些不对了。

喻瑶以为他害怕，忽然不忍心了，刚想开口说话，那个杯子就被塞了过来，是热的，杯壁还有他的体温。

喻瑶心一软，更不想吓他了，但紧接着她的红盖头动了动。诺诺握住了布料的边缘，缓缓向上掀起。

片场晃眼的光线一寸寸进入视野，喻瑶一时间竟忘记呼吸，她愣愣地任由诺诺动作着，心底莫名生出紧张。

诺诺指骨漂亮，手指捏在艳红的盖头上格外悦目。混乱嘈杂的环境里，周围到处是移动的人流和器械，他并不受影响，亲手掀了她的盖头。

喻瑶在这一瞬几乎忘记了自己在哪儿，也不记得脸上是什么样的妆容，她不自觉仰起头，对上他的眼睛，他并没有表现出任何恐惧。

等等，她不吓人吗？

喻瑶手指紧了紧，转头望向不远处的一片反光玻璃，险些没被自己给吓死。然而诺诺仍然专注地望着她，小心地伸出手，用指尖拨了拨她挂满灰尘和蛛丝的破旧耳环，轻声说："瑶瑶好乖。"

喻瑶一怔。

他觉得不够，又夸："最可爱。"

喻瑶反复确认自己现在有多惊悚，身边人全都在避着她，生怕挨上，连乔冉都不知道躲哪里去了。

诺诺对她的特效妆却完全忽视，仿佛透过所有表象，只望着他心里的那个喻瑶。无论她什么样子，红颜枯骨，鬼魅狰狞，他都能对她毫无保留地露出欣赏。

诺诺翘着嘴角，为了跟她平视而略微弯下了脊背，他手撑着腿凝视她，非常郑重地说："瑶瑶真好看。"

乖、可爱、好看，这些瑶瑶亲口夸过他的，是他苍白简单的世界里最美好、最神圣、最无可比拟的三个词。

喻瑶鼻子忽然酸了，她很想嘲笑这么容易被触动的自己，却只是抬起"腐朽干枯"的手，戳了戳诺诺的额头，哑声说："傻狗狗。"

导演和编剧虽然之前百般不情愿，但也都是行动力很强的人，一旦决定就不拖泥带水，嘴里嚷着"你答应的要让我们收入涨十倍啊"，手上动作都很迅速，挑出剧本里跟原著符合的情节先拍着，其他的部分则按书里的脉络重新顺一遍，等安排好新的剧情人设后再继续拍。

导演不想让喻瑶在最开始消耗太大，想着让她今晚先不拍了，配合着编剧一起改改剧本，现在先让配角们继续拍摄，但原著里没有的新增人物自然就暂时坐上了冷板凳。

赵斯琪看着忙碌的片场，好像只有她一个是被遗忘的闲人，好好的女三号，本应该是关注度很高的主要角色，就因为喻瑶而没有了。

改剧本已经开始进行，新增角色自然会被删掉，她如果什么都不做，不挫挫喻瑶的锐气，那用不了两天她就得卷铺盖走人！在这圈里混，不争不抢，不用手段，哪来的出路？

副导演看到她在发呆，一时忘了她的名字，扬手招呼了一声："哎，那个谁，既然闲着就来搭把手。"

赵斯琪要气哭了，不得不过去。现场在安排下一场戏，要用蜡烛、纸钱和火盆，明火用具都在周边堆放着，副导演提醒道："大家都当心啊，这楼太破了，火有危险，可千万别把哪儿给点着了。"

他说完就去忙了，赵斯琪的手却僵住，几秒之后，她蓦地抬头望向楼上。

剧组确实穷，地方有限，所有的家当都放在这栋破败老楼里，一二层用来拍摄，服化道具等放在三楼。

喻瑶被通知休息后就抓紧时间去三楼卸妆了，诺诺亦步亦趋地跟着她。但喻瑶换衣服不能让他看，便给他安排别的工作，她摸出一张纸递过去："诺诺，你下楼把这个给导演，是那两个新增女配的角色改编方向，我临时写的，先让他看看。"

诺诺眼巴巴地看着她，见她坚持，才很不舍地轻轻答应了一声，慢吞吞转身往楼梯走，迈一步回两次头。

喻瑶不禁觉得好笑，顶着一张恐怖的脸问他："这么不乐意？"

诺诺站住，攥着自己衣摆，鼓足了勇气问："瑶瑶，我做对了事，你可不可以奖励我，摸摸头？"

喻瑶意外，诺诺怎么对摸头这么执着？转念一想，他想要的那么多亲密方式里，也就摸头是她可能会接受的了。

她乱七八糟的顾虑太多，犹豫了一下，没马上答应："那你先做，等做完了再说。"

诺诺的眼睛亮起，双眼弯成桥，捧着薄薄一张纸就跑下楼梯。

楼梯是木制的，年头长了，踩在上面咯吱咯吱地响。诺诺跑起来声音很大，他到什么位置喻瑶都听得出来，但很快外面开始拍摄新场景了，各种噪音升高，盖过了楼梯自下而上的某道细微的响动。

这一幕是户外场景，在院子里拍，楼里很空，基本没人，赵斯琪趁着现场混乱，飞快抓了两个点火道具塞进自己包里，溜着黑漆漆的墙边，等诺诺出来走远，她才准备进去。

她朝诺诺的背影看了一会儿，刚才惊鸿一瞥，她清楚见到他眉眼间那种纯然的欢喜，这种大帅哥就应该被大家众星捧月，结果跟喻瑶去楼上相处那么几分钟就开心成这样？

赵斯琪是靠着"颜值"出道的，自觉外表不比喻瑶差，不明白她都主动接近好几次了，诺诺怎么连一点反应都不给。

世上有些事怎么就这么不公平？

赵斯琪颊边肌肉紧了紧，按紧包，深吸一口气，转身上了楼。

她没那么大胆子去害人，就是想放点小火吓唬喻瑶，正好楼外在烧纸钱，又刮了风，到时候她说是意外，或者干脆把责任往喻瑶身上一推。

喻瑶就算不离开剧组，也得精神衰弱几天，到时候导演不能一直等她，为不延误拍摄的进度，很可能就继续按原剧本拍下去了。

赵斯琪心想，即便有风险，但不试试的话，她下一次机会又不知道要等上几年。

赵斯琪知道剧组仅有的一名服装师和一名化妆师都在楼下跟组，三楼就喻瑶一个人在卸装，那间屋子是个套间，卸装要到里间，又没监控，她只要偷偷进去把火点在套间门口，再下楼完全来得及。

等火烧起来，吓到了喻瑶，她再拿灭火器上去，还能做个好人。

楼下很吵，化妆间里为了透气开着一扇小窗，噪音尽收，完全掩住了赵斯琪上楼的声音。

她进了外间，偷瞄到里间那扇门果然虚掩着，喻瑶绝对看不到她，于是她放下心，在台子上摸了瓶味道最淡的香水拧开，倒在门口，悄悄点燃。

见火苗开始蔓延，无声无息，赵斯琪紧张地咽了咽口水，突然有点后悔了。她快速溜出门外，动作带起了一阵气流，加上从窗外吹起来的风的作用，外间的门顺势关闭，发出"嗒"的一声轻响。

赵斯琪站在闭合的门外愣了愣，试探着压了一下把手，把手没动，她猝然想起来，副导演提过，这门是坏的，一带就落锁，不管里外都得拿钥匙才能打开，很麻烦，所以尽量开着。

赵斯琪刹那就出了一身冷汗，刚才窗口有风，会助长火势，那里面……

第六章
舍命相救

喻瑶的妆难卸，化妆师太忙了顾不上她，她就干脆自己来，等终于对着镜子把脸处理干净，她忽然察觉到不对劲。

她回过头，虚掩的门口正透进大量烟气，起初她以为是楼下烧纸钱的烟气飘上来了，但又不像，她快速起身，冲过去把门拉开，风吹着火苗和烟雾，一瞬间扑向她的脸，腾腾地涌入里间，想关门都来不及了。

起火位置太特殊，片刻就已经封住了喻瑶唯一的出路。

她捂住嘴，着急地透过烟气往外看，外间的那扇门被关上了，她没钥匙，不可能打得开，而她的手机还在外面桌子上充电，一旦火烧过去，说不定会引起爆炸。

里间没水，只有一堆衣服和易燃品，窗口朝向也和外间不同，是对着楼侧面的。

喻瑶马上推开窗，对着外面大声呼救，但剧组的人都在另外一个方向拍摄，她又高居三楼，一时没人看到，她挑重物往楼下扔，巨响终于引起了场务的注意。同一时间，楼下有人抬起头，惊恐地指着楼上喊："上面怎么有火光？"

"好像是化妆间着火了！烧纸钱的烟气飘上去了？！"

"里面有人吗？谁在？发什么愣，赶紧打火警电话啊！"

诺诺皱眉站在导演那里，被导演缠住交代个没完，听到呼喊声，他困惑地停顿了一下。

化妆间，着火了。

地上盆里的火光和到处纷飞的纸钱映入诺诺眼里，他的呼吸渐渐停住，机械地仰起头，看到三楼的浓烟和火苗。

"喻瑶！好像是喻瑶！她在那边的窗口！"

"消防队远，最快要十五分钟才能到——"

"快点！喻瑶说门被锁了，快点去找化妆间钥匙！"

外面的人都聚在窗下朝喻瑶喊话，只有诺诺不顾一切跑向楼门。

乔冉也急疯了，一眼看见他，匆忙大叫："哎，你别上去！楼上还不知道什么情况！万一走廊已经——"

不等他说完，诺诺已经没了人影。一群人见状，赶紧收拾手头能用的少量水源器具跟上去。这栋房子远离民居，求助都没办法。

人们到了三楼才发现只有门内起火，走廊暂时没有被波及，但混乱中，一时没人找得到房门钥匙在哪儿。

"十五分钟，喻瑶应该能撑到消防队来吧？"

"但是她说手机在里面，可能随时会爆炸，而且这里头的易燃品太多了！"

"怎么办，会不会死人啊？"

嘈杂不安的议论声里，唯独一个人始终沉默。他伸臂推开拥堵的障碍，一言不发地抬起腿，狠狠踹向门板。

"你疯了！"

"这怎么能——"

"真要弄开了，火势蔓延出来怎么办！"

有人七手八脚去拦他，吵闹声里，诺诺环视四周，喉咙里只发出一道短促的气音："滚！"

人人都觉得他温顺好相与，从没想过他会用这种喑哑瘆人的口吻，怔愣的片刻里，他再次抬腿，不知道哪来的力气，"轰"一声硬是踹开了门板。

大火和浓烟迅速蹿出，里面已经一片狼藉，不用说十五分钟，哪怕三分钟，里面的人也不一定能全须全尾。

死亡威胁面前，所有人都勃然色变："快关上，不可能进去人了，别烧到外面……"

诺诺依然没有说话，他扯下旁边一个人浇过水的外衣披在身上，一刻没有停顿，直接冲进去。

乔冉惊惧地一把扯住他的衣角："你干什么！你真不要命了！进去就是死！就算你不怕死，喻瑶也不可能原路出来！"

诺诺踢开他，还是那个字："滚！"

他像是不怕死，不知道恐惧，用一副跟每个人都相同的肉身，迎头冲进火里，前后不过几秒钟，在火不可控制地朝走廊蔓延时，他粗暴地扯过墙边一个滚烫的铁柜，将那扇门重新堵住，拦截火势。

火舌舔上他的衣摆，眼前浓烟弥漫，什么都看不清楚，如同炼狱。

诺诺凭着记忆，拼命穿过大火，义无反顾地跑向通往里间的门，这里是起火点，已经无法跨越。

他弯下身体，已被点燃的宽大外套勉强护住头和上身；他自始至终睁着眼，没有痛觉，也不害怕，像缺失了一切人类该有的情绪和感官，只知道疯狂地向前冲。

瑶瑶在哪里，他就去哪里。

喻瑶的半边身体探出窗外，火几乎烧到了她脚下，鞋子滚烫到快要燃烧，还不断有新的易燃物被点燃，威胁着她的性命。

来不及了，她不能等了，继续等下去只有死路一条。

喻瑶再一次看向楼下，三层楼，很高，但中间有一个仿古的凉亭，无形中缩短了高度，如果她这么跳下去，可能会受重伤，但应该还可以活。

就算她没家，没有真正的亲人，没事业，没期许，可至少她还得管着诺诺，不能让他这么突然地面对意外，他应该就在楼下看着她。

喻瑶爬上窗台，手颤抖着扶住窗框，咬着嘴唇，想要纵身一跃的时候，她身后那片凶猛的火焰中，陡然有一道燃烧的身影跌跌撞撞地冲过来。

像一团活着的、有生命的火，毫无畏惧地奔向她。

喻瑶以为自己出现了幻觉，在最后关头回过身，视线早已模糊的眼睛里透着迷茫。那道身影长腿一跃，跳上她脚边的桌子，掀掉身上快被烧毁的外衣，露出一张汗湿的脸。

喻瑶呆呆地看着他，胸口犹如被塞满火药，骂他的话、凶他的话，各种激烈的词句全堵在喉间，然而最后真正给他的，是眼眶里突然包不住的泪。

她嗓子早就哑得说不了话了，心也早就被迫硬成铁石，可她也是女孩子，也会恐惧，会无依无靠。

但她明明可以自己一个人跳下去的，他为什么要来？他怎么能来！

诺诺扯下身上还算完好的衣服，拽过喻瑶，缠着她的腰，把她跟自己面对面绑在一起。为了防止喻瑶乱动，他抓紧她的两只手腕扣在身后，然后自己背对着夜空，站在窗口。

"诺诺……"喻瑶发不出声，极力用口形喊，"你别这样！"

诺诺绑着她，是要他自己做她的护具，倒向那个凉亭的顶部！他后背朝下，而她趴在他身上，就可以最大限度保证她毫发无损。

喻瑶急促地喘息着，已经无力挣脱，头被他很温柔地按住，压在胸前。

她耳中被剧烈的、轰鸣的心跳声占满，她还没有……还没有带诺诺吃过什么好吃的。来剧组的路上，他对路边摊的小吃流露过渴望的眼神，他连几块钱的小吃都没尝过。

她也没空领他出去，去看看电影，见见这个城市。城郊还有片海，早晨霞光万丈，她如果陪他去了，他一定很开心。

家里那张床，他才住过几个晚上，走时恋恋不舍的，心爱地摸了好几遍。

就今天，他还给她洗了那么多厚重的戏服，在人来人往的片场，夸她恐怖的样子很好看，而她却不愿意说一句要他。

诺诺可怕吗？也许吧。

陈路怕他，是他在救助站里，为了保住送给她的牛奶和香肠才打了人。

乔冉怕他，是因为要把他从她身边赶走。

诺诺所有的攻击性和危险，都只是出于本能，他一直在用生命，用他贫乏的仅有的一切来捍卫她，留在她身边。

谁都能怕他，可她怎么能怕他？

喻瑶身上还穿着大红的嫁衣，她立在风里，映着火光，满脸是泪，诺诺看得出神。

他笑起来："瑶瑶不怕。"

他声音很轻，赧然地说："等瑶瑶安全了，摸摸我的头，好不好？"

话音落下，诺诺伸手抱紧喻瑶，在火焰彻底吞没窗口之前，他毫不犹豫地向后，倒进漆黑无垠的夜空。天色很晚了，风冷得刺骨，喻瑶被牢牢绑在诺诺身前，失重地跌出窗外，溢出来的炽烈火舌几乎舔到她被风吹起的头发。

诺诺身上还有火苗没扑灭，顺着衣服攀爬，跟喻瑶的嫁衣紧密贴合，火光和大红色混成一团耀目的流星，从窗口坠落下去。

喻瑶耳边全是猛烈的风声，身体被撕扯着，她模糊中看到诺诺的眼睛，居然还在全心全意望着她，含着温柔的、满足的笑意。

喻瑶的心脏剧烈地跳，他怎么还在笑，人的后脑勺、脊柱有多脆弱，他到底知不知道！他这样根本是在送命！

她两只手仍旧被诺诺用力地反剪在身后，即使生死关头也没有放松，她第一次亲身体会到诺诺难以撼动的禁锢，连想搂着他都不可能。

他怕她挣扎乱动，唯恐她任何一点的不小心会伤到她自己，向来对她唯命是从的他，在这种时候强硬得绝无转圜的余地。

凉亭面积不小，两个人掉下来，眨眼就触到顶端那些老旧的瓦，鲜活血肉的沉闷撞击声和瓦片破碎声混在一起。诺诺只是蹙了蹙眉，没有出声，眼中的光却不由自主黯淡下去。

停顿仅仅维持了一秒不到，太多年没有翻修过的瓦顶就裂出了大片缺口，诺诺拥着喻瑶再一次往下掉，撞向坚硬的石砖地面。

外面围拢的很多剧组成员在两人即将跳窗的时候就意识到了，争分夺秒找来身边一切能用的厚软东西往凉亭下面垫，但时间太短，他们又判断不好位置，千钧一发的时刻，还是有一块空地没能及时照顾到，诺诺半边身体摔在上面，左肩和头的一侧被碰伤。

诺诺半垂下眼帘，眸光渐渐无法聚焦，他解不开腰上绑的衣服了，只能费力地抬起手，把喻瑶通红的眼睛蒙住，小声求她："瑶瑶，我流血了，别看。"

夜里十一点半，医院病房外，喻瑶长发上染满灰尘，脸色过分惨白。她失控地哑声逼问："如果不严重，他怎么可能到现在还不醒？你们到底能不能确定他的伤势，要是处理不了，就让我带他尽快转院！"

医生理解她的心情，又翻了一遍病历本，耐心安慰："幸亏瓦片不结实，碎掉了，帮他做了很大缓冲。虽然后背被划破不少，但好在骨头和内脏都没什么事，目前看主要是几处挫伤、擦伤，头侧有出血，轻微脑震荡，没有大问题。"

他说一句，喻瑶心跳就加快一下。

这叫没问题？！

医生明白她的意思，赶忙补充："这种情况我们有经验，一般都没事，最好先观察，等醒过来确定没后遗症就行了，要是大半夜的再折腾到市里去，那他身体负担反而更大。"

乔冉在旁边跟着，见状劝喻瑶："姐你别着急，咱们还是听医生的吧。"

医生想起什么又道："还有，病人不光是这次坠楼的问题，他还休息不足，严重缺营养，至今昏睡也有这方面的原因，做家属的平常多关心点，别不当回事。"

喻瑶闭了闭眼睛，缓缓按住额头，隔了片刻，低声说："抱歉，是我态度不好，我知道了。"

来剧组的前一晚，诺诺就因为她的疏离提心吊胆没睡好，到这里一天，他跑前跑后的，为她奔忙，又经历这么大一场意外。

他有没有睡过一小会儿，吃了什么，她都没注意到。

诺诺根本不会诉苦、抱怨，而只是习以为常地默默承受着。她随手给点温暖，他就欢天喜地得像从来没有委屈难受过。

喻瑶转身进病房，乔冉要跟着，她停住："你回去吧，我自己等他醒。"

乔冉抓了抓头，鼻子不禁有些发酸，愧疚道歉："姐对不起啊，我当时没勇气冲进去找你，火势太猛了，我……"

他说不下去了，诺诺那时飞蛾扑火似的决绝的样子又在他眼前闪过，他无论试想几次都仍然胆寒，确定自己不可能做到。

他仰慕喻瑶，为她来到这个烂剧组，追着她跑，替她办事给她分忧，做什么都积极热血，可要他赌上命，他真的不敢。

喻瑶摇头："不用说这些，包括今天片场所有人在内，遇到大火躲开都是应该的，你不需要跟诺诺比，他跟你们不一样。"

他跟任何人都不一样。人会怕死，怕受伤害，会权衡利弊，计算得失，心里无时无刻不在衡量着对方的价值，来决定自己应该付出多少。

她就是这么冷血又胆怯的人，被老天眷顾着，才拥有了世上独一无二的、只属于她的诺诺，为她生死无惧。

小镇医疗条件有限，病床很小，边缘生着锈。诺诺的伤不能平躺，喻瑶给他摆到了侧睡的位置，他就很安静地保持着，她出去了这么久，他还是很乖，就算昏睡不醒也一下都没有动过。

病房里熄灯了，唯有床边一点应急光源发着光，昏昏黄黄地落在诺诺脸上，勾勒着他长而密的睫毛。他颊边还蹭着灰，头发也乱了。

喻瑶坐在床边，动作轻柔地给他抹抹脸，然后抬起手，覆盖在他头上。

"诺诺累坏了，"她声音放得极低，强压下声音中的哽咽，"主人摸摸头。"

诺诺想要的从来都很少，想蜷在她身边做一个小宠物，一只成了精的、会说话的、能陪她到处漂泊闯荡的狗狗，他从早到晚期盼的，不过就是做对了事情能得到她的在乎和爱抚。

她那么吝啬，总是顾虑很多，而他永远执着，刀山火海都能狂奔向她。喻瑶弯下腰，慢慢抚摸揉弄诺诺的头发，指尖蹭过他微凉的额角。她怎么可能对他不动感情？她活着一无所有，比诺诺多的不过是一只芒果，一个几十平米的出租房而已。

从今以后，她跟诺诺相依为命，他既然想做被宠爱的"狗狗"，那她就做纵容他、疼爱他的主人，就算到时候彼此会被分开，她也不后悔为他敞开过自己的心扉。

做他的主人，做监护人，做家人，做朋友，但……无关爱情。

喻瑶在夜里攥住手指，反复对自己说。

喻瑶知道片场已经乱成一锅粥了，宅子毕竟是租来的，烧毁那么严重，险些出了人命，事情必然会闹大，会惊动地方政府，整个剧组的人都焦头烂额，但诺诺醒来以前，她什么都不想管。

医生说过诺诺大概要到第二天上午才能睁眼，所以天刚亮，喻瑶就抓紧时间离开病房，搜寻出所剩不多的钱，采购了大包小包的食物和用品，以及一个功能简单的新手机。

她家诺诺通信设备还是要有的。

喻瑶回到病床前正准备把东西放下，就看见诺诺蜷缩在床边，手无意识地抓着隔板，眉头紧蹙，额前的头发被汗湿，干涩的唇间含糊地呢喃着什么，她听不清。

她急忙去找医生，一群人小跑着呼啦啦踏入病房。诺诺正好掀开眼帘，一张英俊的脸脆弱苍白，目光却像染了血的刀刃一样，锐利阴冷。

只是极其短暂的一瞬，连他自己也察觉不到，他很快就软化下来，乖萌和纯真涌出，磨光了那些残存的戾气，等他望向喻瑶的时候，已经是天底下最招人疼的无辜"狗狗"。

医生负责地给诺诺全面检查了一遍，确定没有大问题，不过需要继续养伤，暂时不可以出院。

诺诺刚被检查完后背的伤，不得不趴在床上，他的手指揪着枕头边，眼睛就没离开过喻瑶，确定她是真的完好无损。

等人走了，喻瑶心才放下，点了一下他的鼻尖："还好吗？"

"不好……"诺诺沙哑地说，"睡得久，想瑶瑶。"

他还有后半句想说，话到了嘴边又咽下去了，不好意思提。

喻瑶忍笑，想摸头是吧。

她在他身边坐下，故意说："昨天晚上摸过头了，谁叫你不醒来，今天没了。"

诺诺震惊地睁大眼，慌慌张张把她的手按到自己头顶，想找到她手的触感。

没一会儿，他就意识到瑶瑶是在故意欺负他，于是他乖了，又窝回被子里，把脸往枕头深处埋了埋，耳朵有一抹红。

瑶瑶欺负他，他也喜欢。

喻瑶不忍心让他失落，从袋子里拿出手机，拆了包装塞到他枕边："给你的，把我的号码存好，无论什么时候不许失联，别让我找不到你。"

诺诺双手捧起人类才能用的高科技产品，受宠若惊地问："'狗狗精'也可以用？"

"嗯，主人特许了就可以。"

诺诺虔诚地把它摁亮，他在剧组看见好多人用，知道这玩意儿有一个厉害的功能。

他摆弄几下就找到了相机功能，对准喻瑶按下拍摄键，照片自动生成到屏幕上，不点确定的那个钩就不会消失。

诺诺怔怔注视着照片里的喻瑶，耳朵不由自主变红，扯着被子藏起自己，忍不住满心冲动，矜持地凑近屏幕，嘴唇碰了下屏幕上她的脸。

喻瑶偷看到了，还算平稳的心跳骤然加快，她一把抢过手机，翻出一张消毒湿巾猛擦屏幕："脏啊。"

诺诺睫毛扇动一下，把擦好的手机重新接过来，他郑重地看了看喻瑶，又按照原来的位置，非常克制、优雅地继续亲亲屏幕。

擦过就不脏了，可以亲了，瑶瑶是这个意思，对吧？

喻瑶简直热血上头，捏住诺诺的下巴："你在干吗？"

诺诺严肃表示："亲瑶瑶。"

人不让亲，他就亲亲照片。

喻瑶咬着牙一字一句说道："人类的亲吻不是这样的……"

诺诺毫不反抗，脸往她手心里一贴，乖巧地蹭了几下，抬起些许湿漉的眼睛，央求她："那，人类的亲吻，是什么样的，瑶瑶，你教我啊。"

喻瑶站在这个普通病房，靠着一张普通病床，面对被窝里一个完全不普通的美貌伤患，深刻意识到，她遭遇的精神挑战难度再次升级。

她刚刚是不是听错了，诺诺想让她干什么？

诺诺的求知欲异常强烈，他肩膀和背上的伤都很疼，做不出太大动作，只能用下巴反复磨蹭着喻瑶，头歪过去，脸颊挨在她的手腕上。

经过大火，他的嗓音还没恢复过来，说话有些吃力，每个音调都沙哑拖长："瑶瑶教我……怎么亲是对的。"

说完，他无措地抿了抿唇，乖乖追加两个字："求你。"

以前瑶瑶不许他亲，那么排斥地推开他，是不是不代表瑶瑶讨厌，只是他亲的方式错了，等他学会了，瑶瑶就不会再嫌弃他？

喻瑶被蹭得半边身子都麻了。

稳住，镇定，别露怯。

她昨晚都想通了，要对诺诺好，如今诺诺想学习人类的正常技能，这点小要求，她怎么能张口就拒绝？

亲吻嘛，教学而已。

喻瑶以为很简单，她拨正诺诺的脸，把唇贴到自己手背上，亲了一下，扭头示意他。

诺诺头顶的小禾苗翘成一片，眼里露出困惑，显然不太容易把他或是喻瑶代入到一只手上。

喻瑶头疼，"狗狗精"有时候是真挑剔，她想偷工减料他都不给机会，幸好医院里人多，她还可以求助场外。

她表现得足够淡定，捏了下诺诺的脸："等着，我给你找示范老师去。"

喻瑶整理被子把诺诺围好，只让他露出一颗漂亮脑袋，然后出病房，特意把乔冉留给她的口罩墨镜都戴上，又从兜里翻出仅剩的一张一百元纸币。

这层楼住的基本都是轻症患者，无论医护还是患者家属都情绪不错，她心理负担还小点，本想清清嗓子说一声，但犹豫半天，到底张不开嘴。

她好歹是个女明星！

喻瑶去护士台借了纸笔，流畅写下几个字，贴到了病房门口，自己抱着手臂往旁边一站。

——"重金跪求亲吻表演。"

不出一分钟，四五个经过的男士都热情地过来问她，是不是跟她一起演，喻瑶话都懒得说，两根细长手指打叉，总算等来一对年轻小情侣。

她推推墨镜，压低声音问："一百块，麻烦你俩亲一下，最简单基础那种，行吗？"

小情侣紧张激动，欣然点头。

喻瑶松了口气，把两人领进病房。女生一看见床上的诺诺，眼睛当时就亮起了探照灯，男生是个爱吃醋的，见状立刻沉了脸，把女朋友拽过来，当着诺诺的面直接就亲了下去。

喻瑶一句"亲脸或者额头就行"还来不及说出口，反射性地跑到床前一把捂住诺诺的眼睛。

初次教学，诺诺理论知识还不清楚，看到这个还得了！

喻瑶没心思也没那个胆量再让他俩亲脸了，万一哪一下不对再天雷勾动地火就麻烦了，她急忙给了钱把两位请走，再去翻兜，钱更少了，舍不得花，何况就算再找，还不知道碰上什么类型的选手。

病房门关了，只剩喻瑶和诺诺两个人，诺诺的脸有点发热，温顺地靠着她，单纯地问她刚才的是不是正确亲吻。

喻瑶心有余悸："那种邪恶行为，当然不是。"

诺诺乖乖地点头，仰起脸："不想要别人教，瑶瑶教我。"

喻瑶理性拒绝的说辞一套套地往外冒，但等她准备好了充分理由，低下头去看诺诺时，定力却不足。

"狗狗眼"在凝望她，清澈纯情，因为在努力向上看，显得大而圆，泛着波光，沾了水的宝珠一样。

喻瑶瞄到了他露出来的左手，侧面有一指长的烧伤，除了这个，还不知有多少大大小小被火燎到的地方她没发现。

为了救她，他死里逃生，现在不过是想知道什么叫吻。

喻瑶心一软，叹了口气，她是主人，亲亲"狗狗精"怎么了，多大点事。

她合眼俯下身，在诺诺头发上很轻地落下一个吻。诺诺不动了，小木雕似的僵住，紧张地抬了抬头，这吻又草率地滑到他的额头。

喻瑶抿唇，站直身体："明白了吗？嘴唇贴上，温柔小心的，就是亲吻，但是——"

她当然知道诺诺想把这种吻用在谁身上，提前跟他约法三章："亲吻很珍贵，不是随便的事，你对主人也半个月不能超过一次，范围限定在鼻子及以上。"

喻瑶在自己的嘴唇上方用手一划，上下界限清楚明了："记住没？"

诺诺目光专注，羞涩地点着脑袋，头上的小禾苗一摇一晃，撩着喻瑶不太平静的心。她教完了，想找个地方缓口气，却看到诺诺的唇动了动，像在说话。

他嗓子被烟呛得厉害，今天一直发音艰难，喻瑶自然而然地靠近他，侧过头用耳朵去听。

诺诺也分辨不清原因，他比之前更哑了，试了几次都说不完整，等到喻瑶凑过来，白皙小巧的耳郭就在眼前，他才努力发出音来："瑶瑶，我学会了。"

喻瑶尚且不确定自己听到这句话是该欣慰还是无奈，呼吸就猛然一停，感觉到他湿润的、柔软的唇悄悄地贴上来，落到了她的耳垂上。

是诺诺青涩的第一个吻。

往病房外走的时候，喻瑶扫了眼墙上的钟，才过去一两分钟，她倒像静止了半个世纪，她实在不愿意承认自己有些头重脚轻，手腕压着耳朵，直到站在走廊里没人打扰的窗边才勉强呼出一口气。

她想单纯养个崽怎么就这么难！

喻瑶打开窗，试图吹风平复那些不该生出的波澜，身后有脚步声匆忙朝她移来。

那人走近，大喘着问："姐，你怎么没在病房，这儿不冷吗？"

喻瑶回身，乔冉跑得外套拉链都开了，口罩也歪歪斜斜，已经不像个娇气小少爷。从昨天深夜到现在，一直是他主动地在医院和剧组两边来回跑。

"是不是着火的事有进展了？"喻瑶能猜到他这个时间为什么来，"需要找我过去问话？"

公安部门立了案，有专门的调查组介入。镇里几年也来不了一个剧组，算得上是桩大事，结果刚开拍就闹得这么惨烈，不可能不引起重视。

乔冉拧着眉："是，让我来接你过去，目前排除了外面的纸钱飞进三楼引起火灾这种可能性，那就是化妆间起的火，他们需要你回忆细节，怀疑是你有什么电器用得不规范。"

喻瑶轻"呵"了声，她用电器？唯一跟她有关的只有手机在充电，但大火蔓延的时候，那个手机还好好地放在桌子上。

警方的怀疑是合理的，然而这个问题她已经如实回答好多遍了，显然作用不大，现在化妆间彻底被烧毁，面目全非，如果找不到别的证据，那真可能怪到她的头上。

无论如何，先去了再说。

喻瑶问清楚地点，把乔冉带到病房门口，交代他："你留下看着诺诺。"

乔冉脸色一白，心有余悸地连连摆手："不是，姐，你还不如杀了我，让我看着他？我怕他还没消气，会弄死我啊！"

喻瑶用余光看他："只要你别再拿我的事刺激他，他不会理你的。再说了，就是因为你害怕他，我才放心。"

至少乔冉知道诺诺的状况，不敢轻易招惹他，比别人靠谱。

喻瑶临走前几番挣扎，最后还是决定进去跟诺诺说一声，没想到诺诺从被子里撑起身，攥住她的小指："瑶瑶，我陪你去。"

以为诺诺是在撒娇，喻瑶刚想把他压回去，诺诺就拉着她，努力说："我想起当时我出去送字条，好像有一个人在门口黑的地方。"

喻瑶立刻反应过来，诺诺帮她给导演送字条的时候看到人了，当时他没留意，苏醒之后记起来，要为她去证明。

"什么样的人？有什么特征？你想到什么就说什么。"

诺诺皱了下鼻子："丑，不高，手上有戒指，像水滴，很亮。"

因为戒指亮，晃眼，他才意外瞥到。

乔冉在旁边纳闷地道："戴水滴戒指的肯定是女的啊，咱们组女生有丑的？我翻翻合照……等会儿，赵斯琪这张比心了，啊，她戴戒指了啊！"

他一脸蒙："姐，剧组里这么多女生，除了你就属赵斯琪颜值最高，她哪丑啊？别是认错了？"

这个名字一出，喻瑶怔了片刻，很快想通因果。她闭了闭眼睛，把手盖在诺诺头上疼爱地揉了一下，扬眉说："抱歉啊，在诺诺眼里，恐怕除了我之外的生物都丑。"

喻瑶不可能让诺诺离开医院，她心里有了数，直接给导演打电话，问赵斯琪在哪儿。

导演心力交瘁，哭丧着脸说："剧组都要散了，她看暂时拍不了就说有事先走，我也拦不住，现在估计已经出镇了。"

"有事？"喻瑶冷笑，"是看事情闹大了，畏罪潜逃吧。"

一句话准确锁定纵火嫌犯，既然赵斯琪被当事人指控，那么理应把人抓回来询问。警方动作很快，在镇子边郊的一辆大巴车上找到了赵斯琪。

一见到这人的状态，办案的警察就敏感地看出异常，好好一个漂亮姑娘，鬼似的惨白着脸，帽子快盖到鼻尖了，生怕谁认识她，精神衰弱得听见一点声音都发抖。

警方本以为很容易问出点什么，没想到赵斯琪态度强硬，状态濒临崩溃，还一口咬定自己跟火灾无关，是喻瑶污蔑她。

喻瑶自然不会把诺诺目睹的事讲出来，只说自己是突然想起在门口偶然看见了一枚戒指的亮光，且有合照为证。

赵斯琪愣住，瞪着喻瑶毫发无伤的样子，歇斯底里地否认："戒指不是我的！我随手在道具间拿的，不信你们搜我身！喻瑶你血口喷人，明明就是你自己弄出的火灾，不承担责任，还怪我？你来这个剧组，就是害人来的！"

嫌疑人拒不承认，短时间内又找不出确凿的证据，警方也无法继续扣押她。

胶着的时候，导演抹着汗一路跑进来，后面领着个女孩子，就是开机仪式时跟赵斯琪站在一起听她骂人的那个小"炮灰"。

小"炮灰"哭着说："对不起，如果不是喻瑶指控赵斯琪，我也没胆子出来说。昨天晚上赵斯琪担心自己的戏份被删光，一直在骂喻瑶，我就忍不住留意她，我看到她进了楼里，没几分钟就慌慌张张跑出来，怀里好像抱着一个灭火器，我不敢上前，就偷拍下来了……"

"她走了之后，火烧了起来，"小"炮灰"哽咽，"我吓死了，偷偷去追赵斯琪，发现她趁乱在后院藏什么东西，后来警车来了把现场封锁，我一直没机会靠近，也不知道她藏的究竟是什么。"

她拿出手机，把拍到的照片找出来，时间准确，人物虽然不清楚，但足够确定赵斯琪的身份。

警方即刻去了老宅子后院，在一堆废弃垃圾里找到一个深埋的小型灭火器，以及一起扔掉的戒指。很明显赵斯琪也意识到这东西很刺眼，万一被谁注意到就是个麻烦。

板上钉钉的证据摆在眼前，赵斯琪再不承认也没有办法。她机械地复述了过程，说她如何做的计划，提前看准了宅子里唯一备用的灭火器在哪儿，又如何不敢承担责任，出事以后怕罪名太大，她抱着灭火器去求救的路上反悔，决定维护自己，装傻逃走。

赵斯琪愣了一会儿，突然抽搐着大哭出来："我也没想到啊！我只是想吓唬她，保住我的戏份而已，不知道火会烧那么大！谁叫那个门坏了，不能怪我！"

导演气得直哆嗦，从兜里摸出一张字条，劈头盖脸拍到赵斯琪面前："你自己看看，你放火之前喻瑶特意让她的助理送到我手上的，亲手给你们改的新人设、新剧情！你照这个演，比以前不知道强多少倍，说不定还有希望红！"

赵斯琪仿佛听到什么笑话，抗拒地又哭又骂，最后折腾累了，颤巍巍地把纸捡起来盯着上面的字，脸上的表情复杂，半是笑半是不信，直到被懊悔吞没，蹲下去痛哭。

喻瑶看了她几眼，空气里仿佛还有让人濒死的火星和烟气，她目光平静地转向窗外医院的方向。

不知道诺诺在干什么，她该教他怎么用手机了，他那么容易满足，哪怕只是偶尔给他发个微信，他大概也会很高兴吧。

第七章
求婚了

医院病房里，乔冉搬着小板凳坐在床尾，紧张得想抖腿，又硬生生抑制住，唯恐自己哪个动作惹到床上的那位巨可爱阎罗王。

喻瑶走后，诺诺一直不安，气氛随之变得压抑。乔冉不知道是不是自己的心理作用，简直要没法呼吸了，好不容易诺诺精神不济睡了，乔冉才宛若重新活过来。

啊，好可怕，想哭。

但也不仅仅是怕，准确地说，大概是某种敬畏，除了那天险些被诺诺掐死，更多的是因为昨晚大火现场，他被诺诺对喻瑶那种疯狂的保护欲所深深震撼。

他做不到，就更钦佩。

有武力值这么强的人在喻瑶身边，还时时刻刻甘愿为她拼命，乔冉不得不承认，诺诺除了心智比较异常之外，他哪一样也比不了，所以连带着之前那些不服、郁闷和抵触都一并消散了。

病床上的人动了一下，乔冉马上正襟危坐，就差起来问"您需要点什么服务"了。

诺诺额角都是汗，头发被润湿，他睁开眼，茫然地盯着墙壁。

和上午醒来时一样，他做了很多梦，零散又混乱，没有什么能看得清楚，后来快醒的时候，他又梦到瑶瑶拍戏的棺材和她穿着嫁衣站在大火里的情景。

诺诺眼眶是烫的，眸底一片红，手指把床单攥得起皱。

差一点来不及救瑶瑶的恐惧从起火时开始，直到现在始终灼烧着他，他害怕被迫分离。

到底怎么样才能不跟瑶瑶分开？

诺诺忍着疼翻身，摸到枕头下的手机，是她送的，他握在手里才安心了一点。

乔冉试探着问："哥，你喝水不？"

诺诺还是紧抓着手机。

乔冉挠挠头，又问："瑶瑶姐还不知道啥时候回来，要不……我给你找个她演的电影看看？"

诺诺眼睫颤了颤，终于给了他一点回应，不太情愿地把手机递过去。

得到回应，乔冉的精神状态好了不少，积极地给他下载视频软件，登录上自己的会员号，找出喻瑶拿奖的那部片子播放。

片头开始的时候，乔冉隐约听见诺诺很低的声音，与其说是在问他，不如说是自言自语："不分开……怎么能不分开……"

乔冉根本没多想，顺口就说："不分开？那结婚呗。"

他想起诺诺可能不懂这事儿，于是贴心地指指屏幕："正好这个电影一开始就是两个配角的结婚典礼，你看看。"

诺诺双手捧着手机，光彩映在他脸颊上。

一男一女身穿礼服，戒指璀璨，牧师在说："无论贫穷富有，健康疾病，一生不离不弃，你是否愿嫁……是否愿娶？"

病房的这个角落，诺诺面对屏幕，紧握着手机，无神的眼瞳里流泻出光芒。

喻瑶将近傍晚才回到医院，乔冉如蒙大赦，在病房门口跟她交接。

"诺诺怎么样？状态好吗？"

乔冉神色复杂："还算好吧，就是看完电影之后，他跟我要了一堆乱七八糟的小工具，我哪敢不给买啊，但没瞧出来他到底要干吗。"

喻瑶没打算跟乔冉多问，她想知道什么，直接去看诺诺就好了。

窗外天色暗了，病房里开了半侧的灯，算不上亮，正好给冰冷的房间添了些柔和的暖调。

喻瑶放轻脚步进门，意外地看到诺诺倚靠着墙坐在床上，被子绵软地堆在他身边,他穿着病号服,蓝白条纹的衬衣款,显得他锁骨分明,黑发贴在颈边,乖得不像话。

她刻意不出声,走到床边拉了一下他的发梢。

诺诺惊喜地抬起眼,一对琉璃宝珠里波光四溢:"瑶瑶,瑶瑶……"

喻瑶看他:"嗯?"

"我有事,拜托你,答应。"

喻瑶失笑,他又学会"拜托"这种新词了,她耐心说:"摸头还是什么?亲可不行,半个月内的份额已经用完。"

诺诺红着脸摇头:"不是,我想求你……"

他动作很慢,抬起一直紧紧扣着的左手,略微发颤地递到喻瑶面前,缓缓张开。

因为紧张,诺诺掌心冒出了薄汗。他的掌心正中间摆着一枚光滑温润的木头圈圈,类似一个指环的大小。

喻瑶记得这个,昨天诺诺刚被送到医院,她帮忙换衣服的时候在他贴身小兜里发现的,那时远没有这么整洁精致,不知道是他从哪儿搜寻来的一块粗糙小木头。

她以为是个玩具,所以没扔又留给他,现在怎么会……

喻瑶愣怔几秒,突然意识到,乔冉刚说的诺诺要工具,是拿来亲手打磨这个东西的?他打磨了一整个下午!

诺诺的声音带着一些细微的哽咽:"别人有戒指,瑶瑶,也要有。"

喻瑶震惊地盯着他,他目光闪动,在灯光下摄人心魄:"戒指戴上,就可以结婚,瑶瑶能不能,能不能……嫁给我?"

他一无所有,这块小木头是他靠自己得来的唯一的宝物。

一切噪音都归于寂静,喻瑶完全呆住。过了许久,诺诺的手举到发抖,她才勉强开口道:"当然不能!"

诺诺满脸的希冀破灭,他的手臂渐渐垂下,咬住唇,血色潮水般退去,病号服挂在肩上,显得尤为空荡。

过了半晌,他又期盼地重新仰起脸,纯净的"狗狗眼"凝视着喻瑶,小心翼翼问："那换瑶瑶娶我，行吗？"

诺诺虔诚地捧着那枚木头戒指，受伤的身体努力前倾，眼睛不敢眨动，已经红了一圈，潮气泛滥地注视着她。

他献宝似的把手心里的那个小东西托得更高，尽可能送到她面前。

病房里到处是消毒水的味道，但这一刻，也许是因为离得太近，喻瑶被诺诺身上那种独有的清冷草木气彻底包围。

她头快昏了。

原以为在这种情况下经历人生第一次被求婚已经够匪夷所思了，等到诺诺欢喜地说出那句"娶我"，喻瑶一口气哽住，险些失态地咳出来。

怎么回事，这个提议居然还有点诱人？！她要是娶了这么乖萌可爱的诺诺，还不天天放兜里揣着？

不过，至此喻瑶也懂了，诺诺今天八成受了什么刺激，只是一腔热血，根本不明白结婚具体的意义。

喻瑶有些想笑，不经意一低头，却看到了诺诺的手指。

他举着戒指，指尖下意识地向内弯，即便是这样的姿势也掩盖不住那上面的肿胀和破口。

喻瑶拧起眉，把诺诺的手指抓过来细看，他苍白皮肤上本来就有不少为了她才弄出的伤，现在又因为打磨了太久木头，一双手被她稍微碰碰他就疼得屈起来，怕被她发现还坚持着不肯动，唇色都微微泛了白。

她额角直跳，语气不由得转冷："手弄成这样，你图什么！"

诺诺绷直的肩膀落下，眼里的光逐渐熄灭。

瑶瑶不想要，无论嫁还是娶，或者这枚简朴的戒指，她都很讨厌。

"对、对不起……"诺诺低下头，忽然觉得他视若珍宝的木头戒指实在太寒酸、太丑陋，想偷偷藏进口袋里。

喻瑶被他沮丧的小表情弄得心直揪，一把按住他，飞快抢过木头戒指，顺手套在食指的第一个关节上。

是什么崽，凶不得骂不得，她才说一句，他那种眼神就像被全世界遗弃，难过得让她这种铁石心肠的人也不得不投降。

喻瑶在他旁边坐下，直视他，问道："为什么会想到嫁娶这种事？"

诺诺的目光凝在她的指节上，舍不得移开，轻声说："每一只狗狗都害怕和主人分开。"

喻瑶被气笑，诺崽还学会祸水东引了，这意思是他只是个普通的、有着平凡梦想的"狗狗"。

"我可没听说过谁家的小狗要跟主人结婚的。"

诺诺正好小声强调："因为它们都没有成精。"

他还挺骄傲。

喻瑶努力不让自己的表情失控："那就更不行了，人和妖精不是同一个物种，不能通婚。"

她话音未落，病房门外守着的乔冉失手把手机的音量摁大，他正在看的电影正好进展到某句台词，一时间震耳欲聋。

"妖精怎么了？我偏要跟人结婚生子，陪她过完这一辈子。"

诺诺一脸激动，却还知道要矜持，不敢太雀跃了。他钩住喻瑶的衣角，生怕她没听清，急切地给她科普："瑶瑶，电影说了，可以的。"

喻瑶只想把乔冉打一顿，哄骗"狗狗"的说辞行不通了，她没办法，神色郑重了些许，不再开玩笑，尽量通俗地说："诺诺，结婚是一生里非常严肃，也非常神圣的事，不能单纯因为害怕分开或是任何不够纯粹的理由而去结婚，想跟一个人结婚只有一个原因，是爱她，但不是宠物对主人的那种爱。"

喻瑶恍然大悟，诺诺是害怕失去她，她的心不由自主地变软，摸摸他的发梢："我也一样，不会跟不爱的人……或者妖精结婚。"

诺诺把嘴唇咬得充血。

所以不能是他，他没有资格，他只是个走路说话都需要她教导的白痴"狗狗精"，不懂她说的爱，更不配做那个被她爱的人，连她一点点的喜欢和在意，他都不知道自己能不能得到。

诺诺的瞳仁在灯光里流淌着星河，他用肿痛的手撑着床，尽力朝她靠近："瑶瑶，怎么样才可以，被你爱？"

喻瑶只当他是小宠物心性，没太认真，像答记者问一样随口列举了几个标准男友的一般特征："细心？会赚钱？懂浪漫？至少——"

她看着诺诺，要笑不笑地说："要会写字吧，领结婚证需要本人签名的。"

诺诺怔了一下，脸颊连着脖颈、锁骨一起变红，耳朵红得欲滴血，眼中水光几乎溢出，他委屈羞愧地抱住膝盖，把脸埋在上面。

他还不会写字就妄想跟瑶瑶结婚。

喻瑶还是把戒指收下了，不为别的，单纯不愿意让诺诺伤心，看到他那双手，她就清楚把一块不规则的木头打磨成圆润的指环到底需要多少精力和心血。她跟诺诺讲得很明白："就当是'狗狗精'和主人之间的信物，今天我要了，就不会抛弃你。"

诺诺在她手臂上贴了贴，难为情地说："上次去宠物店，别的狗狗都有牌牌，我可不可以也有一个？最便宜的或塑料的，什么样子都行。"

只要是她给的。

喻瑶啼笑皆非，做"狗狗"，诺诺是认真的。

两天之后，警方那边有了正式通知，赵斯琪被逮捕，接下来将全力整理证据，明列罪名，她要面临故意纵火案的刑事责任和巨额财产赔偿，就算没钱赔也有办法，她在某二线城市有套房子，万不得已的时候法院将会强制执行，用以填补烧毁的老宅子和剧组的损失。

其间警方按惯例来询问喻瑶的意见，作为纵火案的被害人，她的态度将在某种程度上影响赵斯琪的量刑。

意外的是，在喻瑶开口之前，火灾的事情不知道怎么被捅到了网上，剧组人多口杂，想查也无从查起。

喻瑶自带招黑体质，除了最开始爆出新闻的时候引来了震惊和同情，当受害人确定是她以后，风向有意无意被带着扭转到了奇怪的方向。

很多人在现实里温和谦恭，但打开手机登录上一个虚拟账号，就能毫无负担地口出恶言。

"喻瑶？那我只能说声活该了，前些天她把自己炒那么火，估计老天也看不下去，想来把真火烧烧她。"

"她怎么到哪儿哪儿有事，别又是为了翻红故意搞出来的吧？跟她同组的真倒霉。"

"难道只有我的关注点在电影上吗？喻瑶以前多风光，现在沦落到只能拍这种不入流的垃圾片。豆瓣一分预定。"

"难怪《阴婚》的书粉都在疯狂骂她，听说剧本被改得乱七八糟，多半有她的功劳。"……

警方也不想让负面舆论进一步扩大，配合剧组很快出了声明，简单陈述了案件过程，强调了是赵某某故意纵火，喻瑶是受害人，没想到舆论的恶意变本加厉，风波非但没有停止，还愈演愈烈。

事不关己，再可怕再恶劣的案情，也有不少人在做一面倒的"圣母"，施暴者应该被谅解，受害者不能太苛刻，反正火烧不到他们身上，他们又不疼。

喻瑶本以为事情进展到这里已经够让人头疼了，然而接下来由各大营销号带领风向，都在呼吁喻瑶放过赵斯琪："赵斯琪还那么年轻，就是个不懂事的小姑娘，你又没真的受伤，为什么不能放人一马，给个改过的机会？"

连警方也以为喻瑶会有所动摇，毕竟公众人物都要考虑影响，以免对自己的发展不利。

喻瑶却只是抚了抚食指上的木头戒指，抬眸冷笑："我放过她，谁放过我们？该怎么判就怎么判，判轻了，我也会抗议。"

她登录微博，简简单单发了一条。

"劝我大度的人，祝愿你们有机会也能试试被人烈火焚身的滋味。"

放过？诺诺不顾自己的性命向她扑过来的那一瞬，她就永远不可能放过纵火的人。

《阴婚》剧组需要另外选址，很多戏服都被烧毁了，重新准备起来也得花点时间，好在剧组本来就穷，东西也便宜，损失算不上太大。

导演倒是触底反弹了，激动得非要把这片子拍出来不可，剧组暂定三天后复拍，到时候诺诺也将出院。

喻瑶惦念着小狗牌的事，她的余额有限，买不了什么贵的，但也不能真弄块塑料狗牌给他。在医院附近转来转去，她选了家手工陶艺店，进去现学现做，弄出一块丑兮兮的小牌子——薄薄一片，女孩子小指的大小，正面简单地画了只小狗头，背面被她歪歪扭扭地刻上"诺诺"两个字，左右打孔，穿上编织的红绳。

手链搞定。

喻瑶拿着牌子回医院，临近大门，她盯着牌上的小狗头，莫名有种熟悉感，有点像是诺诺脖子上那条链子的吊坠？

她也就见过一两次而已，怎么会顺手做出这么类似的东西？

喻瑶没时间多想，她那个刚补办了电话卡的备用手机此时嗡嗡地振动起来，显示着她最不想见到的名字。她站在医院大门口深吸了口气，按向接听键，电话接通的那一瞬，即使没开免提，听筒传出的声音也高到刺耳。

"喻瑶，你翅膀硬了？上次我让你退圈，你当耳旁风是不是？去拍那种下三滥的电影，还弄出什么火灾，你是不是也想学你妈那样，宁愿死在外面都不回家！"

喻瑶目光冷厉，嘴上却柔声说："外公，别动气，我没事。"

"没事就给我回来订婚！"老爷子大发雷霆，"彦时等你多久了？你有没有自觉？当初我劝你去见见容野，你说什么也不肯，我就当你是怕他，现在我给你选了从小一起长大的陆彦时当夫婿，你还不同意？"

喻瑶的耐心在坍塌边缘，掌心把手机握得滚烫，笑眯眯说："外公，陆彦时都没主动，订婚的事怎么能由您来说，是吧？"

电话里沉默片刻，老爷子沉声道："好，到时候你再不听话，我就把你绑回家。"

喻瑶强压着火气挂断，才看到通知栏有一条微信，发信人是"诺小狗"，内容是一张照片，拍的是张纸，上面密密麻麻写了很多字，无一例外都是"瑶"。

歪斜的、稚嫩的，但一笔一画圆润可爱，可惜学得不太好，每个"瑶"都缺了一横。

喻瑶上楼进病房，诺诺背对着她坐在床上，面前摆了张简易的儿童小桌子，他无处安放的长腿可怜地蜷着，刻苦地伏在上面写着。

他的手还疼，用不上太多力气，唇抿得很紧，雪色鼻尖上沁着薄薄一层汗。

喻瑶悄声靠过去，见他还在练习写"瑶"，拼命想写得好看一点。

傻"狗狗"。

喻瑶出其不意弯下腰，虚虚地抓住他的手，想带着他走一遍笔画，教他把这个字写对。

诺诺感觉到她，呼吸微微急促，不禁抬起脸，见她在他身边，长发垂下来落在自己的肩膀上，香得让人想抱住她。

喻瑶带着诺诺写了两笔就觉得很吃力，她手太小，他的手却比大多数男人的修长，她很难一手掌控他，根本握不住他的手，何谈教他写字。

她放弃了，想找其他办法，刚直起身，就被诺诺握住手腕。诺诺的脸上有浅淡一层胭红："瑶瑶，你坐这里，写给我看，好不好？"

他放下笔，让出自己的位置，把小桌子前面那一片空出来给她。

喻瑶没多想，欣然坐下，她亲笔示范一次，以诺诺的聪明，应该可以——她的思绪骤然被打断。

拾起笔的手还停在半空，全身却不受控制地涌起阵阵酥麻，所有感官都像失去功能。

诺诺从她背后靠了过来，用几乎和她刚刚同样的姿势，伸过手臂，温热的掌心覆盖在她握笔的右手上。

他坐着，比她站起来时靠得更加近，像从背后拥抱她一样，呼吸和声音就扑在她的耳畔："这样教，瑶瑶不累。"

诺诺的五指包裹住喻瑶的右手。

喻瑶拿着笔，分不清是自愿还是本能，在纸上缓慢地写下他心心念念的"瑶"字。她动一笔，他的手也跟着动，一个字十四画，他贴着她，仔仔细细地全部写完。

两个人挨得太紧，喻瑶体温上升，凝视着她写的字和周围几十个青涩的"瑶"，脉搏在加快。

她教完了，想故作镇定地把手抽走，但才动了一下，分开少许，那只冷白标致的手就追上来，又黏糊地盖上去。

有个人从她身后低下头，伏进她颈窝，清冷的声音里不知怎么掺进了哑，低声对她说："瑶瑶，你的手好软，我想一直握着。"

喻瑶的手和诺诺的相比明显小了两三号，他轻轻松松就能完全掌握。

她忍不住垂眸，视线落到两人交叠的手上。

诺诺对她从来没有男女之间该有的距离和防备，只要给他机会亲近，而她又没有喊停，诺诺就不懂什么叫适可而止。

他似乎格外喜欢身体上的接触，每一次都全凭本能地尽情跟她贴着挨着。

现在他下意识地在磨蹭她，皮肤热得要出汗，他很灵活，还不知道满足，修长的手指甚至穿进了她指缝中间轻缓摩挲，留恋地往里扣，想钩住她的手。

如果换成是以前，喻瑶一定会立刻挣开，也许还会疾言厉色地教育他树立性别意识，但经过那场大火之后，她对他怎么也硬不起心。

诺诺只是个随时随地渴望跟主人亲昵的小"狗狗"，纯真懵懂，做什么都是随本心而已。

"你别得寸进尺，"喻瑶压下心底被他撩出的火星，手肘向后，惩罚性地撞了一下他，"我是在教你写字，不是来给你随便摸手的，学习态度这么不端正，以后我可不管你了。"

诺诺抿着唇，压抑地闷哼了一声，还是不舍得离开，脸颊在她颈边埋得更卖力，短发和睫毛来回蹭着她。

喻瑶太阳穴直跳。

刚才她不小心碰到诺诺的伤口了，怎么可能还凶得起来。

喻瑶被诺诺从背后半抱着，有些口干舌燥，甩不掉也挣不开他，她只能把手链拿出来，拎起诺诺那只"犯上作乱"的手，略显粗鲁地套上去，吸引他的注意力："给，你要的牌牌，就这一块，我自己做的，要是丢了没的补。"

诺诺的手腕骨节分明，皮肤又白，戴上红绳以后，色彩反差极大，异常晃眼。好像绑上这个，她就真正成为他的主人，这一生永无期限。

诺诺欢喜到发出了很小的嗷呜声，把牌子贴到脸上，眸中泛滥的光能把人溺死。

喻瑶脑补的东西越来越不纯洁，有点无法直视手链了，她趁机躲开病床上的诺诺，清清嗓子说："我去找医生来看看你的伤，别再弄出血。"

诺诺见她真的要走，急忙拉住她，慌乱地捡起笔，在纸上准确写下"喻瑶"两个字，诚惶诚恐地望向她："瑶瑶，我学会写了，态度端正，你别不管我。"

她随口一句"不管"，刀山火海都无惧的这个人怕得声音都在颤。

喻瑶越发觉得诺诺就是老天专门安排来克她的，再冷的性子也能因他改变，她应对他的办法一天比一天不管用了。

喻瑶揉了把他的头："你乖乖的，我就管，别怕。"

算了……

指望着诺诺恪守尺度、循规蹈矩，还不如指望她自己。他再怎么撩她，只要她画好底线，保持清醒，不沦陷就是了。

诺诺的伤势恢复良好，除了偶尔多梦，没什么后遗症。医生判断是轻微脑震荡引起的连锁反应，多休息，过一段时间自然会好，给他定下了出院日期。

出院前一天，诺诺已经行动自如。喻瑶在走廊接完导演的电话，得知新的拍摄地定好了，戏服、道具也基本到位，明天可以复拍，她悬着的心终于落下。她一回病房就看到诺诺坐在窗边，向往地望着外面。

他自从跟了她就没怎么出去逛过，对什么都好奇。喻瑶拿起大衣披在他身上，给他戴了一顶有毛球的毛线帽，直接说："走，去逛街。"

她拉着诺诺经过护士站，两个年轻小护士不忙，互相推着笑闹，后面台子上摆了一束花，显然是其中一个的追求者送来的，正在被同事善意调侃。

喻瑶的目光在花束上掠过，多停了两秒，见送花者品味不错，配色不艳俗，她无意识地评价了一句："挺好看的。"

下午的阳光很好，医院外面是条还算繁华的商业街，喻瑶拉着诺诺走出医院，她想直接带他去尝点没吃过的，于是给他提了几个选项。

等了几秒没听到回答，喻瑶抬头，诺诺根本没看其他地方，只是目不转睛盯着她，嘴角都是笑。

她无奈，诺诺跟她出来，吃什么做什么都开心，哪里还需要选。

喻瑶牵着他进了一家养生菜馆，尽自己能力，给他点了几样补身体的汤羹。菜刚端上来三五分钟，她的电话就响了，又是导演打来的。她以为剧组有变，快速接通，只听导演压低了声音紧张地问："喻瑶，你在哪儿呢，能不能赶紧过来一趟？"

喻瑶蹙眉。导演深吸一口气，道："铂良地产的小陆总你认识吧？他突然到了片场说要找你，我也不确定你跟他啥关系，就没轻易说出你在哪儿，但看他的样子不打算走啊。"

她捏勺子的手一紧。

陆彦时？外公那个电话才打了没多久，他这么快就找上门了。

他向来不靠谱，做事肆意妄为，不联系她却直接去了片场，指不定在那儿说什么瞎话，她要是不尽快解决掉他，搞不好会惹出麻烦。

喻瑶马上收拾东西，一抬眼，见诺诺也没有吃，乖巧地让服务员打包，准备把菜都装起来，陪她一起走。她动作一顿，不能带诺诺见陆彦时。

陆彦时是外公的心腹，多半会去外公面前添油加醋地汇报，老爷子真要知道她养了这么大一个活人，还不得闹翻天，到时诺诺也会被连累。她就想跟诺诺过点安生日子，不愿意徒增麻烦。

喻瑶直视他说："剧组临时有事，我自己去就好，你不用跟着，留下来继续吃，或者我送你回医院也行。"

诺诺积极装打包盒的手停下来了，茫然地看了她一会儿，似乎不明白为什么自己期待许久的逛街才刚刚开始，自己就被她丢下。

"我、我不添乱，我陪你。"诺诺眼尾不自觉垂下，指尖在盒子上压得发白。

喻瑶摇头："今天特殊，不方便带你。走吧，还是送你回医院，让你在外面我也不放心。"

诺诺看出她的决绝，慢慢低下头，搂着还冒热气的汤盒，眼眶被熏得酸涨难忍。感觉到喻瑶已经站起来了，他又努力地挤出一个笑，仰着头说："我想……留下吃，自己回去，很近。"

喻瑶回想路程，只要步行五分钟，不用过马路，以诺诺现在的智力，安全走回医院不成问题，她也不希望他一直闷在病房，勉强同意，临别前仔细叮嘱他："遇到事随时给我打电话。"

导演又在发微信催了，喻瑶不再纠结，戴上眼镜出了门。诺诺直勾勾地看着她的背影，直到她上了车，在他的视线里再也看不到，他才很慢地动了一下，身体的温度不受控制地降低。

诺诺把手腕上的牌子抬高，贴了贴脸，眼神变得黯淡。他眼前的光线忽地一暗，有个长相艳丽的女生坐在他对面的位置，正是喻瑶刚坐过的那个。

女生看清他的五官，惊喜地微微抽气："哎，你一个人吗？我们一起拼个桌行吧？"

她眼前的年轻男人异常夺目，就算是她在网上看迷恋的流量偶像也没有此刻面对面地看着他冲击力大。女生见他神情温顺，以为是个好说话的，激动得直接探身去碰他，下一刻她就听到他开口，嗓音刺骨地寒，宛若挂着坚冰："不行！"

女生愣住，怀疑自己听错了，然而等她再去看，就见到他略歪了一下头，眼帘半抬，拒人于千里之外。

诺诺抱起喻瑶给他点的汤和菜，机械地走出店门，他只是不想做一个要被瑶瑶送才能回去的累赘。

诺诺孤身往前走，突然停在一扇亮着灯的落地玻璃窗前，怔怔地盯着窗上贴的上百张照片，其中一张照片里，喻瑶戴着口罩绾起长发，在陶制小牌上亲手刻下他的名字。他一眼就看到了。

照片旁边挂着一张广告："陶器店招临时店员，薪水按小时结。"

诺诺干涩的唇抿成线，推门进去，对看过来的店长和店员说："我想，打工赚钱。"

店长眼里放光，但还是例行公事问："会做陶艺吗？"

诺诺摇头。

"那学历呢，本科？会不会英语？我们这里偶尔有来旅游的国外客人。"

诺诺依然摇头，他才刚学会写字，话还说不全……

店长有点震惊，继续问："有什么特长？比如擅长和人相处，会营造气氛这些也行。"

诺诺把他装菜的小盒子抱紧一点，拉下瑶瑶让他竖高的大衣领口，问：

"好看，算吗？"

全店寂静，店长捂着嘴，小鸡啄米似的点点头，最后问："你对工资要求多少？"

诺诺眼帘垂下，想到从医院出来时喻瑶停留在花上的目光，低声回答："我想要，一束花的钱。"

直到天色全暗，诺诺拿到了一百五十块钱。他重新搂住打包盒，揣着亲手赚来的钱去了前面的花店。沿路经过一家咖啡店，橱窗里摆着小块的蛋糕。他朝巧克力慕斯咽了咽口水，视线又转向旁边的草莓红丝绒蛋糕。

瑶瑶肯定会喜欢红色的……

慕斯三十块，红丝绒四十块，如果他能用一部分钱买到花，就可以吃蛋糕了。

诺诺小跑到花店，老板说给心爱的女孩要送红玫瑰，但瑶瑶不爱他，他没有资格买红玫瑰送她。老板又介绍其他的玫瑰，普通的一大束八十，进口的梅拉玫瑰很美，但七支就要一百一十块。

诺诺掏出他全部的钱："要最好的。"

他抱着一束花又回到咖啡店，用最后四十买了瑶瑶爱吃的红丝绒，彻底忘记了他也想要的那块巧克力慕斯。

初冬的风很冷，天幕漆黑。

诺诺看了看毫无动静的手机屏幕，站在医院大门外，把花拢进怀里，小心地护着。

喻瑶被陆彦时强行送回医院，几百万的跑车后座上是空运到的一堆名贵花束，以及老爷子让家里甜品师做的蛋糕。

她余光都没分过去一点，在距离医院大门还有一小段距离时，不耐烦地叫停。

陆彦时单手打着方向盘，还想跟她继续那个吵了一下午的话题，侧头一看，只见喻瑶仿佛被定住，目不转睛地望着前面。

路灯孤寂的光里，有一个人的身影显得很是孤单。风吹开他的衣角，掀动里面泛着光晕的白色衬衫和花瓣，他黑而软的头发也被拂乱，遮住眉眼。

这么寒冷的晚上，他安静地站着，唇微微弯着，像在等最心爱的姑娘。

喻瑶下午赶到片场的时候已经三点半，刚下车就看到剧组的几个工作人员，虽然跟她打招呼的态度和往常一样热情，但明显夹着点八卦、好奇的目光，没恶意，单纯是捕捉到了绯闻的那种围观群众的兴奋感。

"喻老师，你可算到了，"副导演火急火燎地跑过来，朝里面一指，小声说，"小陆总来了半天了，就在那儿等你，我们都不敢吭声。"

一大群普通人，骤然碰上新闻里才能看到的纨绔子弟，又不清楚对方意图，难免不知所措。

喻瑶压着火气，加快脚步往里走，一眼对上陆彦时那辆最骚包的跑车，平时没见他开，今天他倒是专程拉出来溜。他本人穿着一身高级定制西装，懒散地站在车边，像只开屏的孔雀，正拧紧眉，对破烂简陋的片场表示嫌弃。

一路上都是剧组工作人员行注目礼，喻瑶也没空回应，本想把陆彦时拽走，他却直接进了驾驶座。

喻瑶不想闹得难看，只能随他坐进车里。陆彦时早有准备，不等她发火，抢先递给她一个小巧的首饰盒，拇指漫不经心地一拨弄，盒盖被掀开，里面是枚闪亮的钻戒，有四五克拉。

他又偏了偏头，示意喻瑶看后面："戒指、花、蛋糕，后备厢还有几个限量包和最近拍的珠宝，我可是不惜跑这么远求婚来了，喻瑶，你就这表情？"

喻瑶对他无话可说，一时间还有点想笑："我记得你们陆家混得也不差，怎么就这么怕我外公？我只不过随便跟他说了句陆总没主动，结果才这么两天你就来了，你还有没有点尊严和智商，不知道敷衍他吗？"

陆彦时掩过一瞬间的失望，挑起眉："敢情是你搪塞老爷子的借口。我哪知道，你又没提前跟我串供，我还以为喻大小姐突然对我动了心。"

"对你心动？"喻瑶见他就烦，"那我还不如对只小狗心动。"

她本是指剧组周边的那些小流浪狗，但等这两个字从唇间钻出来，她才意识到"小狗"对她来说有过于特殊的含义。她不自觉静了一下，摸出手机想给诺诺发个微信报平安。

陆彦时不满她的分神，不客气地抢过手机，余光瞥到她手指上的木头戒指，淡淡嗤笑："喻瑶，你是不是穷疯了，戴这种不值钱的破玩意儿，你们家的脸都叫你丢光了。"

喻瑶还算平静的脸彻底冰封，陆彦时似是还不过瘾，一手扣住她的手机，一手攥着首饰盒，暗中用力，讥讽道："你看看你这几年，非要脱离家里拍什么戏，以前混得好也就算了，现在竟沦落到混这么烂的剧组，还总被人害，你不退圈，到底在等什么？我看你外公说得也没错，你父母就是太纵容你，把你娇惯得这么任性，他们过世以后，你就完全变了个人，油盐不进。

"过去的瑶瑶多温婉，小时候像个天使，你再瞧瞧你现在，冰山一座，有家不回，穿的、戴的、吃的都是什么破东西！别说对我了，连自己亲外公的话也半句不听——"

"陆总，"喻瑶眼神变得冷厉，"说够了吗？"

她面无表情，整个人在车内的狭小空间中显得气势逼人。

陆彦时意识到自己说得过了，猛地闭嘴，烦闷地向后靠，生硬地试图挽回："我是看在和你青梅竹马的情分上才说这些的，来求婚也是不想让你在老爷子那儿为难，他可天天睡不着觉，就想把你弄回家好好嫁人。"

"他当初还想让容野娶你呢，你不会不知道吧，"陆彦时"呵"了声，"容野是什么人，有多少传言，你家老爷子都敢往上攀，还有什么做不出来的。要不是你把容二少得罪透了，老爷子不得已才放弃，你能找到像我这么好说话的对象？"

喻瑶往外扫了一圈，剧组成员虽然离得远，但都在好奇地往这边打量，她要是现在摔门出去，陆彦时不会罢休，再追上去，又是一桩黑料。

她抢回手机，闭上眼顺气，某些零散刺人的画面在眼前不受控制地回闪，家里那些事她向来能避就避，连想一下都不愿意，怕疼。

她妈妈程梦是老爷子唯一的女儿，从小金娇玉贵地养着，老爷子早早把她一辈子的人生轨迹都规划好了，上什么学，嫁什么样的人，生的小孩如何教育，都有全盘打算。

程梦被宠着惯着长大，却没按照老爷子的想法去学艺术，反而沉迷心理学，背着家里考上名校，以死相逼才学到毕业，成为了非常出色的心理医生。

后来她认识了一名重度抑郁症患者——清贫英俊的喻青檀。喻青檀安静温柔，不爱说话，是位年轻优秀的检察官，在找程梦治疗的过程中爱上了她。这份爱执拗深刻，在最初，却也是沉默孤寂的暗恋。

直到他积极配合治疗，病症减轻到几乎痊愈，跟程梦不再是医患关系，他才紧张到轻颤地问：“现在你不是我的医生了，能不能求你做我的妻子？”

程梦那时正被家里逼婚，她偷了户口本跟喻青檀偷偷领了证。老爷子得知此事以后气得几乎心脏病发，他花了那么多心血养成的乖巧女儿，却干出如此大逆不道的事情。

至此，一切脱离了轨道。

程梦义无反顾地搬出豪宅，跟喻青檀有了一个小家，三年后生下喻瑶，二人幸福到形影不离。

她很小的时候，程梦所在的心理诊所策划了一项“治愈天使”的治疗计划，以甜萌乖巧的小动物或是孩子，去温暖那些严重的心理疾病患者，除了猫猫狗狗们，她是第一个参选的小孩。

她那时天真活泼，耐心又足，谁见了都爱，跟着妈妈治疗了很多病患。忽然某天，妈妈严肃地跟她说：“有一个特殊的孩子，跟你差不多大，病情非常危急，但他有攻击性，你敢去试试吗？妈妈保证，一旦他伤害你，马上带你走。”

她认真点头，只要能帮到人，她都愿意去。

到现在她早已记不清当初去过的具体地方，只知道是个封闭的恐怖深宅，黑乎乎的小屋子里，有个男孩抱着膝盖坐在窗台上。她走进去的那一刻，他掀开眼帘，目光冷酷凶恶，像濒死发疯的猛兽。

那年他七岁，没有名字，别人叫他都是叫“喂”。

见第一面，他就恶狠狠地朝她丢东西，划破了她的手。

程梦吓了一跳，抱起她就要走。她却给自己吹了吹手，觉得不应该就这么放弃，央求妈妈放她下来，她想再试一试。

于是一天、一个月、一年、两年，她不知不觉坚持下来了，隔三差五就会去那个可怕的大院子，面对那个仿佛不通人性的男孩。

两年，他一共就跟她说过三句话，总是离得老远。她知道他非常讨厌她，也不太在意，就乖乖跟他待在同一个空间里，自娱自乐地翻花绳、跳格子，每一次努力地想跟他接触，都被他极度厌恶地拒绝。

她想，至少有一个活人，会呼吸的，会动的，陪他待上一会儿，总会好一些。

很可惜，她花了那么长的时间，还是没能治愈他，依旧被他深深地厌烦着，后来深宅的主人放弃了，让她不用再去。

她多少受到一些打击，对当治愈师这件事没了信心，何况年纪在增长，她开始忙于上学，那个男孩成了她小小职业生涯里的失败案例，并且永远再没机会成功。

她很快淡忘掉，按部就班成长，幸福生活里，外公是唯一凶神恶煞般的存在，她成年后去学表演、拍戏，外公样样都不满意。

直到去年，程梦忙于工作，一年里很长时间不在家，喻青檀的抑郁症悄无声息地复发，谁也不知道他撑过了多少痛苦，一个人默默死在了跟程梦求婚的那座山上。

程梦得知喻青檀死讯的时候整个人完全崩溃了。那时喻青檀身上有一桩大案，审理结果合理合法，却被造谣污蔑，尤其在他死后，脏水不断往他身上泼。

程梦不惜一切为喻青檀洗清谣言，还他干干净净的一辈子，然后在尘埃落定时哭着跟喻瑶说："瑶瑶对不起，妈妈真的坚持不住了，妈妈很想你爸爸。你外公也是个可怜的人，妈妈让他失望难过了，如果可以，以后拜托你尽量包容他。"

在给喻瑶留了尽可能多的保障后，程梦在一个平常的晚上选择离开。

喻瑶失去父母，也一夜失去温柔，彻头彻尾变了个人。

老爷子几乎疯了，熬过漫长的折磨，最终把感情都投注到喻瑶的身上，想把她带回家亲手教养。像当初对女儿那样，他想要把外孙女养成一个听话乖巧、不会叛逆的乖宝宝。

他近于偏激地希望她做个大小姐，乖乖嫁给他觉得有益处的、适合她的男人，而绝不是抛头露面，混什么鱼龙混杂的影视圈。

喻瑶很清楚，陆彦时当然不知道这里面的细节，只是凭着他的理解来教育她，她心底隐隐地疼着，耐心彻底告罄："陆彦时，我跟外公那么说，不是让你来求婚骚扰我的，是希望你做好一个工具人，找理由搪塞过去，如果你做不到，那我也不是非你不可。"

陆彦时气得脸色发黑，吵着说她不识好歹。

初冬天很短，没多久就彻底黑了。

喻瑶中间收到了一条诺诺发来的微信，比起打字，他更喜欢发语音："瑶瑶，我回医院了。"

后面应该还有一大串"你在哪儿""你什么时候才回来""我好想你"……但他很乖地忍着，并没有发出来。

想到今天本该陪诺诺吃饭逛街，结果被陆彦时打搅，喻瑶就更归心似箭了，只有面对诺诺时，她的心才是软的。

"行了，你快滚吧，回家该怎么跟外公说，你懂的，"她对陆彦时说，"要是不懂，趁早告诉我，咱俩都赶紧给彼此换个新的工具人。"

陆彦时却突然变了脸色："刚才谁给你发的语音？男的？什么医院，哪家医院？你若不说清楚，我现在就向老爷子打小报告。"

"是我助理，跟你有关系？"

陆彦时不信，随即启动跑车，不给喻瑶下去的机会："说医院地址，我正好跟医生确定一下你是不是真没受伤，回去好跟你外公交代。你如果不同意，我就告诉媒体你是我未婚妻。"

喻瑶没心情吵架，想让陆彦时把车停得离医院远点，她进去把自己当时的验伤报告取出来给他，就让他快滚。诺诺在楼上的病房，两个人也不会遇见，但她无论如何没想到，寒风刺骨，诺诺竟然孤零零地守在黑夜里，已经不知道等了多久。

她回想整个下午，自己只给诺诺匆忙回复了一个最简单的"嗯"。

喻瑶隔着车窗看到诺诺的那一刻，心脏几乎停止跳动，犹如被无数的针刺满，说不清疼还是酸，难受得像掉进冰窟。

打包的食物就在旁边放着，他连楼都没上去过，一直守在这儿。

她把诺诺当成一个逐渐拥有行为能力的正常人，以为他能行走、会表达、会用手机，就算让他留下来，他也能够自娱自乐，不会因为她突然离开而受太大的影响。

可直到现在，经历这几个小时之后，她才恍然意识到事实——诺诺的世界里只有她一个，而她还有太多太多诺诺连见都没见过的亲人、朋友，他仅仅是其中的一个。

喻瑶的指尖抠进手心。

陆彦时在场，她再心疼也得忍着，必须保护诺诺不被打扰。

喻瑶强行收回目光，说："你在这儿等着，别往前了，我取了报告给你，你就赶紧走。"

陆彦时眯起眼，盯着诺诺，忽然一脚踩了油门冲上前，将车子骤然停在诺诺附近，才扭过头看向喻瑶："好啊，你去。"

喻瑶恨不得把陆彦时大卸八块。

诺诺已经注意到车子了，冻红的眼睛渐渐睁大，透过模糊的玻璃望着她，喜悦的甜蜜顷刻在他的眸中爆发。他小心地拢着怀里的东西，朝她迎过来。

陆彦时恍惚觉得诺诺的身形有丝熟悉，细看诺诺五官，又的确没见过，他冷笑："果然是跟你认识的，语音就是他发的？他长成这样，你竟然告诉我他只是个助理？"

喻瑶撑到极限，再也憋不住，一巴掌推开陆彦时靠过来的脑袋："你这家伙能不能摆正自己的位置？我的事用不着你管！"

她管不了那么多了，用力推门下车，径直朝诺诺走去。风呼啸而起，吹翻诺诺的大衣，他爱惜地藏着的花束和小蛋糕盒露出来，暴露在凛冽的寒风里。

陆彦时瞄到，也在同一时间钻出车子，甚至转到后排，拉开了朝着诺诺那一侧的车门，满眼昂贵的鲜花和甜点，反射着细碎的灯光，跟诺诺怀里的那些有着云泥之别。

诺诺在几米之外停下，愣愣地看着喻瑶，想叫她的名字，唇动了动，又微颤着抿住。

胸腔里所有鼓胀的喜悦，在见到喻瑶和陆彦时的那一刻都碎成粉末，密密麻麻地扎着他，好像到处都在流血。

诺诺低头看看自己，没有伤口，为什么疼得想蜷起来？

瑶瑶留下他一个人走了，不许他跟着，原来是去跟这个人见面了。她和这个人在一起待了好久，知不知道他没有回病房，盼到天黑，还是想第一时间看到她？

陆彦时一句话都没说，只是漫不经心地打量着诺诺，这种没钱没势的小白脸他见多了，根本用不着费力，用精神和经济能力的压制就能让其知难而退。

喻瑶跑到诺诺面前抓住他的手臂，张口要喊他。诺诺垂下头，睫毛垂得很低，眼睛里面汇聚的水汽悄无声息从缝隙间凝结滴落，在没人发现的时候掉到地上。

他内心深处有很多暴戾的东西在蠢蠢欲动，碾压他的神经，泪水接连掉下，而在这层脆弱后面，是完全发自本能的，像是潮涌的黑暗能量。

他想赶走那个人，想让那个人消失，想抱住瑶瑶，咬她的颈侧，让她身上沾满他的气息，烙上标记。

一只细白的手忽然伸过来，抹掉他脸颊上的泪痕，动作温柔轻缓。

诺诺愣住，抬头近距离看着喻瑶。

不可以，瑶瑶不喜欢他伤人，他若是动手了，瑶瑶会害怕，会疏远他、抛弃他。他只是"狗狗"，是她的宠物，不配送她花和蛋糕。

"狗狗"不可以丢她的脸。他不能做坏事，他想要瑶瑶疼他。

陆彦时跟过来，他倒要看看小白脸有什么说辞。

诺诺的泪还没干，拼命挤出一个笑，在喻瑶还想碰他脸的时候，他往后退了一小步，轻声说："我是……助理。"

陆彦时一怔，他真的是喻瑶的助理？！

喻瑶也惊呆了。

诺诺退到阴影里，藏住脸上的神色，把用他全部钱买来的礼物往前递："喻……瑶，别人送你的，不是我。"

他第一次喊她全名，因为自己没资格在别人面前喊她瑶瑶。

诺诺动作很小地用下巴磨蹭了一下带着体温的花瓣，低声说道："跟那些，不能比，你不喜欢，我就扔掉。"

陆彦时再次震惊，长了眼睛的人都知道小白脸在说谎示弱，这是什么以退为进的招数？！

喻瑶这种钢铁心肠的人肯定不会上钩！然而当他好奇地转头，却看到喻瑶眼眶一红。

这、这也行？！

喻瑶一把抢过诺诺手里的花束和蛋糕，冷厉地抬眸看向陆彦时，语气中是再也压不住的烦躁："你能不能别赖在这儿了？把你那一车碍眼的东西都拉走！回去跟外公怎么说，随你便！"

"你不是想知道我受没受伤吗？"喻瑶握住诺诺的手腕，"那我告诉你，没有，是因为他在火场里救了我，现在我要送他回病房。你要是还没完，我就叫医院保安赶你走，反正我无所谓，陆总难道不怕闹上新闻吗？"

她没再管陆彦时，拽住诺诺的手就往医院里走。

陆彦时瞪着她的背影，一动不动地站在原地，犹如石雕。

回到病房，喻瑶从窗口看到陆彦时迟疑地上车，车子缓缓消失。她一言不发地接了盆热水，沾湿毛巾，给诺诺擦手擦脸，把他睫毛上一层细细的小冰碴都抹干净。

诺诺不敢出声，想碰她的衣角，伸出去的手又收回来，用力地攥着。

喻瑶掰开他的手，强硬地把自己的衣摆塞进去让他握着。

诺诺浑身轻轻地抖，终于抵不住，小心地靠到她身上，头蹭着她的肩膀，喊了声"瑶瑶"。

喻瑶捏住他的下巴："你刚才不是叫我喻瑶吗？早就会读喻字了，是吧？那从现在开始，不许再叫瑶瑶了。"

诺诺慌张地摇头，无措地环住她的背："只有瑶瑶跟我，两个人，不要，不喊全名，瑶瑶别生气。"

"别生气，"他小声地请求，"我害怕。"

喻瑶用毛巾在他的头发上狠狠地揉了两把，确定擦干净了，人也暖过来，才坐到他对面。

面对着诺诺，她舒了口气，卸下冰冷，低声地说："对不起，我也是第一次遇到你这样的，第一次被人这么依赖和需要，我不知道你会伤心，让你辛苦地等了大半天。"

诺诺眸光闪动。

喻瑶认真地看着他："当着谁的面都没关系，你不用自卑，我们家'狗狗精'买的花和蛋糕，比再贵的都好，所以，原谅我今天失约丢下你，可以吗？"

诺诺手忙脚乱地下床，扑到喻瑶腿边蹲下，头挨在她的膝盖上。

喻瑶拆开蛋糕盒子，是她喜欢的红丝绒蛋糕，她舀起一勺递到诺诺唇边："吃不吃？"

诺诺咽了咽口水，有些纠结："可是，只有，一个勺子。"

喻瑶"嗯"了声，手一转，把这勺放进自己口中，心满意足吃下，余光瞄着诺诺可怜巴巴的眼神，又舀了一勺，再次递过去："我用过了，你嫌弃吗？"

诺诺看看蛋糕，再难以置信地看看她，急切地张开嘴，一口把勺子含住。

比巧克力慕斯好吃，比任何的蛋糕，都好吃。

Chapter 8

第八章

容野是谁

《阴婚》的复拍时间定在第二天傍晚，喻瑶正好有空下午来给诺诺办出院手续，上午他还有最后一针要打，喻瑶本想陪他，他却一反常态，催着她回剧组去准备拍摄。

事出反常必有妖，喻瑶没表现出异样，顺着答应他："好，那我先走了，下午再过来。"

诺诺不舍地送她出病房，等她真的离开，他才失落地揉了揉眼睛，悄悄披上大衣，一个人走出医院，去了昨天打工的那家陶艺馆。

他还想多赚点钱，给瑶瑶买更好的礼物。

诺诺一进门就引起全店人的欢呼。店长捧出一套昨天加急借来的 Cosplay（角色扮演）专用服装——整套的黑色制服，诺诺穿上一定显得修长帅气。

这么一尊有着神仙颜值的人形"手办"往店里一站，她就不信生意不爆火。

诺诺果断说："不穿。"

店长急得当场加薪："一小时一百！给你双倍的钱！"

诺诺低下头，思忖片刻："能赚钱，穿！"

他抱着制服，刚进里面的更衣室换衣服，就隐约听到外面大门被推开，铃铛声叮咚作响，随即喻瑶的声音隔着一段距离传来："人呢？藏哪儿了？"

诺诺捏着制服扣的手指一颤，惊恐地抬起头，瑶瑶……瑶瑶发现他了！

店长接待过喻瑶，自然认识，前后一联系，立刻想起诺诺手腕上那个熟悉的手链，很快反应过来两人是什么关系。

完了，这小姐姐一看就是不好惹的，她们把人家的帅气男朋友骗来了！

店长还想挣扎一下，喻瑶冷冷地看过去："我亲眼看到他进来的！"

一时间，店里很是安静。随后，五六只手齐刷刷举起来，指向后面的更衣室。喻瑶快步走过去，握住门把手，用力向外拉，里面却被人拉住，坚持不肯放，隐隐还有微弱的呜咽声。

"诺诺，你学会骗我了是不是！"

诺诺身上的制服还没完全穿好，长裤的腰带勉强系上了，衬衫领口敞开，松散地荡在外面，紧身西装包裹着上身，紧贴胸口和腰部。

他的锁骨连着前胸都是红的，一时不知所措。

不要瑶瑶生气，要她喜欢，他想被她爱，超过别人，抢到她身边那个最亲密、最重要的位置。

诺诺的手握着门把手，感觉到喻瑶越来越大的火气，焦灼的目光忽然定格在更衣室的某一个角落，那里堆放着一团以前陶艺店做活动用过的道具，中间混着一条毛茸茸的雪白围巾，很长，很顺滑，像小狗尾巴。诺诺捡起来，对着镜子把一端放进自己腰后，用皮带夹住，一端垂下来，柔软地荡在腿弯。

他变成不像人的"狗狗精"，她会喜欢吗？

喻瑶忍无可忍快要砸门的时候，门终于从里面打开了，露出诺诺的侧影。她心疼地厉声问："我是养不起你了吗？你怎么——"

她后面的话没能说完，戛然而止。

门完全打开，诺诺身上的制服松散凌乱，但仍旧勾勒出窄腰长腿，线条毕露。他垂眸望着她，绮丽眼尾有一抹潮气，慢慢转过身，提起后面一条雪白的毛茸茸的东西，羞涩地递给喻瑶，然后回过头，通红着耳尖，轻声跟她说：

"瑶瑶，尾巴可爱，给你摸。"

喻瑶认定了诺诺今天肯定有状况，当面逼问他又怕他会紧张，于是假意答应他先回剧组，实际暗中潜伏在走廊里，等了没多久，果然看到他独自出门，她马上悄悄跟上去。

一路上，喻瑶心里有些烦闷，他昨晚还那么乖地依偎在她腿上，跟她分吃同一块蛋糕，一副没她不行的样子，怎么今早就胆子大到跟她说谎，还敢瞒着她私自外出？

　　她不知不觉已经习惯了诺诺对她的赤诚和全部交付，他突然间有了秘密，这让她觉得很不舒服。

　　等追到陶艺店门口的时候，喻瑶是吃惊的，接着看见玻璃窗上张贴的海报，旁边还配了一张诺诺的抓拍照，让她血压直线飙升。

　　搞了半天，诺诺是背着她来打工赚钱的？她到底哪里亏待了他？

　　喻瑶承认她受到打击了，敲更衣室的门格外凶，但门开之后，一切改变。

　　喻瑶再次怀疑，诺诺一定是会下什么蛊，她明明在为他的擅自行动生气，应该严肃地让他知道他做错了事，然而现在……

　　她根本左右不了自己的手，颤巍巍地伸出去，摸到了诺诺身后那条雪白蓬松的尾巴，很滑，毛绵软地刺着她的皮肤，一抓就深深地陷入。

　　尤其这条尾巴是垂在笔挺的黑色西装裤上，一端夹进腰里，衬衫一盖，看不出什么痕迹，恍惚间真像他自己长出来的。

　　喻瑶屏息，摸得有点上瘾，力气稍微一大，扯到了。诺诺被连带着一晃，尾巴也可怜兮兮地摇动起来，跟活的一样。他更难为情，脸颊、耳朵彻底红透，凝视喻瑶，托起尾巴，不安地问："瑶瑶，好、好摸吗？"

　　喻瑶如同被灌了几瓶红酒。

　　诺诺英俊，高而匀称，身段好得离谱，不然陆彦时不会一口咬定他不是个普通助理，这种出色的外形放在平常她还能适应，但现在诺诺穿着一身制服，再加上一条毛茸茸的长尾……她就算是个神仙也受不了这种刺激。

　　连空气仿佛都变得黏稠，一丝一丝搅进喻瑶肺里，犹如夹满了细密的羽毛，她吸进去，从鼻腔一路痒到胸口。

　　诺诺以为她是嫌尾巴不够好看，低头认真地给尾巴梳了梳毛，又往她手心里塞，还不好意思地小声求她："尾巴的毛理好了，瑶瑶给揉揉，揉了就不气了。"

　　喻瑶满腔的话憋在喉咙里。更衣室的位置还算隐蔽，但跟前头的店面毕竟连着，有什么风吹草动，外面的人多少能听见。而且店长和店员们都是女孩子，担心里面的情况，都在试探着往这边凑。

喻瑶侧头看见了，一想到如果不是她及时赶过来，诺诺这副样子可能就要被她们看到，还会被推去外面展览招客，即将被一群男男女女围观，她就气不打一处来。

喻瑶别扭地抿着唇，把诺诺的尾巴扯掉放到一边，扒了他身上的制服，给他换上自己的衣服，用长大衣将他裹得严严实实，把口罩也给他戴上，心里的那股郁气才略微纾解一点。

她瞪着诺诺，问道："为什么来这儿？"

诺诺乖乖回答："想赚钱。"

喻瑶听了心里更难受了，两只手撑在门框上，责问他："你想吃什么、要什么，不能直接跟我说？我现在是没多少钱，但还不至于让你这样！骗我，隐瞒我，被发现了，就想撒娇混过去，你是觉得我给你的不好？"

诺诺被吓坏了，急忙摇头，不停地说"不是"，生怕她下一瞬就会告诉他"既然不好，那你以后就别跟着我了"。

"我不是给自己，"他的眼中飞速聚起水雾，"我想买——"

后面一道微弱的声音试探着插进来："那个，我们作证，他是昨天下午来做兼职的，忙了三个小时，只是为了赚一束花的钱。"

喻瑶怔住。花，还有那块蛋糕？她昨天临走前给诺诺留了现金，他难道不是用那些钱买的？！

喻瑶记得，她当时把钱放进了诺诺的大衣口袋里。她不禁伸手去摸，薄薄一沓还在原位，没有动过。

所以，诺诺自己什么也不想要，他急切地跑出来打工，是为了亲手赚钱给她买礼物。

喻瑶的手指忍不住攥紧，骨节绷得泛白。诺诺看到了，垂着脑袋，把她的手握住，一根一根温柔掰开，呼气吹吹。

她喉间发涩，别开眼。诺诺越来越有行动力了，走在外面不会有人觉得他哪里不正常，他早就不是当初那个说不出话的异类了。

她看着这样的诺诺，也有过那么一些时刻会忧虑自己有没有能力继续养好他。

以前她盼着诺诺独立，好尽快把他送走，斩断这段脆弱的关系，可不知从哪一天起，她开始回避去想这个问题，隐秘地希望诺诺能更长久地依赖她。

今天发现诺诺出来打工，与其说她心疼生气，倒不如说是她的安全感在流逝。但现在她的安全感全数回归，甚至成倍增长。

喻瑶牵住诺诺的衣袖，冷静地朝女孩子们点点头："谢谢你们照顾他，人我带走了，还有门口那张海报，以及给他拍的照片，麻烦都交给我。"

怎么涉及他的事，她就会变得瞻前顾后？

她尽全力把手里的电影拍得出彩，重新回到那个腥风血雨的圈子，想站到曾经触摸过的巅峰，到那时她会给诺诺他想要的一切，他只要负责乖巧地陪在她身边就足够了，现在的穷苦，也不见得不珍贵。

喻瑶拽着诺诺离开陶艺馆，拐进前面一间平价的精品店。她把诺诺往前一推，耳根稍有点热："礼尚往来，自己挑一样，我送你做礼物。事先说好啊，太贵的我买不起。"

诺诺直接跑向卖保温杯的货架，在最便宜的一排里选出一个有小狗爪爪图案的，拿起来抱住，期盼地看着喻瑶。

喻瑶夺过来给他放回去，他"嗷"了一声，委屈地揉了下眼尾。喻瑶随即从最贵的里面挑出个有着类似图案的保温杯交给诺诺："乖，咱们买好的。"

付钱的时候，喻瑶随口问："为什么想要杯子？"

诺诺爱不释手地摸着，摸到金属涂层都微微发烫，声音低到不让她听清："我听护士说，送杯子就是一辈子。"

喻瑶回医院亲眼看着诺诺打完最后一针，办好出院手续后，就带他一起赶赴《阴婚》的片场。

趁着休息的这几天，导演和编剧那边火力全开，加上她的意见，已经按照小说原著重新改好了一版剧本，规避了原著中不能拍的和难以实现的，加入合理恰当的改编情节。重新交到喻瑶手里的这一份，不能说多出彩，但剧情跌宕起伏，足以讲圆整个故事。

可惜经费这一块实在没办法，缩减到快要啃草皮了，有些大场面难以实现。

导演哭丧着脸念叨："网上都在骂咱们，原著书粉快把超话炸了，说什么这是改编界的耻辱，豆瓣一分片马上诞生，火烧了房子都烧不火咱的电影……说你的也都是难听话。喻瑶，要是失败了，你以后也没法再在这个圈子混了。"

喻瑶笑笑，以她的经验劝慰导演："不用纠结资金和特效，其实我倒觉得，恐怖片最讨巧的吓人手法是纪录片形式。"

比起那些炫目惊悚的烧钱大制作，用纪实手法突出中式民俗背景下的恐怖元素，剔除一切花哨和雕琢，反而更易出彩，也更考验演员的演技。

真实感和全情代入总是最难的。喻瑶热情高涨，一开拍就自发启动铁人劳模的状态。全组本来士气低迷，被她带动了几天，接连被女鬼的强烈冲击力惊掉下巴，目睹昔日"最佳女演员"货真价实的演戏水准，小角色们随之精神亢奋，不自觉追着喻瑶的节奏。

诺诺则把贴身小助理当得风生水起，端茶、递水、裹衣服、擦脸、擦手、帮卸妆，生活小技巧他一看就会，从早到晚绕在喻瑶身边忙前忙后，让剧组的人羡慕不已。

"喻瑶到底从哪儿找来的这个大宝贝，我太嫉妒了。"

"平常乖萌小天使，遇到事就敢拼命，难怪小陆总专程来一趟也没见喻瑶有什么反应，要是我，我也选大宝贝。"

"大宝贝哪儿都好，就是心智有问题，是个傻子，可惜了。"

"嗨，你们都太含蓄，我要是喻瑶，我当初直接选容野，管他什么目的，反正稳赚不赔，不但不用被封杀，估计资源还能随便挑，大女主戏接到手软。"

"算了吧，容野谁能搞得定啊？"一些了解资本圈内幕的老演员压低音量说道。

诺诺搂着用体温暖好的大衣想给喻瑶送去，路过这些人身后，他的脚步放慢了些，茫然地站了片刻，眉眼中掺进一抹哀戚，跑回喻瑶身边，他轻轻问："瑶瑶，小陆总是谁？"

"就那天拉了一车破花的陆彦时，"喻瑶不瞒他，"跟我一起长大的。"

诺诺情绪低落地把头埋进大衣里，隔了片刻又闷声问："那容野是谁？"

喻瑶猜到他是听了什么八卦，平心静气地说："容野？欺负过我。"

诺诺猛地抬起头，温柔目光变得锋利，藏着的戾气丝丝缕缕往外渗："欺负，瑶瑶。"

喻瑶点头，有意逗他："怎么办，我搞不定。"

诺诺果断伸出一只手，在自己白净修长的脖颈前狠狠一划，头顶支棱起的小禾苗颤悠悠的，眼睛瞪大，凶神恶煞地说："灭、灭了他！"

喻瑶被诺诺的反应逗笑，心又止不住变得柔软。别人得知她开罪容野，反应无非就那几种，震惊、怜悯、觉得她蠢，甚至还有人认为她不识好歹，哪怕是身边关系亲近的亲人朋友，也没有一个像他这样坚定地站在她旁边，傻傻地说要给她报仇。

很多事诺诺不懂，但他永远懂得无条件维护她。

喻瑶踮起脚，揉了揉诺诺的头："灭了容野？那不是脏了诺诺的手？"

诺诺想不开了，被这个对瑶瑶不利的人的名字纠缠住，怒气蔓延到了头发尖上，头发随风乱摆，压不下去。他磕磕巴巴地追问："容野，长什么样，我要记住。"

喻瑶笑容更盛，她轻咳两声，尽力保住高冷人设不崩："大概没几个人见过容野长什么样子，不过面由心生，多半是个风流卑劣的相貌，怎么配跟我家这么好看的诺诺比。"

容二少名声在外，本人倒是极少在公众面前露脸，即便是那些高门槛的私人酒会也请不到他出席。喻瑶想象得出，这么一个基本不露面的人，能让他涉足的各个圈子都闻之色变，那此人行事作风得有多冷酷。

几年前还没发生封杀风波的时候，陆彦时参加过一场小规模的晚宴，倒是碰巧见过容野一次，不过只是匆忙一瞥，就捕捉到一个身影，连脸都没看清。

他那么眼高于顶的人，回来之后，居然肯承认容野一个侧影的气场就能压制他。光看影子，也知道容野人长得多帅。喻瑶不信陆彦时那套鬼话，更何况容野长得怎么样，跟她有什么关系，在她这儿，诺诺才是大帅哥。

接下来的拍摄进度突飞猛进，因为大火耽误的日程都被追了上来。喻瑶几乎没怎么休息，一边全力拍着主角的大量戏份，一边帮着编剧调整剧本，顺便还得指导导演的拍摄手法，带着一群小演员入戏。

她过去积攒的演戏经验，毫无保留地倾注给了这部没有人看好的低成本网络电影。

乔冉看到喻瑶演戏，骄傲得不得了，比他自己演得好还兴奋。全组的人彻底被喻瑶收服，成天一口一个"瑶瑶姐"叫着，把喻瑶叫得闹心。

叫老了不是，明明今年她才二十三。

诺诺的危机感暴增，从早到晚跟在喻瑶身边，谁靠近她，他就冷眼瞪谁。好端端的一个美少年，面无表情看人的时候，厉害得似要把人刺穿。等转过头面对喻瑶，他就温柔无害地低下眼帘，拽着她的袖口低声叫："小瑶瑶。"

喻瑶被一口水呛住，诺诺忙去顺她的后背。

"你叫我什么？"

"瑶瑶是小女孩，"诺诺虔诚地望着她，"不是姐姐，是小瑶瑶。"

不知道喻瑶是被呛的，还是诺诺一个称呼撩拨了她，她的耳郭隐秘地升了温，立刻拨下长发挡严实。远处导演在招呼着开拍，她借机站起来，把外套丢给诺诺，没好气地丢下一句："不许乱叫！"

今天这场是全片的重头戏——女主角彻底化身厉鬼的过程，情感冲突激烈，妆也是最恐怖的。开拍前，化妆师给喻瑶身上洒满人造血浆，令人多看一眼都能做噩梦。

女主角因为顽固的老派家长阻拦，跟爱人双双殒命，老头子还翻出她的尸身披上嫁衣，让她做鬼也要另成一门他满意的亲事。

喻瑶站在高高的楼台上，入戏的那一刻，仿佛突然代入她妈妈程梦的人生里，她透过女鬼的眼睛，看到喻青檀孤独地靠在角落的冰冷尸身上，眼泪"哗"地淌下，神情凄哀，让现场鸦雀无声。

第九章
陆彦时的诡计

同一时间，陆彦时坐在办公室，手上拿着一份订婚仪式策划书，视线凝在桌角的一张照片上，里面是少女时的喻瑶，梳马尾辫，穿白裙，天真烂漫。

助理敲门进来，小心翼翼地说："陆总，目前网上没什么消息。"

"是吗？"陆彦时扯扯嘴角，"那么烂的剧组，那么糊的一帮人，嘴倒是挺严。"

他大张旗鼓去片场，给足了他们拍照、八卦的机会。诺诺朝夕跟在喻瑶身边，他不信没人看出诺诺和喻瑶之间那种非比寻常的关系。

多好的八卦素材，能轻易把喻瑶推上风口浪尖，怎么几天过去了，没有一个人去做？

助理试探着问道："我们要自己动手吗？通稿都备好了。"

陆彦时把订婚仪式策划书握紧，抬了抬眼："去吧，标题取得夸张点，怎么让老爷子生气怎么来，让他气到……以最快速度逼喻瑶订婚。"

这份订婚仪式策划书就是喻瑶外公亲手给的，下个月初是他老人家七十大寿，老爷子打算借着这个机会让喻瑶回来，直接安排好媒体，不管她答不答应，先把订婚的消息对外坐实。

只是言谈间，老爷子尚且有丝犹豫，陆彦时不能允许这种情况发生。

婚订了，喻瑶就是他的，不用再抱着各种借口辗转反侧。

就算现在喻瑶对他没有爱情，谁知道以后呢，先婚后爱的戏码她不是没拍过，应该不陌生。认识这么多年，没有人比他更了解喻瑶，未来的漫长时光，他总会彻底得到喻瑶这个人。

陆彦时自嘲地笑笑，扯开紧束的领口。

他从订婚仪式策划书下面拿出一张非常简单的调查报告，那个跟在喻瑶身边的人居然是个心智都不全，流浪街头被她捡回家的傻子。

他更不想承认，就是这个傻子，让他见了一面就生出极度的不安，胜过面对喻瑶之前所有绯闻的不安。那慢慢陪她争吵、互怼，等她退圈的耐性似乎在一夜间消失，他只想把关系尽快定下，即便用些卑劣的手段。

十分钟后，"喻瑶冷脸嫌弃铂良地产小陆总，片场随身携带奶狗男友亲密无间"的新闻就空降到了各大网络平台，有图有真相，即便诺诺的每张偷拍照都戴着口罩，也并不影响轰炸视觉的高颜值。

陆彦时耐着性子等了半个小时，才拨通喻瑶电话，无辜道："你怎么搞的，我还没向老爷子告状，你自己倒是捂不住隐私，又被闹到了网上，老爷子若是气出个好歹怎么办？"

电话那边，喻瑶呼吸急促。

陆彦时继续说："老爷子让我告诉你，下月初他七十大寿，你必须参加，要是敢面都不露，他就五花大绑把你抓回来。我劝你这次还是顺着他，像过去一样回来装装乖巧也就没事了。"

听筒里突兀地传来一道跌撞声，紧接着喻瑶冷冷地说："知道了，闭嘴。"

喻瑶刚拍完那场重头戏，满脸是泪痕，情绪还在顶峰，拿到手机就接到陆彦时的电话，雪上加霜的通话内容让她脚下一虚，意外踩空了一节楼梯。

现场哗然，天已经黑了，喻瑶一身厉鬼装扮，加上众人才亲眼看到了最惊悚的情节，一时间没反应过来，甚至对她还有本能的恐惧，没人来得及上前拉她。

喻瑶脚被裙摆绊住，体能消耗又大，浑身无力，抓不住栏杆，认命地闭上眼睛。

但不过眨眼的工夫，热切炽烈的喘息扑到她跟前，一双手臂把她从楼梯上干脆地拦腰抱起，像哄小孩子那样托在臂弯上。诺诺惊慌地看着她，不断地颤声叫"瑶瑶"。

喻瑶有点晕，吃力地扶住他的肩膀，喃喃了一声："没事……"

她随即就被诺诺换了姿势打横抱着，紧紧地扣在他的胸前。她能清楚地听到他的心跳声。喻瑶睁开眼，落进一双欲滴水的黑瞳里，她下意识回抱住他，鼻息不禁发热："诺诺，真没事，脚磕碰了一下而已，应该没扭伤。"

没有用，她的话仿佛完全失去效力。诺诺完全不在意她现在是什么"人神共惧"的样子，把她抱到片场的室内休息区，颤抖着半跪在地上，脱下她的鞋袜，查看她微红的脚踝。

他起身去找药，喻瑶根本拦不住，只能看着他天塌一样冲出去又跑回来，把她仅仅是磕碰了一下的脚捧起来，喷了一层层药剂，又低下头小口小口地吹着气。

喻瑶一直忍着心底的躁动，但诺诺的气息落在冰凉的药水上，肆无忌惮地导入她皮肤的那一刻，她忽然战栗，脸颊猛地染红，双手死死地抓住椅子边沿。

有些无法形容的酸痒向身体里恣意蔓延。喻瑶本能地收回脚，诺诺将她的脚又抓回来，温热手掌抚在她裸露的小腿上，不自觉用了力。

不疼，很麻，滚烫。

"够、够了！"喻瑶制止他，"没扭伤，不疼，你快点站起来。"

她转开头，掩饰自己变乱的呼吸。

诺诺这次倒是听话了，端来热水给她擦洗脸上的厉鬼妆，擦完后，他又自作主张，把她抱着放倒在长椅上，握住她弄脏的凌乱长发，撩着水一点点清洗起来。

休息区的门关着，剧组的人知道她在里面，伤势无碍，自然也没人来打扰。

喻瑶捂着脸，暗暗放纵自己，享受诺诺五指摩擦她头发的异样酥痒。

花了二十分钟才洗好头发，喻瑶已经毫无抵抗力，她根本不知道诺诺在哪儿学的这些。

她随便用毛巾擦了擦，想开口问，诺诺已经拿来吹风机，见她要躲，他的眼窝弥漫潮气，垂下头，从身侧把她搂住。

喻瑶身体一僵，下意识地挣扎。

诺诺的脸颊贴在她耳边，执拗地将她抱得更紧。她扭头撞上诺诺的目光，湿漉漉的，脆弱迷离，又有种从前很少见的热烈灼人。他要她听话。

他最近似乎侵略性变强了。

喻瑶下意识抵住诺诺滚烫的身体："你……乖一点，别靠这么近。"

诺诺这才开口："瑶瑶，你摔了，我怕。"

"诺诺很乖，"他目不转睛地看她，夸奖自己，"如果不乖，就不管半个月到不到，直接亲瑶瑶了。"

喻瑶心跳加速。诺诺的睫毛被沾湿，黏成惑人的几缕，挂满雾气："因为乖，才抱瑶瑶，抱着安全。"

她一时间竟没想出怎么应对。诺诺把脸贴在她发凉的后颈上，声音放轻："瑶瑶不难过，不掉眼泪，狗狗在。"

喻瑶僵住，她以为除了自己，没有人知道她在那场戏里的撕心裂肺，也不会有人清楚她接到陆彦时电话后的揪心。

大家只看到她投入，看到她演得好，看到她妆容恐怖，看到她滚下楼梯时也无所谓地说不疼。

为什么诺诺却都明白？

喻瑶第一次享受私下里洗完头发后，有人亲手给她吹干，在嗡嗡的吹风机噪音里，她仓皇收拾着心里爆出裂痕的那些壁垒，找借口把诺诺推开："好了，你身上都沾了血浆，脏。"

诺诺惊呆，手忙脚乱揪起自己的衣服一看，脸色苍白。

喻瑶拍最后一场戏的时候刚补过一次血浆，湿答答的，一碰就容易沾上。他抱了她那么久，身上早就不能看了，脖颈和锁骨上都沾了血浆。

诺诺羞愧地跑进里面的浴室，小声嗷呜着哗哗放水。喻瑶蒙住额头，红着耳根笑起来，她带来的行李包就在附近，她走过去找出一条大号浴巾，本来是想当毯子防寒用的——她把浴室门推开一条小缝，递进去。

一只湿滑的手接过，跟她的手指蹭了一下，都是水。

喻瑶脚尖踢踢地面，余光瞄过缝隙里面的热气，隐隐约约透着一道冷白的人影，她想避开，又管不住眼睛，心猿意马地清着喉咙。

这有什么，做主人的，给她家正在洗澡的美貌"狗狗精"守个门，怎么了，不是很正常很纯洁吗？

喻瑶的视线再一次瞟过去，门的缝隙却骤然被拉大。诺诺腰间围着她的浴巾，墨色的睫毛尖往下滴着水，被灯映出迷离的光泽，他歪头，眸光平静，问："瑶瑶，你怎么在门口？"

喻瑶抬手掩了一下鼻子，一堆理由在脑中呼啸而过，随即依次被她否定。

不行，太弱了！在诺诺面前，她怎么可以弱势？

喻瑶也歪头看他，摆出一副云淡风轻的镇定模样，理直气壮地回答："偷看一下自己养的'狗狗精'，不行吗？"

诺诺沾了水的唇弯起，朝她摇头。喻瑶脊背不禁一挺："你不愿意——"

诺诺忽然握住她的手腕，径直牵到自己腰间那条浴巾的结扣上，引着她的手指慢慢解开结扣，浴巾散掉。

他迁就着她的高度，略微俯下身，乖巧地用清冷的嗓音说："我是属于瑶瑶的，不用偷看，随便看。"

作为一只成熟的雄性"狗狗精"，诺诺知道腰腹以下、腿根以上是重要的私密部位，也在电视里学过，在洗完澡只有一条浴巾的情况下，要围在那里遮挡严实，绝对不能给人看。

但一切原则在喻瑶的面前都不成立，他对瑶瑶没有秘密。瑶瑶想看看他而已，当然要毫无保留地为她完全敞开，就像那些化不成人形的猫猫狗狗，把最脆弱的小肚皮翻给主人抚摸一样。

平常瑶瑶总是跟他保持距离，好不容易她主动提出来，他只想跟瑶瑶说，不止是看，他还盼望着瑶瑶能靠近他，他本身就是归她所有的。

喻瑶在被动解开浴巾的那一刻快要爆血管了，她毫无准备，反应也不可能第一时间跟上，只觉得每一秒都被拉长。

她亲手触碰诺诺的动作无限放慢，自己身体每个关节都在咯咯作响，神经扯紧到极限，"啪"的一声断裂。

浴巾在她的手里散了，有些什么即将闯入她的视野。

她指天发誓她没想看，但眼睛显然有自己的想法，被美色勾住，自动顺着他流畅的肌理往下移动，在马上要不可收拾的那一瞬，她陡然变得敏捷，僵硬的双手猝然伸出，用最快的速度把松掉的浴巾重新拉上，用力裹回诺诺腰间，并含恨拧了两个死结，手指还在轻微发抖。

她再慢一丁点，就要把诺诺看光了。

"诺诺……"喻瑶呼吸困难，抬眸瞪着他，"你这是干什么！"

诺诺的腰被她勒得很疼，不明白她为什么这么粗暴，委屈地抿着嘴角，愣愣地问："瑶瑶说想看我，怎么反悔了？"

他想来想去，难道是他不够好看？

诺诺眸中的水光黯淡下去，他失落地低垂脑袋，湿漉漉的短发有点乱了，轻声控诉："瑶瑶不喜欢，是嫌我丑吗？"

明明是她想开玩笑，调戏诺诺一句，怎么就变成了干净纯真，又让她难以招架的反调戏？

此刻"狗狗眼"湿红，昳丽得让人心疼。喻瑶按住烫手的耳朵，深深吸气，连着退开两步："那个地方怎么能随便给别人看！"

诺诺抓着浴巾边，难过地说："不随便，瑶瑶不是别人，我只给你看。"

"那也不行！"

诺诺含混地答应着，凑上来用水汽四溢的头发蹭她。喻瑶把脸转到他注意不到的方向，难忍地合住眼，耳中响起急促的心跳声。

喻瑶压住内心的躁动，不过是抱了，亲了亲耳朵，意外看了眼他的身体而已，都是诺诺天真的亲密行为，并不存在任何暧昧缠绵。

她只要清醒，不主动，就不会出事。

喻瑶感受着诺诺紧靠的身体的体温，忽略自己心底最隐秘处不知道什么时候生出的低落感。

盯着诺诺擦干身体换好衣服，又跟导演确定了一遍不需要补拍，喻瑶才有空拿出手机，看到底又出了什么奇葩事。

从陆彦时的话里，她猜测那天小陆总开豪车来片场的事被爆出去了，不算太意外，她也不在乎，但等手机页面刷新出来，跳出来的新闻却是"喻瑶携男助理共赴片场，朝夕相处关系过密"这种标题，她顿时没法再平静。

在片场有人的地方，她一直教诺诺注意言行，诺诺也很乖，从来不会让她为难，结果到最后还是没被放过，冠上这样的名头，恶心人不说，老爷子那边绝对不会放过诺诺。

幸好诺诺保护得到位，始终戴着口罩帽子，偷拍图都不怎么清晰，辨认不出五官，还算安全。喻瑶马上发了条微博澄清："别侮辱人，那是我的助理。"

微博发布后不过几分钟，老爷子的电话就打进来了。喻瑶做好了被劈头盖脸责问的准备，没想到听筒里，老爷子的语气竟比以往都平和很多："那个男孩是你的助理？"

喻瑶愣了愣："是。"

"模样太妖气了，"老爷子淡淡评价，听不出喜怒，随即转移话题，"那些新闻可都不好看，男助理什么的我倒不信，但你就算再忙，彦时专程去向你求婚，你也不能那么冷待他，还被写出了这种新闻。"

老爷子的态度跟喻瑶预想的大相径庭，她微微迟疑，还是按照自己原来的人设说话："我没冷待他，都是营销号乱编的。"

"电话里就不多说了，等见面再谈，我生日你一定会回来吧？"老爷子慢慢道，"就算平时你对外公有意见，这个日子总该回来看看我，我就你这么一个外孙女。"

喻瑶习惯了老爷子对她不满意，一次次疾言厉色，忽然被温存对待，有点不适应，她原本就是要回去的，妈妈的遗愿她一直在遵守。

老爷子此刻握着手机，硬朗地站在办寿宴的那套山景别墅里，某一间隐蔽的厅堂内正在加紧布置订婚典礼现场。

有人小跑过来，递给他长长的媒体名单让他过目。他眼睛扫过，挥了挥手，皱纹盘结的眼尾露出不耐烦，继续等喻瑶的回应。

片刻后，喻瑶给出了肯定的答复，他立刻说："记得把你那个助理也带回来，沿路好有人照应你，顺便也让我看看，整天跟着你的人到底是什么样的，给外公过过眼，外公才安心，这要求不出格吧？"

不等喻瑶回答，老爷子就果断地挂了电话。喻瑶打过去，是保姆接的，说程老先生已经去休息了，不方便接电话。

第十章
大闹订婚宴

喻瑶抿唇，老爷子这是铁了心要见诺诺，如果她不带诺诺回去，老爷子怕是不会罢休，若是到片场兴师动众地闹，更麻烦。

见就见吧，有她在，他们还能伤了诺诺不成，大不了翻脸走人，何况看老爷子今天的态度转变，说不定他对她的婚事想通了，能缓和这段祖孙关系。

喻瑶招手："诺诺。"

诺诺小跑过来，温顺地在她面前蹲下，仰起无瑕的脸。

她问："过些天，跟我回去参加我外公的生日宴，你愿意吗？"

诺诺吃惊地绷紧身体，眼里浮现惊喜，很快他又蔫蔫地静下来，拽住她的裙角晃了一下，小声问："瑶瑶，你不怕我让你没面子吗？"

喻瑶呼吸一窒，在他的下巴上惩罚地掐了一把："别胡说，诺诺是去给我长脸的。"

诺诺在片场听到了不少风言风语，大约知道有人因为他的存在而污蔑了瑶瑶，他谨慎地偷瞄到喻瑶的手机屏幕，看见了她那个微博小号的ID叫"容野是狗"。

他心里莫名地酸，难过，胀疼，不舒服。

诺诺别扭地窝去一边，也学着注册了一个账号，指尖在姓名栏戳了半天，戳出一个争宠似的"诺崽也是狗"，来回看了两遍，满意地点了提交键。

片场很多人都用这个软件，他见过，多少会操作一点，试了几次就熟练很多。他还搜索了喻瑶的名字，出来的居然全是恶评。

嘲讽喻瑶拍烂片还不安分，凭着一张脸脚踩两只船，连铂良的小陆总都能牵扯上，又笑她实力尽失，自己什么家底都没有，只能靠蹭豪门来博眼球。

"圈子里不是传说，小陆总跟世交程家的小千金青梅竹马，还打算联姻来着？"

"程家？听说程老爷子好像就一个外孙女吧，家世好又美，人挺低调的。"

"真的假的，那喻瑶算什么，还敢沾程家的准孙女婿？！"

诺诺气得脸色涨红，拼命戳字想回敬那些骂人的网友，却手一顿，捕捉到一条不太一样的评论，下面跟着很多评论。

"等等，我是疯了吗？看完那么多，我居然觉得没落影视工作者和奶狗男助理还挺好嗑！"

"看见最新的料没？挺可信的！男助理根本不是正常人，脑子有问题的，喻瑶还不嫌弃他，把他带在身边，为了他冷落小陆总，简直神了。"

诺诺盯着这些字，他不知道是什么意思，反正对瑶瑶来说，总归不是好的意思，可于他而言，是不是代表着可以被瑶瑶疼爱，被她在乎，随身带着，比普通的宠物更好一些？

"白玉"代表两个人在一起，白是他，白痴的意思；玉是喻，瑶瑶的姓。

诺诺抱着手机，望向正忙着跟别人交谈的喻瑶的背影，笑了一下，他在自己的页面上生疏地发了第一条动态："我喜欢，白玉。"

被当成白痴也没关系，只要能把他放到瑶瑶的身边，并排搁在一起。

离老爷子的生日宴也就剩下不到十天，喻瑶到时候要请假，想在那之前尽量赶进度，把自己的戏份提前拍出来，另外，她还惦念着得给诺诺搞一套像样的衣服。

按理说，她跟诺诺一起出席都应该穿正经礼服，但过去当红时，她参加活动穿的裙子都是品牌方提供的，用完就还了，她不爱存这些，自己也没买过，之前电影节她穿的那套旗袍还是白晓托关系借来的，这次是家里私事，不好再麻烦白晓。

如今她穷困得很，掏空钱包，满打满算也只够置办一个人的衣服，还只能是普通品牌的。

喻瑶走不开，就把钱给白晓转过去，报上诺诺的尺码："给诺诺选套衬衫、西装，按这个价格买最好的。"

白晓自从大火事件后，对诺诺再无怨言，痛快地答应下来。

喻瑶办好诺诺的事，自己准备穿休闲装凑合凑合算了，恰好远在日本的闺密许洛清给她打了通跨国的视频电话，一接通就激动地把整张脸贴近屏幕："我不过就是最近太忙，没怎么关注你，你就给我搞出一个小拖油瓶来！快让我看看！"

喻瑶不满："什么拖油瓶，我那是小奶瓶！"

许洛清是她为数不多的好友之一，同龄，小时候一起加入过程梦的"治愈天使"计划，到现在关系都很亲密。只是，两人相隔远，又不同行，加上她性子冷，联络不多，虽然她最近频繁出事，许洛清给她打电话勤了些，但她也没提过诺诺。

"管他是什么瓶，求你了——"许洛清抓心挠肝似的，"让我见一下啊！"

喻瑶提高音量咳嗽一声，诺诺正咬着牛奶袋子给喻瑶整理戏服，听到动静立刻飞奔过来，乖乖地凑到她身边，琉璃眼圆润，微翘的唇边还沾着一点湿润奶渍。

寂静少许，紧接着，视频里响起女人把持不住的尖叫声。

喻瑶伸手把诺诺嘴里的牛奶袋子拿下来，拇指顺便抹掉他嘴角的奶渍，朝许洛清笑笑："不好意思，我家小奶瓶，含了奶嘴，嘴巴忘擦了。"

许洛清嫉妒到快昏在屏幕前了。喻瑶莫名有点不情愿了，把镜头转了转，不让诺诺入框，转而想到礼服的事，就跟许洛清提了一句。

许洛清是业内知名的服装设计师，自己有门店，喻瑶想跟她借件样衣，空运过来也来得及，穿完就还，临时应急一次。

诺诺听了，眉心拧起来，手指绞得泛白。

许洛清满口答应，她正好在店里，边给喻瑶展示样品，边抱怨店门口有个代表性的木雕被客人给损坏了，这几天很影响店的形象，又一时联系不上合适的木雕师赶工。

诺诺目光移过去，专注地看着视频里那个缺了角的木雕，忽然出声："我……应该可以。"

喻瑶下意识看向手指上的木头戒指，她只当诺诺是好奇，没想到他格外坚持，甚至跟她要了许洛清的联系方式，真想试着去做那个木雕。

喻瑶几番追问之下才知道，为了不让乔冉买来的那些工具浪费，做完戒指后，诺诺会抽空找木头雕很多东西，只是不好意思拿给喻瑶看。

诺诺难得对一件事固执，喻瑶自认不是个小气的人，尤其对闺密，无论物质还是其他，在自己拥有的时候向来大方，但这次涉及诺诺，她心里莫名有点堵，最后她还是把许洛清的电话号码给了诺诺，眸中却多少蕴了些凉意："你自己找她吧，我要开拍了。"

诺诺打通那个号码，许洛清极其热情，音调都大了些。他缓缓说："我可以给你做木雕，寄过去，如果合格，换一件瑶瑶的裙子。"

"不要样衣，"他执拗地说，"要新的，只给她穿，别人没碰过的。"

他的目光一眨不眨地追着喻瑶的身影："不能让瑶瑶知道。"

万一失败了，她会失望的。

接下来的一周，喻瑶发现诺诺开始戴手套，拿东西偶尔会手滑，她几次要检查，诺诺却很平常地说是天气太冷，他的手冻僵了。他还避着她，甚至因为酒店房间漏水，他搬到了相隔半条走廊的另外一间房，不再住她隔壁。

喻瑶几夜都睡不好，问又问不出个所以然来，这实在不像她。

她要求自己专注赶进度，少分心，直到白晓送来了诺诺的礼服，她简单检查完，脑中不自觉勾勒出诺诺穿上礼服的模样，心又止不住地隐隐窒闷。

七八天了，诺诺没再跟她提过去老爷子生日宴的事，有时间就躲起来雕木头，也不给她看，今天都不知道能不能抓他来试试礼服。

喻瑶揉了揉眉心，不愿意让自己一直这样情绪起伏不定。她收敛神色，告别白晓，往片场走，经过附近的快递站点，走到一片人烟稀少的坡路上，却骤然听到急促的脚步声从身后传来。

她熟悉这个声音，记不清从哪一刻起，稍微一听，就知道来人的样子。喻瑶下意识转过头，初冬午后的阳光正好，洋洋洒洒泼下来，融成细腻的金粉，披挂那人一身。他挺拔地站在光里，如身披清寒凛冽的风，明媚到不能直视。

诺诺怀里搂着偌大的一个盒子，上面的快递单还没撕，朝喻瑶飞奔过来。

这里是个分岔口，一条路向上，一条路向下，喻瑶站在下面的坡路上，仰着头才能看到他。

诺诺等不及下去，就站在上方，朝她蹲跪着，沙哑地央求她："瑶瑶，瑶瑶，你闭上眼睛，伸出手。"

喻瑶几天没有仔细地看诺诺了。天气这么冷，他隽秀的五官反而带着薄汗，唇微微发白，脸颊竟瘦了一小圈，眸子里却星河璀璨，映满的只有她。

喻瑶心中那些异样的小情绪还没释怀，她不言语，沉默地放下手里的袋子，照他说的，闭眼，伸手，一气呵成，不知道他要玩什么。

闭上眼睛以后，其他感官就清晰得过分，喻瑶听到风声、诺诺急促的轻喘声，甚至是怦怦的心跳声。他撕掉了什么包装，小心翼翼地打开盒子，捧出一件东西，轻轻地、珍爱地、缓缓地放到她的手上。

柔软，丝滑。

喻瑶猛地睁眼，她的手里是一条深红色礼服裙，裙摆缀着珠翠。她不禁收紧手臂，诺诺还没准备好，手无法及时撤回，被她一带动，手套意外滑落了一只，露出通红肿胀的五指。喻瑶定定地看着，难以置信地抬起头。诺诺慌忙把手藏起来，不好意思地低下脑袋。

她站着，他半跪着，坡度不高，他身处高处，俯下身，正好能和下面的她彼此相贴。

午后细细的风里，诺诺努力地弯下自己的身体，把唇贴上喻瑶颤抖的睫毛，信徒一样落下虔诚的亲吻。

瑶瑶，我熬夜做成了木雕，终于换来崭新的裙子。

瑶瑶，我手不疼，你别难过。

瑶瑶，半个多月过去了，我终于又可以亲你了。

诺诺的声音很小，消散在风里，他对她说："瑶瑶，'狗狗'爱你。"

吻，一触即分，诺诺最后那句话刚说出口就被风吹散，到喻瑶耳边时，只剩下微弱的一个"瑶"，像是他在撒娇地唤她，比叠字的称呼还要亲密依恋。

喻瑶托着裙子，睫毛扑扇得更厉害，克制住眼眶里翻涌的热意。

为什么风这么冷，吹得她想掉泪？

裙子是全新的，标签吊牌俱全，她摸一下，就知道价值不菲。明明裙子布料轻薄，没什么重量，但在喻瑶手里却沉得让她手臂发酸。

这么多天里，他的每一个让她别扭的异样表现终于有了答案。

诺诺固执地为许洛清做木雕，是为了给她换裙子；他每天戴手套，不是什么怕冷，是因为手上的伤不想让她看到；他搬到较远的房间去住，是害怕晚上彻夜赶工会被她发现，扰她睡眠；他甚至连话也不敢跟她多说，唯恐被她察觉到他拼命藏着的秘密。

他无条件透支自己，仅仅是因为她在跟许洛清视频时，说了一句要借穿样衣。他的手指肿得那么厉害，他却还在朝她笑，好像根本不知道什么是疼。

喻瑶试了几次都说不出话，想凶他，却更想把他拽过来抱住，揉捏欺负，让他知道自己做了多傻的事，但太多情绪堵在胸口，她反而哑然。

手机响了两三次，喻瑶才后知后觉地听见，她快速揉了下眼睛，接通语音，正好用来掩饰情绪。

许洛清起初很谨慎，试探性地问她收到快递没，得到确切回复，她立马激动地说道："你家小奶瓶到底是什么神仙啊！手工也太好了吧！我本来答应他的时候没抱什么指望，纯粹是想满足他的心愿，正好给你选条好裙子，没想到——"

她咔咔给喻瑶发照片："你瞧瞧，这水平，这工艺，太棒了！我只不过是给他发了个原始设计图，帮他买了木料工具，他就照样子做得这么标准，拿出去妥妥能卖高价，我这裙子换的，赚大了！"

喻瑶翻看那些多角度的细节图，许洛清没有夸张，句句实话，以她外行人的眼光看，绝对想不到是诺诺在一个酒店小房间里做出的东西，就算拿去办展也够资格。

许洛清还在说："他竟有这种能力，要么是失智前就会的，成了本能，要么就是艺术方面的天才，无论哪样，你都捡到宝了，不过瑶瑶……"

她过了片刻，才放低音量继续说道："我看小奶瓶对你感情太深，又长成那样，换谁也顶不住，可我还是想劝你冷静点，别迷失了。你时刻记着，他的心智和情感都不是一个正常成年人的，他给不了你爱情。"

有什么无形的东西刺着喻瑶的太阳穴，痛楚顺着血管朝心脏蔓延。

许洛清正经道："小奶瓶对你再好，应该也不是爱情。照你说的，他多半这辈子都不能恢复了，你天天跟他在一块儿，别哪天一冲动把自己搭进去。"

喻瑶张开干涩的嘴，刚想反驳她说自己不可能那样，她却立马调子一转继续说道："所以说啊，等什么时候你觉得自己抵挡不了诱惑，赶紧把小奶瓶给我送来，我能负担，也很冷静，我还养得起，记着你不要的时候把他送我啊！"

还反驳什么啊，她这是赤裸裸的挑衅！

"想得美！"喻瑶恨恨挂掉。

许洛清说这么多废话，搞半天是觊觎她的诺诺，她就说这几天心里怎么七上八下的，原来危机感在这儿等着呢。

她有意忽略许洛清那些刺心的话，抬头去找诺诺，才发现诺诺已经从坡上跳下来，攥着她的小指，眼神惊恐又惶惑，说的几个字都带着呜咽似的颤音："不要，送人。"

不要把他送人。

喻瑶心都快被他戳碎了，粗暴地揉揉他的头发："送什么送，我有礼物送你。"

她把脚边的大袋子提起来，包住诺诺红肿的手："你给我换了裙子，我也给你备了西装，回去穿上，让我看看。"

礼服是在酒店逼仄的小房间里试的，诺诺受宠若惊地把袋子搂了一路，跑着上楼，冲进浴室里就换上，喻瑶想给他双手抹点药都来不及。

喻瑶大致想象过诺诺穿西装的样子，毕竟上次他在陶艺店穿过制服，那勉强也算礼服，但等诺诺推门出来，她在窗边转过身，视线相接的一刻，她还是愣在原地，直到他走到她面前，她都没回过神来。

她清楚诺诺的身材多好，只是平常看他穿休闲运动服习惯了，柔化了他身上的棱角。喻瑶的喉咙无意识地动了动，有些口干舌燥，眼前的人只是穿了身并不昂贵的西装，就如同剥开了外面那层柔软的壳，露出原本的锋芒。

诺诺笔直瘦长的双腿被包裹得恰好，皮带勾勒出腰线，衬衫覆盖住紧实流畅的肌理，随着呼吸微微波动，领口束紧了修长脖颈，领结被他随意拿在手上。他不说话，神色专注，那种清寒冷寂的霜雪气就覆盖了他全身，自带高不可攀的疏离感。

喻瑶视线转向他的臂弯袖口，绝了，怎么几道褶皱都显得比别人高级？换身衣服简直相当于换了个人，现在把诺诺领出去，全剧组的人估计会以为这位是她背后的金主。

喻瑶脑中思绪纷乱。诺诺则乖乖地把领结拎起来，红着脸凝视她："瑶瑶，不会系。"

这反差要命了。喻瑶扶了扶旁边的墙，保持镇定从容："跟我过来。"

她带诺诺回了自己房间，找出一瓶喷雾，把他额前的头发往后抓，喷了些喷雾定型，露出完整的一张脸，再退两步打量。

好了，人间绝色，等着领到老爷子面前去炫耀。

诺诺说："瑶瑶，换裙子给我看。"

喻瑶搞不懂自己为什么会因为诺诺一个简单的要求而难为情，她抗拒地扭头："不换，等后天去的时候，你自然就能见到了。"

寿宴当天，喻瑶提前向剧组请好假，她的戏份已经集中完成了多半，能空出两三天，老爷子安排的车直接到镇里来接。

司机下车，先给喻瑶开了后排的车门："小小姐。"

喻瑶裙子外裹着大衣，坐进去后，自然地往里让，给诺诺腾地方。

司机却已替她关了车门，对诺诺指了副驾驶位，不咸不淡地道："你坐前面，别碰脏小小姐的裙子。"

车里隔音很好，但喻瑶听了个大概，火气当时就蹿上来了。

这车很高级，车门不是寻常的开法，司机纯粹是在找诺诺的碴儿。人人都以为她性子冷，对谁都不会太关注，司机自然也这样认为，想当然地为难诺诺这个传言里的傻子，也不管他是谁的人。

真好，真厉害，不愧是程家调教出来的。喻瑶二话没说，利落地打开车门下去，亲手把副驾驶位的门打开，侧了下头："诺诺，上车。"

诺诺神色冷静，在外人面前从不显露卑怯，听话地坐到副驾驶位。

喻瑶则伸了伸手，问司机："车钥匙在哪儿？"

司机蒙了，不由得掏出钥匙，放到喻瑶手上。

喻瑶点头："行，你这么高贵，这车哪儿配得上你，自己想办法回去吧！"

她果断坐上驾驶座，启动换挡，一气呵成，一踩油门，车子就冲了出去，尾气喷了司机一脸。

西装革履的诺诺扒着车窗往外看，而后恃宠生骄地弯起眼睛，看向喻瑶："瑶瑶保护我。"

从镇里开到程家办寿宴的山景别墅，车程超过三个小时。天已入冬，一路上风景萧瑟，灰突突的，并没有什么可看的，但这个私密的小空间里，只有她跟诺诺。

诺诺开心得很，因为在她身边，干枯的树木和天边淡薄的云，他都觉得是需要小心珍藏的瑰宝。喻瑶不由得放慢车速，潜意识里在拉长跟诺诺独处的时光。他近在咫尺，她甚至几次想去抓他的手腕，都在最后关头清醒过来。

寿宴晚上七点开始，喻瑶六点半才拖拖拉拉地把车开上山，拐进别墅高耸的雕花铁门。有人提前等在路边，拦下车，微笑道："小小姐，剩下的路我来开，您不知道走哪边。"

喻瑶没拒绝，想来是之前的司机向老爷子告了状。她拉着诺诺坐进后排，车在分岔路口转向左侧，她视线掠过，看到右边路的尽头灯光璀璨，车影繁多，人声更喧闹。

"怎么方向不一样？"

司机解释："那边是外人待的区域，都是些来送贺礼的。您是主人，当然不走那一边。再说了，您应该也不愿意在那么多人面前出现吧。"

喻瑶接受了这个说法，她成年以后就极少作为程家小姐露面。因为爸妈，这些年她相当于跟程家断绝了关系，只在私下偶尔往来，尤其她进入影视圈后，老爷子震怒，她更是把和程家的关系撇得一干二净。

她不希望暴露这层身份，今天原本也是打算暗地里贺个寿就尽早撤的。

几分钟后，车停在一个相对安静的庭院外，司机说："程老先生在里面等您。"

喻瑶环视四周，不远处有一片单独的停车坪，已经停满。虽然灯光不甚清明，但是她看得出都是街上常见的平价车，坐那些车赴宴的不像是老爷子会请的客人。

司机神色略显不自在："那边是工作人员用的，今天客人太多，人少忙不过来。"

喻瑶没再多看，脱下了外面的大衣，露出身上的长裙。诺诺站在她一步远的位置，视线定格在她身上，许久没有动，耳根漫上滚烫的胭红。他忽然不敢看了，眼睫轻抖着垂下，抿唇，抓住喻瑶的手，放在自己微凉的臂弯上。

喻瑶有点意外，仰头去看诺诺，只见他清隽挺拔地立在庭院前，侧脸被镀上浅浅一道金线，没有笑，静静地望着她。短暂的一瞬间，她仿佛看到另外一个人。

一个她并不熟悉，但骨子里吸引着她全部目光，凌厉、乖张、居高临下的人。

喻瑶挽紧诺诺，迈上台阶，想提起裙摆，诺诺已经为她做好，在她耳边说："瑶瑶不用动，有我。"

进去之后，映入眼帘的是一条光线明澈的廊道，几个穿西装的男人恭恭敬敬在两侧站立，点头道："小小姐，您往前走就到了。这位先生得暂时留下，程董交代了，先见您一个人，稍后再见他。"

喻瑶蹙眉，似乎早就知道她要反对，老爷子洪亮的声音从前方厅堂里传出来："瑶瑶，别胡闹，只是让他稍等，外公有几句话要单独跟你说。"

老爷子毕竟过大寿，喻瑶今天不是来找不痛快的，怎么说也算是自己家，还不至于过度防备，何况这里人不多，诺诺不会不自在，她尽快出来接他就好。

喻瑶攥了攥诺诺的手臂："别乱走，等我一下，若有急事就给我打电话，进去找我也可以。"

叮嘱完，喻瑶顺着路往前走，进入厅门，随后门就被人从外面关上，无声地落了锁。

程家几代做船舶生意，后来在老爷子程怀森手中又扩展到了高端酒店和度假村，生意做得风生水起。

程怀森自傲，再加上从小受到的教育和环境的影响，性格固执，掌控欲极强，还有根深蒂固的阶级观念，连子女的交友圈都要限制，何况是婚姻。

喻瑶知道，她妈妈程梦对于程家来说是个异类，所以才让外公痛心疾首，被外公不容，只是外公大概想不到，她表面装得乖巧，实则比妈妈更叛逆。

喻瑶扫了眼身后关闭的门。

程怀森是个谨慎且极度注重隐私的人，关门在她意料之中。

山景别墅的这一片区域喻瑶以前没来过，对环境不熟悉，她转过一个屏风才看到外公和陆彦时坐在沙发上。

偌大的厅堂里，四面墙壁设计得都不相同，她左侧的那一整面墙是块不透明的玻璃，玻璃对面则有一扇关闭的大门，不知道通向哪儿。

陆彦时站起来，显然从头到脚精心打理过。老爷子也穿着笔挺的正装，胸口甚至别了一株精巧的白兰，比起办寿宴，更像是准备参加儿孙婚礼的老派家主。没想到老爷子平时严肃，自己过生日倒是挺用心，还知道打扮自己。

喻瑶笑了一下，拿出两件礼物放到茶桌上。

一件是她过去当红时攒的昂贵钢笔，一件则是诺诺又花了两天认真做出来的一个小木雕，是颗圆滚滚的木制寿桃，逼真可爱，喻瑶都有点舍不得给。

程怀森的视线在钢笔上停留了一秒，轮到寿桃时，他鄙夷地合了合眼。喻瑶没注意到，贺了寿，就朝陆彦时开火："小陆总穿得够讲究的，不知道的，还以为你等下要去结婚。"

不等陆彦时答话，程怀森就沉声道："彦时倒是想结婚，还去了片场向你求婚，可你没答应。"

喻瑶觉得无趣，也不想惹得老爷子动怒，于是转移话题："外公，那颗寿桃是我的小助理亲手雕的，他就在外面，您什么时候见见？还有几分钟，寿宴就要开始了。"

程怀森扫了喻瑶一眼，皱纹深刻的脸上看不出喜怒，他端起杯子，平缓地说："不急，咱们祖孙有段日子没聚了，外公虽然不满意你的工作，但也担心你在外面碰上的那些危险，趁今天有时间，大致给我讲讲都是怎么回事。"

他示意了一下："外公知道你不爱喝茶，叫人专门给你准备了果汁，尝尝。"

喻瑶这才注意到，老爷子喝的是茶，陆彦时的杯子里是红酒，给她的则是色泽浓郁的混合果汁，一看就是出自本家小厨房，她小时候特别爱喝。

这么一杯东西提前给她准备好，她心底那根微弱的叫作亲情的弦，不经意间被拨动了一下。程怀森示意碰杯，喻瑶顺从地端起来，陆彦时也倾身上前，三个不同材质的杯子轻轻撞在一起。

喻瑶喝了一口，甜归甜，总觉得味道跟记忆里的不大一样了。

喻瑶掐着时间，简略给老爷子说了这几次的意外，把诺诺屡屡保护她的事都讲得很清楚，聊完的时候，各自的杯子里只剩下一小半饮品，而程怀森的神色阴鸷到快难以掩饰。

陆彦时始终盯着喻瑶，见她脸颊泛了红，立刻转向程怀森，提醒道："外公，时间差不多了，我这边刚收到信息，外面都准备好了，随时可以开始。"

程怀森用力捏着杯子的手指缓缓松开，点点头："瑶瑶，你先跟彦时去吧，我随后就来。"

说完，他上下扫视喻瑶，评价了一句："今天这条裙子选得不错，红色，很合适。"

喻瑶拧着眉，她从刚才起就不太舒服，果汁很凉，但她越喝越热，发际在隐隐出汗，站起来的时候，脚软了一下，陆彦时眼明手快过来扶住她。

她的脑袋无法自控地变得混沌，反应也变慢了，陆彦时把她的手抓了一会儿，她才想起来甩开。

时间像是被调了流速。

喻瑶摇晃了一下脑袋，吃力地凝起厉色，不对，这是她喝了酒才会有的反应……

深知自己有这个弱点，碰上酒精就整个人不听使唤，容易被人摆弄，所以她入圈几年来在外面从来不碰酒，连甜味饮品都不敢碰，鬼知道现在有多少酒了无痕迹地混进了饮料里。

但她今儿是给自家外公贺寿的，外公给她的是一杯有童年回忆的鲜榨果汁，她怎么可能想到果汁里兑了酒？

陆彦时再次扶住她，手比之前更用力，干脆环上她的肩，把她往玻璃墙对面的那扇门带，语气还和平常一样，问她："你怎么回事，喝点果汁也能这样？"

酒精对喻瑶的影响是压倒性的，没上头感觉还浅，一旦意识到自己喝了酒，身体和意识都在失控。

她以前喝醉，妈妈说她乖得不行，让做什么就做什么，都不知道反抗，还特别温顺黏人，老爷子就是清楚这一点，才会这么做！

"外公……"喻瑶的指甲深深地陷进手心，"你干什么？"

她摸出手机，按了快捷通话键，想给门外的诺诺打过去，但通话失败，她模糊地看到，信号格是空的。程怀森不疾不徐地起身，掀开手边的一个盒子，里面是顶钻石王冠。他走近，给喻瑶戴在头上："去吧，我外孙女的订婚宴，得有件像样的珠宝才不丢脸。"

说话间，玻璃墙对面那扇一直关着的门被打开，雪亮光线照得喻瑶眯起了眼。嘈杂的人声、音乐声、器械挪动声，一股脑涌过来，几乎震裂她的耳膜。

有人在得体地控场，说的是："陆总和喻小姐马上就到了，请各位少安毋躁。"

"喻……程老爷子的外孙女姓喻？"

"小陆总最近还跟喻瑶传过绯闻，怎么这么巧，同姓？"

"总不能是一个人吧？"

"别扯了，不可能，喻瑶什么身份，能跟程家扯上关系！"

杂乱的声音刀子一样往喻瑶耳中刺，她离那扇门只剩下四五米了，再往前一点，就能看清外面，也将被外面的人发现。

太熟悉了，这种语气、情景、场面，不用说她也知道，门后面那间陌生大厅里是一屋子的记者，这些人翘首等待的并不是什么程老爷子的寿宴，而是铂良地产小陆总和程老爷子外孙女的订婚礼！

陆彦时半拥半扯，带着喻瑶往前走，低声安抚："只是走一个简单的流程而已，很快的，一两分钟，你不用说话，交给我就好，其他事等结束后再说。

喻瑶，我会给你交代，你信我一次。"

喻瑶此刻背对着房间里那扇不透明的玻璃墙，而玻璃墙外面的走廊里，诺诺被两个魁梧的男人用蛮力钳制住肩臂，他没有动，直勾勾地看着前方。

这层玻璃是单向可视的，站在屋里什么都看不见，站在外面则看得清清楚楚，他不仅能目睹之前三个人的交流，等那扇通往订婚礼的大门彻底打开后，他还能亲眼看到喻瑶和陆彦时订婚的全过程。

诺诺眼睛一眨不眨，唇上的血色早就褪净，只剩一片瘆人的惨白。

瑶瑶刚进去，他就被带到了这里，可瑶瑶说了，要乖，不能乱走，他要听她的话。

其中一个男人见状，冷笑道："程董根本没打算见你，还特意让我们带你到这面玻璃前面看到一切，就是希望你明白，我们小小姐要配的是门当户对的世家继承人，你这种下三滥的家伙，别做梦攀她的高枝。

"好好瞧清楚，她马上要跟小陆总订婚。仪式结束后，她就是小陆总的未婚妻，身边不可能再跟着你这种人。

"看见了吗？小陆总搂着她，她也是同意的。我们小小姐自然分得清轻重，跟一门正当婚事相比，你算个什么东西！"

诺诺微张着唇，喉间溢出碎裂的气音，眼中的琉璃色被汹涌的泪水覆盖，涨满刺目的猩红。

瑶瑶给他买了西装，挽着他的臂弯进来，怎么能说不要他就不要他呢？

她告诉过他，结婚要选一个她爱的人，他还没有弄懂到底什么才是她想要的爱，她怎么可以选择别人，丢弃他？

看守的一群人见诺诺的反应，都断定他被击垮了，轻蔑地说着更难听的话，还准备等订婚礼一结束，就按照程董的吩咐把他赶走，让他再也别想沾喻瑶的边。

玻璃墙那边，喻瑶被嘈杂的声音刺得头痛欲裂。她醉到手脚发软，却不知哪儿来的力气，硬是拖住陆彦时，回头去看程怀森，哑声问道："程董，这就是您给我设的圈套？您对我态度好转，关心我在外面的遭遇，给我喝果汁，都是为了这个？"

程怀森没想到喻瑶还能清醒地问出这些。

在他的印象里，喻瑶喝了酒就像是乖顺的小猫崽，能保持基本的行动能力，还能任人摆布，可以撑过一两分钟的订婚礼，他才选择让她醉，省得麻烦。

但她既然发问了，程怀森就不屑于说谎，反正到了这一步，她也跑不掉。

程怀森收敛温和的神色，严肃地说："是，你闹得差不多了，给我丢的脸、闯的祸已经够多了。

"我纵容你这么长时间，你都没有反省，我如果再不管，你就要走上你妈的老路了。喻瑶，我是为你好，不能看着你继续做蠢事。

"你现在进去，把仪式走完，安分守己地稳定下来，就还是我的外孙女，以后该有的一切我自然不会少你的。"

喻瑶脑中像有千万根尖锥在刺，混混沌沌听着，低声冷笑出来。她狠狠咬住舌尖，用尖锐的疼痛刺激神经，找回短暂的清醒，一把推开没有防备的陆彦时，扯掉头上的王冠，拼尽全力扔向程怀森，王冠"哐"地坠地。

"你的外孙女，程家的子孙，都算个屁！"喻瑶双眼通红，再也顾不上伪装，恨恨地瞪着他，"你是不是以为我跟你断绝经济关系，全是在撒娇、讨巧、做戏，还盼着你哪天给我分家产？"

"喻瑶，你对长辈什么态度！"程怀森从未受过这样的对待，拐杖重重地杵向地面，大为震怒，"你妈疯魔了，你也疯了是不是？我给你们规划了最好的人生，结果你们都不要这个家了，都想造反？！"

"这种家庭谁稀罕？"喻瑶厉声问，"谁想做你的孩子？我妈不想，我更不想！如果不是我妈临终前嘱咐我，说你是个可怜的人，让我时常回来看看你，我根本连你家的门都不会进！"

外面的记者已经捕捉到动静，争先恐后地想往前挤，守门的保安急忙要把门关上。

喻瑶不知道力气什么时候会用尽，她做出每个动作，说出每句话，都很艰难，都是在跟自己不堪一击的神经斗争着。

程怀森怒不可遏，气得两手发抖。

小时候喻瑶性子软，后来对他也算顺从，他把对程梦没有实现的完全掌控的遗憾都转移到了喻瑶身上，可因为她姓喻，又怎么都亲近不起来。

　　他一直觉得，他没有因为喻青檀而迁怒喻瑶已经很不错了，没想到，真正的喻瑶竟然是这样逆反疯癫，让他脸面尽失！

　　他指着喻瑶，只觉得巨大的冲击落到他衰老的心脏上。

　　"我就知道，我就知道！喻青檀的孩子能是个什么好东西！他拐走我女儿，毁了她那么好的一生，害了她的命，又弄出你这个祸害！他死有余辜！"

　　程怀森脸色铁青得吓人，心脏病几乎要发作，口无遮拦。

　　"今天我也不想再隐瞒了，我可以告诉你，"他眼角的皱纹扭曲，露出报复似的狠绝，"喻青檀后来发病，你在学校不知道，梦梦在忙工作也不知道，但他来找过我。"

　　他冷冷嗤笑："他是个病人，永远不会好，发作的时候很多事想不开，认为是自己害得梦梦父女离心，所以来找我，希望能得到我的认可。"

　　喻瑶愣愣地注视他，耳中嗡鸣，父亲清秀的五官在她眼前不停地闪现。

　　"我当时如果接纳他，他或许不会那么快死，"程怀森一字一字道，"但我不想，只有喻青檀死了，梦梦才能明白他是个多没用的心理疾病患者，才会回到这个家来！她才可能听我的话，另嫁一个真正适合她的人！"

　　喻瑶的眼泪倾泻而下，她在这一刻无比庆幸，妈妈没有亲耳听到这番话。

　　妈妈很温柔，在死前还细数着自己哪里做得不够，以为外公虽然不接受她的爱情，但总归是一心对她好的可怜人。

　　她怎么都想不到，她那么心爱的青檀，是被外公亲手递上了索命的刀。

　　喻瑶弯下腰，哭不出声音，紧紧地攥着裙摆，指骨似要绷出皮肉。

　　陆彦时脸色彻底变了，去搀喻瑶，却被她一把甩开。

　　程怀森居高临下地斥责："我算是看懂了，你连你妈还不如，我管不了她，我还管不了你吗？别以为我不知道你跟外面那个人是什么关系，你说话三句不离他，把他带在身边搞龌龊事，还上了新闻，你不嫌丢人，我嫌！

　　"喻青檀的女儿又怎么样，你不是也流着程家的血？今天场面已经铺下了，是我程怀森的脸面，这场婚事必须定下来，彦时会替你宣布淡出娱乐圈，以后你少出去惹是生非，安分地做陆太太。

"你要是还不配合，那也简单，"程怀森指了指身后的玻璃墙，"那个傻子没有家，没人在乎他的存在，身份都确定不了，就算他今晚死在山里，也只是他自己不小心，你懂吗？"

　　酒力在加倍地折磨喻瑶，她最后一丝力气也快要抽离身体。

　　她身上的裙子是诺诺一刀一刀雕刻的木雕换来的，她还小心地护着他雕刻的小寿桃，骄傲地捧来这里。

　　进门前，她告诉诺诺要乖，等她，现在却有人对她说，她若不顺从，就从此以后再也别想见他。

　　程怀森耐心用尽，怒吼道："给她补妆！她站不住，就把她扶起来！喂醒酒药，马上——"

　　"哐"的一声巨响，伴随让人头皮发麻的玻璃炸裂声，从后方骤然传来。厅堂里骤然一静，陆彦时握住喻瑶的那只手颤了一下，猛地抬起头。

　　声音不是刚刚才有的，半分钟前，或者更早，外面就不平静了！

　　程怀森匪夷所思地转过身，瞳孔紧缩，那面单向可视的玻璃墙正被人从外面不顾一切地撞击着，被撞出了一个缺口。

　　施工前他反复确认过，这种玻璃极为坚固，绝对不是一般人力可以破坏的。他厉声叫了外面看守人的名字，却没有得到回应，在越来越惊悚的击打声和破碎声里，隐约能分辨出一点挣扎的呻吟声。

　　走廊里的那五六个壮硕男人的样子惨不忍睹，但身上受伤的所有痛苦加在一起也抵不过精神上的恐惧。

　　几分钟前，诺诺还流着泪被他们控制着，就在喻瑶回身，砸掉王冠反抗的那一瞬间，诺诺侧过头，眼里的光彩闪烁，眼泪滑落，嘴角却在笑，轻轻问他们："看到了吗？瑶瑶不愿。"

　　只有这一句话。紧接着，他挣开所有钳制，揪过口口声声说喻瑶要做陆太太的那个男人，直接将其扔到墙角，撞得那人头破血流。他随手拾起墙边装饰的烛台，骨节分明的右手简单握着，西装革履地站在灯下，走廊里所有训练有素的男人都近不了他的身，那扇上锁的门只有从里面才能打开，他就用烛台去砸玻璃墙，烛台坏了，换下一样，直到能用的东西全部毁了，他就踹开有了裂痕的缺口，用身体去撞击那道障碍。

西装被割破，手腕上有了血痕，发梢沾着锋利的玻璃碎屑，他砸开玻璃墙，踹散狼藉的缺口，走进这间困住了喻瑶的厅堂。

看到坚不可摧的玻璃墙被这么凶暴地毁掉，程怀森惊怒不已，但他在双目对上诺诺的一刻，瞬间愣住了，甚至本能地倒退了一步，见鬼了一样，死死地盯着诺诺。

诺诺越来越近，五官、身形在灯光下清晰得让人头晕目眩。

程怀森脸色惨白，手中的拐杖几乎握不住。

怎么可能？他老眼昏花，认错了？

他并没亲眼见过那人成年后的样子，最近一次见那人，还是那人少年时被容家长辈初次带出来露脸时，那种乖戾阴森、惊人的狠意和凉薄，直到今天他还历历在目。

可似乎那人成年后的模样，就该是眼前这个人的样子。

但是怎么可能……

不可能，眼前的人不过是个心智残缺的傻子，纠缠喻瑶，连原本的身份都无法——

程怀森想到什么，忽地悚然。

喻瑶已经很难站直了，陆彦时拥着她，把她挡在身后，试图阻止诺诺过来。

诺诺扎着玻璃碴的手攥住陆彦时的衣襟将他甩到旁边，陆彦时一下没站住，狼狈地跌倒在地毯上，额角撞到木制沙发。

失去陆彦时的支撑，喻瑶脱力地几近跌倒，但刚弯了一下身，就被诺诺搂到怀里。

喻瑶没有晕，意识还在，那些折磨她的痛楚，在她跌入熟悉的散发着草木气息的怀抱里时，全部瓦解。

她咬着牙，眼泪不可抑制地往下流，嘶声说："诺诺，我走不动了。"

诺诺脱下西装，拍打得一尘不染，才穿在喻瑶身上。

他的胸前还有玻璃残片，不能抱她，他用冰冷的脸颊蹭蹭她流泪的脸，柔声道："不怕，'狗狗'背。"

诺诺把喻瑶背起，环视了一圈，厅堂里死寂，订婚现场鼎沸，喧嚣声四起，却没有一个人敢走过去拦他。

听到动静的保安队被走廊里的惨状吓到，想往里冲。

程怀森目光定在诺诺身上，捂着剧痛的心脏，脸色煞白，低吼道："走……让他们走！"

保安队自动让开玻璃缺口，诺诺却背着喻瑶径直走向大门，拧开锁。

"小狗才钻洞，"他微微侧头，磨蹭喻瑶的脸颊，"我的主人要走正门。"

喻瑶双臂环在诺诺的脖颈上，眼泪润湿他的领口，洁白衬衫上不知道沾着他身体哪处的血迹；他的背那么热，西装裹着她，到处都是他的体温。

让她骨子里发颤的寒冷被驱散，她被老爷子言语和情感割出来的惨烈伤口，都在诺诺急促的呼吸里被涂上药和糖。

喻瑶浑身是软的，仍然用尽力气抱住他。

酒精在一阵强过一阵地侵袭着她，她终于明白，她喝了酒会不会变乖，取决于她在哪里，在谁身边。

刚才她还在激烈反抗，然而在趴到诺诺背上的那一刻，她安全了，即将无法自控地失去棱角，变成那个醉倒后会脆弱和无助的弱者。

她没有家了，但现在她有诺诺，诺诺成了她的家。

Chapter 11

第十一章
初吻

从庭院到别墅大门距离很远，出了大门再走下山，是段几乎看不到尽头的路，诺诺背着喻瑶走在寒风里，身上只有一件单薄的衬衫。

路灯很暗，照着树影幢幢，诺诺声音很小地给喻瑶唱儿歌，他刚刚学会的，还五音不全，喻瑶却一直流泪，趴在他背上放纵地抽噎。

一直走到山脚，一辆破破烂烂的大众停在路边，从驾驶座蹦出来一个人，揉着眼睛哇哇大叫迎上来："怎么回事？真的出来了！"

白晓自从得知喻瑶要参加她外公的寿宴，就老是心神不宁，直觉要出事，反正晚上不忙，他干脆开车来附近守着，以防万一，这会儿正准备撤了，就看到诺诺背着喻瑶从山上的别墅下来了。

"回家，"诺诺低声说，"回我们家。"

白晓走上来要帮忙搀喻瑶，诺诺却极其抗拒地一把将人搂过，抬眸看了他一眼。白晓发怵，自觉地回去开车，一路疾驰到喻瑶住的老旧小区。

诺诺终于把自己打理干净，握着喻瑶的手打开单元门的指纹锁，抱她上楼。

喻瑶已经不太清醒了，配合地环住诺诺，脸颊贴着他胸口。家里很黑，诺诺来不及开灯，踢掉鞋，把喻瑶送到卧室的床上。

床太软，喻瑶躺下就深深陷入。窗帘外透着月光，纱一样照亮，她脸上的妆花了，却更显得凄艳，口红在嘴角微微晕染开，平日里的清冷距离感被彻底模糊掉。

诺诺手忙脚乱地脱掉她身上的西装，长裙的吊带随之滑落下来。她的长发被撩开，露出雪白的肩膀，月色下霜一样的肌肤蔓延，连到饱满的胸口。

裙子领口散开了，露出细腻的肌肤。

卧室里没有声音，只有激烈的心跳声，诺诺眼眶透着红，凝视她湿润微张的唇。喻瑶也在看他，寂静深夜里，她醉得泪眼迷离，中了蛊一般，伸出光裸的手臂，钩住他的脖颈压低。

唇跟唇只相隔一线，滚烫呼吸纠缠，喻瑶意识模糊，不由自主地央求他："诺诺别走，抱抱我。"

喻瑶觉得冷，躺在床上忍不住打战，露在外面的肌肤叫嚣着渴望温度，而她跟前的这个人，烫得能把她点燃。她不清醒了，仿佛跌进空荡的深海里，孤独无依，只知道自己极度贪恋刚才被诺诺背着抱着的触感，不愿意分开，渴望他更多的体温。

没办法矜持，也撑不起高冷，她的外壳碎得一塌糊涂，成了一只瑟瑟发抖的猫，仅仅想要他的拥抱。

诺诺在听到喻瑶说"抱抱我"之前就不舍得把她放下，今晚瑶瑶对他有了从未有过的亲密，如果不是外面天寒地冻怕她生病，他想一路就那么背着她走回来，脚磨破皮了也没关系，到半夜、到凌晨都没关系，他只想把跟她紧密相贴的时光拉到最长。

可现在……

卧室里的空气炙热黏稠，诺诺脖颈被她抱着，他急切得恨不能立即扑上前抱她，可他忍耐着，手指抓住床单，羞涩地说："我衣服脏了。"

不但脏，肯定还有残留的玻璃碎屑，他怕弄伤她。

诺诺眼眶红了，安抚她："我去换衣服，回来抱，瑶瑶别反悔。"

他往后撤，喻瑶的手还是没松，被带着半坐起来，漫进窗口的月光拂在诺诺脸上，五官泛着粼粼的光泽。她摇头，脸颊红得厉害，不理解地问："换什么？剥掉不就好了，又不是没见过，主人……帮你。"

喻瑶的神志彻底被酒精和受到的刺激给摧毁，一心想要温暖，而世界又空又远，她孤单寒冷，只拥有一个诺诺。

她执拗地去解诺诺衬衫的领口，布料褶皱里还有玻璃碎片，都被她一起弄掉。她眼里蓄着泪，轻轻笑起来，歪头望着诺诺："现在没有借口了，快抱。"

诺诺跌过去把她抱紧，头埋入她冰冷的颈窝中，喉咙深处发出低低的呜咽声。现在房子里没有争宠的芒果，没有嘶鸣着要带走他的警笛声，没有她外公和那些刺伤，只有他跟她两个。

"他们说你不要我了，"诺诺控制不住力气，手掌按着喻瑶的脊背、腰肢，似要压入自己胸膛，"你结婚，嫁给别人，我不配，不配在你身边。"

那时撕心裂肺的疼，在抱住她的一刻如山洪般把他吞没。他体温太高了，喻瑶渐渐暖过来，呼吸急促，不由自主抓住他的短发，半强迫地把他的头抬起来。诺诺眼里的泪无声无息掉在她的脸上，喻瑶给他擦掉："我不结婚，要你。"

诺诺不懂心中翻涌的究竟是什么情绪，他只会遵从本能，俯身去亲吻喻瑶的眼帘，亲一下，看看她，没有遭到抗拒，就继续去碰她鼻尖。可是不够，不仅是这样，还想得到更多，骨子里热忱的渴望催促着他，要去对喻瑶做更出格的事。

喻瑶对自己的状态毫无所觉，一门心思问他："你是想……这样吗？"

她掐紧诺诺清瘦的下颌，钩着他往自己面前送，借着月色定定看了他两秒，然后贴上去，很轻地吻了一下他的唇。

冰凉滑软的触感刺得人感官爆炸，喻瑶愣怔着，小声控诉："你怎么能跟别人学，我的诺诺，不管什么，都得我来教——"

还有很多话没能说出口，她身上被冰封住的那个人就猛然扑下来，似哭似喘，青涩莽撞地吻上她……

诺诺对这一吻显得虔诚珍爱，如珠似宝，又根本不知道分寸。

喻瑶有点窒息，随后在她自己惹来的拥吻里，暂时忘掉痛苦，干脆地闭上眼，什么都不想地睡了过去。

凌晨一点，夜色沉寂，卧室里的人用被子裹得安稳严实，正在熟睡，外面浴室的门半掩着，透出暖黄色的灯光。

诺诺抱着膝盖坐在墙边，浑身上下滴着水，毫无热气，冷得他脸色泛白。他用大号浴巾蒙着头包住自己，越蜷越紧。诺诺低下头，脸埋在膝盖上，耳朵、脖颈红到充血。他病了，却不能告诉瑶瑶，因为生重病的"狗狗"会被抛弃。

他渴求得到她的一点爱，想变得最重要，赶走任何一个妄想接近她的人，想抢占她身边不能取代的位置，再也不要眼睁睁地看着她跟别人在一起。

她只能抱他，只能亲吻他。

他的确变坏了，如同电视剧里害人的精怪一样有嫉妒心，有破坏欲，但无论如何，他不能和别人分享瑶瑶，一点都不能。

诺诺又起身冲了第三遍冷水，长睫毛上雨帘如织。

诺诺熬到天色微亮，身体终于冷却下去，他的病症好转了。他换上干净的内衣，迫不及待跑回卧室，小心翼翼爬上床，把喻瑶连同被子一起搂住，心跳声巨响，喧嚣到几乎听不到她的呼吸声。

诺诺极力忍耐，直勾勾注视着她安睡的脸，撑了几分钟，实在撑不住，凑过去亲亲她的脸颊，小心翼翼地轻吻她的嘴角。

喻瑶做了一夜光怪陆离的梦，看到父亲喻青檀独自站在悬崖边，山风吹起他薄薄的衣摆，母亲程梦在身后抱住他，大哭着说："你从来没有做错过任何事，只是病了而已。"

那些画面急速退开，她被推进深渊，黑暗将要彻底淹没她的时候，诺诺跳下来抱住她，他的衣服被割破，如描似画的脸上都是伤，拥着她亲吻。

她本能地回应，还不客气地上手摸了两把，越摸越发觉触感过于真实，真实到连嘴边的湿润都冒出了凉意。

喻瑶茫然地睁开眼，先是看到自家卧室的屋顶，随即就感受到身旁压着的重量。那人发现她醒了，得寸进尺地靠过来，想碰她的唇。

过于惊悚的发展让喻瑶惊得没空看清楚，直接躲开，抓起枕头就砸过去，快打到那人时，她才微眯着眼，看清了诺诺湿漉漉的眸子，赶紧收回枕头。

他只穿了一条宽松的短裤，半裸着伏在她的床上，头发微乱，脸颊透着诱人的红，原本优美的薄唇略微红肿，有着被牙齿划出的小口子。

喻瑶的心率血压直线飙升，头昏脑涨，根本不知道发生了什么，她只记得昨晚被诺诺从山景别墅背出来，似乎回了家，躺到床上以后的记忆基本为零。原以为自己是喝醉睡下相安无事，现在看来出大问题了？！

"瑶瑶……"

"先别叫我！"喻瑶神经紧绷，慌忙掀开被子看自己，裙子被脱掉，穿上了家居服。她屏息从领口往里瞄，内衣都在，原封不动，没有半点可疑痕迹和不适。唯独口腔里、舌尖处，她吞咽或者说话时会有轻微的刺疼。

这代表的含义不言而喻。喻瑶脑中一片空白，过程、画面、碎片、温度，她一概不记得，残缺的记忆都找不到。

初吻没了？！

她跌撞着下床，想拉开距离，可那只肤白貌美的绝色"狗狗精"跟着追了上来。喻瑶刚在床边站稳，连拖鞋都来不及穿，一双手臂就缠到了她的腰上。

诺诺跪坐在散乱的被子里，仰起脸凝望她，眼尾蕴着潮湿的微红，他抱着她说："瑶瑶，你再亲亲我好不好？"

喻瑶赤脚，笔直站着，身体如被冻结，不会动了。诺诺的身高远超过她，即使是跪坐环着她腰的这种姿势，他稍微一抬头，也能轻而易举碰到她的嘴唇。

诺诺感觉到他的奇怪病症又出现了，他怕被发现，难过地扯着被子，匆忙把自己围住，抱着喻瑶舍不得松手，小声求她："亲亲我。"

他嗓子里混着清晨的哑，声音清冷又磁性，碾过喻瑶的耳膜。

喻瑶被刺激过度，反应失灵，僵滞地跟诺诺对视，心脏在胸腔里跳得像要爆炸。他眼里赤诚灼热的光烧成了燎原烈火，她几乎要被烫伤。

诺诺等不到喻瑶的吻，也意识到她醒来以后态度变了，他不安地握住她的肩膀，主动把自己往前送，眼尾垂着，和昨晚最亲昵的时候一样，缠绵地想要跟她亲吻，想被她亲近。

喻瑶快疯了，诺诺应该不久前刚洗过澡，身上还有沐浴乳的淡淡香味，混着微凉的水汽，好闻到勾着人去尝。

一晚上过去，喻瑶对他已经有了下意识的反应，差点遵从本能亲下去。

马上相贴时，她强迫自己清醒过来，一把推开诺诺，往后退了几步，直到肩膀抵在墙上，手背挡住嘴，不愿意承认刚才那一刻，她是真的有冲动去吻他的。

喻瑶脸色惨白，就像是不知道什么时候悄悄埋进心底的一颗幽暗种子，本来只是在不为人知的隐秘时刻才悄然生长，从来没打算放到明面上，更不可能去实现，结果猝不及防地，忽然变成了暴露在太阳底下的现实。

诺诺几次三番无意识地撩拨她，她就算是钢铁做的，也难免心生波澜。某些转瞬即逝的刹那，她确实想去抱他，去揉他，甚至干脆亲他让他知道什么叫人间险恶。

但意念归意念，她始终恪守着底线，不断警告自己不能越界，她跟诺诺的感情无关风月。然而现在真亲了算怎么回事！原本的关系会彻底变乱，以后要怎么办？还有个重要的问题，到底谁先主动的？应该不会是她吧？

喻瑶指着诺诺："昨晚发生的事我真不记得了，你老实回答我，谁先动的⋯⋯嘴。"

诺诺跪在床沿，委屈地睁大眼，认真给她进行场景还原："我把瑶瑶抱上楼，送进来，放到床上，瑶瑶不让我走，说诺诺抱。"

他的脸红了，喻瑶恨不得找个氧气瓶来吸吸氧！

诺诺没停，继续生动形象地描述："我抱住瑶瑶，亲了眼睛，然后你掐住我的脸，亲我的嘴唇。"

他声音里的凉意自带某种性感，在此刻咬着这些不纯真的字眼，更发挥得淋漓尽致。喻瑶被这声音勾得自动脑补出了画面，连记忆也在隐约复苏，她有些喘不上气："够了够了，不用说了！"

诺诺混了一丝难为情的鼻音，坚持给她讲完："你说会教我，亲得很久。瑶瑶的嘴唇软，是甜的⋯⋯"

他在自己掌握的文字里搜索了半天，不知道该怎么精准形容，最后只好总结出一个自认为最贴切的词，灼灼地望着喻瑶："吃、吃不够。"

喻瑶想马上给自己拨个急救电话。

诺诺是不可能说谎的，那他描述的这些就是真正发生过的事。她不仅趁醉占了诺诺的大便宜，引导他走向歧途，醒来以后还拒不认账，并且现在打算不负责任。

喻瑶对别的事情都能镇定果断，可唯独这件事她做不到，她演过的角色再多，也没亲身经历过感情纠葛，不知道自己究竟是出于受伤的脆弱来寻求一时的慰藉才亲他，还是真的已经对他萌生了不该有的欲求。

无论哪个都是错的。她如果真把诺诺当成一个宠物，一个别人口中的助理，或者是个可以予取予求的心智不全患者，她都可以不管那么多，单纯贪图享乐。

但不是。她把诺诺当成一个跟她平等的人，他会痛，会难过，不是一个能拿来玩玩，哪天后悔了不想负担了就扔掉的物品。

诺诺对她太重要，她不能失去他，所以更不能追求刺激去轻易招惹他，不能明确感情的肌肤之亲，就等于是玩弄。

喻瑶掐着眉心，快掐出血痕才松手。她尽力调整表情，走回床边，蹲下来看着诺诺，一对上他的双眼就破了功，脱口而出："诺诺，能当作……什么事都没发生过吗？"

话说完，喻瑶愣住，这是什么道德败坏的"渣女"发言！

她试着想解释两句，诺诺眼窝已经红透，他抿住肿痛的唇，神情从不敢相信到黯淡，眼里被涂上一层厚重阴霾。

喻瑶难受得心口直抽，给他把衣服披上，指尖不小心触到他背上的蝴蝶骨，想到自己昨天是怎么上下其手的，像被扎到似的，急忙收回手。

她艰难地解释："我昨晚喝醉了，不应该那么对你，以后我们……还跟以前一样，除了不能睡在一起，不能亲嘴，别的……都还一样，行吗？"

诺诺不由自主弯下背，胸腔里如同被刀尖剜过，他懂了，瑶瑶不想亲他的，她后悔了，他最幸福的晚上，却是她难堪的污点。

何况他还生病了，不知道会病得多重，连告诉瑶瑶都不敢。他可以说不行吗？如果说不行，瑶瑶不会再碰他一下。

诺诺揪紧被子，慢慢拉起来，把自己完全裹在里面，许久之后，他听到喻瑶在外面心急的吸气声。

他不舍得让瑶瑶难过。

诺诺把被子扒开一条很小的缝隙，露出湿漉漉的眼眸，轻声说："好。"

瑶瑶还不知道，他已经学坏了，不是那个乖巧听话的好"狗狗"了，他现在贪得无厌，想做太多坏事情，先假装答应，好不好？

喻瑶松了口气，随之涌起的却是深重的惆怅失落，心似被挖了一块。她为了证明自己说到做到，和以前一样揉了揉他的头。

幸好诺诺依然纯情简单，即使接了吻，对他来说应该只是主人对他的爱意表达，刺激不到他别的欲求。

等诺诺对她有身体反应的那天，大概就真的退无可退了。

喻瑶暗自庆幸着，却没发现她反复轻揉的动作，已经让诺诺难熬地蜷起了身体。

他咬住手腕，浑身滚烫，怎么办，他的病好像更重了。

第十二章
沦陷

中心医院的 VIP 特护病房外，陆彦时狼狈地靠墙坐着，低头合眼，手指紧了又松。

护士出来小声通知他程先生醒过来了，他才惊醒似的站起身，安静地走进去。

昨天晚上喻瑶被带走后，程怀森就心脏病发作了，家庭医生束手无策，连夜送来医院，直到现在，快十二个小时过去了，程家没一个亲人过来。

程怀森的两个儿子从小就被送到国外教养，到今天也都在外面经营自己分到手的生意。虽然他们按照程怀森的意愿娶妻生子了，但回国的次数很少，即便回来，也绝大多数是公事往来，很少谈亲情。

程怀森本身也不是个能谈亲情的人。

程梦阿姨是他唯一的女儿，本来是金娇玉贵的大小姐，可惜自作主张改变人生轨迹，任性嫁了不该嫁的人，最后落得个英年早逝的下场。

陆彦时最不爱听上一辈的事，从来就没细问深究过，这是昨夜之前他掌握的所有情况，没想到真相会有另外一个版本。

程怀森躺在病床上，陆彦时一时跟他相对无言，等了半晌，见他脸色略微好了一些，才低声问："外公，喻瑶父亲的事，您说的是真的，还是情绪激动时说的气话？"

没有人回答。

程怀森呼吸吃力，脸上罕见地露出疲态。他这一辈子没做过一件错事，一切都按部就班，在预定好的轨道内严格执行。程家每一步成功的产业扩张都足够证明他的决策正确，可为什么生意场上没遇到败绩，到了家事上却屡屡出现让他无法接受的偏差？

程家之前出过一个不听话的女儿，非要下嫁个家里反对的男人，锁起来、送出国，都没能关住，私下跑去结婚，落得个凄惨凋零的下场。

如果她乖乖听话，如果她按照他的安排去生活，怎么会受苦流泪，怎么会死？

程梦错在叛逆，喻青檀错在不自控，明明清楚自己是个难以痊愈的病人，又清贫，凭什么招惹他的女儿？

他没有做错，更容忍不了喻瑶步她妈妈程梦的后尘，故而变本加厉地掌控喻瑶。

娱乐圈光怪陆离，喻瑶回来安稳继承几处家业，究竟哪里不好？

陆家跟喻家是世交，门当户对，陆彦时又和喻瑶是青梅竹马，怎么就不能先订婚再慢慢培养感情？

陆彦时看出程怀森不会回答，皱眉说："瑶瑶那边我会去找她，也许我从一开始就选错了方法。"

年少的时候世界正新鲜，他玩心重，喜欢她也不懂得追求，后来她进了娱乐圈，他看得生气，更不肯放下身段去追。父母过世后她性格大变，对他毫无耐心，他顾着无用的自尊心，说不出一句好听的话，只能和她针锋相对，提高自己的存在感。跟她互吵互助，其实都是掩饰。

危机出现，他就偷懒选了最便捷的方式，实则是为了自己省事，想一劳永逸，直接把人弄到手。

程怀森却忽然开口："你别去了。"

想到喻瑶身边的傻子很有可能是容家那位祖宗，程怀森就毛骨悚然。他曾经动过让容野当外孙女婿的念头，并不是不知天高地厚地想去攀附容家，是喻瑶刚上大学那年，他某次经过中戏校门，想进去看她一眼。在空荡的自习室外，透过小窗，他亲眼看见喻瑶趴在桌上睡觉，而她身边的阴影中，竟然坐着一个人。

那人让他惊出一身冷汗。他依稀认出，那是少年气还未褪去的容野。

那天夕阳半落，余晖中，他印象中冷血寡情的容野无声地守在那里，小心地捧起喻瑶散落的长发，低着头，放在唇边，寂静隐忍地亲吻。

他从未对任何人提起这件事，几次试探，在喻瑶的世界里容野从来没有出现过，他又暗中去探容家，容野依然是那个让人闻之色变的阎罗王。

直到后来，喻瑶得罪了容野的传闻闹得满城风雨，他也就逐渐相信，当初看到的场景不过是一场意外或巧合罢了，是他想得太多，于是他顺势推波助澜，干涉了喻瑶在娱乐圈的发展，想逼她回家。

但如果诺诺真是容野……

以诺诺现在对喻瑶的那种态度，他怕是难以收拾。程家几代人再拼，家业再大，跟容野的背景相比也望尘莫及。

程怀森睁开眼，看向陆彦时："你们年轻人的圈子里，最近听没听过容二少的消息？"

陆彦时还震惊于程怀森刚才的决定，闻言一怔："我们圈子里的人，哪个能够得上容野？不过，他确实有段时间没动静了，他那个低调的大哥倒是露面挺多。"

程怀森眯起眼，神色不定，片刻后知会陆彦时："有家媒体拍到了喻瑶的照片，我昏迷这么长时间了，那照片必定已经发出去了，你对外把责任都揽下来，就说是我安排不周。"

他重申："记住，彦时，你别去找她，订婚的事，先暂时放下吧。"

铂良地产的小陆总和程家外孙女的订婚礼闹得沸沸扬扬，不少爱吃豪门"瓜"的网友在线等消息，有空还不忘去喻瑶微博底下阴阳怪气地评论几句，笑她前脚刚跟小陆总扯上绯闻，后脚人家就选了门当户对的程家小小姐。

"所以说，地位和名声一样都没有的过气女明星，最好夹起尾巴做人。我就说嘛，小陆总怎么可能看上你，你以为你也有家产等着继承？"

一堆人嘲讽得起劲，就有营销号跳出来做预告，标题取得耸人听闻——落魄女星竟是在逃公主，拒绝豪门未婚夫，独宠痴傻小助理。

几分钟后，两张照片在全网刷屏：一张是身穿红裙的喻瑶甩开陆彦时的手，扔掉钻石王冠，怒不可遏；另一张是身披西装的喻瑶被一道修长身影背起。那是在一片狼藉中偷拍到的侧影，看不清照片中人的面貌表情，却真切地看得出两个人之间无人能够插入的氛围。

话题转眼间引爆，这种消息在娱乐圈内纷纷扬扬的恋爱分手生孩子传闻里显得尤为新鲜，何况主角是被全网嘲了许久的喻瑶。

几分钟前，网友话锋还指向"别做梦去高攀豪门"，不过转瞬而已，豪门就成了姐姐自己家的。

"所以现在是什么情况？说了好几天的年轻美貌、低调、有素养，娱乐圈一堆女星加起来也比不上的程家小小姐，竟然就是喻瑶？！"

"好家伙，一堆人把小陆总捧上天，搞半天，人家喻瑶根本没看上，当场就被助理给背走了！而且看照片里助理的气场，什么痴傻奶狗，狼还差不多吧，你家小奶狗能做到这样？！"

《阴婚》剧组确实会赶时间，恰好做完了电影的首版预告片，本来就打算今天上午发布，万万没想到，碰上了喻瑶的火爆话题。

编剧咽着口水问导演："那个，还发吗？"

导演一拍桌子："当然发！谁敢说喻瑶没作品，我第一个不答应！"

全剧组的人热血沸腾，共同盯着《阴婚》以喻瑶为主线的首版预告片正式上线，自掏腰包凑齐了宣发费用，把几个经典画面做成动图，见缝插针地发出去，然后意料之中火了；电影一时倒没人夸，全在真情实感地关注喻瑶，用词格外整齐划一。

"妈呀，吓死我了！"

喻瑶跟剧组请了两天假，本该明天再回去，但她在家里坐立难安，稍一静下来，满脑子都是自己想象的和诺诺深夜拥吻的画面。

她在床头找到那条红裙，已经被揉得不成样子，看看也知道当时场面有多激烈。

诺诺身上还有被玻璃碎片划的伤，她连想给他上药都伸不出手，最疼爱的人忽然就成了不敢碰触的洪水猛兽。

喻瑶决定提前回剧组复工，走到客厅想叫诺诺，看到他孤零零地蜷在沙发一角，埋头戳着手机，她心一疼，过去想哄他，然而走到他身后一看，他正在"白玉"的相关话题里兢兢业业签到，碰上骂她的，他就骂回去，其他的一律点赞，手指如飞，一个都不落下。

喻瑶看呆，没等说什么，就意外接到了宠物店打来的电话。听筒里，上次接待芒果的那个男生快哭出来了，急促地说："您现在有空吗？能不能来一趟？很抱歉，芒果……把人家隔壁的小母狗给搞怀孕了！"

二十分钟后，喻瑶全副武装赶到宠物店，下车的时候脚下一绊险些摔倒。

诺诺一把扶住她，从身后自然而然揽过她的腰。天气很冷了，隔着内衣、长裙、大衣，那一块被碰触的肌肤仍然升起异样的热度。

喻瑶下意识离开他的臂弯，快步往里走。

男生火速迎出来，连声道歉："对不起，是我们失职，芒果的发情期到了，我没照看好它，才弄出这样的事。"

诺诺跟着跑进来，听完愣住，接收到了新词汇。

发情期是什么？每个"狗狗"都有发情期吗，成了精的"狗狗"也有吗？

芒果瘫在大笼子里，脖子上套着约束的项圈，链子绑在笼门上，一副身体被掏空的丧气模样，看到喻瑶和诺诺来了，没脸见人似的别开脑袋，泪眼婆娑地发出可怜的呜呜声。

上次见面还是小公狗，这次重逢它就当了爹。

小母狗的主人义愤填膺，喻瑶完全理解对方的心情，主动去沟通解决方案，一时没顾上诺诺。

诺诺的目光被展架上的一堆宠物知识科普小册子吸引，最上面一本的封面印着跟芒果同样品种的萨摩耶，小字标注了一行：三分钟教你了解狗狗发情期的小秘密。

诺诺莫名紧张，拿起来翻开第一页，头越埋越低，额前的头发挡住泛潮的眉眼，心跳到喉咙口。他翻完最后一页，"啪"地合上，口罩挡住彻底泛红发烫的脸。

他拿出手机，漫上一层浅红的指尖认真输入："发情期是病吗？"

网速很快，他的目光跳到最新的一条回答："不是病，正常生理现象，时候一到就会发作。"

诺诺用手背抹了下眼尾，又追问："会被主人讨厌甚至扔掉吗？"

"一般不会哦，只是部分狗狗行为会失控，需要拴起来管制，不过有的主人会喜欢，因为可以配种卖钱嘛。"

只要管制了就不会被丢掉，主人也许还会喜欢。

芒果事件最终的处理结果还算让双方满意，宠物店给小母狗的主人赔了钱，包生产，对芒果这边，除了道歉赔款之外，还包绝育。

芒果嗷呜一声，绝望地躺倒。

狗狗绝育后，需要主人精心照顾。喻瑶不忍心芒果这么可怜，预约了时间，打算等她杀青后再给芒果做绝育手术，先暂时继续寄养着。

回到剧组已经是傍晚，抵达拍摄地以后，喻瑶才知道原来的酒店看他们人多住得久，坐地起价，全组的人都换了新的住处，是一栋类似民宿的公寓楼。

公寓房门自动关上了，天色已暗，灯还没开，诺诺垂眸看她。她就站在面前，却像远隔万里。

如果给她快乐，能不能换来一个吻？

诺诺俯下身，在昏暗天色中抱住喻瑶，右手按住她的后脑勺，左手不轻不重地落下，扣到她藏在腰后的双手上。喻瑶全身绷紧，不自觉地微仰起头，呼吸加快。诺诺手指修长，轻松拿过她握住的那两样东西，攥在手心里。他的下巴垫在她瘦削的肩上，侧过头，讨好地轻吻她的鬓发。

热，躁，口渴，想流汗，甚至不知所措。诺诺真的越来越无辜又危险。喻瑶直觉应该马上跟诺诺保持安全的距离，离他远点，潜意识里却舍不得，一时间她只能站着，伪装得平静，心里波澜起伏。

喻瑶轻微地晃了一下，诺诺立即走过来，急切地说："瑶瑶，你的身体很烫，刚才抱你我就发现了。"

喻瑶捂了捂额头，确实温度不大正常，多半是喝酒的后遗症，加上从山上下来吹风受凉了，情绪又起伏太大，有些感冒了。

她看看时间，离晚上的夜戏还有一个小时，于是说："我可能没休息好，趁现在睡一会儿，你回自己房间去，还有这道门——"

但没等她说完，诺诺就惶急地抓住她的手，低声求她："别锁！我听话，你不让我进我就不进来，别把我一个人丢在其他房间。"

他神色哀切，放柔声音低声下气地这么说。喻瑶拒绝的话全卡在喉咙里，狠不下心。明明之前拍戏那么久他都是自己住的，怎么今天就可怜兮兮的了，根本是在故意撒娇博同情，可喻瑶就算知道也难以抗拒。

接吻这事儿，本来就是她理亏，她不忍心做得更过。

喻瑶把诺诺推出去，自己回来倒在床上，拿被子蒙住头。隔了几分钟，她仍然没有睡意，也听不到隔壁的诺诺有什么动静，才心神不宁地慢慢探出半张脸，暗中朝那道门看过去。

她一看就怔住了。她不小心没把门关严，剩了条手掌宽的空隙。诺诺此刻就抱膝坐在门的另一边，透过这条缝专注地凝视她。他那边开了盏暖色的灯，昏黄光线从他身后漫过来，把他勾勒得温柔又可怜。

见她露出头，诺诺朝她笑，双手合起来贴在一侧脸颊上，做出让她睡觉的手势。

瑶瑶不让他过去，他就守在门后面；瑶瑶不许他亲近，他就隔着这么远望她。

喻瑶不知怎么眼眶一热，掩饰地翻过身。即使不往那边瞧，她也能感觉到诺诺的目光如影随形，炙热地黏在她身上。

晚上七点，喻瑶准时起床去片场报到，《阴婚》的大部分戏份她已经完成，只剩下几场特定场景戏，估计再有几天就能杀青了。

新住处离片场有一小段距离，刚出去的时候没什么异常，但等喻瑶靠近拍摄地，她敏感地意识到了不对劲。除了剧组的演员和工作人员，还多出几十个人聚在四周，手里不是单反就是手机，跃跃欲试地要拍谁。

喻瑶皱眉，电话铃声恰巧响起。她接起来的一刻，那些人被声音吸引，朝她转过头。导演在听筒里低喊："喻瑶你先别过来，一堆人在等着拍你，咱人手太少了，撵不走！"

之前网络上有关喻瑶的话题负面居多，媒体都懒得跟她，这次就完全不同了，引爆热度的豪门大小姐身份，外加复杂的情感纠葛，还有新出炉的电影预告片远远超出预期，太多人等着看喻瑶的新消息了。

喻瑶化了淡妆的眼睛眯了眯，迎上前面那些人影，轻叹一声，说道："不好意思，已经来不及了。"

她话音落下，正做着迎战的准备，一道挺拔的身影就挡在了她的面前。

北方天气严寒，诺诺穿着一件她亲自买的长大衣，戴着她挑的毛线帽，后面坠着一颗雪白的毛球。此刻，他屏障一样护住她，凛然不可侵犯，但那颗球颤悠悠地在他的脑后摇荡着，显得有点滑稽。

诺诺的声音隔着口罩传来："别怕，有我！"

喻瑶吸了口冰凉的空气，人群就向这边拥过来，半点也不客气，七嘴八舌的问题和快门声席卷而来。还有一些女生显然被诺诺吸引了注意力，想借着人多，在推搡之间直接对他上手，更有甚者，试图去摘他的口罩。

喻瑶神色一冷，立刻要把诺诺往后拽，她手刚伸过去，前面的人就骤然喊叫起来，冲在最前面的人狼狈地向后栽倒，撞开一大片。

诺诺单臂抬高，横在喻瑶身前，墨色眼睫半垂，睨着这些烦扰的人脸，语气冰冷："别靠近她！"

喻瑶收回手，在袖口里攥住，呼出的气火热。

谁说人手不够的，她有诺诺在，一个顶千万。她也一次一次看懂，诺诺对外人是怎样的高冷，眼神都不会多给一分，更别说想近他的身。这样的人只痴缠贪恋在她身边。

喻瑶呼吸节奏失控，她定了定神，绕到诺诺前面，扫视了一遍四周的镜头和视线，平静地说："我没什么可拍的，麻烦你们别干扰剧组。还有，我的助理脾气不太好，你们别想欺负到他的头上。"

铺天盖地的问题喻瑶都听见了，包括网上那些刷屏的话题她也粗略看过，其他的她都无所谓，唯独跟诺诺相关的话题，她不愿意继续发酵。喻瑶在寒风里抬了抬下巴，冷静地再次开口："想问的，想去网上曝光的，我满足你们。

"《阴婚》是按照原著剧情拍的，没有'魔改'，我从一开始就没把它当成一部烂片。

"我也不会退圈，不管大家怎么骂我，我还是会继续演戏，谁叫我是学表演出身的呢，我就喜欢做这项工作。

"程怀森确实是我外公，陆彦时是我一起长大的朋友，我都承认，但从昨天晚上那场闹剧开始，我跟他们就没有关系了。因为什么豪门大小姐身份而关注我的，麻烦尽早取关。

"旁边这位是我的助理，没有你们想的那种暧昧关系。"

喻瑶前面都说得利落干脆，到了最后一句，她不自然地停顿，不太敢去看诺诺的反应。

只有风声，到处都寂静，喻瑶压住心口的那股烦闷，扬眉说："该回答的都回答完了，随便你们怎么发酵，我也不是害怕舆论的女明星，只是一个打工过日子的女演员。今天到此为止，再有谁跟去片场，我马上报警。"

剧组的人冲过来维护喻瑶，人潮被挤散。喻瑶拢了拢大衣往前走，察觉到诺诺安静地跟在她身后。

到了片场，她回头看过去，还是有人不死心地围在不远处。她话刚说出口，更不能让诺诺跟她太亲近了，她不想网上那些人议论诺诺，一口一个痴傻男助理，最好的方法就是在人前跟他少接触。

喻瑶换衣服的时候对诺诺说："你找个暖和的地方休息吧！那么多人盯着，你不适合和我走太近，他们会拍到的。"

诺诺低着头，黑发很软，在眉眼处遮出阴影。喻瑶认为他答应了，转身出去拍摄。

导演正在外头犯愁，今晚几场重头戏里有一场群戏，其中一个比较重要的角色是个厉鬼，妆最厚，扮相最麻烦，因为给的价格低，剧组里的这些人都不愿意演，毕竟化妆品太廉价，搞不好就会过敏。

一个小时后，喻瑶拍完几场单人戏，就轮到拍这幕群戏。

她的体温还在升高，逐渐视线模糊，却坚持熬着，没注意到鱼贯而出的那些演员，演厉鬼的人走在最后，已经上好了妆。

导演喊了声"Action"（开拍），喻瑶立马入戏，身体却开始撑不住了，直到拍最后几个镜头，厉鬼叫嚣着扑向她，掐住她的咽喉。为了逼真，她跟导演商量好会用力真拍，也做好了受罪的准备。

但片场的阴暗光线下，鬼影重重的气氛里，那道惨烈身影撞过来的一瞬，喻瑶惊呆了。无论扮成什么样子，他的眼神都不会改变，穿透夜晚凛冽的寒气，毫无保留地装满她。

喻瑶本能地按照剧本后退，厉鬼追过来，惨白的手阴狠地掐住她的咽喉，指尖却在轻柔地摩挲。两个人相贴的刹那，喻瑶听到他说："瑶瑶，做助理不能接近你，那我就做鬼。"

做没人愿意扮的厉鬼，做小狗，做宠物，做什么都行，只要不被丢下，只要能时刻跟在她的身边。

喻瑶眼角一湿，难以自控地抓住他的手腕。

导演在旁边大喊："这个表情好！可以了，不用重拍，今晚收工。"

她烧得厉害，头昏昏沉沉，脚一软就往后倒。狰狞可怖的厉鬼一把揽住她，往怀里收，一个多小时不让他亲近，他像饿极濒死的小兽，拼命渴求着她的气息。

全剧组的人看似忙碌，实则都在暗地里打量这两人，互相之间小声议论着。这是什么冲破天际的默契，演一对厉鬼都极配，别人根本插不进去。

诺诺摸上喻瑶的额头，急切地说："你发烧了，我们去医院。"

喻瑶不同意："今晚这边太乱，去医院，有人看到又会乱猜，再说我就是普通感冒，行李箱里有退烧药，吃了，睡一晚就没事了。"

她太固执，诺诺再急也舍不得强迫她，想背着她回房间，同样被拒绝。

喻瑶不想被人看出异样，脸色如常地卸妆、跟大家告别，等回到房间已经是半个多小时后。进门她就扶着墙，被诺诺直接拦腰抱起，扯被子裹紧，喂她吃药。

"好了……"喻瑶睡眼蒙眬，"你快回去睡觉，关上门，别管我。"

她声音渐渐含糊，陷在枕头里，昏昏沉沉地闭上眼，从内到外滚烫，迷蒙中渴望找到一丝凉意。她恍惚地想，昨天她冷，想要烫的，才招惹了诺诺，今天她急需的是凉，总该不会再沾到他了。

到此为止，绝对不能再继续发展，不能再碰他。

房间中央相连的门敞开着，诺诺顾不上"关门""不许过来"的命令，半跪在喻瑶床边，一遍遍给她换冷水浸过的毛巾。

不够，不管用。

喻瑶烧得脸色通红，呼吸灼人，频繁翻身也无法缓解身体上的不适感，半昏半梦时，小声喃喃"想吃冰"。

诺诺疾奔出去，大衣也忘了穿，迎着寒风去买冰沙，回来后用小勺子舀冰沙往喻瑶唇边喂。但喻瑶昏睡着根本吃不下，只能下意识舔舔唇边的凉，不满足地轻哼出声。

她难受不安，手到处乱抓，无意间碰到了诺诺刚被寒风侵袭过的冰凉身体，仿佛找到救命稻草，手脚并用地攀上去，头往他怀中埋，发出得救的柔软轻叹。

静夜无声，只有墙角亮着一点暖色光源。诺诺一动不动地靠在床边，手迫切地落下，搂住她。他手凉，移动到哪儿，她就配合地紧贴上去。

诺诺的胸口被心脏撞得酸麻，他端起那盒草莓冰沙，舀了一勺，放入自己口中，继而垂下头，轻轻吻上喻瑶干涩的唇……

退烧药见效很快，喻瑶后半夜就退烧了，意识缓缓回笼。她全身酸痛，想翻身，却被一双沾着薄汗的手臂牢牢扣住。

喻瑶惊醒，心猛地一沉，总不会是历史重现吧？！

她鼻息混乱时，忽然觉得手中多了东西。她仓皇地挑开眼帘，看到自诺诺再一次侧躺在她床上，手臂被她不经意扯动，他人跟着跌到她的眼前，睁大了迷蒙的眼睛。

"瑶瑶……"诺诺无措地张开唇，"我……是不是……生病了？"

他扯住她的袖口，喻瑶思维有些转不过来，第一反应是恍惚的，持续十几秒，头脑麻木，随后认为自己是高烧出了幻觉，或者她根本就没醒，陷入一场限制级梦境里。

反正不会是真实发生的，上次醉酒诺诺都没这么大尺度，今天她生病昏睡，更不可能了。喻瑶一想到是假的，胆子就大了很多，也不必恪守那么多条条框框的顾忌了。她喉咙轻轻滑动着，伸手捏了捏近在咫尺的诺诺。

既然只是梦而已，她是不是能放纵一下，为所欲为？

喻瑶控制不住地躁动起来，她口渴地咽了口唾沫，模糊尝到唇齿中尚存的草莓冰沙味，自动忽略了过去，再次对自己强调，一场梦嘛，一切皆有可能……

凌晨三点。

喻瑶卷着被子坐在床边，低头呆呆地看着自己的手掌，脸色一片惨白，太阳穴针刺一样痛。醉酒的后遗症都散了，感冒药带来的昏沉退去，人彻底清醒了过来。

她不敢回头多看一眼，机械地踉跄下床，抓起诺诺手臂，僵硬地把他推进另外那间房的浴室。

喻瑶低着眸，嗓子沙哑得快说不出话来："洗澡，换干净衣服。"

她不能等他开口，眼神都没办法对接，木雕似的关上门，一步一步走回自己这边，把中间连接的门也关上，锁住。

房间里寂静，隐约能听到隔壁浴室很久都没有声音，喻瑶站到双腿酸麻，才听见诺诺那边传出了水流声。哗哗的水声里，喻瑶失去支撑，靠着床坐在地板上，小臂挡住眼睛。

这次完全没有失忆，她都一件一件想起来了，那些零散的前因后果也在自动连接。

绝对不是第一次了。

诺诺觉得他是生病，是因为芒果的事让他知道了所谓的小狗发情期，这就足够证明上次初吻的那个晚上，他已经对她有了那样的念头。

不是小狗对主人的，是一个人对另一个人最原始直白的冲动，再多粉饰太平的借口都改变不了的事实。

之前她还在自我麻痹，诺诺是一张白纸，即便拥抱接吻，他也不会有这种想法，她只要把握住以后接触的度，就能当作什么都没发生过。和过去那样，跟他亲密又无邪地相依为命。

但不能了，是她亲手，一次又一次地打破了该有的平衡。

接吻是她撩拨的，今晚发生了更越界荒唐的事，也是因为她高烧要吃冰，她没狠心锁上门，她把一切当成一场不用负责的梦，纵容了自己心底最不堪的那些念头。

不怪诺诺，诺诺懂什么，他只是毫无保留地依偎她、亲近她。

诺诺心智缺失，难道她也缺失吗？！如果她再不刹车，诺诺尝过了滋味，以后只会继续有第三次、第四次，不可能就此停止，她也没有足够的能力约束他。直到他跟她之间变成无法谈感情，只讲欲望的关系，掉进无底深渊，回不到以前，走不到未来。

多可笑，多可悲。诺诺对她全身心奉献，为她付出所有，可这一辈子，他可能永远不懂什么是爱情、两个人的肌肤之亲又该基于多深厚的爱。

他更不会爱她。

到这一刻，喻瑶再也没办法欺骗自己。诺诺心智简单，深深依恋她、需要她，可他学会的东西越来越多，身体是个彻头彻尾成熟危险的男人。他有致命的吸引力，又不明白情爱是什么。

喻瑶脑子乱得理不清头绪，也分辨不出她对诺诺究竟是什么样的感情。主人、亲人，还是某些不经意的时刻，她已经为他沦陷了。

别人怀疑自己感情的时候，还能逃避，能暂时躲开对方去静静想一想，能理智地跟对方谈谈，想好了再做决定，可她能怎么办？

喻瑶双臂交叠放在膝上，湿凉的脸埋进去，肩膀轻微抽动，事情是她搞砸的，但她必须尽快冷静下来。

这不是一场随便谈谈，不想要就能马上停止的普通恋爱。一旦她把诺诺引上这条路，就没有反悔的余地了，不再是短期寄养，而是要交付一生，对他负责到底，没有退路。

喻瑶揉了揉眼睛，在外人面前她从来没有过这么软弱的时刻。

不选诺诺，他就没有家了，她也没有家了。

选诺诺，她就一生都得不到恋人间的爱情。

隔壁浴室里的水声很快停了，有一道脚步声迫不及待地奔向被锁住的门。喻瑶转头看向那道门，听得出诺诺的手盖在了上面，轻轻挠了两下，发出慌乱的闷哼声。

他很小声地唤她。喻瑶没有动也不回答，等到对面安静了，她也能够控制自己的状态了，才扶着床站起来，去洗了洗脸，重新化上得体的妆，拧开锁，去了诺诺的房间。

里面一片漆黑，唯一的呼吸声从墙角传来，让她鼻尖酸麻。

诺诺在黑暗里问："瑶瑶，你生我的气了！我做错了事，是吗？"

喻瑶闭了闭眼睛，打开一盏柔和的灯，低头看到诺诺坐在一旁，眼眶有些红肿。她蹲下来跟他对视，轻声说："你没做错，是我错了。"

诺诺惶惑地抿住唇。

喻瑶控制呼吸，目光在他的五官上仔细描摹，让自己看起来一切正常："抱歉，是我出格了，没把握好跟你的关系。你记住，你什么都没有做错，全是我的问题。这两天，我们之间的所有亲密举动都是不应该发生的。对不起，我也只是个很平凡的人，会遇到处理不好、需要冷静的事，你能不能给我一点时间，让我考虑清楚以后该怎么跟你相处？"

诺诺死死地攥着手："时间……"

"一个月，"喻瑶咬牙说道，"就一个月！给我一点余地，可以吗？时间到了，我不会装傻，会给你一个明确的回应。"

诺诺静了很久，才暗哑地问："一个月，我……要怎么做？"

喻瑶别开头，合眼说："你什么都不需要做，休息就好，等天亮我会联系剧组，给我们重新安排两个离得远的房间。我剩下几场戏，你也不用跟着了。如果你喜欢做木雕的话，等拍完戏回市里，我给你找个专业的机构去学，不用整天把时间都花在我的身上。你是独立的，你也该有你自己的生活。"

冬日的天亮得晚，窗帘缝隙外依旧是昏沉无光的夜。天空似乎飘了很细的雪，纷纷扬扬贴在玻璃窗上又滑下，像无声滚落的泪滴。

诺诺坐在一片光线照不到的暗影里，定定地看着喻瑶，艰难地、绝望地问："瑶瑶，你不要我了，是不是？"

喻瑶的心被狠狠地一剜："不是！"

她立刻否认，把他眼尾的泪都擦掉，而后在他的头上胡乱揉了一把，下意识做完这些，她又怕烫一样匆忙收回手，五指握紧。

"这一个月的衣食住行我都会管你，只是暂时保持距离，给我点空间，诺诺，你乖。"

诺诺仰头，喉结滚动着，有泪水滑落。

天一亮，喻瑶第一时间去找了剧组的生活助理，让她给安排两个新的房间。

小助理见她脸色不好，心里忐忑着急，却没法多问。小助理作为两个人的粉丝，抓心挠肝地几次跟她确认："真要换？真要离那么远？他能离得开你吗？换两个近的房间好不好？"

喻瑶抬眸，眼神沁着凉。小助理脖子一缩，赶忙照办，不敢多言语了。

用不着她去八卦什么，两天而已，全剧组的人都意识到了问题。

喻瑶开始独来独往，诺诺则早来晚走地到片场干活儿，一个人默默地给喻瑶准备各种需要的东西，等她一出现，他就低着头退到一边，找一个她看不到的地方，一声不吭地盯着，一盯就是一整天。

喻瑶身上那些柔和好相处的特质仿佛在一夜之间被卸掉，完全成了业界传说里专业又冷淡的实力派演员。她最后几场戏顺得连重拍都没有，一次通过，复工后的第六天就正式宣告杀青。

除了一些次要角色，主要角色里喻瑶是头一个拍完的，何况之前预告片的反响那么好，最近这一周网上的讨论热度居高不下，导演既亢奋又难舍。

他心里也明白，这是唯一一次跟喻瑶合作的机会，是他的造化。等电影上映，她一定能夺回原本属于她的位置，甚至能达到更高的位置。

"晚上开杀青宴！"乔冉还剩几场戏没结束，倒是比喻瑶本人还激动，"咱穷，也别找地方了，就在房间里聚一次，行吧？"

剧组的其他人热烈响应。

喻瑶还穿着戏服，隐隐能闻到上面洗衣液的淡香，她知道昨夜诺诺偷偷拿走给她洗过了。

她被人群簇拥着，心却沉在不见底的深潭，指甲掐在皮肉中，忍不住回头，越过纷乱的人影，看到诺诺站在很远的一棵树下，在冬日萧瑟的风里像灰蒙蒙的纸片。

距离那个晚上已经过去快一周了。

剧组有的演员神经大条，没想那么多，顺着喻瑶的目光看过去，发现诺诺，笑着把他拉过来，招呼着众人说："别落下重要人物啊，都参加，瑶瑶姐的房间最大，咱就在那里聚。"

喻瑶唇动了动，一时喉咙苦涩得没说出话。诺诺盯着她，身体被旁边人拥挤推搡着，他都毫无感觉，度日如年地等了几秒，他才垂下眼帘笑了一下："我……我不参加，我去外面。"

他不该出现的，瑶瑶不希望见到他。

喻瑶唇边那句"一起来"生生卡住，听到他的回答，生硬地咽了回去，难耐地避开视线。乔冉最积极，热烈张罗着煮火锅，招呼一批人去买食材、租用具。到处人影幢幢，把喻瑶现在住的房间填满。喻瑶窝在角落的沙发上，心像被有刺的藤条缠住，越勒越紧。

"乔冉……"

乔冉听到她叫他，立即跑过来。喻瑶给他钱："你……去看看诺诺，带他在附近找一家好的餐厅，给他点几样爱吃的菜，就说……我请他吃的。记住，他不吃青椒，不吃蒜，不喜欢吃豆腐和羊肉，尽量——"

"姐，"乔冉蹙眉，压低声音说，"你们到底怎么了？我看他最近好可怜。你再瞧瞧你，把他吃东西的喜好都记得一清二楚，却连面都不愿意见。"

喻瑶抓紧沙发把手："你究竟去不去？"

"去，这就去。"

喻瑶视线转向窗外，天黑透了。

Chapter 13
第十三章
吃醋

第七天的晚上，像是煎熬地过了七年，房间里人声吵闹，火锅的香味渐渐飘出，而喻瑶的心却不知道落在哪里。

诺诺蜷在自己房间的一角，用最细的小刀一点一点雕出手中的雕像饱满的嘴唇。

一只手掌那么大的木雕，他刻了七天，每一刀都精准落在最合适的角度，像是从小到大这样做过千千万万次，连回忆她的样子都不需要，本能地、熟稔地雕刻出来。

嘴唇雕完了，诺诺的刀落下，发出"砰"的轻响，他俯身，小心翼翼去轻吻。

乔冉过来敲门，他对诺诺的畏惧还是没能消除，在外头巨细无遗地讲了喻瑶是如何交代的。诺诺把木雕藏进怀里，披上棉衣，打开房门，沉默地跟着乔冉下楼。瑶瑶让他做什么，他就去做什么。

走出住处，乔冉惦念着火锅，频频往楼上张望，他在那个飘出热气的窗口捕捉到半张脸，忙摇晃诺诺的手臂："姐好像在看你。"

诺诺急忙抬头，在目光即将相撞的那一瞬，只见喻瑶退了回去，窗口空荡荡的，只有不属于他的热闹。

他的脸上有些冰凉，用手背抹了一下，是雪。

诺诺没有让乔冉继续跟着，他站在飘落的雪花里，额前的头发上落了薄薄的一层白，他告诉乔冉："我自己去就行了，你走吧。"

小镇人少，下雪的晚上，街上更冷清。诺诺没有去吃饭，站在街边等着雪花飘落，一层一层覆盖下来。夜深了，雪足够多，他才动了动僵冷的腿，蹲下来，摆好自己找到的一块小木板，在上面认真地堆雪人。

一个长着小狗耳朵、小狗尾巴的简单的雪人堆好了。

有小情侣经过，男生用雪捏了个"爱心"，女生笑着说："你把棉衣脱下来啊，棉衣能保冷，可以把雪团带回家去。"

男生不肯："天这么冷，我又不是白痴。"

等人走后，诺诺把自己带着体温的棉衣脱掉，披在小雪人的身上，托着小雪人，踩着厚厚的积雪一步一步走回住处。

他是白痴，他不怕冷，只想给瑶瑶看小雪人。

诺诺躲在喻瑶房间外的拐角后面，听着隔音并不好的门内传出的那些热烈欢乐的吵闹声，有人大声叫喻瑶，他等了好久，都没等到她开口。

他只是想听一听她说话的声音。

走廊里很冷，诺诺靠墙站着，手里托着小雪人，侧脸被窗外的雪光照得雪白。他还没有跟瑶瑶一起看过雪，没有一起吃过火锅。只属于他的主人喻瑶，现在和其他人一起欢乐地庆祝电影杀青，而他孤独地站在她的房门外。

不知道等了多长时间，门终于打开，很多人鱼贯而出，没有人发现拐角后面那道孤寂的人影。诺诺不知不觉咬破了嘴唇，口中泛着苦涩的血腥味，他的雪人上的小狗耳朵都要化掉了。

喻瑶站在房间门口，目送所有人离开，而后直勾勾地盯着走廊另一头的某个房间，半晌，才垂眼退回去，关上门，然而她背靠着门板还没到两秒，门就被敲响了。

喻瑶回过身，以为是谁落下了东西，打开门，却愣住。

她门外的地面上摆着一尊几乎复刻她模样的精致木雕，木雕旁边紧挨着一只雪白的正在融化的小雪人。

喻瑶心一颤，她匆忙跑出去，一只手突然从门口的墙边伸过来，消瘦白皙，如同初见的那个雨夜一样，苍白指尖钩住她的衣角，接着抱住她的腿。

房间温暖，她穿着半长的裙子，膝盖以下是光洁的腿。

诺诺浑身冰冷，轻轻地靠着她，声音在静夜里轻轻地发颤："瑶瑶，你想我吗？我想、想你。"

他一句简单的话，一个简单的动作，比下蛊威力更甚。

喻瑶下意识攥紧手，肩膀绷着，她不想有这么大的反应，身体却做出了本能反应，对他带来的刺激格外敏感。

她想把腿抽出来，可诺诺不放，抱得更紧，脸颊贪恋地贴着。她加大了力气挣着，他的喉间就挤出难忍的闷哼声，在寒夜空旷的走廊里响着，戳人心肺。

喻瑶鼻子发酸，低头看到小雪人化得更厉害了，水流到了她脚边，已经看不出形状，旁边的诺诺不比它没好多少，冰冷又湿漉漉的样子，可怜又执拗，不知道一个人在外面冒雪站了多久才回来。

她能想象到他是怎样孤单地守在门外，默默地听着她房间里的喧闹声。

喻瑶的心好像被什么咬了一口，既疼又胀。她蹲下身，捏住诺诺的下颌抬起来，瞄着他唇上的暗红，低声说："又把自己弄伤了。"

连着几天没好好看过他，喻瑶一时有点失神，跟他对视几秒，似要沦陷在他的眼神里。

诺诺轻声问："我伤了，你心疼吗？"

喻瑶没回答，他又重复道："瑶瑶，一个星期了，我数着日子过的，你有没有想我？"

如果能做到不心疼、不想，她又何必这么煎熬？喻瑶不愿意对他泄露心事，淡淡地告诉他："我忙着工作，休息的时间都不够，没想你。"

谎话一说出口，她就忍不住难过，没去看诺诺的表情，转而问道："我让乔冉带你去吃饭，吃了没有？说实话，不许骗我。"

诺诺摇头。显然如果她现在把他撵走，他更不会吃。

喻瑶叹了口气，把他拽进房间里。吃火锅的用具都洗刷好了，放在桌上。她的房间大，里面有自带的小冰箱，那些买多了的新鲜食材都干干净净地放在里面。喻瑶重新在锅里加水，插上电，给他放了不辣的底料，煮了牛肉和一盘配菜，熟了后，就把筷子塞到他手里："听话，自己吃。"

她避免跟他挨得太近，交代完就躲得老远，欲盖弥彰地刷手机。隔了几秒，她一抬眸，看到诺诺动都没动，漂亮的五官被氤氲的热气蒸腾得模糊。

他终于得到了她的关注，赶紧举起手，委屈地说："瑶瑶，我堆了雪人，手僵了，不会用筷子。"

喻瑶头疼不已。小骗子，这会儿手不能动了，刚才他抱着她的时候倒是很用力，也没看出哪里不灵活！

她无奈地走过去，给他夹了块牛肉，吹温了，裹满酱汁，递到他唇边。

他张口含住，双眸灼灼地看她。

诺诺本来很老实地坐在沙发上，此刻见喻瑶来到他身边了，不禁身子一滑坐到了地板上，一边搂着她的腿，一边把下巴垫在她的膝盖上，微微张着湿润的唇，等她喂。喻瑶手一抖，闭上眼，默念了几遍"清心咒"，咬着牙，又夹起块脆藕，警告他："起来，不起来就别吃了。"

诺诺垂下眼帘，侧过头枕着她的膝盖，脸颊在她的膝上摩挲，贪婪似的汲取她的温度和气息。

"不吃……"他声音很小，"我不吃，我只想要瑶瑶。"

喻瑶身体又麻又僵，僵持了半晌，肉都快煮老了。可诺诺不肯为吃饭让步，她愤恨地揉揉太阳穴，到底还是把东西喂给他吃，不舍得让他饿一夜。

诺诺吃完饭已经是深夜。他乖乖地把锅洗好，试图去拿柜子里的备用小棉被，想在喻瑶的沙发上睡。

喻瑶整理好情绪，抬眼看他："诺诺，我们说好的，给我余地，喂你吃饭已经是破例了。"

诺诺脸色一白，喻瑶继续说："我戏拍完了，明天我们就回市里，接下来这段时间我应该很忙，我会尽快给你找个学木雕的地方，免得你无聊，还剩下三个星期……我们尽量少见面。"

诺诺只要出现，她受干扰就太严重了，在剧组没办法和诺诺彻底分开，毕竟诺诺知道她的去向，能随时找到她。就算口头上说着保持距离，可她从早到晚都能见到他的身影，心里大大小小的波澜没有停过。

她是真的想知道，打破这种成为习惯的生活，回到过去没有诺诺的日子，她究竟能不能恢复正常。

或者说她心里的那些起伏和变化到底是有排他性的，仅对诺诺一个人，还是她只是想恋爱了，和诺诺朝夕相处，亲密无间，让她混淆了情感？换成别人的话，她也做得到？

换成别人……

娱乐圈，权贵圈，她的朋友、同事，熟悉的、不熟悉的男明星和纨绔子弟，一个个在喻瑶的眼前浮现。她挑出一个最没恶感的，稍微一试想，心里就狂涌出抗拒。她捏了捏眉心，又失眠了半宿。

隔天一早，喻瑶带诺诺跟剧组的工作人员告别，而后先把他送回家，就拿着各种文书手续去了公司。电影拍完了，她按规则履行了最后一项任务，合同里写得清清楚楚，不解约也得解约。

到公司之前，喻瑶坐在出租车里抽空刷了下微博，和她有关的几个词条排名居然还没掉下去，仍在前排挂着。到这时候她才知道，程怀森因为心脏病复发住院了，醒来第一时间就联系媒体，宣称订婚的事与她和陆彦时都无关，完全是他作为家长考虑不周，擅自做的决定。

喻瑶手指紧了紧，看向窗外。

程怀森为陆彦时撇清关系，她能理解，毕竟此事关系到铂良地产，程家和陆家好歹是世交，弄出这种难堪的新闻，对陆家要有个交代；但对于她，她不懂程怀森为什么改变了态度。

他不是应该更气急败坏地绑她回去吗？无论是为了掌控她的人生，还是为了报复她的父亲，程怀森都不该这么轻易地放过她。

程怀森独断专行了一辈子，性格不可能突然转变，而那天晚上唯一的变数就只有诺诺……

喻瑶来不及多想，许洛清的语音通话就拨过来，揶揄她："我们大明星这下终于要翻身了。我看《阴婚》昨天又发了新预告片，简直一版比一版杀伤力大，害得我做了一晚上噩梦，早晨上网一刷，结果比我惨的还有很多。"

她笑："才两部预告片就能有这个热度，我们瑶瑶的演技了不得，我看这电影会火。你公司领导估计肠子都悔青了，没想到小成本的网络电影能被你演出这个效果。"

"别说这些了，"喻瑶问她，"让你帮我物色的木雕学习机构，找好没？"

喻瑶对这些不了解，诺诺情况又特殊，生怕找了个不靠谱的地方，对他影响不好。许洛清虽然人不在国内，但是艺术圈子的人她都很熟。

许洛清神秘兮兮地道："找到了，就在市区内，你猜是谁开的。"

喻瑶皱眉，许洛清也不卖关子了："韩凌易开的！咱们凌易哥，你比我熟。"

这个名字让喻瑶感到意外，她怔了一下。

小时候程梦心理诊所策划的"治愈天使"方案里，她跟幼年的许洛清都是"天使"，年纪很小，甜萌可爱，活泼乐观，也是在那个时候，她和许洛清成了闺密。

而她跟许洛清接触的第一个心理病患就是韩凌易。韩凌易比她大四岁，有轻度自闭症兼中度抑郁，但性格温和，很好相处。时间过去不久，他就有了明显好转，直到后来康复。

韩凌易的父母和程梦的工作有交集，因为治疗和家庭关系，再加上韩凌易本身性情好、温柔稳重，她跟韩凌易感情很好，她一直把韩凌易当哥哥。

她考上中戏后，韩凌易转行做了编剧，入行几年发展很好，有几部代表作。只是，她近年刻意疏远了韩凌易，逢年过节才偶尔联系。

"他不是编剧吗？"

许洛清解释："是编剧，但因为小时候的经历嘛，他总想做点好事，就开了个这种高端艺术类的学习机构，主要接收孩子，也接收心理或者其他方面有问题的成人。你家小奶瓶那个情况，我觉得交给他教导最合适了。"

喻瑶沉默了，许洛清又八卦地问："小奶瓶最近好吗？你跟他怎么样了？"

诺诺最近很不好。

喻瑶半垂眸，平静地问："我要是告诉你，我可能对他动心了呢？"

说完，她在许洛清发出尖叫之前，干脆地挂了语音电话。

进公司，一路上楼，迎接她的仍然是一排排人的注目礼。只不过上次这些人眼中满是轻蔑讥嘲，这次却收敛了很多，都在不自觉地给她让道。

陈副总一张脸青得难看，攥着合同的手直抖，忍了半天才说："我们已经收到你新的片约了，有院线电影，你如果配合，我说不定可以——"

喻瑶双手撑在桌沿上，盯着陈副总，勾起红唇："如果想饿死我，就绝对不要给我任何机会，可惜你们已经给了。有了《阴婚》，我以后还会缺片约吗？"

解约协议签得很快，喻瑶甩上陈副总办公室门的时候，听见她在里面歇斯底里地摔东西。外面一群听墙脚的看到她，都露出敬佩的表情。

这位大小姐公开跟家里断绝关系，而且从过往和如今的情况来看，程家长辈对她的工作不满，从未在影视圈给她提供过任何资源和帮助，甚至还干扰过她的工作，她能混到今天这个位置，全凭自己。

喻瑶走出公司，她是自由身了，即将拿到片酬。她为了养活诺诺才出来拍戏打拼，但到了今天，她却离诺诺那么远。她握着手机，想给诺诺发条微信，终究还是忍住了。她也不敢太早回家面对他，对他说自己忙，不过是借口而已。

喻瑶闭上眼，心中暗道：还是快点定了下一部戏吧，早点进组，一个人去。

她翻着目前收到的片约，通知栏忽然弹出一条微信。

韩凌易："上木雕课的地点和时间安排好了。另外，我这边有一部新片缺一个重要的女演员，有兴趣吗？"

喻瑶感到有些抱歉，明明是她想拜托人家办事，结果倒是韩凌易先跟她联系，她马上把电话打过去。

听筒里，韩凌易的声音一如从前那般温和："我听许洛清说了，你要送来的人心智不全。明天你带他过来试试，我们这边环境非常好，还提供住宿，很多小孩子都在这里过夜。如果你不方便每天接他回去，可以留他住这里。"

"还有电影，"韩凌易笑着，"是一部大导演的单元式片子，过几天就要开机了，其中一个单元的女主角戏份很重，大导演对女演员的演技和外形要求很高，一直找不到合适的人，我觉得你可以。"

韩凌易这个人，无论多久不联系，只要联系起来，就没有生疏和距离感，从小到大都是这样。喻瑶心里一松，也不跟他客气，直接去了他的艺术中心，那里的档次、环境都没的说，对诺诺而言应该是最好的选择。

她也没浪费时间，导演恰好在同城，她下午就跟韩凌易过去试镜了，几乎没有什么波折，导演看到她扮相的那刻，就当场拍了板。

过去大导演们听说她得罪了容野，怕被连累，都不敢用她，但她主演的电影《阴婚》顺利拍完，圈内默认容二少已经对她失去兴趣，放过她了，也就渐渐把她重新纳入选角范围。

喻瑶回家的时候已经是晚上九点多。她站在小区门口，一整天的忙碌，她再也支撑不住，心里只剩下空荡，归心似箭。

近十个小时，她没给诺诺发过信息，没打过电话，除了分别的时候简单地叮嘱了两句外，就像忘了还有诺诺这个人，可明明她不停奔忙的那些事，也是为了他。

喻瑶放慢脚步往回走，差一点就能看到自家的单元门时，停在路边的一辆黑色越野车骤然亮起车灯，照亮驾驶座里陆彦时的脸。

他降下车窗玻璃："喻瑶，上车。"

订婚闹剧之后，他们有段日子没见了。陆彦时身上那种纨绔慵懒的气质消减不少，现出颓然，他注视着喻瑶："我有话跟你说。"

喻瑶看了他一眼，没说话，当不认识他，直接往前走。陆彦时急了，开门下车，几步过来抓住她的手臂。喻瑶立刻甩开，回过头冷笑道："小陆总今天怎么有空，不赶紧再去找个合适的未婚妻吗？"

小区很旧了，里面住的大多是老人，晚上这个时间出来走动的很少，四周安静，寒气把陆彦时的脸冻到泛红。他娇贵惯了，穿得少，跟喻瑶，跟整个住宅区都格格不入。

"我是来向你道歉的，行了吧，"陆彦时说完，才意识到自己的语气习惯性地生硬，他深吸一口气，压低声音道，"喻瑶，外公不让我来找你，但我有些话必须当面跟你说。"

喻瑶耐着性子："一分钟。"

"用不了那么久，我只有一句话，"陆彦时说，"我根本没想和你假扮情侣，从最开始我就是认真的。"

冬夜的风呼啦扫过喻瑶耳畔，陆彦时趁她愣怔，往前走了一步，靠近她，又道："一分钟的说完了，可以让我继续说下面的话吧！以前是我的问题，总用错的方法面对你，我明明……"

他低头自嘲："明明小时候就把你的照片摆在桌角，摆到上学、成年，到现在，你的照片还在我的办公桌上。我总以为来得及陪你慢慢熬，熬到你来跟我表白，我就能占上风，免得哪天被你甩了。结果，一见到你身边的那个小助理，我就方寸大乱了。"

"订婚的事我跟你道歉，"陆彦时盯着喻瑶的侧脸，"搞成这样，我没什么可辩解的，但我想让你明白，我是出于感情，不是为了给你找麻烦。"

"话都说到这个份儿上了，喻瑶，给个机会行不行？"他问，"我们青梅竹马，别把我当仇人，让我追你。"

喻瑶每个字都听到了，又像是什么都从耳边凭空消失。她很想听进去，甚至想当成一件正经事来重视。陆彦时跟她一起长大，他家世好，知根底，相貌就算放到娱乐圈里也并不比男星逊色。她不是真的讨厌他，否则不会十几年和他一直保持着朋友关系。他的道歉她可以接受，订婚礼的事也不是不能翻篇。这样的人做男朋友，哪怕处不成再分手，也都是个值得考虑的选择，可她怎么……

陆彦时等了两分钟，却看到喻瑶走了神。他按捺不住想追问，余光却猝然捕捉到一抹身影，呼吸不由得变得急促。他没细看，但也知道那是谁。他干脆伸出手臂，从侧面揽过喻瑶的肩。喻瑶没有防备，身体一晃，后背撞到他的胸口上，让他变成了类似背后拥抱的姿势。这不是拍戏，喻瑶无法说服自己，一瞬间袭来的强烈不适让她头皮仿佛要炸开，有了生理性的恶心感。

而也是在这一刻，她一眼看到了单元门前淡白的廊灯下，诺诺站在那里。

他比以前瘦了，本来合身的长大衣宽松了些，头发被吹得凌乱，皮肤苍白。

喻瑶立马挣开陆彦时的手，回身把他推开。她本来有很多得体的拒绝方式，也组织好了语言，但这一刻冲到嘴边的，只有不经思考的、出自本能的一句："没有机会，不可能！以后不要再来我家！陆彦时，我对你没有那种感情，别逼我跟你说更难听的话。"

她后退两步，转过身径直朝诺诺走过去，不由自主地想要安慰他，对他解释。这也幸亏她勒令诺诺不许亲近她，要是在过去，以诺诺的性子撞见这种场面，恐怕陆彦时今天……

喻瑶忽然停住，她险些忘了，诺诺是她不能亲近的人，他早已不单单是她的"狗狗"了。

喻瑶不知怎么有些想哭。她现在不能去哄他，哄了、安抚了，算什么？以什么身份？又会给他什么暗示？如果她只是主人，那主人跟谁交往、被谁拥抱，都不需要对他交代，就算他不喜欢、不开心，他也不会为她吃醋，有的不过是"小狗"的占有欲和不安而已。

喻瑶放慢脚步，从诺诺面前经过，轻轻地说了声"回家了"，就带着他进了单元门，没有看到诺诺盯着陆彦时的眼神。她走在前面，诺诺在后面跟着。进了家门，她也没有多说话，直到门"嗒"一声关上，那轻轻发抖的冰冷身体不顾一切地从身后拥上来，把她紧紧拥住。

喻瑶被锁入他的怀里，他呼吸混乱，弓着背，头埋入她的发间，气息灼热，灼烧着她的皮肤。他吻了吻她的颈侧，暗哑地哽咽："瑶瑶、瑶瑶，你说了，不结婚，不爱他。"

她的身体轻而易举被点燃，熟悉的火舌舔舐每个无人知晓的角落，没有任何面对陆彦时的厌恶或排斥，一阵高过一阵的尽是无措。

喻瑶的手背掩住唇，藏着疾速变奏的呼吸。她闭了闭眼睛，扯开诺诺禁锢她的双手，双腿发软地往前抢出几步，才敢回身面对他。

"但我早晚会有爱的人，早晚会结婚，不是跟他，也会有另外一个人的存在。我是你的主人，你也只把我当主人，不是吗？"她说得平稳，心却在剧烈地跳，胸腔中轰轰作响。某些想要确认的事，似乎在两个突如其来的拥抱里有了答案。

喻瑶的唇失了血色，目光避开，不想跟诺诺对视，诺诺不知道怎么回答她。

隔了许久，喻瑶忍不住去看他。诺诺像一尊缓缓融化的冰雕，眼睛有如被大雪冲刷过，屋顶暖色的灯光照下来，映出他瞳仁中的泪光。

他凝视喻瑶，唇角扬起，朝她笑："不只是主人，瑶瑶是我唯一的爱人。"

唯一的爱人。

是的，全世界空旷无边，芸芸众生，他却只有一个她。

从那个雨夜被她捡到开始，诺诺身旁就没有过别的人。他习惯性地跟随她、依赖她，而她也沉迷于这样绝对的专属关系，有意无意地限制了他正常的社交。但他早就不是当初那个缺乏生存能力、必须靠着她才能活下去的人了，他有权利重新认识这个世界，接触更多除她之外的人。

"印随行为"还存在吗？他已经成长了，也还是非她不可吗？是不是她因为一己私欲，想独占诺诺，才导致她迷惑了自己，也迷惑了诺诺，让诺诺以为他没有她不行？

喻瑶隐约知道自己是在钻牛角尖儿，可她克制不了，她现在像个刚尝到恋爱滋味的少女，跌跌撞撞，心颤又迷惘，看到一丝不确定的东西都要固执地刨根问底，要寻求一个确切答案。

想到这些，她更确定应该把诺诺送到艺术中心，自己一个人进组，暂时分开几天，给彼此一段足够自由的时间。

诺诺还站在那里，勉强挤出一丝笑。他被推开了，就不敢离她太近，害怕被拒绝得更彻底。他的手臂压着胸口，小声叫她："瑶瑶，我喘不过气了，你哄哄我好不好？"

喻瑶的心被诺诺那抹含着泪挤出的笑刺得钝痛，他实在太容易让人心软了，一句话、一个眼神，就让她没有招架之力。只要面对他，她的冷静就会瓦解。

喻瑶抿着唇，不比他好过。她说不出软话，掩饰地别开脸："很晚了，早点睡就不会难受。我已经给你找好了学习雕刻的机构，明天上午带你过去看看。"

她在客厅再留一分钟对自己来说都是挑战，她匆匆往卧室走，路过门口那张铺着狗狗印花床单的小床时，诺诺脚步不稳地追上来，拉住她的手腕。即使他已经尽力压着语调了，却还是藏不住低哑的泣音："你哄哄我，就哄我一句。"

她哄一句，他就不那么痛了。

喻瑶很清楚诺诺想听什么。

别害怕，我只要你，我不会再让别人抱，只有你可以。无论发生什么事，我们不会分开，你对我最重要，谁也不能替代。

但这些话，在有过那两场荒唐的肌肤之亲后，她一句也不能对他说了。

喻瑶抽出手，把诺诺按到小床上坐下，低头想跟他郑重地叮嘱两句。他却一把抓紧她的手，惶急地闭上眼睛，朝她仰起头，明知道不可能，却还在卑微地求她给一个亲吻。她自知抵抗不住，简单交代了一句"睡吧"就逃回卧室，甩上门，背靠着墙深呼吸，满身疲惫，心里却蠢蠢欲动。

这要是不分开，她跟他早晚会突破最后的底线。喻瑶腿上毫无力气，暂时没离开门边，随即她就听到外面响起了窸窸窣窣的声音。

诺诺团起了自己的被子，坐到她房门外，身体倚靠着墙角，头贴在门板上，无助地蜷缩在离她最近的地方。

喻瑶怕她一旦出去，今晚事情就会发展到难以控制的方向。她闷着口气，也干脆打了地铺，反正有地暖，她在跟他一门之隔的位置躺下，强行合上眼睛。

好不容易熬到天亮，喻瑶爬起来打开门，虽然早有心理准备，但是看到外头的人晕乎乎地倒向她的时候，她还是没忍住接了个满怀。

趁诺诺睡得昏沉，喻瑶抱了他一会儿，随即把他拎起来，装作凶恶地轻轻踢他："不许耍赖，该准备出门了。"

韩凌易的艺术中心哪里都好，就是离喻瑶家太远，几乎是从城南到城北的距离，打车去也要一个多小时。

喻瑶坐副驾驶位，把诺诺一个人放后面，隔几分钟就从后视镜瞄一眼。她每一次看过去，发现诺诺都在目不转睛地望着她的侧影。他很少说话，只是不时会低低地叫她一声"瑶瑶"。

下车前，喻瑶回头跟诺诺说："我提前来看过了，这里很适合你，除了木雕，还能学到其他的，你应该了解的生活技能、基本的知识。以前我教得不好，太粗浅了，这次你都可以学。"

诺诺脸上逐渐失去血色，轻声反驳："只有你教得好，没人能比。"

喻瑶沉默片刻，避过这个话题，想到诺诺那些潜在的危险性，又叮嘱他：

"我还有别的事忙，不在的时候，你要配合，不要攻击身边的人，但如果有谁敢欺负你，记得给我打电话。"

她带诺诺下车，一眼就看到了韩凌易。韩凌易专门抽空过来，站在艺术中心大门外等，看见喻瑶从车里出来，他眼底溢出笑意，转而目光掠过诺诺时，瞳孔微妙地收缩了一下。

诺诺那些流传出去的照片里包裹得那么严实，可就算离得远，也能看得出眉眼精致。此刻，离得近，他那比预想中更扎眼出挑的长相，能轻易夺走一个人的注意力，包括一直以来对谁都淡然无感的喻瑶。

韩凌易转瞬恢复如常，迎上去，跟喻瑶保持着让她舒服的距离，坦荡地温柔笑道："他是你的小助理吧？我在新闻里看到了。放心，我会把他当弟弟，替你照顾好。"

喻瑶放下心来。比起其他人，她更愿意相信韩凌易，他性情好，曾经是个心理疾病患者，可以理解心智缺失群体的脆弱，不会用异样的眼光去看诺诺。而且，他们认识了这么多年，他确实可靠，总能让她如沐春风。

韩凌易没接近喻瑶，而是选择站到了诺诺一边，目光平和，道："喻瑶，你快进组了，很多事要准备，该忙就忙，弟弟交给我。如果晚上来不及接，就让他住下，房间都安排好了。"

话音一落，诺诺始终低垂的眼帘猛然抬起，难以置信地看向喻瑶，唇颤了一下，生生咬住，雪白牙齿不断用力，眼看着见了红。

喻瑶脱口而出："我会来接他！"诺诺盯了她几秒，轻喘着点了点头。

喻瑶叹了口气，她是真打算把诺诺留下住一天试试的，偷偷带了他的洗漱用品和干净内衣，都放在包里，可对上那双眸子，她暂时说不出口。

过些天她就要进组了，片场远在外地，这一趟往返怎么也要两周。时间太长，她不可能把诺诺一个人放家里。虽然他有行动能力，但从来没真正独立地生活过，何况半个月之久，她是一定要给他安置一个稳妥住处的。

喻瑶把诺诺安顿好，没多停留就离开了，她知道诺诺在后面看，只能忍着不回头。

第十四章
大雪里被赶走

等喻瑶走后，韩凌易的神色冷淡了少许，他推了推金丝边眼镜，把摘掉帽子、口罩的诺诺从头到脚打量一番，还未表露出什么，倏地撞上诺诺扫过来的目光——阴寒、冷厉，跟喻瑶在时判若两人。

诺诺的目光根本没在他的身上停留，他才舒了口气，感到好笑地摇摇头，认定是自己一时产生了错觉。他叫来年轻的负责人小唐看管诺诺，低声交代："喻瑶问的时候，就说他很适应，跟你们相处愉快，留他过夜，别让喻瑶来接。"

小唐疑惑地点头，凑到诺诺身边，还没开口，就听到诺诺低声问："做完多少才能回家？"

小唐听他的语气，不知怎么心里一酸，挠着头说："那个……你是初学做木雕，基础模型做完……十五个，就能走了。"

他想用这个困住诺诺。所谓基础模型其实有些复杂，别说新手，就算是学过一阵子的，一天做完七八个都是极限了，做十五个根本不可能。

据说诺诺的心智不全，他现在顶多算是个少年，应该能骗过去，做不完的话，他自然就要留下。

诺诺不再说话，坐到最安静的角落，铺开每张桌上都有的模型图，沉默地拾起刀子。小唐不敢过去，也不懂为什么这个看起来纯美内敛的病患会给人一种后背发凉的感觉。

一整天的时间，诺诺不吃不喝，甚至在原位没有动过，手里的刀不曾停下，直接导致整堂木雕课的学生都不雕刻了，而来围观他。

一大群女生脸红跺脚，偏偏没一个敢出声惹他，也没胆量偷拍。

太阳落得很早，天黑后，其他学生先后被接走，只有诺诺还在那里，雕完了最后一个。小唐呆呆地看着堪比生产线上出来的精品，早就愣住了。

诺诺站起身，随意擦了擦被刀割出很多伤痕的手，一个人走到门口，坐在石阶上，望着喻瑶会来的方向。

"外面冷，你进来吧，"小唐试探着说，"后面有房间，你先去休息。"

诺诺摇头："她说来接我，我有家，我不是没人要。"

进入腊月了，离春节没剩多少天，到了最冷的时候，他执拗地坐在冰冷的台阶上，头发被吹得扬起，冷意细针一样刺着皮肤，衣服在风中鼓起又落下，勾勒出清瘦的身体。

喻瑶在艺术中心旁边的咖啡馆里坐了近两个小时，她给自己找了很多事做，下午还收到了前期的片酬，拿着钱去商场给诺诺买了几袋子衣服、日常用品，最后都送回家，一件也没有带出来。

她中途在路边捡到了一块云朵形状的小石头，鬼使神差地觉得诺诺会喜欢，她就顺手揣进了兜里，现在摸到就感觉手发烫。

小唐说诺诺过得很好，理智告诉她应该狠心留他在那里过夜，食言就食言吧，但她人还是定在这里，离不开。

咖啡太苦了，喻瑶拆开桌上的一根棒棒糖含住，手机忽然振动起来，看到是小唐打来的，她赶忙接起。小唐带着一丝哭腔说："喻瑶姐，你还是来接他吧，我看得太难过了。"

喻瑶一秒都没有停顿，反射性地站起来，跑出咖啡馆，径直冲向艺术中心。看到诺诺在风里的身影，她才稳住脚步，强装平静地走过去。

其他学生都被接走了，只有她的诺诺没人接。诺诺的长腿向下伸着，一只脚在上，一只脚踩在低处台阶上，眉眼被凌乱的头发盖住，脸白得像冷玉，唇却很红。

喻瑶走到他身边，低声问："你怎么——"

她只说了三个字，腰就意外被一只手臂揽住。他很凉，力气很大，她反抗不了，跌撞着坐到他腿上，无法控制地摔靠在他的胸口。

剧烈的心跳声混在风声里，一下一下震得人失去理智。

喻瑶吃力地撑住他，以免太过紧贴。诺诺的双手扣在她腰间，低下头看她，呼吸混乱，靠过来，唇带着冬夜刺骨的凉意，凛冽地逼近她，快要吻上时，他停住了。

喻瑶攥紧他的衣襟，一时聚不起挣脱的力气。

诺诺却只是抽出了她口中的棒棒糖，有些湿滑的糖液沾到她唇边，他眸中涌着黯淡的光，用拇指慢慢给她抹掉。

喻瑶手一颤，紧接着就看到诺诺把她吃过的棒棒糖放进嘴里，不是接吻，却在某一瞬比接吻还要刺激她的感官。

她呼吸急促，慌张地想从他身上下去。诺诺却抚着她的脸颊，视线凝在她湿润鲜红的嘴唇上，低声而艰涩地说："瑶瑶，以后……别涂这个。"

喻瑶一怔，是唇釉不好看吗？她不禁问："怎么了？"

诺诺俯下身，紧紧地抱住她，附在她耳畔说："因为，我会想亲。"

喻瑶越发不满意自己的表现，她上的可是中戏，混的是影视圈子，见过的异性数不胜数，貌美又会撩的异性比比皆是，她对哪个都没有动过心，此刻被诺诺这样抱着说几句话，她竟然慌得像个情窦初开的少女。

她手忙脚乱地从诺诺的身上下去，退开两步，发狠地揉了揉温度异常的脸，把云朵状小石头掏出来丢给他，就快步走进艺术中心，去帮他整理东西。

小唐一直扒着玻璃窗张望，不小心把刚才的画面看了个彻底，此刻脸涨红成番茄，支支吾吾地说："喻瑶姐，他跟你，原来你们……"

怪不得大帅哥一整天拒人千里，却那么执着地等喻瑶来接，搞半天他和喻瑶是这种关系。谁说心智不全就不能谈恋爱的？

喻瑶心虚地当场否认："别多想，他只是我的助理而已。"

小唐一听心里不好受了，他在韩凌易手底下做事，平常能见到不少娱乐圈的。但凡有点什么暧昧，那些人都会急切撇清，没想到喻瑶也这样，明明那么亲密了，结果连个口头名分都吝啬地不想给。

诺诺也太苦了，痴痴恋慕人家，坐在夜风里的背影他看着都酸楚，然而并不被喻瑶承认。小唐忍不住想为诺诺加点印象分："他在艺术方面简直是天才，今天都破纪录了。为了早点跟你回家，连做了十五个模型，全院的女孩子都跑来看他，那边告白墙上的字条是之前的四五倍，全是给他的，连我的人气都变高了，都来问我要他的联系方式。"

喻瑶蹙眉，告白墙？

她顺着小唐指的方向望过去，就在旁边，一整面墙壁上贴着各种字条和电话号码、微信号，粗略一扫，上面新覆盖的一层都在向诺诺表白，语气亢奋狂热。

喻瑶能想象出那个场景，一群女生围着诺诺，他只要稍微温柔一点，那些女孩就能不客气地一拥而上。如果他再朝谁笑笑，拿出对她那种态度的千分之一对别人，怕是能轰动整个场子。

她心里莫名其妙有点堵，源源不绝地冒着令人烦闷的酸气。

喻瑶不想听了，拎起诺诺的包，冷着脸转身出去，走得太急，没注意到站在远处昏暗阴影中的韩凌易。

从韩凌易的角度能透过玻璃看到外面的石阶，也能看得清喻瑶刚刚那很在意的反应。他摘下金丝边眼镜，缓慢地擦拭。

怎么能这样？他过去觉得门第悬殊，喻瑶身边又有陆彦时那样高不可攀的豪门子弟，无论如何也轮不到他，所以始终恪守分寸，如愿以哥哥的身份换来了喻瑶的亲昵和信任。

从小时候病重的初次见面起，他没有一刻停止过对喻瑶的关注。前些天，他看到网上的新闻，得知喻瑶和程家决裂，又明确地拒了陆彦时的求婚，兴奋得几夜没睡，想着该如何重新走近她，并没有把她身边那个所谓的助理当回事。恰巧许洛清找到他，说喻瑶急需帮忙，他喜悦的同时才意识到，那个助理对喻瑶而言竟然意义非凡。

直到今天，几分钟前，他亲眼见到了他们情侣似的亲密举动。

韩凌易擦得很慢，薄薄镜片在他瘦长的手指间随时可能会碎裂。

喻瑶如果选了陆彦时，或者其他门当户对的豪门子弟，他再痛苦也无可奈何，可她怎么能宁可选择一个心智有问题的人，都不曾考虑过他？这让他怎么接受啊？

喻瑶藏着那股酸气，又怕诺诺再有什么出其不意的行为，一路上没怎么和他说话，几次悄悄回头，看到他都在爱惜地抚摸那块她随手捡来的小石头。他把小石头当成至宝，棒棒糖早就化干净了，小塑料棒还在他唇间含着，舍不得扔掉。

喻瑶捏着眉心。今天无论如何也要告诉诺诺她即将出门的事，艺术中心虽然女孩子多，但是确实是目前最适合他的落脚处。

带诺诺进了家门，喻瑶怕自己越犹豫就越不忍心，伸手拿掉他眷恋地咬着的塑料棒，扔进垃圾桶。他哽了一下，追过去挽救。

喻瑶站在他背后，直截了当说："你今天适应得应该还可以，多接触人总归没坏处。过两天……我要去外地拍新戏了，大概半个月回来，走之前会把你送过去。我不在家时，没人照顾你，你就住在艺术馆，比较安全方便。"

那道背影陡然僵住，犹如被按下了停止键，世界也仿佛失去色彩，忽然变成黑白。喻瑶从来不知道自己这么胆小，这一刻竟有些害怕面对诺诺，她迈开一步，躲避似的径直进了浴室，反手关上门。

稍等一下，等他接受事实了，她就出去跟他好好解释，再安抚他。喻瑶还来不及喘口气，手机就接连振动起来，屏幕上显示着许洛清的头像。喻瑶挂断一次，她又打来，锲而不舍。喻瑶疲惫地靠门坐下，点了接通键："有事快说！"

许洛清愤愤地道："你说还有什么事？你昨天给我留下一句'对他动心了'就挂了，我忍到现在才问你已经够仁慈了！你搞什么？来真的？我早就说了，你要是把持不住，就赶紧把诺诺送给我！我能照顾好他，还保证不动感情！"

喻瑶正烦躁着，没有好语气，想起许洛清三番两次的觊觎言论心里更不是滋味，脱口而出："你这么想要？行啊，我把他送给你，我亲自送过去，反正我也不敢养了！看他怎么对你！"

她只是说气话，刻意压低了音调，但她并不知道，这些话说出来的时候，诺诺就在门外。

他半蹲半跪着，紧紧地贴靠在门板上，把她的话听得清清楚楚。喉咙像是被无形的利器斩断，不能呼吸，五脏六腑都像被搅动般剧痛，连站起来逃开都没办法做到。

　　诺诺伏在那里，眼睛一眨不眨，他吃力地张开口，深吸一口气，可略微一动就摔倒在地板上。片刻，他茫然地撑起身体，环视整个家，却找不到一个能够藏匿的巢穴。

　　躲、躲起来，不能被她送出去。诺诺跌撞着冲向喻瑶的卧室，挤到窗帘后面，拼命弯着身体，藏到被寒气浸得透骨的窗台上。他咬住手臂，眼睛里一片狼藉的漆黑，雾气汇成眼泪滚落。

　　电话那边，许洛清不甘示弱："你以为我不敢要？说不定时间长了他就能接受我，对我好，依赖我，把我当成全世界，我绝对比你疼他！"

　　几句话勾勒出的画面让喻瑶的情绪瞬间失控："许洛清，我说的是实话还是谎话，你听不出来吗？！你还真敢觊觎我的人？只要我在一天，你就别想打他的主意！"

　　许洛清却忽然一顿，而后慢慢地说："瑶瑶，你吃醋了。"

　　喻瑶愣住。许洛清低叹，放轻语气："我随便一说，你就觉得诺诺会被我抢走。你发现没有，其实不只是他需要你，你也需要他，你恐怕真的完蛋了，你在为一个男人真心实意地吃醋。"

　　她转而认真地道："但如果你选择要他，可能永远都没有真正意义上的情感互通，爱是什么他都搞不懂。"

　　喻瑶没说话，也回答不清楚。她挂断电话，好一会儿才想起自己身在何处，而外面客厅里一片寂静，连呼吸声都没有。她急忙起身，打开门出去，见诺诺不在。她沙哑地叫了一声，听不到回应。喻瑶紧张地抿住唇，焦急地要出去找，一眼看到他的鞋子还在。她怔了一下，随即跑进自己的卧室，里面漆黑，死寂里混着战栗微弱的低喘声，断断续续的。

　　她立即打开灯，厚重的窗帘动了动。她有些头疼，头重脚轻，跑过去，抓住帘子哗啦扯开，看到了窗台上蜷缩成一团的人。

　　他的衣袖湿了，窗外月光罩下冷白的寒霜，覆了他满身。

　　"诺诺……"

　　诺诺抬了抬眼帘，看着她。

喻瑶抓紧他的手腕，要把他往下带。诺诺突然倒向她，一手扣上她的颈后，一手箍住她的腰，猛地把她按进怀里，把她细嫩耳垂咬得微痛，声音似变得支离破碎："瑶瑶……你不要我了，你想丢掉我。"

喻瑶呆住，眼眶泛红，她转瞬明白过来，诺诺是听到了她说的那句气话。每个字都像是开刃的刀，准确戳刺着他敏感颤动的心脏。喻瑶把他从冰凉的窗台上拖下来，两个人一起跌向地板。诺诺喘息着护住她的身体，垫着她弯下来的膝盖。喻瑶的下巴窝在他肩上，本能回抱住他僵冷的脊背。

"不是！"她再也压不住哽咽，"那些话是假的，我不会丢掉你！只是……让你暂时去艺术馆住几天，等我回来就马上去接你。"

"诺诺……"喻瑶埋进他的怀中，才发觉他肩膀宽阔，能把她完全纳入，她放纵自己与他身体贴合，垂下眼帘，"我不骗你，我说到做到，回来之后，一个月的期限就过了，我一定给你答案。你也想清楚，仔细地看看这个世界的其他人，是不是仍然……非我不可。"

试一试吧，没有我的人生。

三天转眼即到，剧组那边早已筹备妥当，只缺一个合适的主演。喻瑶确定参演后，前期布置都火速完成，只等她就位。

喻瑶的航班在中午，她天刚亮就收拾好了诺诺的行李，给他带足半个月的换洗衣服和必需品，以及各种她提前采买的零食，还给韩凌易列好了一张饮食禁忌清单，交了超额的钱，只希望他能照顾好诺诺。

诺诺喜欢吃蓝莓，她担心他吃不到，在网上学做了一种蓝莓糖。可惜厨艺不精，她做出来的吃起来略苦，本来扔掉了，却被诺诺连着瓶子捡了回来，擦干净，放进了他的小黑包里。

喻瑶也不知道他那个随身带着、不肯放下的小黑包里究竟装了些什么，只知道他把它当成无价宝贝，紧紧地护在胸前。

上午把诺诺送到艺术中心，喻瑶又检查了一遍他要住的房间，确定满意，才提起自己的行李箱。

"如果想我，"她笑了一下，"就吃颗糖，虽然……不怎么好吃。"

一整个玻璃罐的糖，应该够了。

喻瑶踮起脚，像从前那样揉了揉诺诺的头："要乖，别惹事！你乖，我才能早回来！我来接你的那天，应该刚好是除夕，到时我接你回家，给你包饺子。"

她说完，向后倒退半步，深深看他一眼，果断转身。

诺诺始终没有说话。

喻瑶一步不停地朝外走，迎面有很多艺术中心的工作人员经过，她如常与人点头打招呼，表情都没有变过半分，眼窝里莫名生出的水汽却不可控制地凝结。

她戴上眼镜、口罩，听到身后诺诺亦步亦趋跟随的脚步声，忍着没有回头，直到走出艺术中心，坐进车里，车顺着路转到艺术中心的另一边，她才哑声说："停一下。"

从这个方向，能看到诺诺所住房间的窗口。

喻瑶降下车窗玻璃，向二楼张望，却看到一双熟悉的眼睛。

她的心猛地跳动，失去强撑的平衡。

短短的一两分钟里，诺诺已经冲回去了，站在窗口寻找她的一抹影子。

她的手机"嗡"的一振，收到一条诺诺的微信："你想我吗？我好想你！"

一样的问话，比他上一次在公寓说的更戳痛喻瑶。

她把手机攥得滚烫，没有回复，合上眼："走吧，去机场！"

喻瑶傍晚到达《梦境山》剧组，这次的配置跟《阴婚》相比简直是天壤之别。虽说《梦境山》只是整部电影中的一个单元，但是导演很有名，而且是正经的院线片子，多少知名女演员都试过镜，拍摄条件自然优越。

这个单元剧情线丰富，但在此处拍摄的部分主要是女主角的一条感情线，她是个采茶女，在山里遭遇泥石流的时候，意外遇到个不会说话、自闭沉默又生活能力低下的傻子。傻子英俊安静，她不可自拔地爱上了他。

喻瑶向来讨厌"剧情照进现实"，但这一次在看到试镜内容的时候就无法拒绝。

她想知道女主角会怎么选择。

喻瑶以为她的生活会被新的剧组和拍摄内容完全占满，没有多余的时间去想远在家乡艺术中心的那个人，她想彻底回到从前忙碌的生活中，变成一个没有诺诺的喻瑶，正常与人交往，试着重新走进相处了二十几年的旧世界。

拍摄地气候宜人，即使冬天也缤纷炫目。剧组的人繁多纷杂，剧本厚得几乎拎不动，背台词需要彻夜用功。

然而她还是太高估了自己，也低估了那个人的存在感。

喻瑶来到拍摄地的第四天，在酒店里一口东西也吃不进，烦躁得不行，然后她接到了一个视频电话。

诺诺的脸出现在屏幕上的一刻，喻瑶心头堵着的巨石像是一瞬间粉碎，她跟全世界和解了。

她坐下来，把手机摆到最好的角度，却看到诺诺的脸无限放大，已经快看不清："你在做什么？"

诺诺闭着眼睛停了一会儿，才慢慢后移，小心把桌边他不能吃的满盘青椒和蒜炒的菜推远，免得被她看到。

他贪恋地注视她，哑声开口："对不起，太想你了，我在亲亲。"

亲亲屏幕上的她。

喻瑶哽住。

诺诺垂着眼，狭长眼尾略微上挑，墨色的睫毛浓长细密，每一次开合，都在挑战她的忍耐力。她忽然觉得热，顺手拿起手边一个拆过的快递文件袋做扇子。

诺诺的目光追着上面贴的那张小小的快递单据，在喻瑶停手时，低下头，一字一字认真抄写下来。

喻瑶靠着这一次视频坚持了十天。轮到拍剧本里最难攻克的感情戏，导演一次次不满地拍桌子，指着男主角，朝喻瑶皱眉："你这个阶段应该热烈地爱他，怎么总是束手束脚的，到底怕什么？"

"不该怕吗？"喻瑶直视导演，皱眉问，"他没有爱一个人的心智。"

导演一怔，片刻后笑着摇头："喻瑶，亏你长这么大，你说什么叫爱？全剧组一大半人都不是单身，你随便拉一个来问问。"

"为了炒菜放不放葱吵到天翻地覆，有钱了转头就找个更年轻漂亮的小姑娘；自己没本事却成天想花光恋人的家底，因为结婚彩礼多一两万彻底撕破脸；嘴上喊着爱你背地里对别的女人各种撩拨，外人面前你侬我侬实际上同床异梦。这些都是在所谓的"爱情"中发生的事。"

"那你说，你身边的这位男主角，把你当成他活着的全部，算不算爱情？"

当天傍晚收工，喻瑶心猿意马地回到酒店，在大门外迎面碰上剧务的小姑娘，小姑娘扬着一个快递文件袋："瑶瑶姐，有你的快递，我正要去找你呢。"

喻瑶感到意外："我的快递？"

她这两天没买什么，更不可能有人给她寄这样文书类的东西。

天色渐暗，头顶还有最后一抹浓烈的残红。喻瑶站在刚刚亮起的暖黄路灯下，周围还有来往的人潮和喧嚣。

她撕开快递袋的封口，里面只有很薄的一张纸。

喻瑶扫了一眼快递单，动作陡然顿住，寄件人的地址是家乡的艺术中心。她意识到什么，手腕不可自抑地轻轻颤抖，匆忙把这张纸展开。

傍晚微凉的风拂过，把纸的边角吹得猎猎作响。她展平那张纸，上面是端正俊秀的、一笔一画被那个人亲手写下来的文字：

瑶瑶，你看，我已经能把你的名字写得很好了。比起以前，是不是进步了很多？好想要你夸奖一句。

你走以后，我每天都在拼命认识这个世界。

葡萄是甜的，我想买给你吃；柠檬很酸，我可以榨成汁，配上蜂蜜给你尝尝；我跟厨房的师傅学会了包饺子；我现在会写很多字，看了不同的书，见过无数不一样的人，了解你让我了解的新世界，但是为什么我的心里全都是你？

别人会说的话，我都能说了；别人懂的常识，我也懂了很多；我不是个一无所知的傻子，能不能求求你，别看他们，多看我一眼？

我知道那不是发情期，那是我对你的欲望，我一无所有，可还妄想拥有你。

瑶瑶，对不起，到现在我还是没有明白什么才是你要的爱，但我的所有感情，我的身体和命，全部只属于你一个人。

够不够，换你爱我一次？

喻瑶站在人来人往的街边，周围光影重重，黑下来的天色和渐次亮起的各色灯火寂静又遥远。

她把信从头到尾看了几十遍，其间剧组同事经过，多次跟她打招呼，她仿佛动了，又好像始终定在原位，听着自己一下一下震耳欲聋的心跳声。

重新把纸折起来的时候，喻瑶已经能背下里面的内容。每个字长得什么样子，她都历历在目。

在她的记忆里，诺诺写字还很生疏，组成句子要花时间，写一整段话会很吃力。他总是羞赧地低着头，怕被她嫌弃，想要她在乎他。

是从哪一天开始，他有了这么多她不知道的变化？喻瑶模糊地想起，她已经快一个月没好好看过他，没真正让他走近。那些相濡以沫的亲密和缠绵，就只有诺诺在眷恋吗？其实舍不下的人明明是她。

喻瑶刻意压抑的思念在一封手写情书里尽数爆发，她固守的屏障终于不堪一击，像被薄薄的信笺压弯，在诺诺最后一句的提问里倒塌。

诺诺用整个自己，还不够换来他想要的吗？

人的情感哪有那么明确的界限，爱也无非就是斩不断、放不开、想独占、会吃醋、在意、想念，期盼能如胶似漆、昼夜不离，有把对方据为己有的欲望。

她都有，他比她更甚更强烈，那怎么就不能是爱情？

跟诺诺分开得够久了，她的忍耐早就超过了限度。一个月眼看着就要到期，她该挣扎的都挣扎过了，难道还没看清自己吗？

就算再给她三个月，半年或者更久，她的心已经在诺诺身上扎了根，最后都是一样的结果。

不懂情爱的人也许根本就不是诺诺，是她。她忐忑，瞻前顾后，一边为他沉溺着迷，却一边彷徨。而诺诺从未动摇过，就算遍体鳞伤，头破血流，也永远义无反顾地守望她。

喻瑶在夜风里止不住流泪。

去拥抱诺诺，才是她应该做的事。

她根本不需要诺诺心智多么健全，她能照顾他，他还不够明白的那些情爱，她就跟他一起去学。两个人的以后没什么可怕的，她来负起责任。

喻瑶深吸一口气，抹掉眼角溢出的泪，把这封信珍惜地叠好贴身放着。她拿出手机想给诺诺打电话，即将拨过去，又有些怯怯，停了下来。

诺诺这样等于是对她写信正式告白了，她现在打过去算什么？

强迫他分离了十多天，让他整天担惊受怕，结果她只是在电话里简单地回应他，未免太草率了。

试着和他谈恋爱，走出这一步，对她对诺诺，都是头等郑重的大事。至少要等到她拍完戏回去后，面对面亲口跟诺诺说。她不躲了，她想要和他在一起。

喻瑶绕着酒店走了两三圈才勉强冷静下来，转而找到韩凌易的手机号码。

来云南的这段日子，她为了不被影响，跟诺诺联系得非常克制。除了诺诺主动打的那次视频电话，她在微信里说的话能多简单就多简单，平常担心、牵挂诺诺的时候，她都是直接打给韩凌易。

韩凌易对诺诺的事很上心，跟他之前答应的一样，是亲力亲为在照顾诺诺，每天为诺诺准备的食谱会专门给她发一份，都是按诺诺口味安排的，让她安心。

喻瑶拨通电话，响了不长不短的三声。

韩凌易接起来，含笑问："瑶瑶，今天拍得顺利吗？"

"顺利，"喻瑶心里记挂着诺诺，直接进入主题，"他怎么样？应该吃过晚饭了吧！"

听筒里温润的男声停顿两秒，随即耐心说道："你看你，总是不放心他。我每天都告诉你，弟弟在这儿非常好，跟别人相处也很愉快，你刚走那会儿，他还有点低落，最近变得开朗了，很受小姑娘们喜欢，从早到晚一群人围着他。"

喻瑶不自觉皱眉，手指屈了屈。

韩凌易屈起食指，推了下金丝边眼镜，望着七八米外，一个坐在大厅最安静的角落、沉默雕刻木头的清瘦背影。那人身上的孤寂与日俱增，别说开朗，根本就是生人勿近。

艺术中心的女孩子们发疯地喜欢他，可至今没有一个能靠近他三步以内。

那又怎样呢？不过是一个心智有缺陷的傻子，还不是在他的掌控里？

他的目光落在诺诺身旁一口都没动过的餐盘上，唇边的笑意更深。

韩凌易语速适中，让人舒适，他继续和缓地对喻瑶说："你送弟弟来艺术中心是对的，他很开心，我等下发几张照片给你。他吃过晚饭了，今天是厨房特意做的糖醋小排、什锦虾仁、素炒三鲜和红烧牛柳，配了新蒸的小花卷，他吃了很多。"

喻瑶垂眸，这几道菜都是诺诺喜欢吃的。

她忍不住问道："他在吧？我……跟他说两句话，你那边要是不方便，我直接打给他。"

她到底还是按捺不住，不用说太多，先安抚他两句也是好的。

韩凌易笑了："你打来得太不巧了，今晚艺术中心有活动，弟弟正在那边忙，不方便接电话。我不好去打扰，他一时也过不来，等他结束吧，我再让他联系你。"

"对了，"他接着道，"你什么时候回来？我是想告诉你一声，如果除夕赶不及回来，也不用担心，这边有好几个学生都准备留下过年，我也在，很热闹的，弟弟不会没人管。"

喻瑶立刻说："赶得及，如果加快进度，我还能提前回去。凌易哥，你记得告诉诺诺，我会按时去接他。"

"好，"韩凌易斯文地微弯嘴角，"我一定和他说。不过我建议你尽量不要特意打电话跟他保证这些，免得他好不容易适应环境，又受到干扰，最后这几天总惦念回家，会非常难熬的。"

这几句话戳中喻瑶的心。她之前一直忍着少联系，如果现在突然热切地联系，人又暂时回不去，只会让诺诺更不好过。还不如先保持现状，至少能让他情绪平稳。

通话结束后，喻瑶随即就收到了几张韩凌易抓拍的照片。

她十几天没有亲眼见到的那个人，被簇拥，被环绕，也没有表现出排斥，虽然很冷淡，但是脸上确实有笑容；后面还有一些日常的饭菜，跟食谱都对得上，分量足够，色泽诱人。

喻瑶又翻回最前面，盯着诺诺的浅笑，心像被无形的利爪抓挠。

她盼着诺诺适应、融入社会，但等他真的去做了，她又郁闷得仿佛弄丢了最重要的宝物。

艺术中心的木雕大厅里，韩凌易收起手机，不疾不徐地走到诺诺旁边，扫了眼早已凉透的麻辣豆腐、青椒炒蛋以及蒜蓉青菜，微笑了一下："弟弟，你别怨我，是喻瑶希望你成长起来，让我别惯着你，我才不得不帮你改掉挑食的毛病。"

"抱歉，"他无奈，甚至露出心疼的神色，"你不吃，就只能饿到想吃才行。"

诺诺没有看他，眼皮都不曾抬一下。

韩凌易噙着微笑，柔声说："上次你打完那通视频电话，喻瑶跟我说了很多次觉得困扰，还好最近你都比较收敛，没再去打扰她。她不主动联系你，而是通过我来问你，你应该明白，她暂时不愿意面对你，你只有乖乖的，她才可能按时回来。"

"所以……"他继续缓缓道，"你还是要继续配合我，喻瑶想看到你的进步，你就照常每天拍几张给她看的照片，让她觉得你很听话才好。下一次拍照，你要笑得再开心一点，她会更喜欢。"

韩凌易眼镜片后的双眼温和闪亮："她很忙，你安分点，别吵她，她说不定就会想你了。"

"来，听话。"他夹起青椒，看似劝导，实则强行把筷子往诺诺手中放，"吃下去。"

诺诺低垂的眼帘慢慢抬起，他的指尖还捏着雕刻刀，在韩凌易将筷子硬塞给他的一瞬，刀尖寒光一闪，挑着餐盘边缘猛然向上翻开。

餐盘里的三道冷菜应声掉到地上，陶瓷盘摔得四分五裂，菜掉在地上，一片狼藉，弄脏了韩凌易笔挺干净的西装裤。

韩凌易咬紧牙关，脸颊肌肉紧绷，面目显得狰狞。诺诺半撩起眼皮，琉璃般的双瞳毫无波澜，看向他，声音冷淡："瑶瑶从来没强迫过我吃讨厌的东西，她不会。"

从他进入艺术中心的第二天起，一日三餐基本都是这样的食物。

他给喻瑶的信里写的葡萄是一个六岁小男孩怯怯地分给他的，他才尝到甜的滋味；柠檬是专门加在他的汤里，他喝不下，听厨房的人说，才明白柠檬可以混着蜂蜜泡水；那天厨房的人包了满桌青椒牛肉馅的饺子，他不吃，但学会了如何包饺子。

他不是别人以为的傻子，谁对他刁难、虐待，谁对他充满善意，他看得出来。但没关系，他什么都可以接受，只要不给瑶瑶添麻烦。瑶瑶很忙，没有时间处理他的小事，他也不想做一个处处需要她费心的没用宠物。

瑶瑶走前特意叮嘱过，要他乖，他乖，她才能早点来接他。

乖就是装作过得很好，不添乱。更重要的是，不管瑶瑶走前还是走后，她都不愿意跟他亲近了。

虽然他明白，准备这些他不喜欢吃的餐食，不会是瑶瑶的意思，但其他的事他分不清……

瑶瑶也许真的不愿意理他，真的想让他改变，要看他融入社会，也许她真的让韩凌易随便管教。他能做的只有拼命学着、忍着，让自己活得像一个人的样子，默默给她写信，向她倾诉思念。

哪怕有万分之一的可能让瑶瑶开心，他也肯配合韩凌易去做那些他不愿意做的事。

被强迫就沉默，被要求笑就努力弯起唇，被安排吃难以下咽的饭菜，他也不说话，饿着就好，只求瑶瑶能省心一些，高兴几秒钟。

但他顺从不代表属于瑶瑶的他能在外面被人趁机欺负，给他吃可以，逼他吃不可能。

韩凌易的脸色几番变化，冷笑一声："弟弟，如果瑶瑶——"

"瑶瑶不是你叫的，"闪着寒芒的刀依然在诺诺手中，他始终没有表情。在韩凌易开口那刻，他修长的手指翻转，看似寻常的一动，刀柄却准确无误地落在韩凌易伸过来的手背上，"这次不用吓我，你不会跟她告状。给我吃的这些东西，"诺诺的视线淡淡掠过地上的菜，"你不敢给她看。"

他起身，扔下刀，回到自己房间里，抱出他万般珍爱的玻璃罐子。在孤独的夜色里，他安安静静地吃了一颗苦涩的蓝莓糖。

只剩下最后两颗了。

诺诺坐在窗台边，定定地望着喻瑶走时的方向，从小黑包里拿出一件他偷偷带来的小裙子，紧紧地搂在怀中。

他把手机握得发出了轻微异响，想到瑶瑶的冷淡和避讳，终究还是没有打出去。

夜很深了，他的眼眶泛红，头垂低，侧枕在膝盖上。

喻瑶那天晚上没能等到诺诺跟她联系，攥着手机直到睡着。

第二天清晨她被韩凌易的电话吵醒，说前天晚上散场太迟，他忘了告诉诺诺要跟她联络。

喻瑶自然不会为了这件事跟韩凌易计较什么，她看了眼时间说："诺诺现在还没醒，我八点前都不开工，他可以联系我。"

诺诺敏感过度，睡觉从来不会关手机，调静音都不肯，现在哪怕她随便发条微信，他都能立即醒过来，再也不想睡。

喻瑶是按照导演惯例推测开工时间，没想到导演今天一反常态，她挂了电话还没十分钟就被导演紧急叫到片场。其他演员都在，导演举着大喇叭严肃宣布："有一段临时增加的情节在计划之外，我们争取早点拍完，不影响大家的除夕假期。"

作为主演，喻瑶的戏份自然最重，新增的部分基本都落在她的身上。

原本算好的结束日期转眼变了，她连回程的机票都已经买好，现在变故突如其来。她马上查看日历，按这个进度，别说提前，就算是除夕当天都有可能来不及回去。

喻瑶仔细看了新增的那段情节，也算合情合理，挑不出什么毛病。她作为演员，不可能临阵脱逃。

"加快进度吧，"喻瑶蹙眉说，"我必须赶回去过年。"

导演低头清了清嗓子，神色有些躲闪，没把话说死："尽量，尽量啊。"

加剧情并不是导演的本意，他从筹备开始，就对外公布这部电影是他独立创作剧本、独立拍摄的，实则中间几个单元都有韩凌易这个金牌编剧的帮忙，只是没对外公开。

今早他突然接到韩凌易的电话，对方建议他增加一段情节，把拍摄时间拖延到除夕之后再让喻瑶返回。这种要求不算过分，也无伤大雅，他虽然猜测韩凌易的目的不单纯，但为了电影的内幕不被捅出去，还是很痛快就答应下来。

留喻瑶在外地过年而已，有什么难的。

喻瑶一句也没抱怨，立刻去看机票，春节期间机票紧张，好时段的航班早就卖空。除夕当天只剩下最晚一班还有位置，她没犹豫，果断改签。

不管几点，她都必须接诺诺回家，她答应好的。

导演以为喻瑶的心情会受影响，怎么也要低落一两天，没想到，她反而状态绝佳，积极专注，人完全入了戏。一夜过去，昨天因为不了解感情而显得表演生硬，今天却突飞猛进，仿佛换了个人。

镜头里的采茶女纯美干净，热烈深情，全剧组的几十号人亲眼看着，每拍完一场戏，就有人忍不住给喻瑶鼓掌。

这么多人盯着，导演连想多喊几遍重拍都拉不下脸。

喻瑶赶进度赶得实在太快，远超导演的预料。他难以理解，问她："喻瑶，你用得着这么拼？从说加剧情开始，快三天了，你就睡了六七个小时，顶得住吗？"

"其实不睡也行，"喻瑶勾了勾唇，"只不过……"

只不过家里有人在等她，等她的那个，即将是她的恋人。

她不想时隔这么久见面的时候，让恋人看到一个憔悴的自己。

休息的短暂空当，喻瑶站在无人处反复调整嗓音，直到听不出丝毫疲态，才准备给诺诺发语音。

上次说好的八点前联系，结果因为被"抓"到片场，没能接到诺诺电话。当天收工已经是凌晨四点了，六点就要再次开拍，她又一次无法回复，只能靠韩凌易转达。

她再忍下去就要疯了。

喻瑶已经按住语音键，却又放弃，干脆拨了电话。一声都没响完，那边的人就接了，听筒贴在喻瑶耳朵上，一瞬间被诺诺急促的呼吸声填满。

她几乎能感觉到铺天盖地的滚烫气息，相隔几千公里，却如在面前般让她紧张和热切。

喻瑶控制着语调，稳住，还没真正突破，两人之间的窗户纸还在，别慌了神。

她想说两句哄他的话，他却忍耐不住了，低哑哀切地叫了声"瑶瑶"，之后像是难耐地哽住，持续半响，都说不出其他的话。

喻瑶忽然热血上头，想直接给他交代。她的喉咙也有些酸胀，努力发音："诺诺，你的信我收到了——"

"瑶瑶姐！瑶瑶姐在哪儿呢？过来开拍了！"全剧组的人都知道她急着回家，纷纷举着大喇叭吼，"休息时间到了，你还想不想回家！"

整个片场都是刺耳的嗡嗡声，喻瑶的话被打断，她合了下眼睛，几秒后重新睁开，压下内心的急切："诺诺，我除夕回去，到时候有话跟你说，等我去接你。"

后天就是除夕了，她不眠不休，也要在两天内把戏份拍完。

导演对她束手无策，他当然可以找其他理由继续拖延，但潜意识里莫名觉得，以喻瑶的心性，她真正决定要做的事，别人根本拦不住。

她都拼到这种程度了，再逼她，她怕是会动怒到直接撂挑子走人。

他也就不想拦着了，反正按韩凌易的要求加足了情节，是喻瑶自己太争气，拍得快，他能有什么办法。

喻瑶买的机票是除夕晚上的，因为要经转，落地会是凌晨，这已经是她能买到的最早的航班，但唯恐有变故回不去，她事先没告诉任何人。

八点的飞机，最迟六点要赶去机场。除夕当天下午五点，她才保质保量完成所有分内任务，争分夺秒赶到机场。

这个时间，各家都已团圆，而她孤身一人，正用尽全力奔向另一个孤独的影子。

广播提示登机，确定航班不会有变化了，喻瑶才准备告诉诺诺，可她还未拨出，韩凌易的电话就先一步打进来了。

"凌易哥，我现在——"

"瑶瑶，不急，我有件事其实忍了很久，今天忍不下去了，想问问你。"

七点多，天黑了，韩凌易单手插兜站在艺术中心的大片玻璃墙前，盯着外面纷飞的鹅毛大雪。

今年是冷冬，而除夕夜，如半个月前天气预报的一样，是入冬以来最冷、雪最大的一天。才下了几个小时，路面就已经有厚厚的一层雪。

艺术中心里除了他，只剩下诺诺，他之前说什么很多学生会留下过年，很热闹，其实都是骗人的鬼话。

他不想让喻瑶回来，这段时间他不给诺诺吃足够的东西，让诺诺体力撑不住，一次次错开跟喻瑶的情感联系，把诺诺困在"孤岛"上，更是早就计划好，要在这个最寒冷的夜让诺诺"走失"。

一个傻子而已，不该存在于喻瑶身边的人，他甚至不需要多费力气，把自己伪装成一个无辜的受害者，就能把障碍抹除。

艺术中心位置偏僻，除夕夜周边几公里都没有营业的商铺，到处关门谢客，哪个心智不全的傻子能在这么极寒的风雪里，在迷路冻死前，找到一个栖身之所？

没有。

只是，他想在做之前问问喻瑶，如果她肯接受他的感情，或许他就于心不忍了。

喻瑶压着急躁的情绪："你说。"

韩凌易注视着乱飞的雪花，像是随口闲谈："瑶瑶，这么多年了，你对我有没有过兄妹之情外的情感？"

喻瑶愣住，意识到他话里的意思，果断地说："没有，我只把你当哥哥，你是最值得我信任和亲近的凌易哥。"

韩凌易低头笑了，眼镜框在灯下反着光："但如果我说，我从认识你的那天起一直在暗恋你，直到今天也没改变过，你会给我一点点机会吗？"

"不会，"喻瑶的回答没有任何停顿，连犹豫也没有，"我要是早知道，就不会总去给你添麻烦了。对不起，我已经有了动心的人，除了他，别人对我来说不可能。"

韩凌易皱着眉，缓缓呼出一口气，冷冷地问："你心里的那个人是……诺诺？"

喻瑶没有回避，很轻地"嗯"了一声："让你受到困扰了，不好意思。我的戏份已经拍完，现在就上飞机，落地以后马上去接他走。凌易哥，谢谢你的照顾，很抱歉。"

韩凌易摇了摇头："瑶瑶，你的选择真是……太傻了。"

太傻了，怎么能鬼迷心窍，忽略那么多门当户对的豪门子弟？他也对她暗恋至深，她最后却选了一个心智不全的人，以后她要怎么生活，照顾那人一辈子吗？他恋慕了十几年的那束光，今晚就要坠进深渊。

她上了飞机，时间紧迫，只有短短几个小时。他不"救"她怎么行？

韩凌易挂了电话，脸上摆出一副救世主的悲悯表情，回身走向厨房。

偌大的艺术中心里，除了他在的地方，只有厨房还亮着灯。锅中冒着汩汩热气，诺诺挺拔地站在烟雾里，犹如对待什么易碎品般在给喻瑶煮他亲手包的饺子。

食材有限，他包得不多，尝过味道之后就一个也舍不得吃，全数装进保温盒里，扣好了，放入自己的小黑包，准备抱着去门外等喻瑶来。

他跟韩凌易错身而过时，韩凌易叹息道："喻瑶不会来了。"

诺诺僵滞了一瞬，没有看他，手指收紧，继续往前走。

"不信？"韩凌易低笑了一声，"你认为……为什么这十几天她对你如此冷淡？为什么她只会通过我问你的消息？为什么她对你那么多要求，说好了早点回来，又临时变卦，拖到除夕晚上？外面下雪了，风那么大，你觉得她还可能出现吗？"

"你怎么就没有自知之明？"他说，"你是个心智有问题的傻子，病患，累赘。你懂这几个词是什么意思吗？这样一个人对她有了非分之想，你猜她除了恶心，还能是什么感觉？她能把你送来这儿，已经对你仁至义尽了，你难道还想逼她爱你？"

诺诺慢慢转过头，一双冷寂的眼里遍布冰凌。

韩凌易逐渐摘掉面具，露出轻蔑的笑："我都不敢追她，你凭什么？我现在就是来告诉你，喻瑶其实早就已经回家了，她就在你们共同住的那所房子里，跟那些她真正觉得是同类的人热热闹闹地过年，说什么来接你，只是搪塞你这个拖油瓶的谎话。"

诺诺攥着包的手骨节嶙峋，青筋暴起，皮肉由红转为惨白。他摇头，眼底却沁出了血丝："不会！"

瑶瑶不会丢下他，她一定会来接他！

韩凌易像听到什么天大的笑话，深藏的怒火和妒意被他斩钉截铁的否定忽然激化，冷笑道："不见棺材不落泪，是吗？非要我把她说的话放给你听，你才能确信自己是多余的？"

他举起手机，点开一段提前准备好的录音，把音量调到最大。下一秒，喻瑶的声音伴着窗外腾起的焰火，在空旷的房间里循环。

"凌易哥，我不去接他了，很烦，答应他的那些话，都是骗他的。

"你替我看着他，除夕夜我跟别人过，不要让他来打扰我。

"等过完年，我再找个办法处理他，我已经不想跟他见面了。"

这段录音，韩凌易拼凑得很不容易。十几天里，他跟喻瑶打过那么多通电话，每一段都留存下来。每次通电话，他偶尔东拉西扯，偶尔有意引导，让她说出他需要的词，实在凑不到的，就去找她出演的影视作品里的原音。

业内有的是专业的人可以合成语音，做得天衣无缝，就算是个懂专业的正常人，也不见得能听出什么破绽，更别说诺诺是个傻子。

韩凌易反复播放那段话，长久隐忍的情绪有了肆意宣泄的畅快。他的眼里隐隐冒出火光，声调也没了平常的冷静，嗤笑道："你算什么东西！现在听清楚了吧！"

他扯住诺诺的衣襟，要亲眼看到他崩溃："我从小就认识她，是她把我从病痛里带出来，她治愈了我！你算什么！"

诺诺踉跄着，直勾勾地注视韩凌易，手机里不断播放的语音像是能够杀人夺魄的利剑，日思夜想的那道声音，在耳畔一遍又一遍响着，重复着把他的心伤透的话。

韩凌易享受这种居高临下的施虐感，他抢下诺诺的包扔开，装饺子的保温盒发出沉闷的碰撞声。诺诺的手机从侧袋里掉出来，屏幕摔碎了。韩凌易一脚踩上去，用力踩踏，彻底毁坏手机。

"包什么饺子，她看都不会看一眼，你包里的那些东西对她而言全是垃圾。你对她根本一无所知，我们小时候，这些年——"

韩凌易攥着诺诺的领口，要把他的精神彻底击垮。这样一个挨着饿又病弱的白痴，根本毫无还手之力。

"小时候……一无所知？"

韩凌易正想把诺诺拖去门口，之前还算顺畅的动作却陡然间停下，一下也不能再动。一道嘶哑阴冷的嗓音冷不丁在空寂的房间里响起，开刃的刀一样笔直地插入他的耳朵。

韩凌易愕然抬头。

他比诺诺矮一些，之前一直没去看诺诺的脸，此刻蓦地对上诺诺的双眼，透骨的森寒从头顶灌下来，直冲全身。

"你又算什么？"诺诺双眸泛红，冰块一样冷的五指扣住韩凌易，歪头盯着他，整个人没有一丝生气，"一个治愈计划的实验品！"

诺诺头痛欲裂，全身仿佛被钢针戳刺搅动，骨骼像要折断，有什么尖锐的记忆碎块从层层束缚里挣脱出来，一路刮出剧痛的血痕，散落在他眼前。

脖颈间从未摘掉过的塑料小狗吊坠仿佛突然有了温度，猛烈地炙烤着他。

诺诺把韩凌易掐到快要窒息，一把推开他，一米八的韩凌易犹如沙袋，"砰"地撞上墙壁。

诺诺背着光，一步一步走向韩凌易，缓缓蹲下身，脸藏在没有灯光的暗影里，森冷阴郁。他的嗓子似被扯裂，漂亮的手掌收拢，打碎韩凌易的眼镜片。

诺诺一字一句说："我才是那个被她治愈的。"

韩凌易惊恐地后退。

诺诺再次强调："我才是她在乎的。"

韩凌易被诺诺的突变压迫得快不能呼吸，恐惧让他完全失控，不停地发出短促绝望的痛呼声。

诺诺在仍然没有停止播放的语音中望向窗外的大雪，眼眶里忽然滚出一行眼泪："我才是她爱的。"

一切都变成空白，又像塞满了断裂的冰锥，诺诺看不清眼前，也理不清过去，脑中尽是混沌和糟乱，被找不到的那个人彻底摧毁了意志。

瑶瑶是不是真的不来了？看过他的信以后，瑶瑶放弃他了？

他是麻烦，是拖油瓶，是她着急扔掉的累赘？

瑶瑶现在在家，在那个他取暖过，被心疼过，拥有一张可以安眠的小床，抱过她的家里？

诺诺跌撞着捡起他的小包，死死地护在胸前。他只穿着一双普通的室内穿的单鞋，一件瑶瑶亲自给他买的灰色羊毛衣，撞开大门，走进漫天大雪里。

他不相信！不管是谁说的，谁给他听的，他都不信！他只想听瑶瑶当面亲口告诉他，说她厌烦他，不要他，想把他抛弃。

诺诺深一脚浅一脚踩进雪里，像从前被送进收容所时一样，往家的方向走去。他看不清很多东西，只知道风很大，寒风刮得脸刺痛，可丝毫比不上心里的痛。

从家里来的时候，他记住了一条条街的样子，他要回去找瑶瑶。

他不是一只没人要、无家可归的流浪狗，他有主人。

除夕深夜，长街上萧索寂静，空无一人，没有车，没有营业的店铺，直到零点跨年那一刻，诺诺走到一家还在开放的便利店门前。

爆竹声和烟火绽放的声音响彻黑夜，诺诺身上落满了雪，他吃力地抬起头，望着头顶缤纷的绚烂光点。

"瑶瑶……"他轻声说，"你看，有烟花。"

他走进便利店，想打一个电话，店员被他的样子吓到，他解释："我只是……跟她走散了，就快要回了。"

诺诺的手冻僵了，店员帮他拨号，打了三遍，喻瑶都是关机。

他问："我能不能要一张纸？"

他怕自己撑不到回到家里，如果倒在半路上，他也要证明自己不是被遗弃的。

诺诺艰难地在纸上写下几个歪歪扭扭的字："我有人要，我有主人。"

之后，他咬着牙，一笔一笔写下喻瑶的名字和电话号码。

店员要给他拿件衣服，让他改天再还，他摇头："我家……就在前面了。"

他搂着自己当命一般珍惜的小黑包，抱紧那张纸，不知道自己走了多久，身体早已经没了知觉，摇摇晃晃地回到瑶瑶住的那个旧小区。

他站在楼下，望着楼上，窗口是黑的，没有开灯。

瑶瑶……瑶瑶睡了，所以才不理他？

他跌跌撞撞地走过去，想打开单元门，僵硬的手指在指纹感应处试了很多次都没有响应，他直接按瑶瑶家的门铃，也得不到任何回应。

按其他人家的门铃，会吵到别人，会让瑶瑶讨厌他。

诺诺茫然地望着周围，到处是皑皑白雪。他没有力气了，再也无法走去更远的地方。

他拖着冷透的身体，挪到第一次被喻瑶看到的捐助柜旁边，缓慢地蹲下去，扯开他的小包，手指掠过保温饭盒，掠过瑶瑶送给他的杯子，掠过瑶瑶之前捡来哄他的云朵状石头，然后从里面找出了装蓝莓糖的那个玻璃罐。

诺诺低着头倒出最后一颗糖，放入覆着雪花的冰冷唇间。

瑶瑶，你说我若是想你了就吃糖，可糖已经吃光了，你什么时候来接我回家？

喻瑶结束和韩凌易的通话后，登机口就开放了，排队的人开始变得密集，噪音陡然变大。

她加快脚步去登机，想等坐好了，周围安静下来，再打给诺诺。机舱门口却因为一个乘客意外摔倒而变得拥堵，她走到座位上时，距离起飞只剩下两三分钟。

喻瑶抓紧最后的时间拨通诺诺的号码，没有通，又打了两遍，还是一样。她换到微信语音，仍旧无人接听。

离开的这些天，她跟诺诺之间断联的次数未免有些多了，之前她还能找到合适的理由安慰自己，但除夕夜，诺诺能去做什么，连手机都不带在身边？！

喻瑶因为韩凌易那番毫无征兆的告白本来就心里别扭、烦闷，现在又添了很多异样的预感，再往回追溯每一次她跟诺诺的巧合错开，心里不由得蒙上了一层不安的阴霾。

她归心似箭，关机前，皱着眉，发了一条信息：诺诺，我上飞机了，再等我几个小时。

五个钟头的航程对喻瑶来说太难熬，因为大雪，抵达时间比正常时间晚了一些。

喻瑶在飞机落地后，立马开机，看到手机通知栏一片空白，没有任何电话和信息，她的心重重地沉下去，知道肯定出问题了。

她咬紧牙关，拎着行李一路跑出机场。此时已经是大年初一的凌晨两点，外面一片萧索的白，出租车只有零星几辆。

喻瑶提前付了司机两倍的钱，让他以最快速度载她去艺术中心，而后在门外等她几分钟，她接上诺诺立即就走。

一路上大雪纷扬，诺诺和韩凌易都失去了联系，喻瑶担心诺诺，指甲深深掐进手心。

到了目的地后，她连车门都来不及关，径直冲进亮着灯的大厅，等她看清里面的情景时，她心里仅剩的一丝微弱的希望倏然熄灭。

只见韩凌易狼狈地侧躺在地上，眼镜碎裂，衣服被扯坏，全身是伤，周围一片争执过后的狼藉，诺诺的手机就丢在旁边，上面还有脏污的鞋印。

听到动静，韩凌易似乎刚刚清醒过来，万般痛苦地朝她移动了一下，断断续续地说："瑶……瑶，你回来了，对不起……弟弟会做出这样的事，是我没引导好他……"

喻瑶如堕寒潭，耳中响起一阵重过一阵的嗡鸣声。她走到韩凌易跟前，盯着他身上惨烈的伤，问："诺诺在哪儿？"

韩凌易的脸颊和眼睛都是肿的，伤势骇人，足够博得同情，他哑声道："弟弟听见了我给你打电话告白，突然就对我动手了……他不懂事，可我不能跟他一样，但他下手太重了，当时我意识实在不清醒，隐约看见他跑了出去……"

他低头剧烈地咳嗽，任谁看，他都是一个绝对无辜的受害者。

诺诺有过前科，民警忌惮他，乔冉被他吓得涕泪横流。他本身就存在不确定的危险性，加上韩凌易此时的惨况，这些足够让喻瑶相信。

但喻瑶只是垂眸俯视着韩凌易，语速快而凌厉："诺诺在等我，等了整整半个月了，怎么可能跑出去？难道是你让他以为等我已经失去意义，外面有什么比守在这儿的吸引力更大？"

韩凌易闻言，瞳孔一缩。他本以为喻瑶会站在他这一边，换到任何人身上，都会倾向受害者！喻瑶一直那么信任他，可就因为事情涉及诺诺，他这个样子竟然换不来她的一点同情？！

喻瑶一秒钟都待不下去，从听到诺诺跑出去开始，她脑海里全是外面肆虐的风雪。这深冬寒夜，他能去哪儿？是不是也受伤了？

她转身要走，脚却意外踩到一块碎片。她捡起来，是手机屏的一角。

喻瑶扭头去看，只见韩凌易的手机完好，那这个只可能是诺诺的。

她强忍着即将崩溃的情绪环视四周，在不远处的墙角瞥到一个垃圾桶，当即快步走过去掀开盖子，最上面果然是诺诺已经彻底损坏的手机。

显然是韩凌易受重伤走不远，不得不将诺诺的坏手机扔在这儿，可惜落下了一角被她发现。

喻瑶既惊又怒，一个字也说不出，脑中浮现无数拼凑的画面。这十几天的表面太平下，诺诺究竟出了多少事，直到这一刻，她才窥见了一点端倪！

她着急报警找人，她的手机却已经没电。她俯身拿过韩凌易的手机，强行摁住他的手指解锁，跳出来的界面却显示一段被暂停的语音。

喻瑶下意识点了播放键，那段把诺诺逼到绝境的语音，是她自己的声音，摧毁了她勉力维持的冷静。她看了韩凌易一眼，脸上露出难以置信的冷笑，后退两步，回身，大步冲出艺术中心，呛了满嘴冰寒的雪花。

这里地处偏僻，离家又远，连来过几次的她都是开导航才找得到路，诺诺怎么可能在风雪里认清方向？

喻瑶发着抖掏出一沓现金塞给出租车司机，让他载着她赶赴最近的派出所——整个城市最可能亮灯的地方，但没有诺诺。道路旁的监控暂时查询不到，值班民警最后调出了派出所大门口拍到的视频。

往前连跳了几个小时，喻瑶充血的双眼猛然定住，手用力按紧显示器的边缘。

画面不算清晰，又被大雪干扰，甚至没有拍到诺诺的全身，只拍到一双仅仅穿着单薄长裤的腿，几秒就消失了，这一幕刺痛了喻瑶的心。

喻瑶以为肝肠寸断是书里才会写的矫情词，此时此刻却是她心底的真实感受。

民警在她身后凝重地提醒："我们会尽力找，但这种低温天气，如果只穿这么点在户外游荡太长时间，怕是……你要有思想准备。"

喻瑶重新坐进车里，手抖得稳不下来，什么思想准备？她没有！她为什么要有？

司机忧心忡忡地说："在这么大的城市里盲目地找一个人，无异于大海捞针，就算找到也早冻死了。你知道他想去什么地方吗？"

他想回家。

喻瑶张开口，鬼使神差报上自己家所在小区的名字。她的理智告诉自己，这是不可能的，距离太远了，诺诺怎么可能走得回去，但又控制不住狂奔向那个渺茫的希望。

车在风雪中风驰电掣，喻瑶的心似被死死地攥着，随时能碎裂开来。

司机开到小区外，路面结了冰，车子原地打滑一时走不了。喻瑶直接推门下车，一路朝里面疾跑。

大雪覆盖冰层，她滑倒摔了一下，立即站起来，赶去单元门口。

诺诺如果回来，一定会上楼，就算没带钥匙，他也能进楼道里面取暖！

凌晨四点。

除夕已经过完了，热闹的人群和烟火早已散开。夜色漆黑沉寂，像一个没有边界的巨大灵柩。

喻瑶停在距离单元门几步远的地方，呆呆地注视着那个无人知晓的角落。

破旧的高大捐助柜旁边，蜷着一个全身落满雪花的身影。他低着头，衣服看不出本来的颜色，发梢已经结冰，睫毛上雪白一层，人一动不动，只有胸口微微起伏，他整个人紧紧地搂着空空的玻璃罐和一张沾满雪水的纸。

纸上写着他活在这个世上，生命里唯一的人的名字。

喻瑶愣怔地盯着他，很想放声大哭。

她最心爱的人，差一点就这么孤独地死在冰天雪地里了。

第十五章
告白

救护车十五分钟后赶到，医护人员下车，见喻瑶只穿着一条薄薄的裙子，把大衣裹到了诺诺身上，并用尽力气紧搂着他僵冷的身体。

众人以为她冻得不清醒了，但刚一靠近，她马上抬起眼，目光锐利，失控地喃喃说道："他醒不过来！不管我怎么给他取暖，他都没有回应！"

她不敢乱动诺诺，想去楼上取棉衣下来，才看到单元门上年前就贴了通知，指纹信息损坏，让业主到物业去重新录入指纹。所以诺诺进不去，只能蜷缩在这里，茫然地等着根本不知道会不会回来的她。

随车医生需要把诺诺抬起，喻瑶却不愿意和诺诺分开，但她还有些理智，知道自己在这里多余，尽力让开空间，仅用一只手贴着诺诺。

无论他们怎么移动他，把他放到哪儿，她的手都不肯移走半寸，颤抖着不停安抚他。

她自己也冷得全身战栗，医生给她披上衣服。她半伏在诺诺身边，被救护车里的灯光晃得眩晕，嘶声问："他没事，是不是？"

今夜的气温跌破往年的低温线，医生顿了顿，没回答，视线不禁落在年轻男人苍白的脸上。

雪雕一样。

抢救室外，喻瑶紧紧搂住诺诺披过的大衣。他的小黑包就在她手边放着，她从小黑包里摸索出冷透的保温饭盒，里面的饺子被摔过，很多都变了形，不再好看。

她夹起一个放进口中，慢慢地嚼碎，咽下去，而后俯下身，眼泪沾满了双手。

天亮以后诺诺才被推进病房，连医生都觉得庆幸，新年第一例患者在这么凶险的情况下被救了过来。

医生脸上带笑，跟喻瑶说："应该是因为他大部分的时间都在路上走，没有停过，肌肉、血液都保持着一定的活跃状态，之后在路边受冻的时间相对比较短，身体才没产生不可逆的严重损伤。那么远的距离，他一路走回来的，意志力真的太强了。"

"放心吧，没有什么大事，可以过个好年了。"医生安慰，"人要苏醒过来还需要一阵子，短时间内肯定会有酸胀不适应的情况，好好保暖，会恢复的。不过，他的身体状况不容乐观，好几项指标都偏低，看着像是很久没有好好吃饭、休息了，好像受过虐待。"

喻瑶还没告诉诺诺她拿到片酬了，可以跟他一起吃好的、穿好的。她以后还会买个足够他活动的大房子，今天在市中心的医院，她也付得起住单人病房的费用了。

她把病房的窗帘全部拉上，只在床边开了一盏小灯，怕诺诺醒来时会被灯光晃到眼睛。

床头的桌上有一束小护士送来的百合，听说是她的影迷，她也顾不上去感谢。

喻瑶坐在病床边，心像被刀搅着一样疼。

她把双手摩挲到有了暖意，才敢去碰诺诺。他的脸还是冷的，头发上的冰化了，长睫在眼下投出浅淡的阴影。

她回来之前，心里想的是试着和诺诺谈恋爱，但从在雪地里扑向诺诺的那时起，所有顾虑、忐忑和纠结都烟消云散了。

没有试着，没有考量，她再也放不下、丢不了，她要这个人，这一辈子不管长短曲折，只要他不变，她就为他交付所有。

喻瑶枕在诺诺的手臂上，靠了会儿，又忍不住踢掉鞋子，侧躺在他身边，隔着被子环抱住他。

诺诺意识模糊，头痛得似要裂开，有什么东西在被唤醒，情绪激烈时爆发出的那些记忆碎片并没有消失，就停在他的脑海里。像是一堆零散的片段，没有前因后果，也挖不到更深的记忆。

他看到童年的喻瑶穿着奶黄色的连衣裙，站在桃树下，别了一小枝桃花在耳畔，好奇又怯怯地望向他。

他欢喜得心都在颤，却连表面上的一个眼神都不给她，只嫌恶地冷笑。等她走后，看守的人也都不在了，他才跳下高墙，在泥里拾起她落下的那一小枝桃花，擦干净，小心地藏进怀里。

他不知道自己是谁，但是身体和情感都在本能地排斥这些记忆，不想回到过去，不想去做那个人，他怕一旦醒来，就会一无所有。

那些片段就此停住，如同被他的潜意识遏制着，没有立刻继续扩张。

诺诺能逐渐感觉到温度、声音，还有一个人柔软的触感。他的意识醒过来，眼睛却沉重得睁不开，全身僵硬，一下也不能动。整个人像是被硬生生地割裂了。他是喻瑶的诺诺，但又隐约有一寸边角被侵袭，染上了浓重刺目的暗红，只是面积还小，被大片纯白顽强地压制住了。

他在哪里？他要去找到她。

诺诺急得鼻尖沁出薄汗，莹白的皮肤渗着淡淡的红。

"你以为我看见那封信会是什么反应？讨厌、嫌弃、觉得可笑吗？你知不知道，这是我第一次收到手写的情书，而且是来自我思念却不敢面对的人。"

沙哑的女声低低的、柔缓的，带着一点从不肯随便示人的轻颤，就在他耳边，近在咫尺。

诺诺怔住，在听到女声的刹那，思绪全部汇聚向这个声音的来源。

是瑶瑶吗？

瑶瑶回来了？她还要他吗？

"我不会说那段语音里的话，他知道你多爱我，所以那么轻易地就能伤害到你。诺诺，我一直都是你的软肋吗？你以后不用害怕了，你拥有了铠甲。"

喻瑶发间的冷调清香侵入诺诺的身体。

"你醒过来，我就说你最想听的话，面对面跟你告白，"她温软的手落在他的脸上，一寸一寸抚摸，主动倾身过来环抱住他，声音越来越低，直至含糊，"我怎么可能……不喜欢你？"

他感觉到女孩子的香暖气息环绕着他，他愿意奉献自己的一切换得的一点疼爱和温柔，在这半梦半醒的时候，落到了他的臂弯。

如果忍受痛苦就能得到这些，那么再加千倍万倍痛苦，哪怕让他上刀山下火海，他也愿意。

诺诺的眼尾滑出泪水，沾湿头发，落进枕头里。他的身体动不了，那纯白和带着一抹暗红血色的灵魂宛若伏在喻瑶的脚边，化成一摊灼灼泪水，环绕着她。

喻瑶太累了，躺在诺诺身边昏沉地睡过去，没有发现他已经睁开眼睛。

诺诺目不转睛地看了她许久，用尽力气略撑起身，还不灵活的苍白手指缓慢钩过床头桌上的花束。他耐心地扯下绑花的长长缎带，他低下头，认真地将缎带缠在了自己的腰间，郑重地打了一个结。

告白，怎么能让瑶瑶来做呢？

喻瑶傍晚时惊醒过来，身上很暖，她竟然盖了被子。

有人给她盖了被子，那岂不是——

喻瑶的视野迅速清晰，这才发觉自己缩在一个温热的怀抱里，她的心跳抑制不住地加快。

她不自觉地动了一下，正枕着的那只手臂忽然往内一弯，把她搂到胸前。

喻瑶抬起头，撞上他低垂的睫毛，错落掩映下，是那双内勾外翘，让人失神的眼睛。

她想说的话全挤在唇边，眼眶不禁泛红。

诺诺却把被子慢慢推下去，露出他腰间的那条精致缎带。

他牵起缎带的一头，按在她的手心里，然后与喻瑶十指紧扣。

"瑶瑶……我把自己当成礼物送给你，"他的声音低哑，混杂着叹息和哽咽，"求你，收下我。"

喻瑶的手指被他的手严丝合缝地扣住，那条缎带缠绕在中间，摩擦出烫人的热度，渗过皮肤，朝升温的身体侵袭。

前一刻她还在做噩梦，梦里全是诺诺被大雪覆盖的样子，她怎么哭喊都唤不醒他。下一刻，她醒过来就被活生生的他紧紧抱住。

他的体温恢复正常了，能动能说话，就贴在她耳边，连呼吸都是暖的。

她之前仿若浮在半空，此刻终于被诺诺拥着落了地，失而复得的甜蜜和酸楚同时涌上心头。

喻瑶眼角湿了，眼泪不停地往外流。她以前喜怒都很克制，极少有这么激烈的情绪，更不可能把自己脆弱的一面给任何人看，但现在不一样了，她自愿把外壳全都摘掉，只对他敞开心扉。

她反过来用力攥紧诺诺的手，那根缎带一起被扯动。

诺诺用缎带把自己缠得很牢，被喻瑶这么一拽有些疼，他不由得低低闷哼了一声，顺着往前一扑，顿时和喻瑶之间再也没有距离。

他身上的病号服跟床单磨蹭，扣子被扯松了两颗，腰间的衣摆也被掀起来，又没有被子遮盖住，腰腹都露出来了。

诺诺身体还不太灵活，固执地拼命去搂她。她平常看着很高，穿上高跟鞋气场一米八，但这时候窝在他怀里，显得纤细小巧。

"瑶瑶，"诺诺的嗓子更沙哑，"你别再不要我了，把我的带子拆开，收下我，别再把我一个人扔下了。"

喻瑶脸上的泪快干了，耳朵和脖颈开始涌上热气，耳朵被彼此纠缠的呼吸声填满。

以前诺诺也总是很直白，从来不掩饰他的诉求，有什么就说什么，但那个时候她还控制得住，就算被诺诺无意识地撩了，也能维持表面冷静。

可现在太难了，他随意说一句话，她就心动不已。

人就在她身边，到底抱还是不抱？

她想拥抱他很久了，好不容易没了负担，可以紧紧地拥抱他，告诉他她也很喜欢他，但是他毕竟刚醒过来，自己还有很多话没来得及说。

喻瑶很是纠结，多少有些放不开。

诺诺以为她迟疑了，手上的力道失了控制，抱得更紧，急切地催促她："瑶瑶，你怎么了？你不喜欢我吗？你……不是要向我告白吗？"

他的唇寻过来，轻轻地触碰她的额角，一路朝她的脸颊和嘴角而去。

喻瑶胸口起伏不定，最后那点矜持也没了。她顺着缎带把手伸过去，搂住他的腰，冰凉的触感刺激得她鼻尖发热。

她的手继续往上，抚到诺诺的脊背和蝴蝶骨，头朝他的肩窝埋得更深了点，一边享受他身上惯有的清冽气息，一边轻拍他的背，安抚他的情绪。

而诺诺的病号服质量不够好，扣子又松开了两颗，只剩一颗还艰难地维系着。他的胸膛露出大半，呼吸已然乱了章法，耳郭泛出勾人的薄红。

喻瑶看得耳根起火，下意识舔了舔唇，喉咙里有些干渴。

她收回手，解开那根缎带，查收她的"礼物"，鼻音略重，说道："礼物拆了，也验完了，我确定……不用教，现在这样，就是我爱的——"

她最后一个字还没落，诺诺就顾不得身上的伤，迫不及待地覆了过来，病房和消毒水的气味仿佛随着他的动作消失了。

喻瑶被他完全笼罩住，嘴唇紧绷，好像在等待什么。

病房门却不合时宜地忽然一响，被人从外面推开，两个年轻的小护士结伴走进来。

两人出现在门口的那一刻，齐齐愣住，白净的脸颊涨得通红。

诺诺听到声音，第一时间拽过被子把喻瑶挡在身下，本能地护住她。而后，他略侧过头，目光冒出寒气。

两个小护士被这一幕吓坏了，彼此对视一眼，颤声喊着"继续继续"，慌忙跑了出去。

"嘭"的一声，门被带上。

喻瑶糟心地闭了闭眼，刚才进来的其中一个护士应该是她的那个小影迷。她一时意乱情迷，几乎忘了自己身在医院，病房门只是关着而已，根本没法上锁。

喻瑶承认她有点遗憾，这么好的气氛却没能继续下去，如今明知外头有人，她怎么可能全情投入。

她推了推身上的人，轻声说："你身体还没好，先别闹，等以后……慢慢的。"

诺诺却不肯放开她，盯着她："瑶瑶，你爱我？"

喻瑶直接迎上他的目光，她已经决定的事就不会再逃避，当即点点头：

"嗯，你没听错。"

诺诺握住她的肩膀，眼里的光如同星芒，尾音带着颤："爱我，就跟我结婚。"

喻瑶一怔，随即想起来，她上次拒绝诺诺的求婚，给出的理由可不就是不爱他。

她抬手捏了捏他的下巴，郑重其事地说："我不想要跨物种的婚姻，狗狗不在我的考虑范围里，你如果有这个愿望，就必须答应我……"

喻瑶凝视他，轻声要求："相信自己是一个人，一个正常的，比身边的其他人都出色的，最好的人。"

诺诺喉结滑动着，重重点头，眸中星芒璀璨："我是人，不是狗狗。"

诺诺这么久以来无比执拗的认知终于被扭转过来了，喻瑶异常欣慰，她屈起手指，刮了刮他弧度优美的下颌。

他不是"狗狗精"，却比电影里任何貌美诡异的妖都更有魅惑力。

眼看着他欢喜地上前来蹭她，她心动神摇，但仍然无情地说出现实问题："做人只是第一步而已，你还没有户口、身份证，连名字都是我随口取的，怎么能跟我结婚？"

诺诺学的东西不少，但始终害怕会被喻瑶抛弃，对这方面的知识本能地回避，还没有涉猎。

不过，他懂得了结婚需要三个必要条件：爱，是个人，有身份证。

前两个条件他都满足了，那么只缺剩下那样东西了。

等他有了身份，就可以跟瑶瑶结婚。

诺诺微垂下头，钩住喻瑶的小指，脸慢慢磨蹭，磨到她脸颊不受控地开始胭红。他低声说："瑶瑶，你给我一个身份。"

喻瑶下床的时候头昏目眩，冷静了半晌，才恢复成以往那个难以亲近的高冷演员的样子。她指着诺诺，要他把被子盖好，乖乖躺着，而后清了清嗓子，走了出去。

两个小护士已经工作半天了，还是满脸通红。此时两人看见喻瑶，激动地说道："瑶瑶你放心，我们从你刚入行起就是你的忠心影迷，从来没相信过那些对你不利的黑料，今天看到的也绝对不会出去乱说！"

喻瑶浅笑一下，她其实并不害怕恋情曝光，她也从没打算刻意隐瞒她的恋情。

"谢谢你们的花，"她顿了一下，意味深长地继续说道，"尤其是绑花的那条缎带，我特别喜欢。"

"另外，"喻瑶平添妩媚的一双杏眼注视着她们，歪了歪头，"我男朋友醒了，可以帮忙喊医生来吗？"

两个小姑娘猛地点头。

主治医生进病房给诺诺全面检查了一遍，确定没有什么大问题，要求诺诺继续休养，多住几天，调养好了身体再出院。临走前，他的目光在诺诺和喻瑶之间徘徊，而后笑眯眯地说："别的没事，就是心率有点快，年轻人也要注意身体啊！"

喻瑶不好意思地点点头。

她没忘记医生说过的"诺诺好像受过虐待"，等医生走后，她坐回床沿，手撑在诺诺的枕边，紧盯他问道："我走的这些天，你究竟都吃什么了？"

诺诺明白，她这样问，就是什么都懂，他无法隐瞒了。

他浅笑，俊秀的双眼微弯："蓝莓糖、你给我带的零食，还有那张禁忌列表里所有我不吃的东西。"

喻瑶虽然早就猜到了，但此时听他这么说，还是怒火攻心，后悔到无以复加。她扭过头，深吸了几口气，才稍微平静下来："每天他给我发的菜单都是假的，那其他的呢？他说你过得开心，融入别人的圈子，那些照片里的笑容——"

"骗你的，"诺诺目不转睛地望着她，瞳仁中尽是她的倒影，"我不可能开心，也融入不了别人的圈子，我笑……是因为你会看到照片。"

喻瑶忍着心疼，想到医生之前交代的那句"心率有点快"，她不敢再随便触碰他，低声说："你先睡会儿，我出去一下。"

诺诺陷在雪白的棉枕里，黑发红唇，鼻尖和眼角也是红的，混着一丝无助的语气，低声央求："瑶瑶……你别走。"

喻瑶勉力回答："我是急着去给你打听办证的事……"

诺诺立马乖巧，眼睛睁圆，轻轻把她往外推："快，快点去。"

喻瑶除了想张罗给诺诺办证之外，其实还要去找韩凌易算账。电梯里的人太多，她怕万一被认出惹麻烦，选择从楼梯下去。走到三楼的拐角时，她刚拨出电话，就听见一道手机铃声在步梯门外响起。

这么巧？

喻瑶停住，顺手推门一看，正撞见韩凌易拄着单边拐杖，费劲地从楼梯口往病房的方向挪动。他左腿膝盖以下打着石膏，身上、脸上的伤口也处理过了，神色阴沉，此时的形象跟以往斯文优雅的他简直判若两人。

喻瑶收起手机，陡然出声："凌易哥，看来你是有能力自己来医院的，昨晚特意躺在地上等到我下飞机去见你，可真是辛苦你了。"

韩凌易没想到她会出现在医院，转念想明白了因果，不禁咬了咬牙："他没被冻死吗？"

"我男朋友没那么容易被人算计，"喻瑶冷眼看他，"让你失望了。"

"男朋友？这么快……"韩凌易闭上眼睛，脱力地靠到墙上，"我都……白白算计了，还推了你一把。"

喻瑶逼视他："韩凌易，你如果真的对我有意，这么多年里随时都可以光明正大地告诉我，可你装着清心寡欲，却对我放心交给你的人下这种狠手，你的病是不是从来就没被治愈过？！"

"就算是，那你就可以把我当成治愈计划的一个实验品吗？"韩凌易双目赤红，"我不是你治愈成功的病例？怎么可能变成实验品！"

"什么实验品？"

韩凌易情绪激动："是他亲口跟我说的，我只是个实验品。除了是你告诉他的，还能是谁？"

喻瑶拧眉，怎么可能？

当初程梦团队提出这个计划，韩凌易是第一个接受治疗的患者，确实有很多人暗地里用"实验品"来代称他，但她从没有这样认为过。

她的治疗生涯里只有成功和失败，成功的病例数不胜数，失败的病例唯独那一个。

被困在不见天日的高门大院里，那个男孩子宛若冷血的危险的凶兽……直至最后分别，她都没能得到他一丝一毫的喜欢。

这种陈年往事与诺诺毫不相干，他怎么可能会知道？韩凌易应该是小时候就听说过，却到了如今才拿出来继续中伤污蔑诺诺。

喻瑶失望地摇头："你不是实验品，而是我的第二个失败病例，我建议你去接受心理治疗。还有，我心眼儿很小，有怨必报，你竟然敢对他做出这样的事，我既然还在这个圈子里混，你就别怪我断你的路，你这些年做编剧也不是完全干净的。"

说完，她转身离开，找个安静的地方，给民警陈路发了条拜年的微信，然后询问了落户的相关手续，但没说要给谁办。陈路热心回答，告诉她年后就可以去办理了。

喻瑶买了小蛋糕回到楼上的病房，告诉诺诺过段时间去办证，随口提起遇到了韩凌易的事，恨恨地说这个人到现在还试图把不相干的事推到他身上。

诺诺捏着小勺子的手微微地一抖。

韩凌易是实验品这句话，是他亲口说过的，他的记忆碎片里真切地存在这个词，以及那时宛如蚂蚁疯狂咬噬心脏的嫉妒。

诺诺眼帘垂下，灵魂边缘的暗红不知不觉地向上延伸了一寸，但还远不够跟纯白抗争。

他眼神澄澈，漂亮无邪，本能地知道不能说，不能被瑶瑶发现，却不太懂得其中的原因。

他抬起头，懵然地看向她，唇边还蹭着一抹奶油："瑶瑶，我没有。"

喻瑶被奶油勾得入神，揽着他的肩向前，探身在他的嘴角很轻地亲了一下，笑着说道："当然没有。"

喻瑶觉得应该正式一点，把两个人的关系下一个定论，免得诺诺还是不安心。

喻瑶带着他走到一条人少的走廊里，她背后是透着日光的窗口。诺诺跟她面对面站着，她要仰起头才能看清楚他，朦胧光线照进来，给她眼前盖了一层婚礼头纱般的轻薄白雾。

诺诺站在这片白雾中，如一尘不染的神祇。

喻瑶不该紧张的，可她就是紧张了，心跳明显加快。

她轻声说："我想，关于我们的关系，我应该给你一个明确的说法。"

她想说"我是你的女朋友"，但话到嘴边，又抿住了红唇，想反过来问他，看他究竟懂不懂。

喻瑶抬起小巧的下巴，跟他在光雾中对视："你知不知道，我到底是你的谁？"

诺诺上前一步。

很小的一步，喻瑶却感觉到压迫。她忍不住倒退，后背抵上窗沿，只见诺诺嘴角向上弯，似乎笑了，又似乎只是宠溺地在看她。

人声很远，周围静谧，他俯下身，凑近喻瑶，在她的耳畔一字一句虔诚地回答。

"我当然知道，喻瑶是我老婆，我爱她。"

诺诺说完，又低低地，自言自语般重复了两声"老婆"。他对这个崭新的称呼爱到不行，浅红色的唇弯起，好像他和瑶瑶之间终于有了深切的、再也不可斩断的刻骨情愫。

他眷恋地在喻瑶脸颊边蹭了蹭，稍微抬起头，贴在她眉心，试探着亲了一下，然后攥住她的手，揉着她手指上的那枚木头戒指，不禁拖长了尾音，欢喜地对她说："瑶瑶是我的老婆——"

喻瑶彻底昏了头，产生了像是一口气灌了两瓶红酒的眩晕感。

喻瑶一大堆的解释就要脱口而出，但对上他的双眼，又下意识哽住。

他迎着晨曦，羽毛般的墨黑长睫间尽是璀璨光点，稍一眨动就流光溢彩，倾注了所有热情和幸福在她身上。他只是说出了简单的两个字而已，却像得到了他企盼的全世界。

这让她怎么能严肃得起来？

诺诺不催她回应，站直了身体，从衣兜里拿出一个带着他体温的板板正正的大号信封，里面塞得很厚，信封上有他亲笔写的"给老婆"这三个格外标致的字。

他什么时候偷偷准备的，喻瑶完全不知道。

她定定地看着他。

诺诺后退了一点，穿着西装裤的笔直长腿单膝跪下，把信封放进她的手里，仰起头，眼里蒙着戳人心肺的水色："今天我们结婚吧。"

"瑶瑶……"他指着信封，有些羞赧，"艺术中心有人来收木雕，我做了很多，赚的钱都在里面，全给你花。"

喻瑶没想到里面是钱，她顺势去看诺诺的手，白净、修长且清瘦，因为她而受过很多伤，有的还没有痊愈，最近又不知道做了多少木雕，上面遍布大大小小的新旧口子。

他这么辛苦赚来的钱，欢喜地全塞给了她。

喻瑶觉得这个信封沉甸甸的，把她的手臂压得酸痛。

诺诺笑着说道："以后我养瑶瑶，我拼命赚钱，瑶瑶娶我。"

喻瑶心里甜涩交织，情绪剧烈起伏，无法平静，她想诺诺肯定是她天生的克星，再平静的心也能被他搅乱。

明明很多事都还没搞清楚，诺诺就已经跟她求婚两次了，只想把一米八五、高大挺拔的自己成功地"嫁"出去。

太乖了，乖得喻瑶又想欺负他了。

"这样不算结婚。"

喻瑶也蹲下去，一本正经地跟他说，"结婚是你跟我拿着各自的户口本和身份证去民政局，领另外一个叫结婚证的东西，到时候我们就可以在同一个户口本上。"

"不过在这之前，还得经历恋爱的过程，要告知亲戚朋友，办婚礼，还得买个房子，别管大小——"喻瑶喘了口气，继续说道，"我还要多拍几个电影，赚够房子的首付……"

还没等她说完，诺诺就拉着她急切地问道："房子贵吗？信封里的钱还差多少？"

喻瑶想了想那个巨额的差距，温柔地说："只差一点点了。"

诺诺用手背胡乱地抹了一下眼角。他还是没能跟瑶瑶结婚，他赚的钱不够。

喻瑶不想再解释那么多的现实问题了，她的诺诺就应该生活在城堡里。

她用手指拨了拨他发凉的下巴："赚钱不急，不过……你要是喜欢，私下里允许你叫我老婆。"

Chapter 16

第十六章
她的神明

　　《梦境山》剧组原计划一周前就要结束假期开工，但因为其他单元拍好的部分出了岔子，导演去补拍才耽误了进度，正好给了喻瑶陪诺诺养病的时间。

　　诺诺出院的当天中午，喻瑶就接到通知，最迟四天后要到剧组报到，继续拍完剩下的戏份。

　　虽然又要去外地，但这次不在山里，换到了城市周边，条件比之前好得多。喻瑶决定带诺诺一起去，从此以后不管去哪儿，她不会再把他一个人丢下。

　　剧组众人以为喻瑶还是独自回来，万万没料到这次她居然带了传闻里超帅超萌超可爱的助理。这群人平常八卦，没少偷偷看"白玉"的绯闻，但碍于喻瑶之前没领人来，脾气也不怎么好，谁都没敢多嘴问。这下亲眼见到绯闻男主角出现，都觉得真人比那些偷拍的模糊图片里要帅得多。

　　导演直觉这就是喻瑶除夕死活要回家的原因，忍不住问："这是谁啊？不介绍介绍？"

　　喻瑶来之前就想过，她不怕对任何人承认诺诺的男友身份，她敢把诺诺领来就敢说。她是个演员，事业与恋情无关，就算有关，她既然选择了就有勇气承担所有后果。

　　她打算说"男朋友"三个字，诺诺却上前把她往身后略挡了一下，缓缓说："我是她的助理。"

　　他每天去白玉超话里签到，看过很多言论，知道女明星不能公开恋情，会对她很不好，那他心甘情愿暂时不公开。

诺诺已经这么说了，喻瑶不好再当众反驳，只是心里酸酸的，有些别扭，她大概能猜到诺诺的想法。结果两个小时还没过完，她心里别扭得更厉害了，因为导演把她喊过去讲戏，告知她原定于最后拍的那场吻戏因为男主角行程不便，要挪到今天先拍。

喻瑶断然拒绝。

吻戏她事先是知道的，很清浅的吻，而且不需要真亲，借位就行，之前定好了拍摄日期，她也打算好到时候找理由把诺诺支开，不让他亲眼看见。他死心眼儿，执拗又容易受伤害，就算她解释了，他也不见得能够接受那个场面。

但吻戏这么一提前，她拿什么借口临时赶他走？

导演唯恐天下不乱，问她："你该不是怕你的助理吃醋吧？"

喻瑶坦坦荡荡地回了他一个字："是。"

是也没办法，她尊重自己的专业，不可能以私人原因去扰乱剧组的安排。

导演贼笑："那你自己哄好他。对了，为了庆祝年后复工，今晚咱们早点结束，集体去我朋友开的鬼屋热闹热闹。"

喻瑶没工夫想这个，她只希望诺诺还能像以前那么好骗。

她把诺诺拉到树荫下，神色诚恳，语气听不出任何异样："下午四点左右，你帮我……去市里买套宽松的衣服吧，现在这些穿着太紧太勒。"

诺诺骄傲地说："我带了，我箱子里装的都是你的衣服，宽松的运动衣也有，我去拿两套。"

他这么细心，喻瑶心里五味杂陈，更难编理由了："那就帮我去找个奶茶店，订全剧组人想喝的奶茶。他们挺照顾我的，我应该请客。"

诺诺握着她的手腕，嘴角翘得过分勾人："我已经订啦，超话里说做助理的要贴心，我都用小本子记下来了，买奶茶是日常工作。"

喻瑶无奈，想直接跟他讲出事实算了，但转念想到诺诺可能会对她和别人的"吻戏"有很大的反应，他不可能听话避开，看到了又会是什么心情，她就说不出口了。

诺诺会钻牛角尖儿，他跟别人不一样的。喻瑶蹙眉，又道："那帮我寄个快递……"

诺诺忽然不说话了，低头静静地望着喻瑶，明白过来，瑶瑶其实是想让他走，并且不想说原因。他沉默了片刻，眼帘垂下去，点点头："好。"

喻瑶以为他信了，松了口气，打算快点拍完吻戏，趁今晚就把她实打实的吻给诺诺安排上。

拍吻戏的地点是个吊脚楼，现场空间有限，围观的剧组人员不多，也没大范围公开，喻瑶倒不担心有谁会跟诺诺多嘴。

下午三点五十，诺诺把运动套装给喻瑶准备好，叠整齐，放在椅子上，摆好了给全剧组人员的咖啡、奶茶，接着拿起喻瑶给的那个轻飘飘的所谓快递袋向外走去。到片场边缘时他回过头，看到喻瑶上了吊脚楼，之后男演员跟着她走上去，再也没出来。

诺诺攥着袋子，指尖略微泛白，他又等了很久，最终忍不住走向吊脚楼。他的双脚踩在木质楼梯上，发出轻轻的嘎吱声，楼里面传出导演的大嗓门："喻瑶，你怎么了？微表情不对，再沉迷一点，对，就现在，亲上去！"

诺诺加快脚步跑到人群外，他个儿高，宛若鹤立鸡群，背着光，一眼就见到里面席地而坐的喻瑶，她穿着苗族少女装，微仰起头，脸颊发红。对面的男演员俯身靠近她，光影一晃，像是在亲昵地接吻。

导演可算是满意地喊了"卡"。喻瑶心神不宁，终于坚持把这场借位的吻戏拍到导演满意。她刚要起身，莫名觉得哪里不对，如有预感般扭过头，对上诺诺直勾勾望着她的双眼。

喻瑶心口猛跳，短暂对视的那一刻，诺诺眼里的情绪直刺人神经。他就那么注视着她，委屈难过、嫉妒苦楚，甚至还有错觉般的一晃而过的噬人光芒。

他的头垂下去，黑软的发梢滑落。

喻瑶急忙跑上前，挤出人群，握住他的手臂。

诺诺手里的快递袋子已经没了原本的形状，他动嘴想说什么，嗓子却像是被封死，一个音也发不出。他转身往楼下走，喻瑶摘掉头上晃动的银饰，快步追上他。

"我……我没跟你说，就是不想让你看见！刚刚拍戏是借位的，借位的意思是假的，两人的嘴巴根本没碰到，看着很近，实际离得老远！"

诺诺看着自己的手，不知道怎么忍耐住的。他不想让瑶瑶难受，不想给她惹麻烦，所以他再难过都会忍。

他们的关系不能见光。

喻瑶急死了，后悔自己疏忽了，诺诺哪还是过去一两句话就能哄走的那个他啊，她的任何异常和风吹草动，他都能感受得到。

"这是我的职业，演戏没有办法回避这些，但我真正亲过的只有你。我不是专拍言情偶像剧的，以后也不会吻别人，"

她跟着他走到了吊脚楼下，既心疼又焦躁，一时间不知道该怎么哄他，压低声音说："我骗你是我不好，但是，你已经知道刚刚吻戏是假的了……还那么吃醋吗？"

诺诺停住，几句话散在风里。

"你多看别人，我吃醋。

"让别人接近你、碰你，我也吃醋。就连你摸别的小狗，我都会接受不了。

"对不起瑶瑶，是我太小心眼了。"

诺诺坚持去寄了那个并不需要寄的快递，等剧组收工，晚饭的时候他安静地坐在一边，眼神空洞，始终不说话。

喻瑶把菜夹到他的盘子里，他低着头吃，又把她喜欢的菜夹过来，一样样摆到她的盘子里，但他就那么沉默着，显得心情很是低落。

喻瑶琢磨着该怎么安慰他，戳他、摸他头都不管用了，他越来越不好哄了。

直到晚饭结束，导演带着全组人员浩浩荡荡地赶赴相隔不远的鬼屋搞团建活动。

团建回来的路上，导演对喻瑶说："你加把劲绝对能有事业第二春，这么好的条件，你总不能是真打算跟……我没恶意啊！你真打算跟一个心智不健全的人谈恋爱？"

喻瑶平静地看他："是，谈恋爱，奔着结婚去的。"

导演一脸震惊，也不好评论什么，只是主动承认了除夕夜韩凌易借他手做的事："那可别怪我没提醒你，韩编剧可不简单，过年时他没留下你，你们反而还恋爱了，他估计不会轻易罢手。"

"说起来他挺会挑时机的，"他撇了撇嘴，"当初容野全线封杀你，也没见他出来帮你。"

喻瑶这些天没闲着，手里已经掌握了韩凌易在行业内不能见光的黑料。她一时没说话，导演继续感叹道："幸亏容野放过你了，不然以他的病态，估计你还真混不下去。"

她侧了侧头："病态？"

容野是挺有病的，但这话从导演口中讲出来，又有不太一样的意味。

导演"嗯"了声："我家里几代做航空的，混得还行，我是逆反才跑出来拍电影。以前听长辈议论过，说容野从小就不是什么寻常孩子，心理问题严重，被关在深宅大院里，常年不见天日。"

简单的一句话，却让喻瑶眉心不自觉地蹙起。

他又道："后面的都是零零碎碎的传言，我可不知道真假啊。听说他的身世有问题，容家根本就没把他当个正常人看，像对待野兽似的囚着他，后来估摸是看他病得重了，怕不受控制，找来一个什么心理机构，想让个不大点的小孩儿治疗他，那不是开玩笑嘛……"

喻瑶手心骤然一紧："找来的是男孩还是女孩？"

"这我就不清楚了，都是小范围的私下议论，谁敢打听啊，"导演继续说，"凭容二少如今在圈里的恶名，大家也知道他的病没好，他盯上你，纯属你倒霉。你以后就好好拍戏吧。我还是要劝你，别被美色迷惑了，找个拖油瓶，日后有你后悔的。"

后面的话喻瑶没听太清，心里充斥着别扭的感觉。

她不由得想起小时候长达两年时间去治疗的那个男孩子，永远孤独地蜷缩在黑暗里，背对着她，偶尔抬起被遮在头发下的一双眼，眸光冷寂，充满厌恶，让她害怕。

他怎么可能是容野？太离谱了！

别说导演说的是毫无印证的传言，哪怕容野的经历是真的，应该也只是巧合罢了。

喻瑶打住荒谬的念头，不愿意深究。容野那样的人，随便他是谁，跟她有什么关系？单单想想都是浪费时间。

她的脸有点红，而后正色道："导演，你再诋毁我男朋友，我就要罢演了。"

喻瑶说完，转身离开。喻瑶走在前面，诺诺在她身后一米之外，亦步亦趋地跟着。她出去打车，他就坐在她身旁，司机嘴碎，一路上说个不停，喻瑶也没办法跟诺诺多说话。

到酒店门外，她下车径直往楼上走，电梯里寂静，两个人仅隔着一拳的距离。喻瑶进入走廊，走向自己的房间，诺诺的房间在她房间的正对面。

她拿出房卡，呼吸开始变得急促，把门推开的刹那，后背忽然多了一道力量，拥着她，脚步错乱地挤进门里。

喻瑶来不及去插房卡，空气中浮着的清淡暖香就被诺诺身上专属的冷冽气息冲开。

"瑶瑶，瑶瑶……"他的嗓音在看不见的情况下更撩人，明明清寒疏冷，偏偏充满了缠绵的企求，他一声声唤她的名字，毫不掩饰自己的爱意，从背后抱着她，滚烫的嘴角抵在她的颈边，"我可以吗？可以……亲你吗？像你喝醉酒，还有发烧时那样……"

喻瑶快疯了，他到底知不知道自己说的这些话有多蛊惑人！她也不想再矜持，转过身，抬手环住他的脖颈，仰起脸，摸黑亲在他的唇角上。

怎么歪了，没亲对地方？

喻瑶口干舌燥，咽了咽口水，正准备继续，下巴就被他的手控制住，嘴唇被准确无误地覆盖吞没。她双腿一阵脱力，说不出话，只能浅浅地"嗯"了声，随即连这点微弱的气息也被猛烈地夺走。

她背靠在最近的墙上，身体被用力搂住。他喉间低低滚动着喘息，每一声都在加倍施加着对她的蛊惑。

那两个晚上她是这么吻他的？

喻瑶情不自禁地回应，直到手机铃声响了几轮，门外都传来了同组演员的敲门声："瑶瑶姐在吗？我听见你手机响了，怎么不接啊？导演喊咱们碰个头，就几分钟，你快过来一趟。"

面前的人还在放肆深吻，喻瑶吃力地回答："不好意思，我刚睡着了没听到，你们先去，我很快就去。"

她想躲开，诺诺抱紧她不放，吮着她微肿的下唇，声音似被细砂磨砺，又有丝讨人喜爱的撒娇："瑶瑶，我还不够。"

喻瑶平复着心跳，捏着他的下颌将他的头无情扭开。他的脸烫得厉害，她占便宜似的多揉了几下："下次吧。"

她摸出口罩戴上，总觉得有擦枪走火的征兆，当即揽着诺诺往门口推："先回自己房间休息，等我结束了去喊你吃夜宵。"

三分钟后，诺诺倚靠着自己房间的门板，听到喻瑶的脚步声渐行渐远，他长而密的睫毛上沾着一层水珠，半掩住了眼里湿漉漉的红，略微红肿的嘴唇显得异常艳丽。

喻瑶开会开了不到半个小时就散了，其他演员基本都住楼下，跟她和诺诺住同楼层的很少。她有意等到别人都散了才快步往回走，没注意到有一个很不起眼的配角并没有离开。

喻瑶走到房门口，先看了眼对面，忍着没去敲门，打算先回房换身衣服，她身上的这件已经被他揉皱了。

她进去插卡取电，还没迈出两步，身后就传来对面急促的开门声。她心一跳，刚转身去看，只见披着黑色长大衣的诺诺闯进来，反手把门按紧，拧了锁扣。

喻瑶恍惚间觉得哪里不对劲，低头一看，诺诺穿着拖鞋，笔直的小腿露出，上面甚至还有水滴。

她的视线向上，诺诺正好脱掉大衣，露出里面没系整齐的纯白浴袍，浴袍的腰带松松散散地挂着，他的发梢潮湿寒凉。

喻瑶不禁伸出手："你……"

诺诺这才对她抬起脸来，工笔画似的眼瞳里有光荡开，他相貌纯美，似不染尘埃的霜雪一样，可这时被拉入红尘，骨子里升腾着引人堕落的气焰。

他忍无可忍地倾身，抱住喻瑶，把自己无法平息的心跳声给她听："瑶瑶，我难受……"

诺诺的身体摇摇欲坠，喻瑶一把接住他，两个人身高悬殊，她承受不了他的重量，倒退了两三步眼看快要摔倒了，被他的手臂拥紧，这才稳稳地站住。

喻瑶侧着头贴在他胸前，他像被冰水泡过，凉得让人发抖，又渐渐升起灼热的温度。

诺诺靠向她，唇轻轻碰触，碰了几下之后，变本加厉，喻瑶脑子里理智尚存，掐着手心清醒下来，察觉到了诺诺口中带着水果甜味的浓浓酒气。看来诺诺之前回房间想喝水，却误喝了像是饮料的鸡尾酒，醉了，有些冲动，才跌跌撞撞着来求她。

喻瑶抬手压在诺诺的后颈上，缓慢地安抚他，并离开一点距离，对他说："只要不是完全清醒的，就不可以找我亲密，你应该也不想让我失望吧。"

喻瑶说这些只是想让诺诺先冷静下来，她再找别的办法安抚他，但她没想到，她说完最后那句话，诺诺就像被吓到了一般猛地抬起头来，艰难地跟她分开，而后低垂着头，往后移了一步。

他如同做了什么天大的错事，紧攥着手，骨节都攥得泛白，断断续续地说："不能影响感情，瑶瑶别对我失望，我、我不好，不能碰我。"

他转身走进浴室，不等喻瑶阻止就在里面锁上门，颤声说："瑶瑶别生气，不要赶我出去，让我留下来，我自己……会好的。"

喻瑶急忙敲门让他打开，但他已经熟练地放了冷水，花洒开关拨到一边，哗哗冲下来的水柱冒着透骨的寒气，水声掩盖了喻瑶的声音。

房间隔音算不上太好，喻瑶不能用太高的音量喊他。她听到了水声，知道诺诺在用这种方法强行醒酒，心疼得想砸门而入，是她低估了自己的话对他的影响力，她说的那些话对诺诺而言等同于威胁。

喻瑶怕再敲下去，隔壁会有人叫保安了。

她捂着额头原地转了两圈，赶紧把空调温度调高，把自己的厚衣服都找出来，站在门口等。

记不清过了多久，里面的水声终于停止，门被轻轻拉开，白到像是冷玉的人站在里面，嘴唇失去了血色，沾着凉水的眉眼却弯着，目不转睛地看她。他怕自己身上的寒气冲撞到她，停在一段距离外哄她："不生气了好不好？不影响……爱我，好不好？瑶瑶，我是你的地下恋人，不能见光，我每天只有很短的时间可以抱你，你别撵我出去，行吗？"

喻瑶气不打一处来，谁说要撵他了？谁说他是没有名分的地下恋人？

她都快把他揣进兜里随身携带了，他却可怜巴巴地站在冷透了的浴室里低声下气求她。

喻瑶几步过去，扯过毛巾给他擦干，把厚外衣给他裹上，把他推进房间里，半跪在床上把他的短发彻底吹干，随后指指大床："不赶你走，也不让你睡沙发，今天我们一人睡一半床，但你要乖。"

她一点也不担心诺诺会做出出格的举动，诺诺知道自己今天喝酒不被允许，就不可能再越界。

诺诺靠着床头，小心翼翼展开臂弯。喻瑶缠着被子靠进去，贪恋地沉浸在他身上的淡淡草木气里。

外面天黑得彻底，她随手按开电视开关，换了几个频道，遥控器忽然被诺诺压住。

喻瑶仔细一看，电视上播放的是她入行不久拍的某部电影，她演一个命运曲折的少女，从小失去双亲，被身边的人欺负，吃了很多苦。

诺诺目光灼灼地看着，屏幕里的人在父母墓前掉眼泪时，他侧过身，用力搂住喻瑶。

喻瑶被他的怀抱和体温包裹，也环住他的腰，低低地说："我还没有给你讲过，我也失去父母了，他们都是特别好的人。他们刚出事的时候，我每天哭到崩溃，但后来不得不接受现实，性格也变了很多。"

"其实我过得不苦，反而很幸运，"她倚在他的肩窝，和他分享自己的人生，她不想让他情绪低落，语气轻快起来，"除了家庭温暖，我还有神明保护。"

诺诺的吻落在她的额头上。

电视屏幕闪动的光影里，喻瑶慢慢回忆："次数太多，有些早就记不清了，但有些很深刻。我高一的时候到了新学校，可能因为长相显得有攻击性吧，几个喜欢拉帮结伙的女生看我不顺眼，联合了一群人在教室里扮鬼吓我。"

"因为亲身经历过，我才特别怕校园恐怖片，"她嘴角翘着，"不过，这事出了不久，我还没想好要怎么报仇，那些欺负我的人就集体犯事被学校开除了，你说巧不巧？是不是有神明暗中帮我？"

诺诺无论怎么收拢双臂也觉得抱得不够紧，他把喻瑶抱到自己身上。

喻瑶体重轻，况且这样的亲密她实在有些贪恋，干脆不矜持了，放松地拿他当床。

"后来还有一次学校组织郊游，我脚疼掉队了，没人发现，一个人在山里迷了路，手机信号还不稳定，我不敢走，躲在一棵树下面哭。"她轻笑，"哭累了，大概也是被吓昏了，就在树下睡着了，结果被人叫醒的时候，我居然已经在出口旁边，脸好像都是洗过的。"

她摇头："没人相信我真的走失了，都以为我只不过在附近找不到路而已，但我明明记得我真的在很深的林子里迷路了。"

喻瑶的手指拨动着诺诺的下巴："上大学以后，我遇到的麻烦总能在几天内就顺利化解；等入行拍戏，刚开始也不那么容易，很多人看我是新人，就欺负我，可是，但凡是暗地里使绊子的，要不了多久，都会自食其果。"

她在灯光下看诺诺，手搭着他平直的左肩。

"有一次最危险，我进组拍戏，遇到山体滑坡，摔进一堆折断的树干中间出不来，疼得晕过去了，我以为自己肯定活不成了。那边环境恶劣，连救援队一时都很难进去，死伤了不少人。"

"可是我——"她的睫毛眨动，"我幸运地被背了出来，只是始终不知道是谁背我出来的，问了很多人，都没人承认在那个时段进去过，甚至他们还告诉我，进去的人不可能全身而退，肯定伤得惨烈。"

"可我一直找不到我的身边有这样一个人，就像是真的神明，"喻瑶撑起身，浅浅地吻着诺诺的嘴角，"你看，他不止在庇佑我，还把你送来给我了。"

喻瑶没有察觉到，昏黄的光线里，她指尖覆盖着的诺诺肩膀后方的那片皮肤上，有一片早已愈合的形状可怖的疤痕。

不只是那里，再顺延向下，他脊背和腰间都有在岁月消磨下快要看不出形状的淡白色伤疤。

诺诺不记得这些伤疤是怎么留下的，更不可能告诉她，他曾经在瓢泼大雨的午夜，不顾一切背着一个人，用流血的双脚，走过了崎岖的漫长山路。

喻瑶从来不跟人说过去的那些经历，更没想过有朝一日她会享受地窝在某个人怀里，用近乎依恋的姿态对他坦露自己的过往。

这是第一次，她心甘情愿把人生跟对方分享，此刻，她绝不是把他当成心智不全的小可怜，更不是把他当作一个供她感官享乐的亲密对象。

诺诺是她的恋人，她对他不会有任何防备。

只要认定了，他就是她的余生。

她没办法了解诺诺的从前，那就把自己走过的路一段一段讲给他听。

"不是……神明。"诺诺忽然耳语般呢喃了一句，声音很轻，被电影的声音淹没了。

喻瑶没听到，她伏在诺诺胸前，他的心跳声和身后电视机里模糊的电闪雷鸣声交杂着，让她有几秒钟的恍惚，数不清自己到底几次被他这样守护过，刀山火海，无所畏惧。

她忍不住把他抱得更紧些，她开始理解诺诺为什么会那么喜欢肌肤相亲。像现在这样不受任何打扰，密闭的房间里只有两个人肆意亲昵，她才尝了一点滋味就开始贪恋，最初那点放不开也彻底消失，只觉得满足。

但她也是在今晚才意识到，诺诺不知不觉站到了一个卑微的位置上，把他自己当成了不能被她承认的地下恋人。

而事实不是这样，诺诺值得一个有仪式感的公开，所以她才没有急着纠正那句"我是她的助理"。

过几天就是她的生日了，她想在当天正式对外承认，不仅仅对剧组和身边的人，是对所有公众说她的感情定下来了，以后无论在哪儿，她跟诺诺都不必遮遮掩掩。

但诺诺总是为她考虑太多，她若提前说了，他又会寝食难安，唯恐她会吃亏，还不如到时候直接给他惊喜。

喻瑶想到这里，想起身揉揉诺诺的脸，她动了一下，才感觉到诺诺箍得比之前更用力，双臂紧紧地把她固定在身上，勒得她骨头都有些发疼。

她略感意外地抬眸，正对上诺诺在光线下显得黑不见底的眼睛。

他在心里再一次低声说："不是神明。"

他的太阳穴里像有钢锥在刺，一下一下，让他很是痛苦，他难挨地反复亲吻喻瑶额头。

瑶瑶在讲述那些经历的时候，他分不清是自己想象的，还是和上次一样被唤醒了什么记忆碎片。

她每说一句，他眼前就随之浮现出零散的画面，模糊地看着瑶瑶是怎样被一个人暗中贪恋，那人总是站在不会被发现的阴影或高处，执拗地注视着她。

为她报仇，给她铺路，抱着她从杂草丛生的山林里走出来，遍体鳞伤却还要背着她，颤抖着擦去她脸上的血污……

不是神明，是有这样一个人！

他盯着喻瑶，有个抓不住的念头一闪而过："是我！"

但这两个字他没能真的说出来，哽在微苦的喉咙里，眼眶发烫。只是一道转瞬即逝的感觉，等再去深究，他又根本找不到自己说"是我"的理由，就像是在争宠而已。

他抿着唇，把喻瑶往上抱了抱，脸陷进她散发着淡香的颈窝。磨蹭还不够，他的牙齿轻轻咬上去，汲取着她的温度，勉强压住纷乱的心绪。

"神明还是人……都不要，只有我能保护瑶瑶，一辈子……诺诺到死都要保护瑶瑶。"

他这样引人动情，喻瑶命令自己镇定，蒙着眼睛强行入睡，不确定自己再这样下去还能不能受住他的引诱。

她今天确实累了，加上精神紧张也消耗了力气，很快就失去意识，睡着之前她不自觉往他的怀中靠。

诺诺等到她熟睡才缓慢掀开裹在她身上的被子，重新把她抱在怀里，心口酸涩。

他吃芒果的醋，吃陆彦时的醋，吃韩凌易的醋，还吃今天那个没见过几面的男主角的醋。

到晚上，诺诺才发现那个神明才是最可怕的，因为瑶瑶一直记得他，把他摆在极高的位置，当成自己最隐秘的私事，她提起来脸上都带着笑意。

他越来越贪心，以前渴望被她在乎，想要她的喜欢和偏心，后来盼着她爱他，现在还是不够，他想要她最爱他，想要瑶瑶像他爱她那样，他想把自己的心全都给她，一丝也不留，可她不肯要。

诺诺抱着喻瑶到天亮，闹钟快响时他才拿出手机，去"白玉"的相关话题里签到。

"白玉"的粉丝数量涨得飞快，一大早就有很多人在议论。

诺诺看到有人说："听说大小姐又带着小助理进组了，亲密的哟，不知道能不能等到一个官宣。"

底下的评论都在笑她。

"你疯了吧！想啥呢？超话里说着玩玩也就算了。喻瑶又不傻，你还指望她真把小奶狗当男朋友？"

"就是嘛，别要求太高。以己度人，要是我的话，我再被美貌迷惑也做不出这种事来。"

诺诺垂下眼帘，退出这条微博。他的手指有点僵了，等了好一会儿，才贴贴喻瑶的脸喘了几口气，继续往下翻。

还有人在替他操心，语重心长地说："喻瑶眼看着要翻红了，口碑也在好转，以后她身边男的只多不少，容野大魔头说不准也会再次出现，我们小助理到底怎么样才能更被爱啊？"

底下的评论比之前那条的还热闹，纷纷给他出主意。

"还有就是让喻瑶吃醋呗！其实感情这事说到底嘛，就是不能让对方太过于掌控你，得到你就不会珍惜了，所以说，得让她有一点危机感。"

"楼上正解，嫉妒是最好的催化剂，偶尔让她失去控制，酸一下，感情绝对升温，百试百灵。"

"对头，想让她更爱，就让她失控。"

"而且又不用来真的，女生都很敏感的，只要小助理稍微跟其他人亲近点，我估计她就能察觉到，多简单。"

"可惜啦！不管怎么用套路，她也不可能给小助理一个正式的名分。"

诺诺扣下手机，在朦胧的晨光里环着喻瑶的腰，琉璃般的眼眸望着天花板。

让她吃醋？

那她的心得多疼，和他一样疼，心像被挖开。

如果这样才能得到她更多的爱，那他甘愿只要一点点。

不被承认没关系的，瑶瑶只是稍微爱他也没关系的，只要她不疼。

第十七章
公开恋情

喻瑶醒来后匆匆亲了诺诺一口就马不停蹄地赶赴片场，长发一扎，变回沉稳敬业的演员。她心里盘算着日子，再过不到一周就可以官宣了，正经有男朋友的日子，单单想想就美滋滋。

上午的戏份是喻瑶跟两个配角的，诺诺去道具组帮她取下一场要用的配饰了，她见不到他，心里多少有些不安，想等拍完这场戏就过去找他。

然而怎么拍都不顺，其中一个配角也是个二十出头的年轻女孩，不知怎么总是进不了状态，一副心神不宁的样子，一对上喻瑶的眼睛就发慌。

导演拿着大喇叭喊："喻瑶，你气势别太强了，压得这些新人都扛不住。"

喻瑶皱眉。她强势吗？她一个正在热恋的少女，已经柔情似水、眼含春色了，进入角色都挡不住心底荡漾的小波纹，这还强势？

她再次看了女孩一眼，对她多少有点印象，虽然之前没拍过对手戏，但昨晚去导演那儿开会的时候见过一面。喻瑶正想平心静气跟她讲讲戏，围观的剧组工作人员中间有人突然爆出一句粗口，一时间，吸引了现场所有人的目光。

导演刚想开骂，那个扰乱片场的场务就举起手机，瞄着喻瑶，连忙说道："那个，出事了，跟咱剧组有关系的。"

喻瑶接触到那道不寻常的目光，立刻意识到事情是发生在她的身上。

很多人闻言，忙去关注，反应一个比一个精彩，纷纷往喻瑶这边瞧。

她还能有什么值得曝光的？不用想也能猜出来！

喻瑶脸色微变，大步上前，抢过其中一个人的手机，页面定格在营销号的一条爆料上。

照片中，酒店走廊里灯光暧昧，她打开自己的房门，身后那扇门随之被拉开，身高腿长的年轻男人虽然穿着大衣，但内里的白色浴袍若隐若现，直接闯进对面她的房间里。

这一次诺诺没有戴口罩、帽子，有张照片拍到了他的半张侧脸，标题比以往任何一次都吸引眼球。

"离谱绯闻竟然成真！昔日知名女艺人迷恋貌美小助理，疑似剧组火辣缠绵。"

"深夜酒店房间，身穿浴袍幽会，彻夜未出，男友传闻坐实。"……

手机的主人关注了不少大小追星号。喻瑶手指滑动，一眼扫过去，评论全是一排排的"坐等喻瑶否认""小助理这次绝对要被放弃了""哪个女明星会承认喜欢助理？尤其是个心智不健全的，还要不要未来了"。

喻瑶闭上眼，怒气冲得头有些晕，她朝人群伸出手："麻烦把我的手机拿来。"

"对对对，"众人这才反应过来，"快点澄清就好了！"

诺诺站在道具室的大门口，提着他用心包好的配饰，另一只手攥着手机，目光落在不远处，脖颈上青色的筋络隆起。

后方的几个工作人员还处在大新闻的冲击里，以为诺诺已经走了，没刻意压着音量，都在猜测喻瑶会在什么时候发微博撇清跟诺诺的关系。

诺诺低着头，牙关紧咬，眼睛一眨不眨，固执地盯着手机屏幕。他用自己在"白玉"相关话题里高级成员的"诺崽也是狗"的账号一遍一遍发着："喻瑶跟白痴助理没有关系，不要骂她，都是助理的错。"

当时是他没穿好衣服闯进去的，是他赖着不肯出去，是他给瑶瑶带来了麻烦，让她陷进别人的嘲讽里。

诺诺机械地发着，指尖被屏幕磨得火辣，蓦地听到那些工作人员议论："哎，片场有人说喻瑶拿到手机了，估计马上就会发微博否认！"

一句话把诺诺钉在原地。他的唇抿得发白，半垂着眼帘，一动不动，直到通知栏里"滴"的一声提示，跳出了他唯一一个特别关注对象的新微博。

后面响起此起彼伏的高亢惊呼声，诺诺迟缓地点开，揉了揉眼睛，看到几秒前喻瑶发的两行字：

不是助理，是我的男朋友。热恋情侣住一间房，不可以吗？

另外，不用担心我要不要未来，他就是我的未来。

除了这些，下面还配了一张照片，是个网页截图，右下角显示两天前的时间点，一切新闻都还没发生的时候。喻瑶这条已经设定好了生日当天零点发送的定时微博，内容更加直白，简单又郑重地向大众介绍那个她心爱的男人——不带任何其他身份，就只是她的恋人。

诺诺定定地看着手机屏幕，许久后，他紧紧据着的唇向上翘起，因过于干燥而裂开的小口子撕扯出湿润红色，可他全不在意。他走出道具室，起初还能一步一步，转眼就控制不了自己的腿，迎着初春的冷风冲向片场。

路上没有花店，没有能买礼物的地方，但路边有没人注意的小野花。他半跪下去，一枝一枝小心地聚拢，只有细细的一束。

他紧紧握着，一路穿过人潮，忽视周围打量的目光，直接奔向喻瑶。

喻瑶站在快一人高的石台上，远远看见那个挺拔的身影在风里朝她而来，粉蓝色娇嫩的小花在他的手中，他奉若珍宝地捧到她面前。

诺诺仰头看她，她穿着长裙，黑发柔软，在高台上明艳得不似真人。

喻瑶弯下腰，伸出手想去接那束花，但石台年久老旧，边缘松动。她脚一滑，差点摔下去，诺诺直接拉住她的手臂将她抱紧。

她不是只爱他一点点，他也从来不是不能被承认的影子恋人。

喻瑶摔进他的怀里，也不想挣扎了，耳朵溢着一层红，放任地小声问："现在清楚了吗？诺诺究竟是什么身份？"

他带着笑，混着极具反差的鼻音。

"诺诺……是只属于喻瑶一个人的。"

无条件护佑你，卑微缱绻也为你。

喻瑶听着诺诺对自己身份的认定，原本就不够平稳的心率再次变得混乱。他总能用最乖巧单纯的语气对她说出这些戳心戳肺的话。

喻瑶抓着那束小野花，柔软的花瓣蹭过她的手指，初春的风像是助长了幕天席地的枝芽，她心动到无以复加。

意外就意外，打破原计划也没什么不好。这样坦坦荡荡地公开了，还能提早跟诺诺光明正大地亲昵，也免得他多不安好几天。

喻瑶站直身体，熟稔地挽起诺诺的手臂，朝四周已经看傻的剧组工作人员和演员们歪头笑了笑，一改平常的疏冷，少见地俏皮灵动："正式介绍一声，这是我男朋友。"

她踮了踮脚，把诺诺那黑色连帽衫的大帽子摘掉，顺手钩下他总是戴着的口罩，初次给身边的人看他的五官。

喻瑶知道这相貌会引起多少关注，以前总想挡着他的脸，不愿意他被人过度追踪，影响到两个人的正常生活，但现在关系都公开了，她怎么也得把他亮出来炫耀炫耀。

她的视线转了一圈，果然看到这些常年混迹影视圈的男女对着诺诺的脸愣怔，他们尚且是这种反应，如果他的正脸大张旗鼓地被放到网上，又不知道会被多少人当成谈资。

除了这些，喻瑶心底还存着忧虑，她害怕出现什么跟诺诺过去相关的东西或人，会让她失去他，任何这样的可能性她都不想有。

喻瑶的手向下滑，落在诺诺的手心里，马上被他十指交叉地扣住。

她柔和地说："我的恋情不会对电影造成什么负面影响，大家也不用操心我男朋友的情况，以后如果碰见我们牵手拥抱了，不用太惊讶就行。"

言下之意大家都懂，不需要评判他们在一起合不合适，更别随便议论诺诺是不是个傻子，让她听到一句，都别想善了，她这人护短得很。

大家的关注点还在诺诺的脸上，有几个小女生互相捏手，激动地叫着"太帅了吧"，喻瑶忍不住轻轻"啧"了一声。

她心里极不乐意，有种私藏的珍宝被觊觎的强烈不适感。她又把帽子和口罩给诺诺戴上，比之前拉得更严实。

喻瑶招手示意导演可以继续拍摄了，她仰起头，低声安抚诺诺："等我拍完，很快。"

诺诺的手掌盖在她头上，略微俯身，专注地看她："瑶瑶，别为我生气。"

喻瑶呼吸一窒。

诺诺什么都懂，网上那些下作又羞辱人的话他肯定全看到了。她可以接受恋情提前被公开，但不代表她会对整件事忍气吞声，让诺诺受委屈。她活动了一下手腕，走进镜头，再次面对之前那个耽误进度的配角，对方强作镇定的样子在她看来蠢到家了。

她的嘴角翘起："刚才导演说我压你，那不如就来试试真正被压是什么滋味儿。"

接下来的二十分钟，除了摄像机运转和喻瑶说台词的声音，偌大的片场一片死寂，连导演都盯着监视器说不出话。

什么叫绝对的等级碾压，这二十分钟里被喻瑶用行动诠释得淋漓尽致。导演先前那句"别气势太强"成了句笑话，现在所有人亲眼所见，到底什么才是气势强！影视圈年轻一代演技巅峰，国内影史上年纪最小的"最佳女主角"。

小配角根本接不上戏，崩溃地坐在地上掉眼泪。

喻瑶走过去蹲到她面前，平静地问："照片是你拍的，对吗？"

对方惊恐地看向喻瑶。

喻瑶垂眸，音量很轻："是谁指使你这么做的？程怀森、陆彦时，还是韩凌易，或者是别的什么人？"

一时没得到回答，她继续说："我那位外公应该不希望我公开恋情，陆彦时虽然离谱，但还不至于找你这种小角色干下作事。是韩凌易，是吧？"

小配角的眼睛瞪得更大，嘴唇颤抖着，无力地辩解："他只是……觉得你不听他的劝，那就让公众的反应告诉你，你的选择有多可笑……"

喻瑶被这种言论气得想笑，点点头："好，既然这样，那我也让他知道知道，到底谁可笑。"

她早就听说过韩凌易做编剧的诸多负面传闻，过去她信任他，不去在意，如今有心搜集，很容易就弄清楚了那位衣冠楚楚的凌易哥行事从来就不干净。

她托白晓找了圈内靠谱的团队整理策划，还没等出手，韩凌易倒是迫不及待了。他竟敢伤害诺诺第二次，还真把她当软柿子捏。

喻瑶站起来，侧头看了眼导演："这演员太弱，不换了她，没法拍下去。"

她走出镜头范围，从诺诺手中接过手机给白晓打了个电话。下场戏开拍前，全网被新的丑闻刷屏，深度开扒著名编剧韩凌易。

喻瑶这一整天的戏份到晚上才拍完。她这一天经历大起大落，难免筋疲力尽。她换戏服时先看了眼网上的动向，发现关于诺诺的一切图片和信息竟然都凭空消失了，文字还在，那些新闻，她公开恋情的消息也在，唯独诺诺的照片，尤其是他露了半张侧脸的那张照片不见了，像从未出现过一样。

喻瑶愣住，怀疑是她看得不全，准备等回酒店再仔细找找。

她强撑着走到诺诺身边，朝他伸出手："男朋友，可以回去了。"

诺诺在路灯下看着她，问："瑶瑶说了，以后我们牵手拥抱，别人会习惯，是吗？"

喻瑶才点了一下头，他就迫切地把她那双泛凉的手攥进暖热的掌心里。

喻瑶骤然得到暖意，忍不住舒服地喟叹了一声。

天还很凉，她小腹疼了几个小时了，始终坚持工作，没表现出来。

诺诺给她戴好毛线帽，披上用体温暖过的大衣，随即略略倾身，正面抱住她，却还不够，手臂用力地向上一托，接着站直，喻瑶就毫无防备地双脚轻飘飘地离了地。

"哎……"

诺诺一手箍着她的腰，一手帮她把双腿搭在自己身后，稳稳地将她托起。她的脸藏得很严，头发都没露，裹着宽松的长外衣，根本看不出来身体轮廓。她被他这样面对面托抱着，像个被溺爱的小孩子。

喻瑶从没试过这样的姿势，既紧张又难为情，按着他的肩膀："我……我能走。"

"你不舒服，脸色很白，"诺诺的力道是压倒性的，看似温柔地按住她，实则让她挣脱不了，"你现在……不是演员喻瑶，只是诺诺的老婆。"

诺诺的老婆可以放松自己，可以撒娇耍赖，可以像任何一个有恋人的女生一样，尽情依恋。

喻瑶被成功说服，忍不住抬手钩住他的脖颈，脸藏进他那棉质的帽兜里。

异样的刺激感忽然涌上心头。走出片场，就算街上人来人往，也没人知道她是谁，她连表面矜持都不需要，随便缠绵。

喻瑶享受地眯起眼，感觉到诺诺抱着她一步一步往酒店走。四周都是风，她像被保护在堡垒里，丝毫不受影响。

她搂着他说："以后不用怕了，也别把自己摆在那么低的位置，想要什么，就直接告诉我。"

诺诺没有犹豫，直接说："想抱着你，今天我们都没喝酒。"

喻瑶是真没料到他的这个回答，她这边还纯情得很，诺诺已经一脸纯洁地说出大胆直白的话。

喻瑶失笑："牵手、拥抱、接吻，都可以提，不过……"

"前两个还好，谁听到了都无所谓，接吻之类的如果公开说，总归不太合适，"她想得很周全，真怕诺诺会不避讳，"想亲的时候，找一个约定的暗号替代，比如……吃东西？"

喻瑶只是随口一说，还有一堆备选。

诺诺却郑重地"嗯"了声，哑声说道："想吃东西，现在。"

她的心跳陡然加快。

离酒店还有一段距离，途中刚好经过一个树丛掩映的小广场，没什么人，灯光昏暗，有一些石凳零散地分布在这里。

诺诺抱着喻瑶走过去，选最暗处的石凳坐下，把她摆在自己的腿上，抚着她的后脑勺拉过来，唇不由分说覆上去。

那些狂热涌动着的情感，被她深爱和承认的无与伦比的欢喜，都在焦急渴望一个发泄的出口。他想把满腔熔岩一样的情绪全数倾倒给她，得到她的回应。

喻瑶的嘴唇被亲吻着，她身上的大衣滑落也无暇去捡，被他的怀抱包裹着，热到呼吸困难。

"是……是喻瑶吗？你没事吧？"后面不远处猝然传来呼唤声。

喻瑶心中一凛，抿唇，一把按住诺诺。

这条路很偏，路旁也没有监控，晚上基本无人经过，就算有，也不会注意到昏暗角落里的石凳。怪只怪这条是通往酒店的近路，别人或许不知道，剧组的人却知道，偶尔会走这条路。

喻瑶以为大家早就散了，没想到这会儿有人过来，好巧不巧她的大衣还滑落下去了，被瞄到了身形。

还好灯光很暗，诺诺又被她给挡住了，她腰间堆着厚重的衣服，看不出姿势，但也正因为这样，让同事以为她哪里不舒服，想来帮忙。

喻瑶赶紧起身，没站稳，身体晃了一下，被诺诺灼热的手从后面扶住。

喻瑶借着阴影放肆脸红，镇定地清了清嗓子说："我没事……在这儿发条微信，等一下就回酒店了。"

同事"噢"了声，打了个招呼就走了，并没看到什么。

喻瑶还没定下神，就听见一道不再压抑的轻喘声。她手一紧，衣服随即被扯住，拉着她重新转过去。

清冷的月光和迷蒙的灯光互相映照，半明半暗，落在诺诺抬起的脸上。

他狭长的眼眸半合，水光四溢。即使是在这样黯淡的环境里，也能看到他被一场深吻磨到潮红的皮肤和嘴唇，诱人而不自知。

诺诺伸出手，指尖钩住喻瑶的衣襟向下拽，把她拉回到自己腿上，双手展开那件滑落的长大衣，撑起一个不再受干扰的私密空间。

他忍不住靠近："瑶瑶，我们……继续。"

喻瑶脸一红。她觉得有必要找时间和诺诺好好说说，不能放任他再这么毫不顾忌地朝她说些要命的话。

喻瑶下定了决心，然后趁着这抹无人察觉的黑，中了蛊般附上去。如诺诺所求，继续亲吻他，溺在这一刻都不想停止的亲密里。

喻瑶正处于生理期，白天受了凉，回到酒店不久就肚子疼得面无血色，窝在被子里蜷缩成一团。

起初喻瑶没让诺诺跟她回同一间房，没想到疼痛来得始料不及。她以前都是咬牙忍过去的，这次也不想表现得那么虚弱，但下床去翻止疼药的时候，她才想起药箱在诺诺那边。

没办法了……

喻瑶打电话时尽量让自己的声音显得很平稳，听不出半点异样："诺诺，把药箱最左边格子里的药帮我拿来。"

她没说干吗的，药盒上又都是化学名，说明书在里面，不细看他也不会知道。

喻瑶打算得很好，等药送来，她就以背台词需要安静为由让诺诺回去，免得他跟着乱担心。然而她刚挂断电话，就听见诺诺开门直奔电梯，不到五分钟又疾步跑回来，急促地敲响她的门。

等他进来，白净的额角上全是汗，身上寒气凛凛，手里提着几个沉甸甸的袋子。

诺诺匆忙放下东西，把冰凉的外套脱了，留下里面带着体温的薄衬衣。不等喻瑶发问，他直接俯身抱起她放回床上，拿被子裹紧她，只露出一张脸，低头在她刻意涂了口红提气色的唇上亲了一下。

"我只是让你拿药……"

"止疼药不能随便吃，"诺诺眉眼间都是担忧，"我买了别的。"

喻瑶之前顺口向他提到自己正在生理期，他一进自己房间马上搜索了生理期是什么，把该做的功课都用小本子记好，接到喻瑶电话时就意识到不对，一看药盒更确定了，去买了冲剂、暖宝宝、红糖、生姜，甚至还买了个煮红糖水的电热杯。

喻瑶喝完缓解痛经的冲剂，腰上和小腹上都被诺诺垫了暖宝宝，手脚发软地躺在被窝里，怔怔地看着诺诺挺拔的脊背弯下去，在桌边认真地切生姜。

杯子里的红糖水煮得咕噜咕噜响，他就在几步远，喻瑶怀疑自己是生理期情绪容易波动，竟然眼窝酸涩。

随便忍忍就能过去的事，一旦被珍视了，她也随之变得金贵起来。她一直活得像棵漂荡的浮萍，这一刻突然落地生根，有了真正的巢。

诺诺把红糖姜水吹到稍凉，端到床边，把喻瑶连着被子搂起来，小心地把红糖姜水喂给她喝。她的嘴角溢出一点，他就赶紧抹掉。

喻瑶掐掐他的下巴："以后不要自己乱跑，"她低声说，"刚才你突然不打招呼就下楼，我都不知道你去哪里了，会担心。"

她以前不这样，自己也说不清这股忐忑究竟从何而来，似乎从诺诺被曝光开始，她就被某种抓不住的忧虑缠住，挣脱不开。

她怕他被过度关注，甚至莫名其妙地怕他消失。

诺诺把喻瑶圈在怀里，两只手分别拿了自己和她的手机，头低下去垫在她的肩膀上："我听剧组的人说，手机可以装软件，让瑶瑶随时掌握我的行踪。不管我去哪儿，你点开就能看到。"

喻瑶忍不住笑："那你知不知道，人家装这个是用来监视男朋友的？你也想让我监视？"

"我想，"诺诺已经让剧组的人帮他装好了软件，此时，他把自己的手机作为附属绑定在她的手机上，他看到代表自己的小红点跟代表喻瑶的小红点落在同一个位置上，满足地蹭蹭她，"瑶瑶愿意监视我，我很幸福。"

喻瑶疼得不行，却又被他这几句话惹得想笑。

她略微露出一丝痛苦，诺诺就拨开被子，侧身压过去，跟她小腹紧紧相贴，暖宝宝的热度立马比之前高了两三倍。

他在这种烘人的热气里小声哄她："老婆贴贴，就不疼了。"

喻瑶有意逗他："我还疼，怎么办？"

诺诺柔软的头发拱着她的颈窝，抬手把从不离身的项链从脖子上摘了下来，破旧的塑料小狗吊坠显得寒酸又可爱。

他拥有的太少了，一样一样都想给她。

诺诺把链子给喻瑶戴上，低头亲亲她的耳郭："护身符也给瑶瑶。"

喻瑶窝在他的怀里睡着了。

诺诺靠着床头抱紧她，又拿出自己的小本子继续郑重规划。他又做了新的木雕，通过在艺术中心得到的渠道卖了很高的价钱，钱都存进卡里，想等瑶瑶生日那天交给她，给她买房子，盼着第三次求婚时，她可以答应他。

那是他的未来，他全部的、为之狂热和付出一切的未来。

第十八章
容野要见你

喻瑶醒来后第一时间想起了昨天诺诺照片消失的事，仔细看遍她有印象的各大营销号，包括一些私人追星号，确定照片是真的没有了。模糊的远景还存留一些，但那张露了脸的照片全网居然找不出一张。

如果不是亲身经历过，喻瑶几乎要以为是她记忆出了问题。

她用小号进了"白玉"的相关话题，在线高价求那张照片，结果那些高阶大粉纷纷表示没有，还声称昨天那张照片几乎是转眼就没，有人手快存了也发不出来，发布就被处理掉，他们都怀疑是喻瑶花钱动的手脚。

喻瑶当然知道与她无关，回想一遍可能有牵连的人，确定没有人存在做这种事情的动机，似乎有一只过去不曾出现的无形的手，伸进了她跟诺诺的生活中。

她心里的不安全感再次增加，连续几天把诺诺护得很严。她在拍戏的间隙不止一次察觉到被人窥视，仔细想想，又像是自己过度紧张产生了幻觉。

喻瑶生日到来前，剧组在外地的戏份全部结束，集体转战京城，在京城近郊的影视基地拍摄剩下的小部分戏份。那影视基地离喻瑶家不算远，她想着等一拍完，就马不停蹄地带诺诺回家。

周六晚上零点是喻瑶生日，她当天戏份重，要拍到深夜，诺诺难得没有在片场陪她到结束，红着脸遮遮掩掩地跟她说要先回酒店，等结束后来接她。

喻瑶早就偷看到了他提前买的蛋糕材料，都存在他房间的小冰箱里，她抿唇笑着答应。等他一步三回头地真走了，她又放心不下，想打个电话，摁亮了手机屏幕才发现，她不知什么时候和诺诺拿错了手机。

自从诺诺手机被韩凌易弄坏后，她就给他换了跟自己同款的手机，外观完全一样。想到自己给诺诺存的通信录里的名字是"宝贝崽"，她耳根就羞得涨红，实在没脸打电话让他看见，正好有一小段休息时间，她干脆追了上去。

晚上八点多，天黑得彻底，片场离酒店不过几分钟的路程，但地处偏僻，离了人群中心就少有声音。喻瑶只听见自己的脚步声，旁边大片高墙投下的阴影里，隐约有辆黑色越野车。

她心生警惕，专门绕开，但没注意到旁边早就有人在等，不客气地抢步上来，手垫着毛巾一把捂住她的嘴，不由分说把她往车边带。

喻瑶发不出声音，极力挣扎，后面制住她的那人为难地解释："小小姐，是程董想见你，怕你不配合我才这样做的。我不会伤害你，如果不想整个剧组受什么影响，最好乖乖去见程董一面。"

用毛巾是为了不弄伤喻瑶的脸，并没有放什么下作的药。喻瑶听到是许久不见的程怀森派来的人，心稍稍放松下来，紧接着又一惊。

他要干什么？他想起马上就要到程梦当年生下她的日子，所以来高高在上地训斥几句她这个已经断绝关系的不肖外孙女？

喻瑶不听他那套，拒不配合。

男人不得不叫来几个帮手，强行把喻瑶送进越野车后排，在车门"砰"一声关紧的同时，司机立即启动加速，车轮碾过粗糙的地面，发出沉闷的嗡鸣声。

她的手机一直攥在手里，程怀森看到她的第一眼就把手机抢了过来，扔到前排喻瑶够不到的地方。他苍老的掌心摩挲着一个熠热的盒子，盒子包装精美。他想拿出来给她，用力按了片刻，还是留在暗处。

越野车在高速行驶，经过酒店门前，喻瑶抬眼就看到了二楼诺诺房间的窗口已经亮了灯。她的心口一阵阵紧缩，抗拒地紧贴车门，跟程怀森保持最大的距离，面无表情地问："程董，找我有什么事？"

程怀森眉宇间沟壑更深："还不是你自己胡闹，跟一个傻子公开恋情，看看结果！"

喻瑶不再伪装，直视他，反问："结果怎么了？"

"怎么了？"程怀森凝视她，缓缓道，"容野要见你。"

久未出现的名字让喻瑶一怔："谁？"

"容野，容家二少，"程怀森语速不快，一字一顿，"他是谁，你应该比我更清楚。"

他今天确实是专程来片场看喻瑶的，没想真的让她上车，只打算把生日礼物让人代转给她，离远点，看她几眼就行了。除了相见尴尬外，他至今还看不出那个相貌疑似容野的诺诺究竟是什么状态，不敢擅自去试探。

但就在来的路上，他接到了一个直接打进他私人号码的陌生电话，对方的要求简单明了——容二少今晚要见喻瑶，拒绝的后果自负。

程怀森那一瞬脸色煞白，他几番核实确定了对方的身份，把车停在片场旁边时，亲眼看着诺诺离开片场走回酒店，确认诺诺绝对不是那个居高临下发号施令、要他带喻瑶去见面的容野。

他对于诺诺就是容野的判断被全数推翻，所以也就不再顾及诺诺的反应，强行把喻瑶带走。

上一次喻瑶拒绝容野，换来的还只是娱乐圈的封杀。这一次，容野可是通过他正式约见喻瑶，以容野的那些传闻来看，如果喻瑶不露面，他甚至担心喻瑶的人身安全。

何况最重要的是，他几年来始终没有打消那个念头……

容野是认识喻瑶的，并且很可能对喻瑶有感情，不见得会伤害她。见面还是逃避，他在权衡之后，便确定显然前者更安全些。程怀森担心喻瑶不配合，对她撒谎："对方说了，你不去，就换你身边的傻子去。"

喻瑶的指甲在手心抠出一片红痕，怒火中烧。一次不够，在她的生活好不容易变甜蜜的时候，又来一次，还拿诺诺威胁她！

她早就想过，如果容野再出现，她就去见见，亲口问问他到底想怎么样。现在他既然找上了门，还用诺诺的安全威胁她，她凭什么不去。

"把手机给我！我需要通知我男朋友。"

"不必了，"程怀森闭上眼，"我已经让人转告剧组的人，说你临时有事回家，他找不到你，自然会等你。"

车在高速公路上疾驰一个小时后，转入灯火通明的市里，按容野那方给的地址，辗转经过几条街道后，开入一片高端住宅区的地下停车场。

这里大得离谱，小车继续沿着通道行走，直到行驶到一片没有完全开发好的区域，拐过昏暗的转角后，只见有一辆车停在那里，车上下来两个高瘦男人，面无表情地请他们换车。

程怀森干枯的手指紧了一下，来不及去前排捡喻瑶的手机了，把自己的手机塞给她："有事就按快捷键，有人在外面等。"

车停在地库深处的一扇大门外，其中一个男人握上门把手，用指纹解锁，对程怀森说："麻烦您在这儿等，喻小姐进去就行了。"

喻瑶没回头，跟着这人往前走，门随即重重关闭。

房间里，诺诺挽着衣袖，正在忙碌。窗口和床上都铺好闪烁的细小彩灯，他仔仔细细地抹圆蛋糕坯，鼻尖不小心蹭到了一点，忍不住想拍个照留给喻瑶看。

他解锁手机的一刻才发现拿错了，怕耽误喻瑶的正事，打电话给她，输入自己的号码，屏幕上出现"宝贝崽"三个字的时候，他愣住了。他把手机捧到眼前认真看了无数遍，面颊都微微红起来，跌在床上滚了两圈，短发都凌乱了，而后才给喻瑶拨过去，满腔欢喜。

无人接听，打几遍都是一样。他想喻瑶在忙，却又心神不宁，做不下去，索性把蛋糕放进冰箱，匆匆披上衣服跑回片场，到了片场没找到喻瑶，被告知她跟外公回家了。

好像有什么尖锐的东西刺进了诺诺的神经。

不可能！

他漫无目的地往外跑，看到沙土路上的深深车辙，胸口堵得几乎无法喘息。夜风吹开他的衣襟，往衣服里灌。他猛然想起什么，点开喻瑶手机上的监控软件，看到属于她的小红点正在快速朝市里移动。

诺诺转身回片场，雇用剧组正好空闲的司机。司机跟大家相熟，看到诺诺和喻瑶这一走一追的，以为小情侣闹矛盾了，本想开两句玩笑，但一对上诺诺冷厉的目光，心里一惊，半句话都没敢多说，上车就走。

一路沿着红点的轨迹追踪，追到住宅区外，外来的车辆被保安拦住不许进，司机无计可施。诺诺死死地盯着远处熟悉的布局和环境，有什么锋利的东西好像在脑中粗暴地划过，他下意识地低声说："D栋3601，容。"

最后一个不知道代表什么的字消散在他的唇间。

保安顺利放行，车一路飞驰到地下车库，找到目标，骤然停在那辆黑色越野车旁边。程怀森的司机被诺诺打伤过，见到他就发怵，不由自主地道："他们已经进去了，你找不到——"

话音未落，诺诺直接朝前方曲折错杂的路狂奔。没有开发的地库区域连通数栋大楼的单元门和别墅区，相似的明门暗门数不胜数，周遭一片死寂。

他置身其中，却仿佛回到本就属于他的黑暗里。他活在伸手不见五指的世界，从来没有资格窥探光明，日复一日挣扎在孤独的世界，不敢去触碰心爱姑娘的一根发丝。

诺诺从混乱的记忆中暂时挣脱出来，遵循着本能，畅通无阻地向前奔。在昏暗里，他重重按上一面墙，厚重的卷帘门升起，前方远处有光。

程怀森正微微佝偻着背，独自抽着烟。他凝重地站在墙边，不理解容野的私宅为什么会设在这么复杂隐蔽的地方。他骤然听到响动，警惕地抬起头，在看见来人是谁的一刹那，满是皱纹的脸上露出难以置信的表情。

程怀森动了动嘴唇，却没有说出话来。诺诺根本没有看他一眼，径直冲向那扇需要指纹才能打开的大门。程怀森拄着拐杖上前一步阻止，可诺诺白皙的右手已然抬起，稳稳地抓住那个泛着冷光的金属把手，而后狠狠压下去。

寂静的地库里，随着极其微弱的一声轻响，他的食指指纹严丝合缝地贴在极其隐蔽的感应区上，片刻之后，门霍然开启。

程怀森的脸色在这一刻惨白如纸，拐杖歪了歪，"砰"的一声，掉在地上。

喻瑶跟在男人后面进了门，暗中给诺诺发了一条信息报平安。她又走了许久，才迈入容二少主宅的范围。一路上，她一个字也没问，唇抿得紧紧的，并不想在气势上输给任何人，就算对方是容野。

私宅里到处是黑白灰色调，看得人压抑。喻瑶通过这些略微揣测出一些容野的性子，她下意识攥着手，正好她也有问题想问他。

当年那个她治疗失败的少年，到底是不是他？

男人把喻瑶带到私宅外围的泳池边，离内宅还有一小段距离。喻瑶眯眼看去，竟恍惚觉得内宅上着锁，并没有人居住的迹象。

"哥，人给您带来了。"

喻瑶闻声回神，才注意到泳池边的椅子上坐着一个瘦高的男子。

她下意识蹙眉，容野的存在感这么低？她走过来，居然没有第一时间就发现他。说不清为什么，她的目光投过去的时候，心里竟隐约有些失望，似乎想象中的容野不该是这个样子的。

椅子上的人漠然地"嗯"了声，过了片刻，才漫不经心地转头看过来。

喻瑶看清了他的脸，挺端正的，算得上帅，但并不像传言里那样乖戾阴鸷，神情动作都有种莫名的违和感，仿佛在刻意地模仿某个人。

那人站起身，打量她几眼，声音压得很低："喻小姐，见你一面真不容易啊！我时间有限，今天找你来，是想谈谈你的那位男朋友。"

他的指间捏着一张照片，走到喻瑶面前，把照片递给她，赫然是全网消失的诺诺的侧脸照。这个行为对于喻瑶而言是绝对的挑衅和威胁！

问什么？问她当初宁愿被封杀也不见他一面，后来却跟诺诺确定关系，所以就活该被他找麻烦，不能过安稳日子？

喻瑶神色一凛，双眼里迸出怒火，她伸手去夺那张照片，不受控制地与对方拉近了距离。男人张口欲言，却在她的领口间瞥到一抹细链的闪光。他脸色一变，一时顾不上说话，急迫地要把链子拉出来，细看下面的吊坠。

但喻瑶怎么可能让他近身，几乎在他靠近的那一刻，她就已经反射性地躲开，厌恶地挥手去挡。然而，男人毕竟高大，力气又比她要大得多。她脚步急促地错开，根本无暇注意身侧，鞋底在池边一滑，没有站稳，落进远深于一般标准的泳池里。

响亮的落水声响起。

喻瑶不会游泳，挣扎了两下就要向下沉。

"完了，快快快，快点下水救人！"

"这可能是真嫂子！"

岸边的两个男人面色极为难看，跟着就要跳下水救喻瑶。此时，通向这里的唯一一条路上响起叫人毛骨悚然的急促的脚步声。进私宅的路错综复杂，几年来从未有其他的人知晓，程家人被阻拦在外，不可能进来！

不给他们多想的余地，那道他们看都没看清的身影在出现的一刻就跳入泳池中，抱住喻瑶，把她托起，死死地护入怀里。

那人苍白的手指撩开喻瑶湿透的长发，把她的头按到自己的肩上，不断地低语："别怕，别怕，诺诺在！是我来了！"

偌大的一间宅院，四周极为安静。

诺诺右手搂紧喻瑶，左手撑在池边，从波浪涌动的水中缓缓起身上岸，水流顺着他的肩臂肆意流淌。湿漉漉的发梢下，他那浓黑的眼睫上挂满水滴，然而在抬眸的那刻，露出了一双与纯美五官截然相反的阴冷噬人的眼睛。

喻瑶失足的时候实打实被吓到了，她不通水性，尤其小时候意外经历过一次落水，潜意识里有些怕水，平常远距离观赏江海池塘之类的没有问题，但离得太近就会觉得怕。

她刚进来看见泳池，特意保持了一点距离，然而这个臭名昭著的男人一过来，开始拿诺诺的照片恐吓她，又越界，直接上手抢她的项链，她早就顾不上注意泳池就在旁边，更别提躲开。

喻瑶在失重的瞬间被泳池边的石砖撞到了脚腕，锐痛传来的同时，她跌落进深水里，身体完全失去控制，水温太低，她的腿开始痉挛。

越挣扎就沉得越狠，她懂这个道理，但身体和情绪受到很大刺激，本能地就会乱动，她根本无法思考这样对还是不对。人在水里时，溺下去的速度非常快。短短几秒钟，她就沉了下去，心理上的惧怕达到极点。

她快不能呼吸了，喉咙和肺里闷痛得像随时要炸开，视线模糊到看不清岸上的人。

她浑身冰冷，忍不住张口喘息，却有源源不断的水涌进嘴里，把她逼到绝路。

喻瑶被绝望淹没，她分不清是水还是泪，眼睛被刺得无比酸疼。意识到自己挣扎不动的瞬间，她想到的只有诺诺，他是不是还在酒店房间里费尽心思地给她做蛋糕，准备给她庆祝马上就要到来的生日？如果她当时按时回去，等待她的会是拥抱和热吻吗？

终于拥有了她想要的人，她却快溺死在这片水里。

诺诺只有她一个，可她不辞而别，还没亲口说过自己究竟有多在意他，也没有告诉过他，她愿意跟他彻底交付彼此，她从未排斥过他的亲密举动，只是想要多一点时间做好心理准备。

他想的她也想，他迫不及待需索要的，也是她心之所向。

她跟诺诺之间，从最开始到现在，从来就不是单方面的救赎和渴望，一直都是双向奔赴。他对她向来明目张胆，她却暗藏着不肯说。

但现在什么都来不及了。

喻瑶耳中嗡鸣，头昏昏沉沉，睁不开眼，用残余的力气朝上方够了一下，以为会再次落空，却模糊感觉到有人跳进水里，发疯似的冲向她，一把攥住她的手，把她搂起来，托出水面。

喻瑶吃力地掀开眼帘，看见诺诺湿漉漉的脸近在咫尺，她以为是自己濒死时出现了幻觉，抬手抚住他滴水的眉眼，手又滑到鼻梁上，确认他是真实存在的。

她的眼泪不断地往外流，想说话，意识却陷入半昏迷，无力地咳嗽着，唇间呛得都是水，头歪倒在诺诺的肩上。

江淮和元洛站在泳池边，亲眼看到诺诺面容的一瞬间，身体就完全僵硬了，还保持着准备跳下水救人的姿势。两人身上一阵冷一阵热，源源不断的汗从各处毛孔里汹涌冒出。无形的压力，让两个身高超过一米八的大男人几乎要跌跪下去。

元洛想叫一声哥，声音却死死地卡在嗓子里。江淮是假扮容野、刚才试图伸手摘掉喻瑶项链的那个人，他还披着容野的旧衣。

此刻诺诺的目光落在他的身上，那种熟悉的，似能将人凌迟剜心的压迫感让他呼吸困难，但比起怕，他更想号啕大哭。

诺诺双手护着喻瑶，十指几乎掐进她湿冷的身体。

他一步步走向江淮，江淮一动不敢动，嘴唇抖着，一声称呼眼看着要脱口而出。

诺诺直接一脚踹在他的膝盖上，他痛叫一声，"扑通"一声，摔进泳池里。

元洛吓呆了，又怕又焦急，也察觉到不对劲。他抓紧机会认真看了看诺诺的神色和反应，心一沉，不用诺诺动手，脑袋一歪，干脆地往泳池一倒。

喻瑶意识不太清醒，还在不断地呛咳，难受地蜷着身体。诺诺尽可能让她呼吸顺畅，随手抓起椅背上的衣服裹住她，不顾自己全身湿透，快步往来时的路跑去。

瑶瑶得送医院，必须马上让人救她！

元洛和江淮狼狈地爬上池边，两人搭档多年，极有默契，对视一眼，迅速调整情绪，都明白当下应该做什么。

"哥不认识我们，他还没恢复！快点抓紧时间！"

元洛即刻打电话给外头的人，飞快地依次交代了几句，江淮则马不停蹄地冲去内宅，取出暗存了许久的一针药剂。

当初那场变故发生之前，容野已经预料到未来可能面临的局面，提前把这支药剂交给江淮。

如果容野没有意外失踪，那么早就该注射药剂恢复正常了，没想到一拖就拖了这么久。

容野那时交代过，不管他是什么状态，他们必须想办法尽快把药剂打进他的身体。如今容野出现了，那么一天都不能拖延，今天晚上，他们俩必须做到。

诺诺抱着喻瑶奔向大门，低声安慰："瑶瑶不怕，我在，我们去医院，然后回家，回家过生日……"

他脑中被看不见的刀尖划着，有太多不愿承认的回忆试图抢夺他的意识。诺诺不断抵触，一路跑出去，来时漆黑的空间渐次亮起了灯。

程怀森不知道被安排去了哪里，已经不在门口了，等待的是诺诺从剧组雇来的那辆车。

司机本就戴着口罩，诺诺也从来没费心看过他的脸，此刻驾驶座的人换了，他更无暇去在意。谁开车、车为什么出现在这儿，这根本没有让他花时间去研究的意义，他眼里只有喻瑶。

诺诺上车，给喻瑶调整好相对舒服的姿势，嘶声说："去医院！"

离这片小区最近的是一家高端私立医院，车子疾驰过去只花了三分钟。

深夜寒凉，医院门庭安静。

诺诺的湿衣服贴着身体，他抱起喻瑶冲进去，有一小群医生护士看起来像是恰好经过，马上给喻瑶安排治疗。

喻瑶呛进去的水在出泳池的时候就已经吐了不少，她溺水的时间短，而且私人泳池的水很干净，情况不算严重，更多是心理恐惧造成的痉挛。

等到紧急处理完，她的状态很快平稳下来，被送到观察室以后，人也醒了过来，一双眼因为劫后余生和难受而泛红。

喻瑶很少在诺诺面前这么脆弱。他半跪在她的病床边，唇抿得紧紧的，说不出什么话，只管把她往怀里箍。

护士轻轻地走进病房，温和地解释："病人脚上的伤不严重，筋骨没事，只是肿了，需要休息两天，不过还是要打一针消炎药，防止感染。"

她很自然地转头看了看诺诺，又对喻瑶说："你男朋友最好也打一针，预防感冒，我看他身上的衣服都湿透了，这种天气很容易受凉。"

诺诺依偎在喻瑶身边，手牢牢地抓住她，仿佛听不到护士说的话。喻瑶按着他冷到刺骨的脖颈，沙哑地说："必须打。"

护士又贴心地提醒："情侣间，如果有一方感冒了，会很容易传染给对方的。"

诺诺这才艰难地起身配合。护士抽出药瓶中淡红色的药水，喻瑶强撑着起身，给诺诺拂开衣袖，露出肌肉紧绷的上臂，轻轻揉着帮他放松，亲眼看着针头刺入。

元洛和江淮就在观察室门外，两个人的手心里都是冷汗，心惊肉跳地盯着护士将那支药打进诺诺的身体里。

对于药效他们有把握，容野最迟明天就会彻底恢复过来，但对于容野被注入药剂之后的反应，他们不甚清楚，这个过程中会不会难熬，只有容野本人清楚，他们一无所知。偏偏这种时候，他们还绝对不能轻易干涉，就算急死也只能在暗处等着。

他们谁也不确定容野到底对喻瑶是什么想法，容野的身份能不能曝光。所以，他们目前只能尽量地粉饰太平，暂时打消喻瑶的疑心，至少坚持到容野清醒过来，才知道接下去该怎么做，不然踏错一步都可能完蛋。

元洛是带喻瑶进私宅的人，这时候出面最合适。他极力调整好表情，走到观察室门口，面无表情地对喻瑶道："喻小姐，我们无意伤害你，约你过来也只是正常谈话，你落水完全是场意外。你的男朋友借着外面门没关好的空当，闯进宅子，带走了你，我们可以不追究，也算两边扯平了。"

"医药费我们会负责，既然今天你不适合和我们继续沟通，那这次就到此为止，下次我们会再见的。"

"滚！让容野一起滚！"喻瑶嗓音暗哑。

她忘了自己和诺诺的手机交换了，手机里有软件能够定位，而诺诺不可能相信外公的说辞，他会知道她的位置，执着地追过来找她！她握住诺诺的手腕，不许他回头去面对元洛，生怕他和元洛再起冲突，会有危险。

元洛几句话说得极为艰难，他加速说完，趁着诺诺还没动，赶紧走开，而后拽着江淮躲开。

此时医生及时进了观察室，柔声交代："好了，两个人都没什么大事，今晚打了针可能会不太舒服，如果家不在附近，你们选择住院，或者住旁边的酒店都行，最好不要太过奔波，等明天好转再走。"

喻瑶轻声说："我不想住医院。"

离零点只剩不到一个小时，她的生日就要到了，她不想跟诺诺在病房里过生日，她想和诺诺去一个安静的没有任何人打扰的地方。

诺诺把衣服给喻瑶裹好，又向医生多借了两件外套，全披在她身上，而后把她抱下床："我们不住院。"

离私立医院几十米处就有一家五星级酒店，幸亏喻瑶向来喜欢把证件随身携带。

夜已深，酒店大堂空旷寂静，负责接待的前台服务员递上房卡，是一整层没有其他人入住的套房。

两人脚步错乱地进入房间，关上门的那刻，墙上亮着淡淡光雾的花式挂钟显示已是夜里十一点五十了，离零点只剩下十分钟。

喻瑶裹了多件衣服，背抵上门板的时候，最外面的衣服已经滑落，掉在地毯上。空气里浮动着很浅的木香，有一丝像诺诺身上的味道。若换作平常，这种香味是能够让她安心的，但今晚一切像是被逆转了，她闻到这个味道只想哭，心脏在胸腔里猛烈悸动，无法平息。

喻瑶的手还是冰的，在轻微发抖，即便是之前的失火现场，也没有像溺水时那么清晰的感觉，她离死亡、离跟诺诺分开，仅有一步之遥。

他总是不惜牺牲自己也要保护她，无论她身在哪里，他都会不惜一切把她找到，一次一次带她逃离。他不在意她怎样收敛爱意，控制着交往的节奏，不准快，不准急，不准越界，不准得到他渴望的。她把控他每一步的方向，而他永远没有怨言，义无反顾地追逐她。

喻瑶拽着诺诺的衣服，湿衣服都干了，凉得像结了层冰。

钟表的秒钟在不停走着，诺诺把她压向门板，揽着她的腰，不让她肿痛的左脚落到实处。

他低下头，字字句句说得极为艰难："对不起，我发现你不见了时已经晚了，我跑得……太慢了。我给你准备了生日礼物，在酒店房间里。我做了蛋糕，但是才抹得坏，还没做出上面的小花……"

喻瑶听不了这些，抱住他的背，手用力地按在他清瘦的身上，仿佛有什么东西火烧火燎地从心底炸裂，烧向四肢百骸。

诺诺牙关间溢着淡淡的血腥，他疼得头发都被冷汗浸湿了。从针打入他的身体开始，或者更早，从他追到那个住宅区的大门外，说出门牌号和姓氏开始，他的身体就如同被扯成了两半。

一半是白，他知道自己是谁，知道那个下着暴雨的深夜，他是怎样奄奄一息地蜷缩在路边，钩住瑶瑶的裙角。他知道他是诺诺，是喻瑶的恋人。

另一半由红到黑，疯狂吞噬、抢占他的意识，他却依然不清楚自己的身份，叫什么名字，有多少经历，他只知道他在用尽所能排斥抗拒，想留下他赖以生存的这抹白。

就要失去了，他明明将怀里的人抱得这么紧，她却像是在一点点抽离。

无形的记忆在错乱地交融，牵连每一根细的神经。随着药物流遍全身，他冷到发颤，痛苦不堪，却极度清醒。

他的脑袋好像要炸裂开来，又好似空到虚无，什么都是模糊混乱的，组成无数钢针刺着他，可唯独有一件事刻骨地扎在他的每一寸意识里。

他爱瑶瑶！作为诺诺，那些抑制不住的情感早已勃发。

"我……在床上和门口都放了小灯，金色的，想给你看。我卖木雕赚了很多钱，卡就在你的枕头下面，瑶瑶，我想给你买房子……"

诺诺漆黑的眼定定地望着喻瑶，眼泪无意识地滑落，流到她柔软的脸上，顺着下巴，弄湿衣领。

"我还买不起太大的房子，可不可以先选一个小些的房子？我什么都不要，只要半张床就够了。我给你买婚纱，买有钻石的戒指，等下次，下次我求婚的时候，你能不能答应我……"

喻瑶的手压住他的后脑勺，手指插进他的短发中，眼睫含泪，仰头吻他的唇。

太凉了，他的唇在微微战栗着。

喻瑶吮他的唇，抵开他微合的齿关，尝到让她更加溃败的血腥味。

"为什么咬自己？"她迎来他变本加厉的掠夺，那些浅淡的腥气从他口中蔓延到她的舌尖，她渐渐分辨不清是气息交融，还是自己的唇在纠缠时被他咬破，"别咬自己。"

喻瑶身上的第二件外套也滑落，她靠着门，又撞入他的怀里，能将人烫化的手从他的蝴蝶骨移到腰间。她身上的最后一件外套也因为越来越激烈的拥吻滑落，只剩下贴身的薄薄里衣。

喻瑶眼里漫上水汽，仰着头呼吸，她听到他说："瑶瑶，我今天没带礼物，我只带了自己……"

他空手来的，奉上所有，也不过一个他自己。

喻瑶的手指捧住他的下颌，强迫他退开少许，两个人之间隔着不过半个手臂的距离。房间里只有墙角亮着一盏自动打开的落地灯，橙黄的光线照到这里时，仅剩下一点亮光。那点亮光落在诺诺的脸上，如在传世名画上涂抹了金粉。

喻瑶看着他长睫眨动，略翘的狭长眼尾红得惑人，眸中潮湿绮丽，又像她看不懂的无底深潭。

他和从前一样赤诚火热，每一个抬眼低喘都在消磨她的意志力。可在对视的某一刻，他又在夜色里清冷张扬，似乎变成了一个她从未熟知和亲密过，却勾着她抵死沉沦的陌生人。

男人在这种时候，竟会连气质都变了吗？喻瑶不想思考，她只知道眼前的人是她的诺诺。

墙上的钟转到零点，喻瑶朝诺诺点头："你带自己来就足够了……"

她那柔顺的长发拂过他的手臂，饱满的红唇贴上他的耳郭，嗓音轻而软，消磨掉他身体里爆发的那些苦痛和煎熬。

"你今天没有喝酒，是清醒的，我也没有什么时候比现在更理智。

"把你自己当礼物，来祝我生日快乐吧。"

她也许真的疯了，二十四岁的第一天，融化在这个人钢铸一样的双臂间。

可她那么喜欢，喜欢得不能言说。即使早已疲倦嘶哑，但心脏被爱意填满的那种喜悦满足，让她心甘情愿地放任他。

喻瑶勉力抬起手，摸了摸他灼热的脸，指尖扫过他湿漉漉的睫毛，吻在他的唇上。灯光在他的双眼间短暂闪过，只见他的眼眶微微湿润了，她含糊地说了一句："诺诺，别哭啊……"

他炽热的手掌盖住她的眼睛，有泪滴在他的指缝间，缓缓渗到她的眼角。

喻瑶最后那点清醒的意志终于消散，她安静地在他的怀里昏睡。

过了许久，窗帘细细的缝隙外，黑沉沉的天色有了一丝光亮。他缓慢移开手，借着墙角微弱的昏黄光线，垂眸看她。

他的目光一寸寸描摹过喻瑶的五官，绷紧的手指抓住她的枕头两侧，柔软的布料发出很小的撕裂声。

那个当成梦一样，只能隐忍着深埋在不能让任何人知晓的心灵深处，他拿命去换也在所不惜的人，此刻乖顺地窝在他的臂弯里。

从深秋到春末，他住进她的家，做她心爱的"小狗"，追着她，缠着她。凛冽寒夜里的病床上，成为她全心交付的恋人，从零点到现在，他又拥有了她的全部。

他是她一声一声唤着的诺诺，但他也是……

幽暗的房间中，空气里还满是旖旎的气息，他俯身把喻瑶紧紧抱住，环着她的腰，扣紧她汗湿的头，压向自己疼痛的胸腔。

他也是容野，喻瑶最厌恶的容野。在她从小到大的印象中，从未给过她一丝好感的那个人。

纯白底下掩盖的所有暗红全数被唤醒，复苏到他的身体里，他脑中那些对撞的剜心之痛逐渐平静下去，再怎么抗拒，再挣扎着想做被喻瑶深爱的诺诺，他该有的心智和记忆还是回来了。

活了二十几年的容野和走过三个季节的诺诺，在一副伤痕累累的身躯中艰难地融合。

容野鼻息混乱，低喘着靠向床头，扯过被子将自己和喻瑶缠在一起，长睫半掩的眼瞳里溢满沉暗的瘀红。

诺诺是她的爱人，容野却连走近她的资格都没有。

一无所有的人根本不是那个失智少年，而是他。连一个名字、姓氏、活下来的机会，这些人人天生该得到的东西，于他而言都是奢侈。

他生来并不姓容，而是姓秦。

他母亲容子妍是容家众星捧月的千金，自小被灌输婚姻必须实现家族价值的思想。容子妍反抗失败，被说一不二的父亲强行嫁给了秦家的长子秦历城。

秦家那时如日中天，秦历城也一直在明目张胆地追求容子妍，被拒绝多次，还是强取豪夺地把她娶回家，百般宠着，盼望快点有一个孩子能拴住她的心。

孩子确实是有了，但容子妍想偷偷打掉，是秦历城哄骗她生下孩子就离婚，才勉强保下来。孩子八个月时，秦家天降横祸破产，秦历城入狱，入狱前，他惨笑着告诉容子妍，他从未打算离婚，不过是在骗她。

容子妍崩溃，孩子太大已经不能引产，而容家永远利益至上，这段维持不到一年的失败联姻让容家丢尽了脸面，成为圈中笑柄。

容家掌权的是容子妍的父亲容绍良，他对这桩婚事的走向心怀不满，逼迫狱中的秦历城离婚。离婚手续办完不久，秦历城英年病逝，至死没见过自己的儿子一面。

而对自己生下来的那个小孩，自生下他的那一刻起，容子妍就厌恶地和他撇清关系，想方设法要父亲送走他。

并不是每个母亲都无条件地喜爱孩子，即便这个孩子是容子妍十月怀胎生下来的亲骨肉，但因为怀的时候情非所愿，他的身体里又流着她憎恨的人的血，还会耽误她未来的人生，无论她怎么努力，都对他生不出正常的母子感情。

冰冷、厌弃、嫌恶……别说喂养他，就连多看几眼他那跟秦历城三分像的五官，她都觉得难受。

她出了月子后，要求父亲容绍良把孩子弄走，只要孩子从她面前消失，怎么处置都行。她像是要快速摆脱过去的阴影，急切寻找新的恋爱。容绍良看她精神状态不稳定，加上跟秦家联姻的决策失败，不好再逼她，于是放她自由。

而那个在襁褓里因为早产而身体羸弱的婴儿，被容绍良带回了容家，困在一方天地里秘密养大，容家上下没有几个人知道他的存在。

容绍良随便给他取了个名字叫容野，野孩子，没人要的。

他很小的时候，以为世界只有自己住的庭院那么大。他抱着容子妍的一个相框度过了最懵懂的时期，他以为妈妈早晚会回来，外公是在乎他的，就算不能出去，他也过得很好。直到他渐渐长大一些，能够学习，拥有了自我认知的能力，容绍良立即带人过来，给他安排了密集的课程。

那时他终于明白，容绍良把他领回容家抚养，从来不是因为血缘亲情。容绍良怎么可能对一个失败联姻的产物，一个被母亲丢弃的野孩子有感情？

带他回来，仅仅是因为他有用处。

容家的产业处在行业的金字塔顶，几代积攒的家业难以估量，然而，极致的光鲜下，总会有不能见光的阴影。

不合规则的，灰色地带的，一切游走在违法边缘的黑暗面，必须有一个存在血缘关系的人来承担责任和风险，随时准备为家族牺牲，背负起每一分钟都可能到来的杀身之祸。

这个人要足够疯、足够狠、有胆子做一切，还必须听话，能轻易被控制。

上一辈扮演这个角色的容家人得了病，寿数不长。容绍良本来就在物色接替的人选，干脆选择了容野，从婴儿时起就把他囚在容家亲手教养，让他按照要求长成容家需要的人。

他不负所望，天赋、资质、性情，都远远超过容绍良的预期，以比容绍良计划中快许多的速度成长为一个冷酷的人。可容绍良还不满足，想斩断他最后的情感，再逼他试试，于是告诉了他关于他母亲容子妍的所有事情。

没人爱过他，没人期待过他的出生，他的母亲根本不会回来，甚至不知道他的名字，她早已经另嫁别人，有了让她疼爱的孩子。

他在那一夜精神崩溃，成了一个彻头彻尾、让身边所有人恐惧的疯子。

容绍良的"实验"超出了限度，如果就此放弃，对于容野的培养将前功尽弃，而一个无人知晓的孩子，掀不起任何波澜。

但容绍良不甘心，也找不到能跟容野比肩的替代品，所以急需一个新的、能够唤醒容野情感、让他有所牵绊的人。

容绍良试过找了很多人，可没有人能不怕容野，能不厌恶容野，容绍良自然败得非常惨烈。容野像个小小恶鬼，抱着膝盖独自坐在黑暗里，阴冷的眼睛让人畏惧。

容绍良在放弃前夕，机缘巧合找到了程梦的心理诊疗团队，接受了她们已经有过无数成功案例的治愈天使计划，从众多"天使"里，一眼看中了年幼的喻瑶。

喻瑶去见容野的那天是立夏，她在衣柜里选了一条奶白色的蓬蓬裙，穿着带花朵的小布鞋，跟在程梦身后，走进了容家那所暗无天日的宅院，也走进了一个生命开始倒数、时刻会被毁掉的幼小魔鬼的人生。

他见到喻瑶的时候，已经连续几天把自己关在黑暗的房间里。那个午后，他只是无意间抬眸，在窗棂错落的缝隙间，被折射进来的阳光和白裙角晃到眼睛，刺疼得难忍。

他穷凶极恶地赶喻瑶走，用一切恐吓的方式对待她。

喻瑶明明怕得眼眶通红，挺翘的小鼻尖在委屈地抽动着，像只受惊的小动物，连程梦都受不了要抱她离开，她偏偏泪眼婆娑地回头看他，坚持着不愿意走。

她的小脸儿很圆，肉肉的，白白嫩嫩的，高兴或者不高兴的时候都会泛红，刘海乖乖地贴着额头，眼睛又黑又大，总是带笑，手也比其他人的小，手背上有一排浅浅的小窝窝，不用碰也知道有多软。

小姑娘最怕他的一次，轻声抽噎着躲到墙角，小小的手抱着脑袋，缩成一小团，还奶声奶气地威胁他："你再欺负我，我真的走啦，再也不来啦。"

他站在风里，像个没人性的魔鬼，就那么垂眸看着她哭。没有人知道，连风也不知道，他的心在不住地颤。

这时已经三个月了，她每天都来看他。三个月里，他再凶恶地针对她、折磨她，也从来不曾像对待以前的那些人一样让她受过任何伤。他没让她流过血，没让她狼狈过，只是在用越来越沉默的方式固执地对抗。

小丫头太蠢了，蠢得他不想动手。她到底留下来做什么呢？想被他接纳？被他喜欢、在乎？然后成为被容绍良控制的筹码，从此命运被捏在别人的掌心里，没有自由，连生命安全都无法保证吗？

她懂不懂，他的感情对她来说是致命的刀。

容绍良根本不是在治疗他，只不过是在找一个工具，而喻瑶一旦被选中，一生都将被毁掉。

他记不得从哪天起，他把小姑娘揣进心底唯一有温度的地方，然后那颗心在日日夜夜里长成了她的样子。

他喜欢她啊，喜欢得不得了，可他越喜欢，就越要推远她，不能泄露出一丝半点。他拖延跟她在一起的时间，让自己的病越来越严重，又不至于彻底崩溃。

容绍良摸不清他的状态，也无法确定喻瑶的作用究竟有多大，只好观望。他拖延了快两年，有一次趁喻瑶睡着，实在没忍住，用指尖摸了一下她的脸，却被容绍良亲眼看见。

那一刻，他彻底慌了。他只得露出冷笑，手继续向下，避开喻瑶的脸颊，两年来第一次，他强逼着自己残忍地弄伤她，给容绍良看。他知道时间到了，再也不能偷着享受这段和她在一起的时光了。

果然，看到他这么残暴的行为，容绍良的希望落空了。他中止跟程梦签订的治愈计划，受着伤的喻瑶被带走。

她最后一次回眸看过去，哭红的眼睛只看到一片死寂的阴霾。他又只剩下一个人了，待在空荡荡的黑暗里。

第二天喻瑶没来，他明知道会是这样的结果，却还是坐在门口等，等到天黑、天亮，从此以后，她再也没来过。

院子里，她最喜欢的那棵桃树又开花时，他跳上枝杈，在监控照不到的小小死角里，咬着手臂哭到浑身冰冷。那天晚上，他失去求生的念头，在喻瑶经常靠着的一块石头边，把玩着一块锋利的瓷碗碎片，碎片割破皮肤时，他意外看到了石头下面压着一块脏兮兮的小木板。

小木板的背面有稚嫩的笔迹，那里写着一串数字，还有两句话。

"这是我的号码，你要努力做个好人呀。"

他抱着这块小木板，度过了最明亮的一个黑夜，把它和曾经偷偷捡来的塑料小狗发卡一起，藏在贴身的地方。

这两样东西年年岁岁跟着他，他为了活下去，为了有机会拨通这个电话，装作状态好转，随便接纳了一个虚伪的想利用他的容家人，成功让容绍良相信他能够被控制。他按照容绍良的要求长成一个能背负起容家黑暗面的工具，一个乖戾狠毒的恶魔少年，总算得到了一点自由。

得到这一点拼命挣来的自由后，他双手发着颤，拨出那个沾满他体温、刻在他意识里的号码，但接通的人早已不是喻瑶。

他找不到她了。为了找她，他继续奉献一切，博得容绍良的信任，一步步成为让人闻风丧胆的容家二少。

时隔几年，他站在一所高中的校门外，亲眼看着纤细秀丽的少女身穿白色校服裙走出校门的那一刻，他怔怔地露出微笑，在无人知道的昏黑角落里，眼眶泛红。

她在光明里，他却陷在黑暗泥沼里。双脚往下陷的同时，他用尽所有去保护她、托举她，伸出自己无形的、永不该存在的双手，把她捧到没有人能伤害的云端。

瑶瑶，对不起，我没能长成一个你期望的好人。但也没有那么坏，或许有一天，我能光明正大地站在你面前，让你看一看，你曾经救过的那个魔鬼，心脏也有温度，还在年年岁岁里为你昼夜不息地跳动。

他在无数次痛苦不堪时反复地想，喻瑶以后会爱上什么样的人，他知道的那天会不会精神崩溃而去恶意破坏？

可现在……她深爱、眷恋、甘愿全身心交付的，是他那在路边奄奄一息、失去心智、不懂说话吃饭、是人是狗都分不清楚的另一个自己。

那个纯白干净、用最热烈痴傻的方式爱着她的诺诺，不是他。他只是一个入侵者，一个被喻瑶深深厌恶的、最不该存在的人。

她不可能爱他，发现他是谁的那一刻就会把他赶走。而诺诺没了，永远消失了，她会承受不住打击。

窗帘透进淡薄的光，外面天已经亮了，春日暖融融的阳光包裹住喻瑶。

喻瑶被一双手臂死死地抱着，有些疼，她下意识动了一下，睫毛轻动，懒懒地将要睁开眼。

容野半合着双眼，遮住里面浓重的猩红。他抱紧喻瑶，将她的头压到自己颈窝，心跳加快，在她睁开眼之前，抬起头，目不转睛地盯着大床对面的墙上的镜子。

镜子里的人怀抱着心爱的恋人，样子看起来跟过去并无差别，短发凌乱，皮肤冷白，一张脸如勾线笔勾画出来的，但琉璃般的眼瞳里平添了一丝戾气。还是那副颠倒众生的相貌，可是如同换了一个乖张阴暗的灵魂。

喻瑶在他的怀里懒洋洋地挣动，含糊地叫着"诺诺"。

容野苦涩地闭上眼，几秒之后睁开。他对着镜子，眼中的戾气退去，歪了歪头，不太熟练地弯起眼睛，勾动嘴角，露出一个只属于诺诺的纯真甜美的笑容。

—— 未完待续 ——

◑《你是我的遥遥归期 2》预告

容野全面恢复记忆，为了能留在喻瑶的身边，继续伪装成天真可爱的诺诺，但随着感情加深，他真正的内心越来越无法压抑。

在两人爱意最浓的时候，容野的外公突然出现，设计圈套，在喻瑶的面前揭开容野的真实身份，把一切秘密曝光，让两人关系陷入危机。

喻瑶为了不让自己成为容野外公威胁容野的筹码，装作跟容野决裂，与别人的"绯闻"传得风生水起，容野以为是真的，痛不欲生。

解决掉一切阻碍以后，容野在大雨中回到喻瑶的楼下，带来所有身家交给她，湿淋淋的手拽住她裙角求她："瑶瑶，我把一切给你，求你继续养我。"

喻瑶会如何对待恢复身份的容野？是否会答应他的请求？

敬请期待

人气治愈系作家川澜《你是我的遥遥归期 2》

2022 年 9 月金秋预售